知味

魏博 著

凡料成珍

烹饪名师谈味随笔

生活·讀書·新知 三联书店 生活書店出版有限公司

图书在版编目（CIP）数据

凡料成珍 ：烹饪名师谈味随笔 / 魏博著 .-- 北京 ：生活书店出版有限公司，2023.7（2024.6 重印）

ISBN 978-7-80768-411-4

Ⅰ．①凡… Ⅱ．①魏… Ⅲ．①随笔－作品集－中国－当代 Ⅳ．① I267

中国国家版本馆 CIP 数据核字 (2023) 第 088627 号

责任编辑 廉 勇
装帧设计 汐 和
责任印制 孙 明
出版发行 生活書店出版有限公司
（北京市东城区美术馆东街 22 号）
邮　　编 100010
经　　销 新华书店
印　　刷 北京启航东方印刷有限公司
版　　次 2024 年 1 月北京第 1 版
2024 年 6 月北京第 2 次印刷
开　　本 880 毫米 × 1230 毫米 1/32 印张 16
字　　数 340 千字 图 32 幅
印　　数 4,001–7,000 册
定　　价 69.00 元
（印装查询：010–64004884；邮购查询：010–64052612）

目录

辑五　风味汇珍

辑七　庙会寻忆

辑八　行旅捉馐

序　书中自有美馔来

赵　霖

食物是人类生存的基础。饮食文化作为中华文明的重要组成部分，蕴藏着无穷的智慧与灵感。《礼记·礼运》中说："夫礼之初，始诸饮食。其燔黍捭豚，污尊而抔饮，蒉桴而土鼓，犹若可以致其敬于鬼神。"在上古时代，燧人氏钻木取火，夙沙氏煮海为盐，陶器炊具的使用，让中餐烹饪登上人类文明的历史舞台。

唐朝长安曾盛行的"烧尾宴"，是新官上任或官员升迁时招待亲朋同僚的宴会。公元709年、唐中宗景龙年间，韦巨源升任尚书左仆射，家中举办烧尾宴，有名的菜品达五十八种，堪称典型的奢华宴席。"烧尾宴"是唐朝饮食资源和高超烹调技术的集中表现，承载着初唐时的饮食文化内涵。

北宋仁宗（1022—1063）时，孔子46代嫡传长孙被封"衍圣公"，至民国二十四年（1935）废止，共有881年的历史。"孔府菜"是其家庭日常食事与接待来宾的餐饮记录。各式肴馔均由历代名厨精心烹制，用料精细，味道香醇，盛器美观，菜名典雅，烹饪技艺高超，是中餐饮食文化和烹饪艺术的杰出代表。

"满汉全席"出现在清朝，其为集满、汉两民族饮食精华形成的中华大宴，既有宫廷菜的雍容华贵，又有地方菜的独特风味，共包括南菜五十四道、北菜五十四道，这一百零八道菜囊括了中华大地的山珍海味，不仅菜品精美，礼仪也非常讲究，成为中餐烹饪史上的一道华丽风景。

本书作者魏博先生毕业于北京市服务学校烹饪专业，长期在王府井全聚德烤鸭店担任厨师。1993至1995年，先后在德国不来梅的中国皇宫烤鸭店、瑞士日内瓦的中国饭店担任大厨，职业阅历非常丰富。此书依托烹饪工作实践与感受，将有关中餐菜肴的各种轶闻趣事写成随笔，编辑成书。全书共分八个部分，内容涉及各种食材与肴馔，每个小节的题目都妙趣横生，突出了中餐“养助益充、五味调和、风格多变、畅神悦志”四大特点。全书内容也反映出作者深厚的中文功底，确实是不可多得的一部佳作。

李时珍说，“饮食者人之命脉也”。自古以来，“天人合一、身土不二”的生态观，“审因施食、辨证用膳”的平衡膳食观，“药食同源、寓医于食”的食疗观，“调理阴阳、阴平阳秘”的健康观，构成了中国传统膳食与中医营养学的哲学内涵。“养助益充循自然”的生态平衡膳食理论，成为中国饮食文化的基础。中华民族的农耕文明为人类选择和生产了丰富的食物原料，保证了食物生物来源的多样性，体现了中华民族在膳食烹饪领域的高度智慧。中餐菜肴都由多种原料配制而成，如“全家福”“佛跳墙”“白菜肉馅饺子”“牛肉拉面”等不胜枚举。膳食平衡的理念，通过烹饪实践渗透到日常膳食的每道菜点之中。以植物性食物为主，五谷杂粮与豆类作为主食，副食是新鲜的天然食品（蔬菜、水果、菌类、藻类），搭配少量动物性食物，外加少量肉食。

茶为大众化的天然饮料，并成为居家过日子的“开门七件事”之一。

传统中餐是预防现代“文明病”的良药，这一传统膳食结构既是由国民经济、生活水平、人口与农业资源的平衡所决定，也是中华民族几千年生活体验和食疗保健经验积淀的结晶。难怪伟大的民主革命先驱者孙中山先生指出：“我中国近代文明进化，事事皆落人之后，惟饮食一道之进步，至今尚为文明各国所不及。”

2023年11月16日

* 赵霖，解放军总医院营养科研究员，中央文明办、原国家卫生部健康教育首席专家，中央军委保健委员会会诊专家。

序

火候足时他自美——古今知味者及其知味随笔略说

王仁兴

清代诗人、知味大家袁枚在《随园食单·序》中，开篇即引《中庸》指出：“人莫不饮食也，鲜能知味也。”

《中庸》旧传为孔子嫡孙子思所撰，但研究者认为系汉儒据秦汉间所见史料编撰。无论是子思还是汉儒，我们似乎都可以将这段话看作从一万两千年前陶器烹饪发明至两千年前铁器烹饪逐渐普及时，华夏先民在这大约一万年间积累的对饮食之道感悟的结晶。

现在返回来谈这句话的意思，既然人们每天都在饮食，为什么会“鲜能知味”呢？明末清初的李渔认为，在《本草》记载的各种食物中，“益人者不尽可口”，而“可口者未必益人”，因而能识出既可口又益人食物的人，才是真正的“知味者”。那么在普天之下的人群中，这样的“知味者”又是什么人呢？

这有两种说法，一种说法是“智者知食”，这是法国著名美食评论家让-罗伯尔·皮特在《舌尖上的法国》中所引的一句名言。所谓“智者”，当指古希腊柏拉图等哲学家思想家。他认为，因为“美食与爱乐一样，都是一种审美”，因而“要求文化的积累和感觉的强化，首要的是品味”。如果按照他的说法，在古代中国，提出“不时不食”的孔子、“五味令人口爽”的老子、“富贵至则衣食美”的墨子等先秦思想家，也都在“智者知食”之列。

另一种说法，袁枚以《典论》的说法给出了答案，即“一世长者知居处，三世长者知服食”，意思是第一代显贵知道操持宅院之道，到第三代才懂得着装与饮食的真谛。袁枚所引的《典论》，系曹操次子魏文帝曹丕所撰，在唐欧阳询《艺文类聚》所引的《魏书》中，这句话则作“三世长者知被服，五世长者知饮食”。曹丕还在这句话的后面加以解释：“此言被服饮食难晓也。”不过无论是“一世”“三世”，还是“三世”“五世”，都说明在曹丕看来，“知味者”均出自世代为官的显贵之家。

曹丕的说法不难理解。在古代中国，那些出身书香门第的当世名流，因家计丰厚才能整日寄情诗酒，在与家人或友朋饮宴中遍尝八方珍馐，其中有的还将诸家美味的制法等付诸文字。曹丕的父亲曹操就撰有《四时食制》等随笔多篇，《曹操集》中对此辑录颇详。

汉唐以降，在曹丕所言的“知味者”中，尤以汉代起就世代为官的段氏一族为著。仅有唐一代的段文昌、段成式和段公路祖孙三代，就撰有《邹平公食宪章》《酉阳杂俎》和《北户录》。其中，除《邹平公食宪章》已亡佚之外，其他两部均为唐人笔记中的传世名著。透过这些知味者的笔记可以看出，这一层面的知味者之所以深谙饮食的精妙，其知味路径主要是吃而思进而行文。

“净洗铛，少著水，柴头罨烟焰不起。待他自熟莫催他，火候足时他自美。黄州好猪肉，价贱如泥土。贵者不肯吃，贫者不解煮。早晨起来打两碗，饱得自家君莫管。”

苏轼的这首《猪肉颂》说明，大致从宋代开始，又出现了与曹丕所说稍有不同的知味者。这些知味者多为享誉文坛的士大夫，他们的饮食虽不及显贵的奢华，但也能在日常小酌中自得诗酒之乐。更重要的是，他们还能亲手制作自己欣赏的美食。苏轼的这首诗，当是其躬身烧肉的真实写照。其中的诗句，在世代传诵中，还被概括为烧制美味肉块的十六字诀，足见此诗确为东坡烧肉的灶台火花。

而陆游的一位挚友闻人茂德，比起苏轼对饮食的通晓则有过之而无不及。陆游在《老学庵笔记》中说，此人不仅“谈经义滚滚不倦”，而且“喜留客食”，以食待客殷勤有加，甚至还一反士大夫之尊，开起了“豆腐羹店”，可谓唐宋以来知味者中的佼佼者。

显然，同前面谈到的段文昌等人不同的是，这一层面知味者的知味路径，是从品味发展到亲自执炊，然后又在这两者的不断往复中，升华为对“味”独特认知的思想光华。对士大夫这一层面知味者所撰随笔的文字价值，一些士大夫颇有微词。但清同治、光绪年间作《随园食单补证》的夏曾传却指出，这类文字可以“使嗜味者由烹调而考订其源委，由源委而讲求其实性”。因而他提出，对这些亦文亦谱的烹调笔记，士大夫之间大可不必“以琐屑鄙之”。

在以上这两个层面的知味者中，除了世家主人或某些士大夫之外，还有世家的女主人或在世家执炊的大厨。比如北魏重臣崔浩所撰《食经》，该书内容即据其母口述整理而成。明代弘治年间久居京师的宋诩，将其母传授的北京等地饮馔制法编撰为《竹屿山房杂部》中的《养生部》。而曾在段文昌宰相府事厨达四十年的女厨师，供其操作的厨房被称为“炼珍堂”，她本人则被段氏一家尊称为“膳祖”。《邹平公食宪章》中的大部分内容，即来自这位膳祖的口传。总的来看，汉唐以来这两个层面的知味者，既执炊又撰文是他们的突出特点。在一定意义上可以说，他们的知味著述代表了中国饮食文化代有传承的一种传统。

历史发展到20世纪。50年代末，由人民卫生出版社出版了《烹调与健康》，作者系著名京剧表演艺术家刘长瑜的父亲周华章。周先生30年代曾任北平市长，其后在京津繁华地段与人合开多家中西餐馆。周先生在这本书的序言中写道，为了充实自己的烹调知识并获得更多的专业经验，他“特到饭馆充当四年掌灶”，以使“写出来的东西接近实际”，并使“读者易于领会”。他在北京前门外煤市街新馨南菜馆主厨时，郭沫若等文化名人和驻华使节均曾光顾。

中国末代皇帝溥仪胞弟溥杰的夫人爱新觉罗·浩，中日料理兼通，曾将清宫御厨口传菜点制法和相关历史背景做了笔记，整理后于1961年在日本出版。1988年和2012年，中国食品出版社和生活·读书·新知三联书店，分别出版了该书1961年版和1996年增补新版的中译本。书中的菜点浩女史均能亲手制作，60年代时总理曾指示北京北海仿膳饭庄的当年清宫御厨，到家中向浩女史传授点心制作。浩女史出身日本贵族家庭，她认为，料理是一种高雅的艺术，品尝美食就像欣赏诗歌和音乐那样令人陶醉。浩女史对美食的这种认知，让我们感受到一位知味大家的美的境界。

王世襄先生曾谦虚地说他不过是一位喜好烹调的票友，先生的《锦灰堆》文集中，收入了三篇谈味的佳文。先生对美食尤其是古都的京菜，不仅有极高的鉴赏能力，更令人惊叹的是还能在家亲制甚至创出新菜待客，这在20世纪80年代已广为学界所知。

三年前，魏博先生在微信中说，他已将多年所写的随笔结集交生活书店，并要我写序。近日，他高兴地告诉我，生活书店已决定出版，我向他表示祝贺。魏博同我相识和往来已三十余年，在《中国食品》杂志的作者中，他的勤奋和好学给我们留下了深刻印象。粗略浏览了这本随笔，感到整体上显示出职业餐饮人的“知味”特点。一般来说，非餐饮人只是写出饭店或小馆某道特色美食是如何好吃到极致，或者是加上这些美味的人文背景，等等。而魏博的这些随笔，却将笔触直抵美食内在的呈现机制，即各种各样的食材是经过大厨怎样的料理，最终才呈现出“凡料成珍”的境界，这其中又深蕴着职业厨师怎样的奇思妙想。当然，家庭主妇中的烹调爱好者往往也收获了这些，并且在某些方面可能还有自己的得意之作，但这些对非职业餐饮人来讲，应该多是未知。我想，从另一个角度来看“知味”，魏博的这本随笔集的可读之处，大概也就在这里。

2023年3月18日

* 王仁兴，饮食文化学者，高级编辑（研究员），曾任中国食品报社副总编辑、《中国食品》杂志主编等。2014年被中国食文化研究会授予终身成就奖。

自序 口福同享赏厨艺

魏博

深州大蜜桃是老北京人耳熟能详的河北名产，上世纪50年代初，父亲就是从深州来到了北京，在鼓楼东大街路南一家木器店当学徒，母亲后来也从家乡到了京城，先是在街道红医站，后来又去做印刷工作。

记得很小的时候，为了让妈妈中午下班进家门后不再饿着肚子给我做饭，我便学会了熬粥。爸爸有时在家也做些木工活儿，看到一根根木头在他手上左裁右刨，不知不觉中便变成了桌子、椅子或板凳，我感到很神奇，常常蹲在旁边看。就这样，大概是上初一开学前的暑假，在爸爸的指导下，我学着他的样子，竟然做成了一把椅子。

四十多年过去了，这把椅子我妈现在有时还在坐，她老人家逢人便说："这椅子是我儿子小时候做的，到现在还结实着呢。"言语中透着骄傲和自豪，可我心里明白，我天天上班，妈妈岁数大了，又是一个人在家，她老人家这是在想她儿子啊！

1982年高考，我落榜了，主要是数学把分拉低了。当时的政策是要么直接就业，要么继续上学，我报的是继续上学，老师说上学要服从分配，当时北京市服务管理学校正好招高考落榜生，就这样，我被分配到该校烹饪专业。说心里话，接到通知后，我真的不愿意去，觉得这辈子完了。上高一时我为了把作文写得漂亮，总是用一些华丽的辞藻，结果有一次语文老师讲评时，不点名地念了一段我的作文，我心里很不好受，从此暗下决心，一定要按老师说的，写出有真情实感的作文来。我在课余和寒假看了《基督山伯爵》《西游记》等中外文学名著，这些名著让我走进了一个新的世界，觉得人生、社会与自然是那样多彩且充满诱惑，心中不禁萌生了要当杨朔、刘白羽那样的作家的念头，可现在却进了服务学校，从此就要和锅碗瓢盆打交道，这同我的理想差得也太远了，不过在母亲和老师的一再劝说下，最终我还是硬着头皮服从了分配。

在服务学校烹饪专业的课堂上，刚开始就让我惊叹的是烹饪古籍选讲。记得李春方老师绘声绘色的讲述，让我感到原来中国烹饪是这样古老这样深奥。北京燕山出版社出版的《闾巷话蔬食》就是李春方老师的一部著作。在实操教室灶台前，伍钰盛大师等一位位北京名厨的讲演和操作，又让我感到烹饪太神奇太有意思了。

过去，我只记得妈妈给我摊鸡蛋要先放油，没想到用水还能炒鸡蛋。我把学得的这一手，做给喜欢吃清淡素食的妈妈，又把宫保鸡丁、鱼香肉丝做给喜欢辛辣口味的父亲和姐姐。他们吃后高兴地说，这是他们吃过的最好吃的菜。我还利用课余时间，到中国商业出版社买《易牙遗意》《醒园录》等烹饪古籍，很快，一年半的课堂教学告一段落，我被分配到著名的仿膳饭庄实习半年，毕业后被分配到北京王府井全聚德烤鸭店。

从业三十余年来，我的人生历程大致可分为三个十余年：从事厨师工作的十一年间，我先后去过东北、江南，到过德国和瑞士，经历了冷荤制作与艺术拼摆、案台切配与灶前翻炒，甚至在烹饪大赛中还获过大奖。其间为了提高写作水平，我还参加了高等教育自学考试，完全利用业余时间，两年半内就取得了由北大、人大和北师大分别颁发的结业证书，并于1989年6月获得北京市高等教育自学考试委员会颁发的中文专业大专毕业文凭。其后的十一年，我在烹饪教育工作中辛勤教书传艺，其间还获得了北京市政府颁发的高级讲师专业技术职务证书和中式烹调国家级评委资格证书，并作为国际中餐烹饪大赛组委会成员见证了众多名厨的美食制作过程。接下来至2021年末的这十五年，我先后在中华老字号丰泽园和全聚德门店从事企业管理工作。

在这三十余年的从业经历中，我制作和见识了众多美食，交往了许多烹饪界名家和社会知名人士，并且留心收集和记录了当时令人难以忘怀的一款款美食和一幕幕场景，最终汇成这本册子。这些小文应该说主要是上世纪八九十年代北京及各地美食的一个时代记忆，其中自然也融入了我对烹饪、对美食、对人生的探索与追求，当然也是我中学时代的作家梦结出的一个激情果吧。

此书“水鲜述真”“佳肴巧技”“精粮抛艺”三辑为“名师揭秘篇”，辑四“面食集萃”、辑五“风味汇珍”为“地方美食篇”。那些精通美食秘技的国宝级烹饪大师虽已作古，但他们高尚的厨德和精湛的厨艺却永远地留在我的记忆中。

感谢丰泽园学院路店、全聚德西翠路店办公室为本书提供的部分图片，感谢生活书店廉勇等各位老师付出的心血，感谢赵霖、王仁兴两位老师为本书作序，感恩书中那些与我相识的所有老师、亲人、朋友，感恩周围的一切。正是因为你们，才使当年的我从懵懂、迷茫走到今天的愉悦、自信，才使我感受到先人美食创造智慧的伟大和民以食为天的深刻意蕴。

是的，生活中不能没有美食。

餐桌，闪亮的永远是中华厨艺。

2023年12月

辑一
水鲜述真

葱烧海参秘密多

一道葱烧海参引来多少传奇故事，这是电视剧《传奇大掌柜》一大看点。当然，戏剧作品本身就具有源于生活高于生活的艺术演绎色彩，否则何以让观者为之动情？中华名肴中的葱烧海参是鲁菜中的极品，在当代可谓家喻户晓。葱烧海参既是山东地区传统名菜之一，也是京城老字号丰泽园的代表菜，甚至国宝级烹饪大师王义均先生也被行内誉为“海参王”，这称谓中含有老爷子的姓，也道出了他制作海参的权威性。

葱烧海参这款菜是以水发海参和大葱为主料，成熟后海参味道鲜美，柔软香滑，葱香浓郁。

海参是珍贵的海产品，被列为八珍之一。从品种上可分为刺参、乌参、黄玉参和梅花参等多种，山东沿海所产的刺参为海参上品。海参之所以名贵，是因为海参生于浅海礁石的沙泥海底，喜在海草繁茂的地方生活，在采捞时需人工潜水逐个捕捞，既费力费时，且收获的也很少，故物以稀为贵。

据文献记载，海参入席始于三国时期，当时吴国沈莹所著的《临海水土异物志》就有所描述：“土肉，正黑，如小儿臂大，长五寸，中有腹，无口目，有三十足。炙食。”明代以后，据《本草纲目拾遗》记载：海参，味甘咸，补肾经，益精髓，摄小便，壮阳疗痿，其性温补，足敌人参，故名曰海参。袁枚所著《随园食单》也有所记载：“海参无味之物，沙多气腥，最难讨好，然天性浓重，断不可以清汤煨也。”徐珂《清稗类钞》记载的就更为详细了，在“饮食类”中的海参菜肴就收录了煨海参、炒海参丝和拌海参丝三款。其中煨海参的做法是：“海参须检小而刺者，先去沙泥，用肉汤煨三次，然后以鸡、肉两汁红煨之，使极烂。辅佐物则用香蕈、木耳，以其色黑相似也。”这款煨海参的选料就是刺参。

丰泽园的葱烧海参乃已故王士珍老技师亲传，选用的就是山东半岛的刺参。上世纪80年代，葱烧海参开始名声大振，那是因为被誉为“海参王”的王义均先生在1983年首届全国烹饪技术比赛中以此菜获得金奖，从此葱烧海参更成了丰泽园的看家菜。

我在丰泽园担任经理多年，常与王义均大师及掌灶名师们谈论葱烧海参。这道菜从选料到涨发制作都相当考究，含糊不得。海参须选用软硬一致、大小一致、厚薄一致、成熟度一致的精品海参。在制作工艺上有自己独特的干货涨发方法，采用纯净水和冰块，以独特技术、纯绿色、无污染进行涨发，充分保证海参的品质。现在丰泽园的这道菜采用秘汁烹制，色泽红亮、葱香浓郁、咸鲜适口，再配上山东章丘的大葱、翠绿可口的芦笋，营养也更均衡。

葱烧海参的传统做法既考究也比较复杂，主要原料有水发海参、章丘大葱段、葱姜米、清汤、白糖、水淀粉、酱油、料酒、味精、精盐、糖色、葱油、猪油和青蒜段。先将涨发好的海参用凉水反复洗去泥沙，汤勺里加水放入海参，上火烧开，煮透捞出；炒勺内放猪油，八成热时下入葱段，炸至金黄色捞出放入碗里，加清汤、料酒上屉蒸两分钟取出，控去汤。葱段备用；汤勺置于旺火上，放入猪油，八成热时下入白糖炒至金黄色，下入葱姜米、清汤、酱油和海参，放入料酒、精盐，对好口，烧开，微火烹制二至三分钟，海参入味后，汤汁耗去三分之二，调成大火加味精、糖色，然后勾芡，盛入盘中；炒勺重新上火，放入葱油和葱段，下入青蒜段，浇在海参上即可。

丰泽园传统的葱烧海参的烹制葱油曾使用的是猪油，这里面还有一个故事。丰泽园的葱烧海参有名气，而葱油同样在京城驰名，曾经引得许多餐饮同行前来请教，其中北京饭店的谭家菜的厨师们就曾专门前往学习炸葱油。计划经济年代，厨师们在技术上没有保守的概念，可以说是手把手地教给来学者。谭家菜的厨师学成后回去一炸不是味儿，不久又派人第二次前来学习，结果回去后动手炸出的葱油仍然不是味儿。谭家菜那边厨师的心里就琢磨开了，你们丰泽园没有把核心的内容告诉我们吧。丰泽园的厨师们也诧异了，带着疑问询问王义均大师。大师听完大家的描述后道出了原因，原来丰泽园酱货多，每天从酱汤里浮上来的猪油很多，他们使用的就是这种猪油炸出的葱油，猪油中已融入了酱香味道，炸出的葱油怎能不香，制作出的葱烧海参也就更香了。学习者则只知道是猪油，回去用猪肥膘现熬制，炸出的葱油自然不是味儿了。当然，由于猪油的高脂肪特点，现在丰泽园的葱烧海参早就不使用猪油了。

我与王义均先生接触时话题最多的也是葱烧海参，制作时还有两个关键：一个就是为了更突出海参的鲜味，彻底去除那混杂的海藻腥味，烹制海参前还要“渡一下”，也叫“码味”，其实就是在水中放入部分调料，开锅后将海参过一下，目的是用调料去掉海参的杂味；还有就是上屉蒸的葱一定不要过火，否则就有烂葱的味道了。

葱烧海参的葱节经过多次加工，非常入味，所以旧时那些讲究的食客都要亲自品尝大葱以检验厨师的功力。当然，随着发展，现在烹制葱烧海参已变得简单，因为烹制前早已兑好了味汁，厨师只须掌握好勾芡技巧就可以了，而秘制海参汁也鲜美得多，因里面有蚝油等多种现代调料成分。

还值得一提的是，从养生角度讲，海参具有提高记忆力、延缓性腺衰老、防止动脉硬化、预防糖尿病以及抗肿瘤等作用。我在丰泽园工作期间，经常接触一些知名艺人，特别是那些中年以后的明星男士，对海参情有独钟，这到底是不是他们脸部永葆青春的秘诀之一呢？只有他们自己心知肚明。一些艺人在听我介绍完海参的知识之后，还请我帮他们推荐最好的供货商。因为有些艺人一直坚持每天吃上两根，甚至是不用调味。为了效率高，我还介绍了一个最简单的干海参涨发方法，那就是将海参放入暖水瓶中，看其大小决定涨发时间就可以了。

烩乌鱼蛋考技师

2007年伊始，由于工作需要，我从教育培训管理岗位调到中华著名老字号丰泽园任经理。那时经常有一些演艺界名人前来就餐，有位扮演毛主席的特型演员每到丰泽园进餐，都提前给我打电话指定到宴会包间菊香书屋或紫云轩就餐，因为这两个单间均是以中南海丰泽园内毛主席生活和工作过的地方而命名的宴会厅。每次他来，我都给他推荐毛主席特别喜爱的美味——烩乌鱼蛋。

烩乌鱼蛋是丰泽园饭庄的名菜。据丰泽园老厨师回忆，当年，毛主席就很喜欢喝这个半汤半菜的美味。新中国成立初期，有几次主席在家宴请社会贤达或知名人物，就会邀请丰泽园的厨师到中南海主席住处做饭，主席都点此菜。有一次饭菜用完后，主席还想再要一碗烩乌鱼蛋，但是没有了。所以丰泽园的厨师以后再到主席家做饭，都特意多带点这道菜的原料和高汤，而且每次都受到主席的赞扬，说丰泽园制作的烩乌鱼蛋为一绝。

烩乌鱼蛋是传统山东代表菜，说是菜，可又有几分像汤，因为在宴席上往往是冷菜之后的头菜就是它，食客热乎乎地喝上一盅，酸辣鲜咸适口，食欲大增。实际上这是一道半汤半菜的名菜，是采用传统技法烩的方法烹制而来。

据清代赵学敏《本草纲目拾遗》载："乌鱼蛋，产登莱。乃乌贼腹中卵也。"实际上乌鱼蛋是雌乌贼（俗称墨鱼）的产卵腺，也称月蛋，呈椭圆形，外面裹着一层半透明的薄薄的脂皮，它含有大量蛋白质，产于山东青岛、烟台等地，一向被视为海味珍品。明末清初画家兼诗人王士禄《忆莱子四首》中有一首写道："饱饭兼鱼蛋，清樽点蟹胥。波人铲鳆鱼，此事会怜渠。"王士禄将乌鱼蛋同蟹胥、鳆鱼同列，说明乌鱼蛋在当时已被列为珍品。实际上这道菜早在清代初期就在山东盛行，清代中期在北京的山东菜馆亦非常流行，深受当时文人雅士的欢迎，乾隆年间大诗人及美食家袁枚，曾多次品尝过该菜，并在《随园食单·海鲜单》中记载了该菜的制法："乌鱼蛋最鲜，最难服事，须河水滚透，撤沙去臊，再加鸡汤、蘑菇煨烂。龚云岩司马家制之最精。"由此可见历史悠久的程度。相传，这道菜也是封建帝王御膳佳品。据清康熙五十四年（1715）的《日照县志》载："乌贼鱼口中有蛋，属海中八珍之一。"至清末，乌鱼蛋一直被列为贡品。

制作烩乌鱼蛋很费工夫，也很讲究技法，须将"乌鱼钱"揭成单片，还要保持片整不碎，用开水煮透，彻底去除腥味后才能烹制。烩乌鱼蛋要选用特制的高汤制作，这高汤是用上等动物性原料文火慢煮，待原料的营养成分充分融入汤中，再用鸡腻子清汤制成清澈见底的高汤。用这种高汤和乌鱼蛋烩制，汤味醇厚，味道鲜美，营养更加丰富。

烹制这道菜有许多烹饪诀窍，这些诀窍也往往成为厨师们津津乐道的话题。先把乌鱼蛋用清水洗一洗，剥去脂皮，放在凉水锅里，在旺火上烧开后，端下锅浸泡六小时；把乌鱼蛋一片片地揭开，揭时必须保持乌鱼蛋完整，然后放进凉水锅里，在旺火上烧到八成开时，换成凉水再烧，如此，反复五六次，才能去掉这种原料特有的咸腥味；将汤勺置于旺火上，放入高汤（倘若家庭制作没有高汤，用水加鸡精也可以），在高汤中放入乌鱼蛋、酱油、黄酒、姜汁、精盐和味精，烧制；待汤烧开后，撇去浮沫，加入用水调好的湿淀粉，搅拌均匀；再放入醋和胡椒粉，翻搅两下，淋入少许香油，倒在碗内，撒上香菜末即成。

据家乡在山东半岛的老技师们讲，过去人们肚子素，所以在烩乌鱼蛋成熟后淋入的是鸡油。

别看制作过程简单，烹制这款菜的烹饪诀窍却有很多：乌鱼蛋以饱满坚实、体表光洁、蛋层揭片完整、乳白色为上品；乌鱼蛋薄片，行话名“乌鱼钱”，如果当天不用，必须用清水浸泡起来，每天要换一次水；醋必须临出锅下，否则味道近似酸泔水；乌鱼蛋要反复多次地煮制，以保证去掉腥味，但撕成片状的乌鱼蛋不能用滚开的水煮，应凉水下锅；勾芡时须离火，待汤液平静后下入淀粉，搅匀后，小火一开即可，这样才能保障烩液的清亮。小小的一道菜就有这样多的要点，可见烹饪的功力，这些要点都是秘诀，一般是绝不外传的。

这道菜富含丰富的蛋白质，酸辣鲜香、开胃利口，享有醇厚不腻的美誉，令人食后口齿留香，回味无穷。

烩乌鱼蛋虽是脍炙人口的名菜，但在厨师晋级考试中就不宜选择这道菜。1997年，我成为当时北京最年轻的中式烹调技师。当时实操考核前夕，我曾打算自选这道菜作为考核菜之一，幸亏有了国际烹饪大师陈守斌先生的提醒才作罢。

那年我冲刺即将到来的技师实操考核时，曾就考核的菜品请教过资深的评委陈大师。我本来打算汤菜考烩乌鱼蛋，他听后一个劲地摇头。我问他为什么，他说这个菜没有刀工体现，只有香菜末那一点点，会影响成绩，于是给我建议考烩三丝，原料可用鸭肉丝、冬笋丝、香菇丝，同时他建议口味选用咸鲜口，虽然口味单一，但可挑剔的地方就少了。这些建议有着丰富的考核经验，我欣然采纳。当时，北京已经有十几年没有进行烹饪技师升级考试了，报名者又有严格的门槛限制，要求具有十五年工龄。当时，我才十三年工龄，由于全聚德集团烹饪教育工作的特殊需要，进行了破格申请。申请被批准了，据说当时包括远郊区县的共有七百多名厨师报考，经过理论考核、原料鉴别、论文答辩、实操考核等过五关斩六将，最后仅有两百余名厨师过关，而我全部考核合格，成为当时北京市最年轻的中餐烹饪技师。

鱼圆绝技金大爷

现代都市的年轻人大多喜欢吃火锅，而麻辣火锅的主要原料又少不了鱼圆。鱼圆的品种有很多，大多是袋装产品，吃起来韧性很强且富有弹性。而鱼圆也有一道名菜，那就是著名的清汤鱼圆。

清汤鱼圆为江南名菜，它是采用鲜鱼为主要原料，剔除鱼骨加工成蓉泥，并加调味品、水等原料后进行搅拌，制成珍珠般的鱼圆，入热水中精心汆制而成。这道菜肴以鱼圆洁白、细嫩、汤汁清澈、味道鲜美的特色深受广大食客青睐。

据民间传说，鱼圆这道菜还和秦始皇有些渊源。秦始皇曾多次巡游南方，他爱吃鱼却又很怕鱼刺，忌讳颇多。厨师在烹制鱼肴时，稍有不慎，就有可能招致祸殃。有一次，秦始皇又巡游到南方，想要吃鱼，于是传命楚国名厨做一道鱼菜。由于菜催得紧，主刀的厨师不慎用力过猛将整鱼切断了。厨师眼看性命难保，便将一腔怒火发泄在鱼的身上，用刀背狠拍鱼身，这一拍却将鱼刺拍出鱼身。厨师灵机一动，便精心调味加工，将出骨后拍成泥的鱼肉蓉捏成圆放入鲜汤，做了一道鱼圆菜。这碗清汤鱼圆，色泽白如玉，恰似清水芙蓉，鲜嫩如豆腐，又无鱼刺之扰，很得秦始皇喜欢。以前，秦始皇吃鱼时若吃到鱼刺，便说厨师是有意戳穿他的喉咙；鱼肉若酥烂，又说厨师诅咒他碎尸万段。当尝到这别开生面的鱼丸后，他不由得心花怒放，于是下令重赏厨师。从那以后，鱼丸成了秦宫膳食中很受器重的名肴。由于鱼丸的“丸”与“完”字谐音，后来就改称“鱼圆”了，这道菜也慢慢流传到了民间。

制作鱼圆，多见于河湖较丰富的地区，因得天独厚的地理环境使之鱼类资源非常丰富。由于地域不同，制作鱼圆的方法也有一定的差异。我就尝过不同地区的鱼圆菜肴，但印象深的却寥寥可数，大多都外表粗糙、口感较老。制作鱼圆的工艺不仅复杂，而且难度也较大，需要制作者具备较高的烹饪功底。不得其法者，往往过多地加入蛋清起凝结作用，从而减少了理应加入鱼蓉中的水量，这也是造成鱼圆老韧的一个重要原因。我曾多次目睹过著名烹饪大师金永泉制作的鱼圆，工艺上有许多与众不同之处。

金永泉在行内被称为“金大爷”，提起金大爷，京都烹饪界可谓人人皆知。他十五岁就开始拜师学艺，1959年，北京市宣武区创建晋阳饭庄，金老因当年在市烹饪大赛中获得第一名而被调到晋阳饭庄，工作了三十年之久。金老烹饪知识广博，技术全面，特别是制作泥蓉类菜肴，不仅擅长，而且有许多独到之处，其中，“清汤鱼圆”就是典型的一例。

上世纪90年代，我从事烹饪教育工作，经常到朝阳门外东大桥一号楼的金老家去接他到校讲授实操课，也曾不止一次地亲眼目睹金老制作清汤鱼圆的详细过程，了解了其中的关键和奥妙。金老烹制鱼圆使用的主要原料大多是草鱼，制蓉泥不是用刀背剁，而是使用机械。用刀加工的蓉泥可以在剁制的过程中清除大部分的筋，而机械却做不到，不仅刺多，而且筋多，但金老自有他的办法。第一步，他将机械搅的鱼泥子过细罗，金老言，鱼蓉泥过罗后，不仅鱼刺、鱼筋全部清除，为鱼圆质地细嫩打下了第一步基础，而且色泽也更白。

第二步是打鱼泥子。加入少许的葱姜汁、油、盐，朝一个方向搅拌上劲后，再加水继续搅拌上劲。每回金老在制作鱼圆时，总是让我给他准备两瓶优质的冰镇矿泉水。起初我以为是金老在制作菜肴时爱饮用凉水，后来才发现矿泉水是为搅拌时加水用的，问及原因，金老详细道出：搅拌时最怕的是鱼蓉泥的温度升高，此中原因有很多，如机械高速搅动、用手直接搅拌、天气炎热等，鱼蓉泥的温度一旦增高，就会降低凝胶强度，失去弹性，行话就是“澥”了，也就无法再制作鱼圆了。加入冰镇矿泉水，一方面能够有效降低蓉泥的温度，另一方面也使鱼圆中增加了许多矿物质成分，增强了营养作用。金老将足量的冰镇矿泉水加入鱼蓉泥上劲后，再加入白油、白面和蛋清搅拌均匀。

把蓉泥挤成鱼圆后，还要放在冷水中“养”，鱼圆只有经过“养”才会圆润饱满、光亮洁白，口感更滑嫩。上火汆制时，最为关键的是火候的掌握和水温的控制。勺里放入清水烧开后，将鱼圆放入水里，水温要始终控制在90摄氏度。水温过高，容易起蜂窝，从而失去弹性，影响色泽和口感。鱼圆放入调好咸鲜口味的高汤中，再撒入一些焯好的翠绿的豆苗，白绿相间，悦目好看，一道色泽美观、口味鲜浓的鱼圆便完成了。

由于制作工艺有许多独到之处，金老的鱼圆最大特点就是质地软嫩。鱼圆入口后，滋味鲜美自不必说，那种绵软的质地、入口即化的口感，给人留下了很深的记忆。我到台湾旅游，曾在高雄尽享各类美食小吃，那里的鱼圆品种繁多，但口感也是略有韧性，缺乏滑嫩的质感，这大概就是小吃的特点。当然，金老爷子制作鱼圆的技术炉火纯青，可称得上是中餐烹饪精品中的精品了，不能拿这个标准去衡量大众小吃。

古园打条酱汁鱼

中国人对酱的酷爱可谓由来已久，源远流长。如果从文献上讲，对酱品最早的记载要追溯到商周时期，据《周礼·天官冢宰·宫正/外饔》载："凡王之馈……酱用百有二十瓮。"郑玄注："酱，谓醯醢也。"醯、醢，指的都是肉酱。中华名肴以酱为主要调料烹制的菜肴有很多，酱汁鱼就是一例。

酱汁鱼是山东地区传统名菜之一，此菜品采用传统工艺的酿制面酱烹制，有浓厚的酱香味，故而叫"酱汁鱼"。由于烹制此菜大多采用活鱼为原料，故又称之为"酱汁活鱼"。齐鲁大地在酱的制作与烹调上有着悠久的历史，早在春秋战国时期酱的吃法就已很有讲究了，吃不同的东西，就用不同的酱烹制或配食。《论语·乡党》中记载，孔子对饮食有"食不厌精，脍不厌细"之论、"八不食"之说，其中就有"不得其酱，不食"。从西周开始，中国进入"礼仪之邦"，这个"礼"不仅反映在等级之间，连衣、食、住、行等方面都有规定。孔子所处的春秋时期，礼崩乐坏，孔子只能眼睁睁地看着而无力改变，不过他在力所能及的范围内，还是严守礼仪。这就有了"不得其酱，不食"之礼规，可见酱在历史上超越口味之外的重要意义。

酱汁活鱼的烹制方法独具特色，在烹调过程中以水为加热体，烧㸆时酱汁的滋味全部浸在鱼肉中，使鱼有酱香，酱有鱼味，汁浓而甜香，成菜酱红色，油光润泽，因为没有用油煎炸，鱼肉水分失去得少，因此肉质很鲜嫩。丰泽园已故特级厨师王士珍，在上世纪50年代时就以擅长烹制此菜而蜚声厨坛，在其后国宝级烹饪大师王义均等亦都精于烹制此菜。

制作酱汁活鱼需要活鲤鱼一尾，首先将活鲤鱼去腮，去鳍，刮去鳞开膛，除去内脏，冲洗干净。在鱼身上两面每隔约0.8厘米距离横切一刀，切到鱼骨为止，不要切断鱼腹，然后手提鱼尾在开水中烫2至3分钟，使刀口张开除去腥味。将炒锅放在旺火上，先下入熟猪油、白糖、甜面酱，用清水100克调匀，再加入清水1150克，烧开后放入烫好的鱼。汤再烧开时改用微火约㸆20分钟，待汤汁剩下三分之二，再用旺火烧开，最后将鱼捞出放入盘内。将有汤汁的炒锅继续放在旺火上，用手勺不断搅动，防止煳底，待汤汁㸆浓后，浇在鱼上撒上姜末即可。

据丰泽园王大师讲，在他当学徒的年代，烹制酱汁活鱼大多采用猪白油，一是为菜增香；二是动物脂肪在烹制过程中渗透鱼肉中，增加了肉质的润嫩与鲜美；三是在菜肴成熟时浓汁更易于依附在鱼体表面。现而今，人们烹制此菜大多采用植物油。

1991年，我所在的王府井全聚德烤鸭店面临装修改造，一段时间里我暂时在家待工。恰在这时我迎来了晋级高级厨师的机会，在北京商业大学学完理论和实操课，面临的就是实操考核。自己所在的企业已变成一片工地，于是我只好来到曾是服务学校的同学的单位备考。同学在京西一家园林式的宾馆做厨师工作，这次同我一起参加晋级考试。他工作的宾馆集南方水景园林和北京四合院建筑风格于一体，湖水山石叠映，亭榭长廊相连，绿树成荫，翠竹葱郁，院内有湖，湖中有岛，湖边可以垂钓，就餐环境幽雅。最初我们苦于实操考核的内容，绞尽脑汁想了半天也没结果。中午，一瓶红星二锅头喝下去了，仍然没有个头绪。酒足饭饱，我俩背着气枪在院子里瞎转。看见山石间窜来窜去活跃的老鼠，我借着酒兴，举枪就打。当年高中时期，我曾是地坛体校小口径射击队员，且当时的成绩优秀，可以说即使目标远在百米之外，也会百发百中。凭着我这枪法，几只可怜的老鼠倒在了我的枪下。遛到了湖边，我俩坐下开始海聊，饶有兴致地回忆学生时代学习专业课时的一些趣闻。恍惚间看到鱼在水中游动，我抬枪就打……

看着鲜灵灵的鲤鱼，我们有了主意，就选酱汁鱼作为实操考试菜品。正是酱汁鱼让我们顺利通过了烹饪实操考核，取得了中式烹调高级厨师资格证书。正是及时取得这一证书，1997年，当我考技师审核资格时，取得高级证书的时间年限符合条件，但工龄差两年。由于教学工作需要，经过集团领导的特批，我破格参加考核，再经过数关严格考试，最终取得了技师资格证书，成为当时北京市最年轻的中式烹调技师。

江南拆烩鲢鱼头

拆烩鲢鱼头、蟹粉狮子头、扒烧整猪头是扬州菜中驰名的三头名品，可谓脍炙人口。就其烹饪技艺而言，拆烩鲢鱼头则更具个性，这道菜的亮点在于整个鱼头在烹制过程中虽被拆出骨，但鱼头形状基本保持完整，不失其形，堪为一绝。

关于拆除鲢鱼骨制作佳肴，清代中期的烹饪书《调鼎集》就有记载，这是一本荟萃厨师实践经验的集大成之作，介绍了正宗的扬州菜的烹调方法，收录了三百多种鱼菜，并附有对原料鱼的详细说明。该书卷五记载了去骨烩鲢鱼头最初的名字叫烧胖鱼头，其做法是将鱼头“去骨、入鲜汤，和酱油、酒、姜、葱红烧”。拆烩鲢鱼头以鲢鱼头为主要材料，采用烩菜烹制方法，将鲢鱼头拆骨后烩制，整个鱼头扒烂脱骨却不失其形，在口感上鱼皮糯黏腻滑、鱼肉肥嫩、汤汁稠浓、口味鲜美。

鲢鱼头拆骨在淮扬菜厨艺里从来都是一道精细且难度较大的工艺，况且拆烩鲢鱼头因体现了“食不厌精，脍不厌细”的淮扬名菜精髓而传扬久远。鲢鱼头的胶质虽美，但是鱼骨繁多，任何烹饪方法都无法回避其弊端，故不能让食客尽情地大口享用，而拆烩鲢鱼头这道菜将鱼头上的骨刺全都剔除，食用时连汤带肉一股脑入口，毫无顾忌，简直是令人大快朵颐。

拆烩鲢鱼头的配料较多，制作前需将配料一一备好，主要有葱段葱结、熟火腿片、熟鸡肉片、去皮春笋片、姜片、香菇片、熟鸡肫片。将油菜心洗净，菜头削成橄榄形；将鲢鱼头劈成两片，去鳃洗净，放锅内加清水淹没鱼头，在旺火上烧至鱼肉离骨时，捞起拆去骨；锅内再换清水，放入鱼头肉，加葱结、姜片、料酒，在旺火上烧沸，捞出，拣去葱、姜；炒锅置中火上烧热，舀入熟猪油，烧至四成热时，放入菜心，用手勺推动，至菜色翠绿时，倒入漏勺沥去油；将锅置旺火上烧热，舀入熟猪油50克，烧至五成热时，放入葱段15克、姜片15克，稍炸；炸香后捞去葱、姜，放入虾子、蟹肉略炒，加料酒、鸡汤、精盐、白糖，再放入笋片、香菇片、鸡肉片、鸡肫片、鱼头肉，盖上锅盖，加入菜心、味精，烧沸后，用水淀粉勾芡，淋入白醋、熟猪油50克翻炒均匀，起锅装盘，撒上白胡椒粉，上放火腿片即成。

我当年在全聚德教育培训部主管烹饪专业培训，一般高级厨师的实操教学中的淮扬菜内容，我均邀请好友郑秀生先生前来讲授。郑秀生先生是北京饭店行政总厨，淮扬菜掌门人，中国烹饪大师，他几乎每次都要讲授他的拿手菜拆烩鲢鱼头、龙井虾仁等，由于较胖，每次总是忙活得大汗淋漓。据郑大师讲，拆烩鲢鱼头，如果选用扬州沿江产的花鲢鱼、重2500克的就更好了，这种花鲢鱼头大、肉多、肥嫩、味美，每年小雪后的雪鲢质量更佳，因为隆冬时节的花鲢鱼静而少动，所以在入冬之前，它就得大量进食，一直到小雪时分。花鲢鱼发胖先胖脑袋，所以小雪时分的花鲢鱼最为肥美，故当地人称之为“雪鲢”。在品尝的时候，连汤带菜，满勺入口，大口咀嚼，那才叫畅快享用。

上世纪末，一次教学课结束，我和郑大师聊起了菜谱，因为我们有一个共同爱好，就是收集古今中外各类菜谱。当时他有一套改革开放以后日本人主编的九卷本《中国名菜集锦》，菜谱的内容均是在中国著名的老字号拍摄的特色菜品、概况及配文。改革开放以后，日本人组团来到中国，对北京、上海、广东和四川这四地的名菜名店一一探访。那时，淳朴善良的中国人民真诚友好地招待了那些朋友，将知名饭庄和老字号的名菜佳肴的制作过程呈现出来，任其记录拍摄，许多中华名菜制作精华均收录其内。郑秀生大师有意以1500元的价格出让给我，因为我已经收集了几本，只是没有收全，因此婉拒了他的好心建议，现在回想起来颇为可惜。

寻常百姓烧带鱼

忆及儿时，最喜欢吃母亲烹制的烧带鱼。除虾米皮、海带外，带鱼或许就是我最早吃到的海鲜味道了。母亲本身不善烹调，却将带鱼烧得很香。其实做法并不复杂，在锅中用少量的油将带鱼煎炸，然后放上葱花、姜丝炝锅，再放些酱油、白糖、盐和大料以及水来炖。随着热气的蒸腾，炖鱼的美味开始散发开来，弥漫空间，屋中飘溢的香气那叫一个诱人。吃一口酱红光亮的红烧带鱼，肉嫩鲜香美味，令人久久不能忘怀。

带鱼是脍炙人口的平民食品，就如同萝卜、土豆、大白菜一样，即便是离海边最远的中国人，大概从小也尝过带鱼的滋味。不光是寻常百姓家，带鱼也曾是宴会的热宠菜肴。1959年，上海市饮食服务公司编辑过一本《带鱼食谱》，各路厨师会集，研制了六十四道有带鱼的宴会菜，诸如带鱼蟹斗、吐司带鱼、八宝带鱼球、虾仁带鱼、铁排带鱼、台拖带鱼、带鱼镶菜心、蛤蜊带鱼脯、清炒带鱼片等等，这些带鱼菜肴都有一定的烹饪难度，制作起来费时费力。从另一个角度说，沪上大众还是对带鱼情有独钟，甚至为此食材还曾尝试过举办带鱼宴。

中国烹饪史料甚多，但或许就是因为带鱼的平民化特点，所以宋元以前，鲜有关于带鱼的记载。直至明代，福建人、博物学家谢肇淛在《五杂组》中提到带鱼：“闽有带鱼长丈余，无鳞而腥，诸鱼中最贱者，献客不以登俎。然中人之家，用油沃煎，亦甚馨洁。”据故宫博物院《清宫海错图》中记载，当时沿海地区的渔民常常把新鲜带鱼悬挂着售卖，远远看去好似刀剑铺子。这是因为新鲜带鱼银光闪闪，鱼身又长，远看就像悬挂着的一把把刀剑。《清宫海错图》中还曾描绘钓带鱼时的有趣场面，渔民钓上来的带鱼不是一条，而是首尾相连，一钓就是一串。有人说，那是因为有可能是其他鱼想施救已上钩的同伴，但没想到，连自己也一起上钩了。民间也有这种场面的描述，厦门就有谚语道出了这种现象：“白鱼连尾钓。”

带鱼是典型的离不开海水的海鲜，出海水则亡，其原因就是带鱼是正儿八经的深海鱼，大概是已经适应了海底的压力，一旦遇上低压环境，自然气绝身亡。所以人们吃到的带鱼是典型的深海原生态野味，至今也无法实现随意人工养殖。

家庭制作带鱼大多采用红烧方法，将新鲜的带鱼去头去腮去内脏，除掉白鳞剪成段，用盐、料酒腌制二十分钟。鱼段放通风处，把表皮晾干，否则炸制时容易碎皮。炒勺上火注入油，油热后，下入带鱼炸成金黄色，捞出控油；锅内留底油，顺序下入八角、红椒段和葱姜蒜，下入炸好的鱼段。烹入料酒和酱油、少量白糖，添加的水以刚过原料为度，急火烧开后转中火炖制。汤汁基本收干时，调入水淀粉，大火收汁，加味精出锅，撒上葱花、香菜即可。

煎炸带鱼时最好给带鱼裹上蛋液，再下锅油炸至熟，可避免带鱼的银脂流失，炸出的带鱼也会更嫩一些。油炸带鱼时应先用大火炸，锁住带鱼的表层，再用小火慢炸，使之炸熟炸透。

上世纪90年代末，由于特殊原因，国际烹饪大师陈守斌先生被暂时安排在我们位于夕照寺街北京教育学院崇文分院内的全聚德集团的教育部门办公。陈大师很胖，肚子大得甚至到了不能躺着睡觉的程度。他只要一躺下，肚子下坠，胸膈上拱，便挤得他喘不过气，只能每天靠在特制的沙发上睡觉。客观地说，我很敬佩他的食量和酒量，特别是对荤食，可以说是痴迷。那时，我经常跟他聊一些烹饪方面的话题，他总是毫无保留，详细地把自己所知道的讲述给我。说起带鱼，他说他最爱吃干炸带鱼尾，白鳞也不去，用葱、姜、料酒、花椒腌上，入味后下油锅炸至焦黄骨酥肉脆即可。我照着陈大师的方法去做，果然，炸出的带鱼清脆爽口，真是一道下酒的好菜，如果是冰鲜而没有经过冷冻的带鱼，则味道更为鲜香味美。

我喜欢吃带鱼，有时却没有那个挑刺的耐心。直到今日，每回外出开会，那温乎乎的自助餐让我着实头疼，但唯有带鱼却是我的最爱，虽然择刺麻烦，但我还是乐此不疲。偶然一次，在东郊的一家酒店发现了一款带鱼菜，鱼刺已被剔除，且做得鲜香味美，用荷叶饼夹食，别有一番滋味，以后我因此成了那家酒店的常客。

油焖美味数大虾

在中华传统风味佳肴中，油焖大虾很亮眼也非常著名，它是四大菜系中鲁菜菜系里比较高档的一道经典菜肴，往往作为宴会菜品的主角登场。在鲁菜之中，油爆和油焖是具有鲜明代表性的烹饪技法。山东地处半岛，胶东地区烹制的食材也以海产品为主，而油焖技法乃是采用植物油和调料品融合进行焖制成菜的一种方法，焖制时加汤量比其他焖法要少，因为焖制的时间并不长且原料鲜嫩易熟。油焖技法中最典型的一例菜肴就是油焖大虾，这款菜虽使用的原料并不是很多，但最重要的是对大虾的质量要求很高，否则成菜很难达到肉味鲜美、色泽红润油亮的那种效果。

清代山东文人郝懿行《记海错》一书载渤海之对虾曰："海中有虾，长尺许，大如小儿臂，渔者网得之，俾两两而合，日干或腌渍货之，谓为对虾。"中国对虾又称东方对虾，主要产自渤海海域。山东海域所产对虾身长15至20厘米，晶莹饱满，体形硕大，真是状若小孩的胳膊，而且大虾头部虾脑丰满，虾油滋润，成菜后色味俱佳。

关于对虾的称谓或许令人望文生义，一般情况下人们会认为对虾常常是一雌一雄成对地相伴在一起而得名。其实对虾的称谓是由于这种虾个头大，过去在北方市场上常以成对为单位来计算售价而得名的。上世纪90年代，我清晰地记得，在王府井全聚德烤鸭店灶上烹制油焖大虾时，王春隆大师操着浓郁的山东口音感慨地对我说："想当年在我的家乡海边，一对大虾就能换回一斤玉米面啊！"

王春隆大师是山东荣成人，被行内人称为全鸭席名厨、国宝级烹饪大师，早年间师承京城名厨吴行玉先生。1939年开始学厨，1946年进入前门全聚德烤鸭店。改革开放以后，作为全聚德烤鸭第四代传人之一，他多次出访日本和欧洲等国家。王春隆大师精通鸭菜制作及山东菜的各种烹调技法，经常为国宴服务，国务院曾二十多次在全聚德宴请外宾，几乎全部由王春隆大师主厨。他还参与编写了《全聚德菜谱》《中国名菜谱》，为后人留下了宝贵的饮食文化财富。

前些年，报上登了一张"1945年上海贫民勉强吃螃蟹度日"的照片，穿着补丁衣服的孩子在低矮的小破桌前吃着硕大的大闸蟹。当代青年看了后，联想到市场上那个头的大闸蟹价格，遂感慨万端，甚至认为这张照片不真实。看到这张照片，我想起了王春隆大师曾经的感慨，时代背景不同，对于粮食的理解是不同的，况且无冰箱的年代应季水产怎能跟粮食相提并论？

油焖大虾的主料是鲜对虾，其他调料和辅料有料酒、盐、白糖、油、青蒜段、姜丝、姜水和高汤。首先将虾处理好，将虾须、虾足等剪掉，去掉锋利的尾尖，从头顶取出沙包，然后用剪刀在虾的背部剪一下，用牙签将虾线挑出。处理好后，清洗干净，控干水分。炒勺上火注入油，待油烧至五成热的时候，将处理好的虾放入锅中煎制，待虾的一面被煎至变色后，翻面继续煎。注意在煎虾的过程中，需加入少许盐分，再用炒勺轻拍按压虾的头部，在这样的刺激下虾油自然溢出；加入姜丝，再放入料酒、高汤、姜水、白糖、精盐继续煸炒几下，盖上盖，改用微火焖制。待汁浓、色红时，将炒勺移至旺火上收汁，放入青蒜段，颠翻几下即可出勺装盘。

煎虾时单纯用炒勺轻轻按压虾的头部，并不能充分地让虾油流出来，而只有加入少许盐分才能充分刺激虾油释放，成菜后的色泽便会非常好看，口感也会更加香醇。煎虾的油温不宜过高，五六成足矣。最后的汤汁将近收干时，撒入少许白糖，不但起到很好的收汁作用，而且大虾也显得油亮饱满，红润美观。油焖大虾可以说是鲜虾非常经典的一种做法，集色香味于一体，从营养学角度讲，虾肉中富含蛋白质及钙元素，老少皆宜，更是居家待客的一道美食。

有人制作油焖大虾时还会加入番茄酱，其实那不是为了提味，而是为了弥补大虾原料的不足。制作时选用新鲜的野生大虾是不用加番茄酱的，那释放的虾油不但色红鲜亮，而且味道鲜美。1994年，我在日内瓦的中国饭店从事厨师工作时，制作的油焖大虾就需要加入番茄酱。老板曾自豪地跟我说，他的大虾储备充足，都是三年前从中国进口而来，虽然冷冻库设备上乘，大虾绝对不会腐坏变质，但是由于长期冷冻，大虾脱水，自身的红油早已失去魅力，无论制作何种以大虾为主料的菜肴，吃起来总有种嚼棉絮的感觉，且全无鲜嫩质感，这种冷冻虾任你怎么加盐刺激，也不会出红油，所以只好用番茄酱的色彩加以弥补了。

鲜美细嫩话河鳗

在众多的鱼类菜肴中，河鳗是最受人们喜爱的菜肴之一，不仅是因为它肉多、刺少，更由于鳗鱼入馔，肉色洁白，质嫩而皮肥肉细，入口肥糯，有着迷人的口感。

河鳗，又名白鳝、鳗鲡、鳗鱼，是广布性的洄游鱼类，生长的大部分时间是在淡水中度过，每年的8—10月份，性成熟的河鳗大批入海进行繁殖。每年冬季11月至次年5月，成群的鳗鱼苗由海溯河进入淡水中，在长江、闽江及珠江流域生长，而且生长的速度很快。河鳗不仅滋味鲜美，而且营养丰富，素有水中人参之誉。

河鳗在体形和结构上具有独特性，因此加工的方法也应区别于其他鱼类原料。首先是去内脏，加工时先用剪刀在颈围和肛门处各剪一刀，割断肠脏，再用竹筷搅出。当然，这种除内脏的方法只局限于需保持鱼形完整的菜肴，如豉汁盘龙鳝等。第二步是去黏膜，除内脏后，放入热水中泡烫，再用粗布擦去黏膜。当然，一些鱼贩去除河鳗黏膜的方法更为简便，却过于残忍。他们将鲜活的河鳗装入网兜，把口系严后放入热水中。河鳗遇热水后，疯狂地在里面窜来窜去，终被烫死，身上黏膜尽脱。

河鳗入馔既可红烧、清蒸、烧烤，也可制成鱼圆，人们广为熟知的有红烧白鳝、豉汁盘龙鳝、烤鳗鱼等。我最喜爱的就是大蒜烧河鳗，成菜后既有河鳗的鲜美，又有大蒜的浓香，具体做法是：先将河鳗去骨，然后用抹刀法片成一公分厚的片，加入盐、味精、葱姜水后抓透，用玉米粉抓匀。炒勺上火后倒入油，油温至六七成热时，投入原料。应将原料炸得干些，以使烩制时易入味。勺中留底油，下入十几粒剥好的大蒜，烧至大蒜呈金黄色后，投入葱、姜末稍煸，加高汤、酱油、蚝油、味精、少许胡椒粉、少许糖，开锅后加入河鳗，烧透后，用湿淀粉勾米汤芡。砂锅上火烧热，放入过好油的芦笋段，再将烩好的河鳗倒入，开锅后即可上桌。上桌后，砂锅中的汤汁开着，缕缕香气四溢，美食加美器，使人见后食欲倍增。

鳗鱼同样可以制成鲜美的汤菜，我曾品尝过丰泽园王大师做的一道醋椒河鳗。其实这道菜就是在醋椒活鱼的基础上演变而来的，只不过吃起来更加精致。其做法是：先将河鳗去骨、去皮，用抹刀法将出骨鳗鱼肉片成一公分厚的片，加盐、味精、葱姜水后抓透，用蛋清、玉米粉上浆。勺中放清油，油温至四成热时，把上好浆的鳗鱼原料下入滑透。汤锅上火，加少许油，油热后加入葱、姜末、胡椒粉（总量的一半，目的是出香味），煸出香味后，加入奶白汤、姜汁、胡椒粉（总量的另一半，目的是提辣味）、料酒和精盐，开锅后加入河鳗，文火慢煮至河鳗入味后，倒入香醋和味精，淋少许香油，撒上眉毛葱丝、香菜末即可。食用时可采用玻璃小盏分装，效果更好。吃起来鱼肉鲜美，汤味鲜醇，香而不腻。

河鳗喜食的食物有丝蚯蚓、美女蚤、剑水蚤、摇蚊幼虫、河蚌、黄蚬、螺蛳、小鱼、小虾和动物内脏等，由于新鲜饲料效果好，但成本也较高，加上鳗鱼苗价格也很高，所以在一个时期内，河鳗的价格始终在高位。后来，人工养殖中采用了合成饲料，这种合成饲料是根据鳗鲡不同生长发育阶段的营养要求而将各种原料按比例配制，因其具有营养成分全、贮藏运输和使用方便的优点，养殖河鳗的成本也随之降低。而我认为，鳗鱼菜肴的肉质口感也受到了影响，就如同许多蔬菜在使用化肥之后，再制成菜肴后其味道不如使用天然肥料的蔬菜一样。不管怎么说，人工养殖与野生的就是有区别，名字虽一样，内涵特质还是有别的。

糟熘鱼片在变迁

糟熘鱼片是传统的山东名菜，与这个味型相同的还有糟熘鳜鱼，糟熘三白等，都是采用特制的糟香原料以熘制的烹调方法制作而成。

我在丰泽园任经理期间，根据店里保存的菜品历史资料得知，糟熘鱼片据说起源于明代隆庆年间，当时兵部尚书郭忠皋回乡探亲，从老家福山将一名厨师带回皇都。山东福山为著名的厨师之乡，当时丰泽园饭庄始创时，有许多厨师皆是来自福山。郭忠皋回皇都后适逢穆宗皇帝朱载垕为宠妃做寿，准备宴请文武百官。郭尚书于是推荐福山厨师主持御宴。那厨师使出全身技艺，结果这御宴惊艳亮相，令人口舌一新，吃遍山珍海味的满朝文武的味觉受到了强大的冲击，皆大加称赞。朱载垕至翌日日上三竿，方才酒醒，品之口中仍然美味绕舌，对福山厨师深为叹服。数年后，那位厨师告老还乡。一日，朱载垕觉得身体不舒服，不思饮食，只想吃那次御宴中糟熘鱼片这道菜。皇后娘娘就传出懿旨，命兵部尚书马上传这个厨师来宫中做这道菜，由于这个厨师已告老还乡，皇后娘娘就派了自己的半副銮驾赶往福山，请来老师傅和两名徒弟专门为皇帝做此菜。皇帝吃后，胃口又大开了。据说，这位厨师居住的村庄后来改叫了銮驾庄，至今沿用。当然，糟熘鱼片也就成了名气很大的历史名菜。

因山东属于半岛，烹饪原料资源相当丰富，这个菜采用的原料都是以黄花鱼为主。现在，用鳜鱼甚至用更名贵的鱼类就比较广泛了。据丰泽园王大师介绍，丰泽园饭庄的已故名厨师牟常勋师傅曾多次进中南海丰泽园为毛泽东主席烹制宴请各界宾朋的家宴，牟师傅的老家就在紧邻銮驾庄的芝水村，已故王士珍师傅的家也离此村不远，他们均精于烹制这道名菜，可以说这道菜也是他们的代表菜之一。当然，现而今丰泽园的厨师也必须善烹此菜。

糟熘鱼片的主要烹制调味料是香糟曲加绍兴老酒、桂花卤等泡制酿造而成的香糟卤，所以烹制出的鱼片鲜嫩香郁，味美无比。

主要原料鲈鱼，辅料有黑木耳、糟卤、鸡蛋清；调料有食盐、白糖、胡椒粉、淀粉等。糟熘鱼片的具体做法是：将鲈鱼宰杀洗净，去头、去龙骨、去鱼皮、去肚膛，斜片成约五毫米厚、一寸长七分宽的片；加入盐和胡椒粉拌匀，拌入蛋清和干淀粉搅拌均匀，入冰箱冷藏两小时；黑木耳用清水泡软后洗净撕开，用水煮开一分钟后捞出铺放在盆里；炒勺烧热，用油滑锅后另放油烧至三成热，将鱼片逐片放入；鱼片全部放入，至鱼片发白时立即倒入漏勺控去油；锅内放清水和盐、糖、味精、姜汁调味后，轻轻地放入鱼片小火烧开；加入香糟卤轻轻地晃动锅，不要用炒勺翻动鱼片，以防鱼片碎散；慢慢地淋入湿淀粉，勾薄芡后淋明油出锅，倒入铺放黑木耳的盆里即可。

丰泽园王大师向我介绍，烹制糟熘鱼片这道菜时，其主要原料虽然是鱼片，然而香糟更是主要角色，这关键的香糟酒可不是市场上能买到的，而是靠自己精心吊制。制作时，选用上等的香糟、桂花酱、白糖等原料装入豆包布口袋中，将上好的绍酒倒入，系上口后放入桶内泡制，用时舀出渗出的糟液，继续放入细密的口袋中系紧口吊制，下面接器皿，渗出的汁液就可以用来烹制糟熘鱼片的香糟酒了。但是一定要当天吊制当天使用，不可隔夜。

糟熘鱼片也是一道具有烹饪制作观赏性的菜肴。为使鱼片充分入味和保持美观的造型，在烹制过程中有一个空中大翻勺的动作，菜肴离勺空中翻身，最终再回入勺中。这个过程展现着烹饪者的潇洒和娴熟，但难度也很大。我当年在烹饪学校学习烹调时，一个同学就是因为执着地练这个技术动作，结果造成半边脸严重烫伤。我在服务学校毕业表演活动中，烹制的也是糟熘鱼片，表演的就是这个空中大翻勺。表演那天，当时北京市的许多名厨师，也就是后来被誉为国宝级的大师们受学校邀请前来。专业老师选出四个学生先后出场表演烹调。我被安排首个出场，特别是那抢人眼球的空中大翻，加上出勺时那瞬间的一抖，烧熟的鱼片整齐地落入盘中，赢得了这些大师们的掌声喝彩。当时我清晰地看到宫廷菜大师董世国还在意犹未尽地模仿着我抖甩菜肴入盘的动作，显得是那么天真可爱。

糟熘鱼片是传统老菜，上世纪80年代，丰泽园的青年厨师参加烹饪大赛，在王义均大师的指点下，烹制出了糟熘全鳜，一条完整的鱼在透明的鱼盘中，在造型上又上了一层楼。当然，那是将鱼头鱼尾单独上屉蒸制，然后摆放在盘中，鱼片炸好后码放整齐，然后浇上糟香汁。由于是浇汁，所以汁要宽，否则鱼片很难入味，在口味上就要逊色一些了，这又是烹制糟熘全鳜的秘诀。

张大千家干烧鱼

干烧鱼是四川地区汉族传统名菜，也是著名国画大师张大千先生之家传菜。张大千先生善于吃川菜之美名，不仅早年享誉天府之国，且在晚年将佳肴流传港台尤甚，在他的家乡四川内江，流传至今的“大千干烧鱼”仍是人们非常喜爱的美味佳肴。

张大千不仅在绘画艺术上享誉中外，同时又是一位美食家和烹饪家。他在绘画艺术上的造诣，早已为海内外人士所熟知，然而他在烹饪艺术上的贡献，却鲜为人知。其实，张大千在把绘画作为第一职业的同时，还把烹饪当作第二职业，他亲手创制的大千系列菜肴流传于巴西、日本及我国香港、台湾等地，并得到很高的赞誉。张大千一生好游名山大川，尝尽南北美食佳肴，他广收博采，巧妙吸收，设计和制作的菜品，虽然许多是源于民间，但经过他的构思和创造，结果远高于民间的水平。

张大千是四川内江人，他的菜具有典型的四川口味。川菜从味别上讲，多为酸甜咸麻辣，尤以麻辣见长；从工艺上讲，讲究刀工、火候，特别以小炒小煎、干煸干烧见长。张大千在川菜的基础上，吸众家之长，久而久之，逐渐形成了独具特色的大千风味。更难能可贵的是他的菜还具有丰富的营养，张大千前半生主要生活在国内，后半生则漂洋过海，从而得以体验西方菜的营养，因此他的菜可称为味道与营养的结合。中餐烹调虽然在世界上久享盛誉，但确实有一部分菜点高脂、高钠，缺乏平衡膳食的科学性。而张大千很早就将营养问题重视起来，在符合营养科学性的基础上设计和创造各类美味佳肴。

张大千的菜就像他的绘画一样，具有独树一帜的风味特色，他所烹制的大千干烧鱼就是一个例子，这道菜既有传统豆瓣鱼的做法，技法上又有自己的创新，更具有丰富的营养。首先是辅料，不仅加入了花椒、胡椒、泡辣椒、葱姜等，而且加入一些木耳、香菇、玉兰片等素鲜原料，荤素搭配，口感别致。其次是在技法上，鱼不码芡下锅炸，而是干烧。起锅时不挂芡收汁，而以原汤原汁收干，出锅后的鱼色泽红亮、汁浓味厚、细嫩鲜香、芳香浓郁。具体制法是：先在净膛的鱼体表面剞上十字花刀，加川盐、姜片、葱节稍腌。把炒勺放在火上，下入足量的油，至八成热时放入鱼，煎至两面呈金黄色时，把鱼拨至锅边，下猪肉末炒至酥香，随即下泡辣椒、郫县豆瓣、姜蒜末炒至色红出香味时，把鱼拨回锅中，下醪糟汁、高汤、胡椒粉、川盐、酱油、糖，用中火慢烧，待烧至汤汁稠浓时下葱花、醋、味精，然后出锅盛入盘中即成。

张大千的菜在营养上合理组合，科学搭配，从而取长补短，使得他的饮食结构更加合理化。所以，即使到了晚年，他照样胃口大开，正因为如此，他在晚年之时仍然身强体壮，鹤发童颜，精力旺盛。张大千在饮食上发挥出的创造性，特别是在烹饪菜点的继承与创新的思路上，给人们留下了很多的启示。

早年间，我请四川饭店的郑绍武大师讲四川菜实操课，干烧鱼是他经常讲的菜肴，其色香味形达到极致。我曾就四川干烧鱼向他请教过技巧，郑大师坦诚地向我介绍，做好干烧鱼关键有几个点：其一是炸鱼，油要宽，油温要准确，大约七八成温度，炸至鱼体表面呈金黄色时捞出；其二是充分㸆至入味再收汁，干烧鱼是不勾芡的，而是大火将汁收浓，将鱼起出上盘，最后将浓汁淋在鱼面，红油中融入了辣酱的色泽和猪油的浓香。所以成品的干烧鱼鲜红光亮，色调和谐，肉质细嫩鲜美，味道浓郁，甜、酸、咸、辣、鲜俱佳，相得益彰且互不相压。

郑绍武大师早年师从刘绍安、陈松如两位大师学习川菜，出版过多部专著，是国家级评委、中国烹饪大师。从四川饭店重新开业的那一天起，郑绍武就在那里工作，当年，他经常和师傅陈松如去邓小平家烹制家宴，但是作为一个厨师，郑绍武觉得这些不值得炫耀，“我做的是服务业，给谁做都一样”。郑绍武大师曾跟我说过，“从一盘菜就能全面了解厨师的水平”，一盘菜可释放出多种信息，从菜品的颜色能看出原料的新鲜程度和烧菜的火候，从摆盘的搭配能看出厨师对美感的尊重与否，从食材的搭配能看出厨师对创新的理解。

宫廷抓炒话御膳

我与抓炒菜的情缘始于上世纪80年代初期，那时正在烹饪专科学校学习技术，到了实习阶段，我被安排在了北海仿膳饭庄。这家饭庄坐落在北海公园琼岛，燕京八景之一的“琼岛春阴”就在此处，在皇家园林中依山傍水，真是风光无限。在实习期间，每当师傅炒出抓炒风味菜肴时，那飘出的香气简直令人垂涎欲滴。有时，菜炒多了，国宝级烹饪大师董世国先生就会盛出一勺让我们品尝，借以让我们这些实习学生更感性地了解宫廷风味菜肴的特点。抓炒风味菜肴那甜酸适口的滋味确实令人口舌一新，长久难忘。从那时起，我就对这种口味情有独钟。

我在北海仿膳饭庄实习的前一年，董世国大师在1983年全国烹饪名厨技术表演鉴定会上荣获优秀厨师称号。实习期间，董世国大师曾跟我介绍说，四大抓炒是北京仿膳饭庄厨师按照清宫御膳房的抓炒技法而烹制出的四道名菜，指的是抓炒里脊、抓炒腰花、抓炒大虾、抓炒鱼片。他说一种口味深得人们喜爱，那么只要将味型及烹调手法掌握了，将主料变换一下，就能够制出许多新的菜肴。

关于“抓炒”，还有一段故事。慈禧太后喜爱游山玩水，最喜欢看香山红叶。有一次去香山，照例去看山者王老头那里歇脚，王老头年事已高，让儿子动手，给慈禧烹制了一顿新鲜的野味菜蔬。慈禧看到老人忠心耿耿，又念其祖辈看山有功，当下封他“香山山王”，并准其子王玉山进宫当个听差的“火头军”。王玉山有幸进宫，听差自然尽心尽力。有一天，慈禧用晚饭时，御膳房照例做了许多玉馔珍馐。一道一道进上之后，却跟平时一样，没有让慈禧亮眼的吃食，她吃得也无精打采。上菜的听差回到厨房，将此情况一讲，可愁坏了御厨们。正没主意时，王玉山站了出来，自称有办法使老佛爷高兴，于是拿出他的看家本领——“糖酥里脊”。不多时菜做好了。听差将王玉山做的“糖酥里脊”端了上去，果然受到慈禧垂青。她从没见过这样子的菜，举起象牙筷子，夹起一块又一块送进嘴里，感到非常爽口，真是妙不可言。忙问上菜的听差菜名是什么，听差本来也不知其名，心中又发慌，忽然灵机一动，就根据刚才看到的王玉山做菜时乱抓的手势，脱口答了一句：“禀老佛爷，这菜乃是‘香山山王’之子王玉山所烹，名曰‘抓炒里脊’。”老佛爷吃得高兴，立即传出口谕，封王玉山为“抓炒王”。圣谕传下来，非同小可，王玉山做梦也没想到因听差胡诌而得官。“抓炒里脊”也从此名扬天下。王玉山自从被提升为御厨后，出于对老佛爷的感恩戴德，日后自然更加尽心尽力。他后来相继推出了“抓炒鱼片”“抓炒腰花”“抓炒大虾”，这些菜和“抓炒里脊”被称为清代宫廷菜“四大抓炒”，以后也成了北京风味名菜中的代表菜品。

当年在仿膳实习期间，除了著名的抓炒菜肴外，有些名贵菜肴我也是在那里初次尝到，如鹿肉、熊掌、燕窝、鱼翅之类。我还清楚地记得我们在游人往来的园中开生加工动物性原料的场景。小鹌鹑被我们从铁笼中抓出，瞬间就用手把挣扎的小鹌鹑的前胸后背给剥了皮，然后用食指和中指抠取内脏，用剪刀剪头、腿和翅膀，也就几秒钟。当加工后的鹌鹑肉被扔在盆中时，仅剩下胸脯的净膛鹌鹑还在不停地抖动。游人们看到这场面大多驻足观看，纷纷议论我们的残忍。我们作为实习学生不敢开口，而师傅们却张口爆粗回击。那个时代，餐馆加工动物性原料大多是现场宰杀，要不怎么会叫开生间呢？当然，现今，仿膳虽然还有这道鹌鹑食材的菜肴，但这种血腥的宰杀方法早已摈弃。

出于对仿膳抓炒菜肴的喜爱，在家里我也经常进行烹制，但后来，家人们对于荤菜渐渐失去了兴趣，母亲天天吃斋念佛，太太天生对荤腥不太感兴趣，而女儿虽喜欢吃这道菜，但由于需要保持练舞蹈的身材，又不敢多吃。于是我发明了第五大抓炒——抓炒豆腐，既满足了家人，又填补了抓炒缺少素菜的空白。制作时，先将北豆腐切成大小适宜的片，平摆在盘中，撒上少许盐、葱、姜末，倒入料酒稍腌。用鸡蛋和淀粉调成糊，将豆腐裹上蛋粉糊后，下油锅炸成金黄色捞出。然后制作碗汁，将酱油、醋、白糖、料酒、味精和湿淀粉放入碗中。炒锅上火、放入油，勺热后投入葱、姜末稍炸，再倒入碗汁。此时火不宜大，否则容易煳，待汁炒熟至亮时，放入炸好的豆腐，轻轻翻动豆腐，使汁均匀地挂在豆腐片上，淋少许明油，这道口味清新的抓炒豆腐就完成了。

正如董世国大师所言，只要将烹制菜肴的味型及烹调手法掌握了，将主料变换一下，就能够制出许多菜肴，我的抓炒豆腐就是一次尝试。可以尝试的味型很多，如鱼香系列、宫保系列、红烧系列、水煮系列等等。

家宴首选全家福

在中国传统名菜中，菜肴命名大多以烹饪方法和原料联姻组成，但也有以祝福用语命名的菜品，全家福就是一道，它是老字号丰泽园饭庄的一道传统菜肴，深受宾客们的欢迎，不仅原料繁多，营养丰富，口味鲜美，更重要的还是那美好的寓意：合家团圆，其乐融融，幸福吉祥！据丰泽园菜品档案记载，这道菜的诞生还有一段历史悠久的故事。

相传秦始皇执政时，约公元前213年，博士齐人淳于越反对当时实行的“郡县制”，要求根据古制，分封子弟。丞相李斯加以驳斥，并主张禁止百姓以古非今，以私学诽谤朝政。秦始皇采纳李斯的建议，下令焚烧《秦记》以外的列国史记，于是乎开始焚书。之后又因方士“诽谤”皇帝又开始坑儒。有一个叫朱贤的幸免于难，就隐姓埋名，逃躲异乡，一直到秦始皇死后二世胡亥继位，他才敢回故乡。但家中已无一人，而且房屋也成了残垣断壁。原来一年前这里暴发了洪水，妻儿都不知生死。

朱贤悲叹命运不济，跳江自杀，被一渔夫救起。他谈起自己的遭遇，渔夫说：“去年发大水时，我救起了一个青年，看他老实能干，已招为婿，他也姓朱，不知是你儿否？”朱贤随渔夫到家一看，果然是自己的儿子，于是父子团圆。

转眼半年又过，一次朱贤在集市上卖鱼时，正好遇一妇人从鱼摊前走过，朱贤简直不敢相信自己的眼睛，原来，此妇人正是自己的妻子。于是一家人团聚，亲家特别请来了厨师，为朱家庆祝。厨师听了朱贤一家的故事，亦很感慨，于是精心制作了一道由多种原材料组成的合菜，取名“全家福”。

从全家福这道菜的名称上就可以看出，此款菜肴采用的原料种类有很多，如果准备齐了烹制并不复杂，但须对每一样食材进行一丝不苟的精细加工，否则会影响菜肴成品的成色和口味。这道菜取名吉利，原料丰富，加之滋味鲜美，所以也是诞生于山东地域的著名官府菜——孔府菜宴席上常见的佳肴。正是由于这道菜常出现于山东地域的吉祥餐桌上，因此也就自然成为丰泽园宴席中的常见菜肴。

全家福选料精细，品种多样，色彩缤纷，汤鲜味美，营养丰富。传统做法的主要原料有水发海参、水发鱼肚、熟鸡肉、虾仁、冬笋、火腿、熟猪肚、水发香菇、豆苗、蛋糕、酱油、料酒、姜汁、味精、精盐、鸡油、清汤。

将水发海参、水发鱼肚洗净片成抹刀片；熟鸡肉、冬笋、火腿、熟猪肚、蛋糕分别切成一寸半长、五分宽、一分厚的斜象眼片；水发香菇去根洗净，同样切成斜象眼片；豆苗洗净选取嫩叶。汤勺上旺火，放入清汤、酱油、料酒、姜汁、味精、精盐烧开，下入水发香菇、水发海参、水发鱼肚、猪肚、鸡肉、蛋糕片、冬笋片、火腿片氽透，捞出控去汤倒入碗里，再将虾仁氽透捞出码放中间，撒上豆苗；把清汤再烧开，撇去浮沫，淋入鸡油，用手勺把汤盛于装有原料的器皿内就可以了。

据丰泽园王大师讲，这道菜制作的关键是将各种原料精细加工且含糊不得，特别是猪肚，为这道菜不能缺少的重要原料，加工后的猪肚既要去掉脏腥的杂味，熟制也要恰到好处，不可软烂而失去质感，更不要欠火而韧性过大。王大师又道，全家福本为清汤菜肴，采用以独家的猪棒骨、老鸡熬制，最后用鸡蓉清得的高汤烹制，因此吃起来清爽利落、鲜美适口。而现在的烩全家福则是近十年左右的新品，创新源于谭家菜浓汁鱼翅的启示，也是满足当代食客喜欢味厚的特点，采用的则是奶汤，但须勾薄芡，这样的全家福吃起来味道就显醇厚了。

全家福菜名寓有全家重新相会、团聚，更有永不分离、合家幸福之意。由于此菜取名吉利，常被宾客用于新婚喜庆、家人寿宴、婴儿出生及满月等全家团聚的家宴上。

辑二

佳肴巧技

白水羊头温故情

上世纪末，我在龙潭湖附近的夕照寺街上班。每到隆冬时节，那个区域的清真餐馆外卖摊前经常会有刚出锅的羊头肉，冒着热腾腾的白气，白雾蒸腾缭绕其间，飘出缕缕诱人的香气，使人见后顿觉食欲大增。的确，煮熟的白水羊头经过特殊的处理，改刀成片后，撒上椒盐，嫩脆可口，鲜香不腻，是老北京人用于佐酒的上品。

白水羊头是京味小吃中的精品。早年间，北京出售羊头肉的有很多，其中一类是小贩肩挑一个大扁箩筐，筐上设大圆木盖，木盖中分为两块，揭开半盖，翻转过来就是砧板。只要立秋一到，胡同里就能听到这些小贩们叫卖羊头肉的吆喝声。还有一类就是推车摆摊儿的，较为出名的就是前门外廊房二条的马玉昆，家传六代，制作的白水羊头，颇受当时京城人的喜爱。

羊头肉分为羊脸子、羊眼睛、羊耳朵、羊舌、羊脑、天梯（口腔上膛软骨）六个部位，任客挑选，随要随切。撒的椒盐也很考究。马玉昆当年手推小车，去廊房二条，车到人满。有的人购买风味独到的羊头肉，有的人专为欣赏他手握大刀片肉的绝技，片片带皮，片片透明。故《燕都小食品杂咏》赞曰：“十月燕京冷朔风，羊头上市味无穷。盐花洒得如雪飞，薄薄切成与纸同。”

白水羊头从选料到制作都很考究，羊应选用两三岁的内蒙古产的羯羊，这种羊头肉嫩而不腻，适合切成又薄又大的片。把羊头放在凉水里浸泡，用板刷反复刷洗头皮，刷得越白越好。把羊嘴掰开，用小毛刷伸进嘴里，刷洗口腔。将口、鼻、耳内的脏物刷出，然后换水再洗几次，用刀从头皮正中至鼻骨处划一长口，以便于煮熟后拆骨。将羊头逐个放入烧沸的水中煮约一个小时，取出后趁热先拆下颅骨。从头皮正中的划口处，将头肉扒向两边，露出颅骨，再一手按住两腮，一手从鼻骨处将颅骨往上一掀即取下。将颅骨上的羊眼睛用手捅出，再将颅骨砍开，取出羊脑，然后从头肉上切下双耳（去掉耳膜）和口腔上膛的软骨，削去嘴叉子上的毛根，片去边沿不整齐的肉，再贴着羊舌两侧顺长各切一刀，将下颌切断，完整地拆下两块带着头肉的羊脸子以及整条羊舌，在凉水中浸泡一小时，使其肉质脆嫩、色白、好切。将盐放在砂锅里，靠在微火旁边，慢慢焙干，花椒同样焙干，研成粉末。将盐、花椒粉、丁香粉及砂仁粉掺在一起制成椒盐。将泡好的熟羊头肉控净水，先将羊脸子放在案板上，左手摁住羊脸，右手握刀，刀刃向外，刀背向里，倾斜呈二十度角，每隔半分（1.5毫米）距离片一刀，片成较薄的大抹刀片儿。羊舌也片成同样的片。除羊脑髓外，羊眼睛、羊耳朵、上膛软骨均直刀切成薄片。切完后，按不同部位分别盛入盘内，撒上椒盐即成。最好现吃现撒，以防羊头肉软塌不筋道。

还清晰地记得，在幼小之时，住家附近的地坛西门外街西有一家小酒铺，常有好喝两杯的男人前去，打上几两酒，选用的佐酒小菜就有整个的羊头，除此之外还有酱兔头，且价格也很低廉，花不了几分钱。两三个人一只羊头，一个人一只酱兔头，吃得香喷喷喝得美滋滋的，其乐无穷。那时，还处于“文革”时期，物质生活很贫乏，因此人们将羊头当成一道美味，主要是增加荤腥，吃起来也就没有过多的讲究了。

上世纪90年代末，我从事烹饪教育工作，由于教育规模的不断扩大，教育基地也从繁华的前门商业街搬到了崇文区的夕照寺街。由于特殊原因，国际烹饪大师陈守斌先生被暂时安排在我们位于夕照寺街北京教育学院崇文分院内的全聚德教育部门办公。当时我们刚迁过来，一切还很简陋，尚没有自己的食堂，所以在崇文分院的教师餐厅入伙。这可苦了爱喝酒、爱吃肉的陈老爷子，每次午餐时，看着陈大师在菜里找肉的样子，我心里很不是滋味。看到他无奈的眼神，过去的一幕又出现在眼前。

1996年，忙完亚洲大厨赛组委会安排给我的为比赛选手烹调全过程摄像的工作，就马不停蹄地赶赴上海，忙于第二届世界中国烹饪大赛全聚德集团选手们的参赛工作。当时前去参赛的选手是大店总厨师长，不过那次集团公司还给了我一个艰巨的任务，那就是带几箱冷冻的北京填鸭，供选手参赛及比赛后举办北京烤鸭美食月活动使用。此次世界中国烹饪大赛组委会就选定了北京的一位评委，那就是1987年曾在卢森堡获得国际烹饪大师称号的全聚德总厨师长陈守斌先生，而且那次他和我们同乘机前往上海。到首都机场最费劲的就是办理北京填鸭的托运。我着急连受累出了一身汗，费了九牛二虎之力才办理妥当。

飞机到上海后，我推着行李车苦苦地等着北京填鸭出来。参赛选手及他们的助手们找到自己的行李后，早早离开。当我装好沉重的几箱鸭子准备走时，看见不远处一个胖胖的人正在静静地注视着我，没错，是大胖子陈守斌大师。我推着鸭子走到他跟前，问他：“世烹大赛组委会的人正等您哪，在这儿站着干吗？”他面无表情地回答：“我帮你一块儿推推。”一句话感动得我心头一热，这么重量级的一位世界烹饪界名人，能够照顾好自己我就知足了，居然会想到来帮助我，而且是那样真诚，真诚得不是动嘴而是真的过来一起帮我推。当然，我享受着这一刻，从力度来讲，我在用力而让他扶着车把，可惜的是当时周围没有新闻记者，倘若有人带着照相机留下那精彩的镜头，再以“世界大赛评委为选手当碎催”为题发表，准会获奖。其实，陈守斌大师不但没有架子，而且生活中就是这样细心和仗义。

那时，和陈大师一起办公正是在隆冬时节，有一天，我让老爷子下班别着急，跑到学校后面的清真餐馆外卖摊，买了刚出锅的热气腾腾的羊头肉，与老爷子打车到劲松社区街道一家人气很旺的老北京风味餐馆，拿了瓶56度二锅头，点了几道京味菜肴，开始海聊京菜烹调的话题。酒也喝了，肉也吃了，炸酱面也入肚了。陈大师酒酣耳热，言道，旧时吃羊头肉是一种难得的情趣，热吃既显油腻且羊肉味儿也浓，所以讲究冷吃，那才叫清脆利口，就是在夏天也用冰镇，冬天要带冰凌，越凉越好吃。羊头的各部位也各有其名，脸子就是羊头的带皮脸颊，芯子就是羊舌头，铃铛指的是羊眼睛。

现今，人们吃羊头肉，已少有大师讲的旧时那样多的讲究了，既不像旧时具有季节性的敏感，也不再讲究冷热之分。

白油肉片美如玉

在多数人的印象中，川菜似乎和麻辣等厚重的味道画等号，其实川菜中也有许多口味鲜美、咸鲜适口的佳肴，在川菜的百花园中锦上添花，如开水白菜、鸡豆花等等，这些菜肴甚至曾经作为川菜精品，在重要活动中成为宴请国际友人的常见菜。还有一道鲜咸口味的川菜白油肉片，可能知道的人较少，我尝过国宝级川菜泰斗伍钰盛大师亲手烹制的白油肉片，那种感觉始终印记在脑，不会遗忘。

上世纪90年代，我尚在从事烹饪教学及管理工作，那个时候，一旦有重要的川菜实操授课，我自然就去邀请伍钰盛大师。那天早晨，我到位于五棵松复兴路三十号楼的伍老家。那时，遍布京城的是黄色面的出租车，我打车将他接至位于前门大栅栏边煤市街的授课场所。途中，我自然和伍老聊起了川菜，我说，人们印象中的川菜就是麻辣。伍老迅速接过话茬儿，操着浓郁的川音说："不对，真正的川菜讲究的是味多、味广，味型的种类多得很嘞，可以说是丰富多彩，如果只是以麻辣概括，就是对川菜的误解。"伍老又讲了许多川菜味多、味广、味厚的例子，最后说："今天，我就给你做一道鲜咸口味的白油肉片，那个也是我们的川菜。"

论起辈分来，我还得称伍钰盛大师为师爷，因为他的门内大弟子曾是我学习烹饪专业时的技术老师。伍老1913年生于四川遂宁县，1928年就开始从事烹饪工作，起初在成都市天顺源饭馆当学徒，后来到重庆市最著名的白玫瑰酒家事厨。最值得一提的是，1937年后他为很多军政要员司厨办宴，曾先后为蒋介石、何应钦、宋子文、孔祥熙、刘峙、张群等执厨。蒋介石凡宴请重要客人都要请他去操办筵席，像美国的马歇尔将军、魏德迈将军、飞虎队的队长陈纳德，这些西方人士都对他的厨艺赞叹不已。每次宴会结束后，宋美龄都要到厨房对伍老问候，并派人送去水果。

伍老在1946年受朋友相邀到上海玉园餐厅掌灶两年，其间曾为黄金荣、杜月笙、荣毅仁、孔祥熙、胡文虎、胡文豹等烹制豪馔。后去香港发展，在港期间曾在香港的总督和澳门的澳督前展示过厨艺。

1950年，伍钰盛大师和文化艺术界等一大批爱国人士从香港回到北京，参加新中国的建设。先在原东安市场筹办"四川食堂"，后在西长安街创建北京最大的川菜馆"峨嵋酒家"。峨嵋酒家的开业轰动了整个京城，大师不仅能烹制出正宗地道的川味菜肴，对客人更是热情有加，名震京城。党和国家领导人在这里宴请过许多国际友人，一些社会名流如张友渔、梅兰芳、赵朴初、马连良、齐白石、吴祖光、新凤霞以及著名京剧小生叶盛兰的夫人等都慕名而来，甚至经常是吃完后，还要请伍老做两个菜，打包带回去给家人吃。

1951年，峨嵋酒家因种种原因被迫停业。为了生计，伍老就到太平桥的一个小炒面馆帮厨，就在这个时候梅兰芳闻香追逐而至。直到1956年，峨嵋酒家易地重张，梅兰芳和齐白石前去祝贺，并题词、赠画。

改革开放后，伍老还担任北京市服务学校高级顾问，为培养厨师后备力量呕心沥血，我就是那时和伍老初次见面相识的。

那天，走进厨房，伍老就开始为白油肉片忙活起来。传统的白油肉片使用莴笋、木耳作配料，伍老一概不用。为了突出肉片的白玉无瑕，他仅仅配些竹笋，并说若无竹笋也可配鲜蘑片，配上少许青叶蔬菜则视觉冲击更强。在制作时，伍老将猪通脊肉切成片后放进冷水中，其目的是充分漂尽肉中血水，我知道这一环节非常重要，否则就达不到白油肉片成品后嫩白如玉的视觉效果。肉片浸洗干净沥干水分后，再用白色豆包布进一步挤干肉中水分，之后加盐、姜水浸入以充实底味，然后以蛋清、玉米粉上浆，最后，洒些白油拌匀。碗芡的调味料仅有葱姜水、蒜片、料酒、盐、味精、生粉和“吃糖不见糖”的少许糖。最绝的是，伍老用的豆油见过热去除了豆腥味，由此可见老师傅制作工艺之精细。之后再兑入白油。热勺后注入净油，用三成油温滑肉片，见白就迅速捞出。烹制时勺中留底油，将过油后的肉片、笋片倒入，迅速倒入碗芡，翻两下勺后淋入明油迅速出锅装盘。

装好盘后，肉片洁白如玉、晶莹饱满。伍老让我品尝，一块肉片入口后，不但滋润、咸鲜可口，且最绝的是那肉片的嫩，嫩得用舌头都能把肉片顶碎，吃在嘴里状如膏腴。

伍老这道菜不仅证明了川菜多味的个性，更让我难忘的是，又一次让我见证了他那精到的调味艺术和对于烹饪火候的掌握。

爆炒银芽讲究多

将食用蔬菜的嫩芽作为原料烹制菜品是21世纪一段时期内的饮食新时尚，植物的嫩芽往往在人们的心目中被认为是食材的精华。绿豆芽在众多芽菜中不是什么新鲜品种，属于传统食材且价格便宜，营养也很丰富，所以成为人们喜爱的食品之一。绿豆在发芽过程中，维生素C会迅猛增长，而且部分蛋白质也会分解为人所需的各种氨基酸，可达到绿豆原含量的七倍，所以绿豆芽的营养价值比绿豆更大。故《本草纲目》记载："时珍曰：诸豆生芽皆腥韧不堪，惟此豆之芽白美独异。今人视为寻常，而古人未知者也。但受湿热郁之气，故颇发疮动气，与绿豆之性稍有不同。"

绿豆芽富含纤维素，是便秘患者的健康蔬菜，有预防消化道癌症（食道癌、胃癌、直肠癌）的功效。它有清除血管壁中胆固醇和堆积的脂肪、防止心血管病变的作用。中医认为经常食用绿豆芽可清热解毒，利尿除湿，解酒毒热毒。凡体质属痰火湿热者，血压或血脂偏高且多嗜烟酒肥腻者，如果常吃绿豆芽，就可以起到清肠胃、解热毒、洁牙齿的作用。绿豆芽毕竟是食品，对人体只可说是保健，并不能达到神奇的药效。应该知道的是绿豆芽性寒，烹调时应配上一点姜丝，以中和它的寒性。

曾经一个时期，市场上的绿豆芽可以说是鱼目混珠，需要仔细辨认才可买到自己满意的原料。某些绿豆芽是以激素和化肥催发的，因此绿豆芽无根照样生长得很壮实。正常的绿豆芽略呈黄色，不太粗，水分适中，无异味，长度以5—6厘米的为好。不正常的绿豆芽颜色发白，豆粒发蓝，芽茎粗壮，水分较多，甚至有化肥的味道。

上世纪90年代，我曾在瑞士日内瓦的中国饭店工作，绿豆芽是那家中餐馆不可或缺的重要食材，因为不仅面点品种春卷要用，许多热菜也要用，而且冷菜还有芥末凉拌豆芽。在此之前，凉拌的豆芽我从来没有吃过，在这一点上，我由衷地赞叹欧洲人的肠胃功能。为了保障供应，老板的库房里常年堆积着从中国进口的整麻袋的绿豆，并雇了两名工人培育豆芽。恰是从那时起，我也开始尝试品味一下不加热的豆芽，吃半生的牛排我不敢尝试，小小的豆芽我还怕你不成？哪知道吃过之后，清新的味道果然令人口舌一新，而且肠胃也没闹意见。我开始喜欢上了用芥末凉拌的绿豆芽，那种纯天然的味道至今难忘。回国以后，要想体验那种久违了的味道，就得自己培育，但忙碌起来，很少有时间去付诸实践。2012年，我在迪拜的一家中餐馆邂逅了这种久违了的味道。那是一盘清炒豆芽，细细的豆芽拖着带根的尾巴，确实没有什么看相，但配上了些许红椒丝和翠绿的韭菜段，为这盘菜增色增味了不少。最令人兴奋的是那绿豆芽原生态的味道，令人味蕾欢悦，齿颊生香。后来，同样是在亚洲的泰国和柬埔寨，我也在超市见到并在餐馆吃到了这种原生态味道的绿豆芽。

食用绿豆芽的最佳季节是夏季。在烹调时十分强调火候，关键是勺要热，火要旺，动作要快，且油盐不宜过多，要尽量保持其清淡的性味和爽口的特点。芽菜下锅后要迅速翻炒，出锅适当烹些醋，才能保存水分及维生素C，而且口感才好。为了突出绿豆芽素菜的鲜美，出锅前淋点花椒油。绿豆芽的颜色比较单一，可以适当配上少许的红椒丝和韭菜段，那就算是画龙点睛了。

我接触过一些国宝级烹饪大师，王春隆先生就是一个，至今老字号全聚德最火爆的热菜火燎鸭心就是他的发明。他曾跟我细心地说过：早年的全聚德有“鸭四吃”，为了调剂花样，同时也为了表示老店的“买卖公平，童叟无欺”，绝不揩顾客的油的经营理念，全聚德将片烤鸭时流在盘子里的鸭油做成鸭油蛋羹；将烤鸭片后较肥的部分片下切丝，上火烹制成鸭丝烹掐菜；将片鸭后剩下的骨架熬成奶汤，加冬瓜或白菜做成鸭骨汤，再端给顾客吃。这便是深得人心的所谓“鸭四吃”。别看鸭丝烹掐菜这道菜简单，烹制豆芽须更为细心和讲究。那时，他们烹制这道菜时，还要向端菜的服务员问询食客在哪个区域就餐，以便根据距离远近，把握烹制鲜嫩豆芽的火候分寸，若距离远就将豆芽烹得稍嫩一些，其目的就是让食客最大化地享受这道传统美味，从中可以看出老一辈名厨的敬业和对美食烹制的匠心。

绿豆芽纤维较粗，不易消化，且性质偏寒，所以脾胃虚寒之人不宜多食，特别是我在前面提到的那种凉拌绿豆芽，就更别去体验了。

芙蓉鸡片学问大

芙蓉，常用名是荷花、莲花，而中华传统名肴芙蓉鸡片正是因其成菜状如洁白美丽的莲花而得名。早在公元13世纪的元代，芙蓉鸡就已成为宫廷珍馐之一，当时的芙蓉鸡是用十只小鸡、二十个鸡蛋、十根胡萝卜和一具羊肚、一具羊肺为主料，外加好肉汤炒制而成。为了展现芙蓉的色彩，除了用红根香菜和白杏泥作调配料以外，还用红胭脂和黄栀子作染料，油煎鸡蛋刻作花样，红根香菜要打糁。由于工艺精细，制成的芙蓉鸡红、黄、绿诸色相间，蔚为美观，味道咸鲜微酸，颇为适口。清末民初时，此菜的烹调仍然沿袭旧的方法，之后，各家京城的菜馆为适应食客云集的情况，普遍采用了今天的做法。

或许是名字高大上的原因，在许多地方菜系汇编的菜谱中都可见到芙蓉鸡片的名字，许多菜系还将此菜列为看家菜品，当然，这道菜的口味均被各地食客喜爱是第一前提。现而今的芙蓉鸡片是一道白如芙蓉、光润饱满、鲜美滑嫩、吃起来清香适口的知名菜肴，制作起来技术性很强，工艺复杂，厨师需要具备一定的烹饪功底才能烹制好。其中技术环环相扣，一个环节出现问题，就会影响成品质量，我最初制作芙蓉鸡片时就遇到了这样的问题。

那是一个夏季，制作芙蓉鸡片有一个重要环节，就是搅打蛋白液之后加入鸡肉蓉再搅拌成糊状。恰是这个环节出现了问题，为了加快速度打制鸡肉蓉，我戴着塑料手套拼命地搅拌，鸡蓉液不但不上劲，反倒逐渐变澥了。正在我百思不得其解时，王春隆大师走了过来。我向他询问究竟，他看看我说："这是夏天，你手上的温度已经把鸡肉温澥了，蓉液当然上不了劲了。"我顿然醒悟。

制作芙蓉鸡片的工艺复杂，选料严格，技术含量高。原料选用鸡体中最细嫩的部位，那就是位于鸡胸骨两侧的两条细肉，其学名鸡小胸，俗称鸡牙子。制作时，先将鸡小胸肉冲洗干净，之后将肉先顶刀切成片，再用刀反复将这些刀工处理后的鸡肉剁成肉蓉。直到让鸡肉真正成为肉蓉为止，最后一遍可以用刀背来剁，这样剁出来的肉蓉更加细腻。需要说明的是，剁肉蓉应在木菜墩上进行，而不是案板。在剁制的过程中，鸡肉内的细筋会进入木菜墩内，间接被清除掉，使剁出来的肉蓉细腻到极致。

将冷水分多次打入鸡肉蓉当中，一定要顺着一个方向用力快速搅打，这样才能让水分充分融入其中。之后是搅打蛋清液，直到用筷子挑起来汁液断断续续落下才成。混合两种原料，将蛋液一次加入鸡肉蓉当中，再按比例加入水淀粉，搅拌成糊状，最后的鸡肉蓉应该呈糊状。

炒勺中放入油，使用小火，烧到二三成热。如何识别这样的油温？那就是用手贴近油面感觉一下，只要能略略感觉到温度即可。用小勺小心地舀起少许肉蓉，缓慢地放入锅中，待鸡肉呈圆薄片状漂浮起来后，翻个，两面稍微定型后即可捞出。立即放入温水中浸泡，依法将鸡肉糊全部加工完毕。应该注意的是，制作鸡片的油温始终不能升高，火力大小很重要，火大了油温高就变成炸，火小了油温太低不易成形。每次用手勺把少量的鸡蓉缓缓滑入锅内，俗称“吊鸡片”，吊成长圆形片或者小圆片均可。鸡片要薄厚均匀，大小得当，不起泡，不破碎，洁白细腻。只有油温合适才能达到效果，如果鸡片粗糙无法成片，则是鸡肉蓉糊制作得有问题或油温不合适。

炒勺中放底油，放入葱姜油，加入高汤，将吊好的鸡片放入，加少许盐、鸡粉，勾入水淀粉，待汤汁变黏稠，放入青豆，淋上明油，翻勺出锅，一道味道可口状如白玉的菜肴就做成了。

芙蓉也是荷花的别名，人们常以“出淤泥而不染”赞誉荷花，所以在大家的心目中荷花似乎就是洁白如玉而无瑕的形象，厨师借荷花的清洁、色白、高雅的品格来比喻其菜品之美，以荷花作为菜肴之名，充分表明菜肴的色泽洁白、鲜嫩香美。现而今，经营这道菜的餐馆很难寻觅了，或许主要就是因为烹饪工艺的烦琐，人们不愿再为了那既费时又费力的厨艺较劲了。

火燎鸭心诞生记

上世纪末，我在北京教育学院崇文分院校内从事全聚德教育工作时，曾应邀为崇文分院的教师讲授菜品。当时我选了几道适合家庭烹调的菜肴，也选了一道烹调过程具有视觉冲击力的观赏性菜肴，那就是火燎鸭心。当将酒浸泡过的鸭心投入滚烫的油锅中，一团火球腾空而起，教师们均被这壮观的烹饪场面震撼了。一品尝，原生态烟火气息浓郁，烧燎味美、肉质细嫩，从事成人教育的教师们无不竖指称赞、惊叹中华厨艺之神奇。

火燎鸭心是全聚德独有的一道特色代表菜，说起这道菜肴，它的诞生具有真正的创新意义。中国烹饪技法种类繁多，唯有火燎鸭心的烹饪技法不能对号入座，说烤不是烤，说炸也不是炸，所以说火燎鸭心创新的意义在于技法的创新。这道菜肴的创制者就是国宝级烹饪大师王春隆。

我在20世纪90年代从事餐饮工作时，曾经在烹调工作的间隙与王春隆大师聊起过这道菜。王春隆大师1939年参加工作，早年间师承京城名厨吴行玉先生，学得了一身烹饪手艺。那时还是在新中国成立前，全聚德的热菜既简单品种也不多，客人来店里主要是吃烤鸭。王春隆大师回忆说，鸭子身上的内脏杂碎儿，经常是用盐水煮一煮，然后卖给穷苦百姓。有一天，王春隆大师在煮鸭心时，一块鸭心掉了出来，正好掉在炉台火眼旁，被火熏烤后，滋滋冒着热气，王春隆大师把鸭心钩出来，掰开一看，鸭心已经烤熟了。那时的人，真是把浪费当成了犯罪，他好奇地尝了一下，味道不错，再蘸点儿酱油一吃，好吃极了。于是，他又重新拿起一个生鸭心，打上花刀放在火上燎烤，烤熟后再蘸点儿酱油送到嘴里。王春隆大师当时绘声绘色地对我说："吃起来那个香啊，真是让人忘不了啊！"他讲述的神态简直是胜过吃山珍海味的样子。后来我想，或许就是这种最简单最原始的烹制方法，清水出芙蓉、天然去雕饰地烤去鸭心的脏腥味，再加上酱油的咸味，一种原始的美味自然冲击了都市人的味蕾。

20世纪50年代，全鸭菜品种已发展到几十个。在此基础上，全聚德的老一代厨师们对鸭子类菜肴不断研究、改革和创新，研制出以鸭子为主要原料，加上山珍海味后精心烹制的全鸭席。在创制的过程中，王春隆大师是核心人物之一，他对燎烤鸭心蘸酱油的美味始终难以忘怀，于是开始实践起来，他把鸭心改成伞形花刀，用盐、酱油、胡椒粉、料酒等作料煨好腌制入味。把油烧热至九成，然后用漏勺捞出鸭心倒入油锅一烹，火光冲天，遂将这道菜起名"火燎鸭心"。

后来，全聚德厨师们经过不断改进，火燎鸭心这道菜逐渐定型，直至成为全聚德的特色常备菜。制作火燎鸭心，须先将鸭心切去心头儿，因为心头儿血管和筋头较多，再顺切一刀破开，不能切断，这时的鸭心自然铺平呈扇面形。在鸭心里面剞上一字花刀；用精盐、酱油、香油、白糖、胡椒粉抓匀腌制，王春隆大师最初使用的是普通的料酒，而定型的火燎鸭心则换成了茅台酒；配上细葱丝和洗净的香菜段，用香油、精盐、味精调拌均匀；最后，煸锅上火，注入鸭炉油，烧至接近沸点冒青烟时，迅速下入鸭心，顿时火苗冲天，烈火熊熊，迅速用手勺推拌几下，让鸭心受热均匀，熟透捞出，滤净油盛在盘中。在嫩绿的香菜段和洁白的细葱丝的映衬下，红褐色的伞状鸭心格外好看，吃起来焦香透嫩，具有浓郁酒香味。

这道菜的工艺关键是：鸭心必须用新鲜的；所剞花刀刀距0.1厘米，深至4/5；专业操作要小心、迅速，下锅时油温高，小心起火烧伤。这是一款专业厨师操作的菜品，在家庭中制作存在着烹调环境的局限性，所以不适合在家中烹饪，既容易烫伤，又易发生火患，要想品尝这道菜还必须去餐馆享受。

这道菜是全鸭席著名菜，如同冷菜的芥末鸭掌一样深受顾客喜爱。由于烹制独具特色，有原野风味，再加上浓郁的茅台酒香味，就更使得这道菜声誉倍增，多年来，成为全聚德的状元菜品。当然，现而今老字号烹制的火燎鸭心早已不再使用价格昂贵的茅台酒，而采用自家烹制的火燎菜肴的专用酒。

大师鸡丁扬天下

提到宫保鸡丁，我自然会想起著名的川菜国宝级烹饪大师伍钰盛前辈，因为我从学艺乃至烹饪教学期间曾不止一次地见伍老烹制过这道菜肴，那飘逸在厨房的香美味道深深印在脑际。

宫保鸡丁既是一道家喻户晓的四川风味菜，也是伍老在峨嵋酒家的代表菜，其成菜后金黄油亮的色泽，鸡肉鲜嫩的质感，咸辣略带酸甜口味，再加上香脆的花生米，无不令广大食客喜爱痴迷。

关于“宫保鸡丁”的来历有多种说法，但故事大多离不开一个重要的角色丁宝桢。据《清史稿》记载，丁宝桢是贵州平远（今织金县）人，他是咸丰三年（1853）进士，光绪二年（1876）任四川总督。但人们记忆最深的是，他在任山东巡抚时将慈禧的心腹太监安德海除掉了，获得刚直不阿、疾恶如仇的美名。据传，丁宝桢对烹饪颇有研究，喜欢吃鸡和花生米，也非常喜好辣味。他在四川总督任上创制了一道将鸡丁、红辣椒、花生米下锅炒制而成的美味佳肴。这道美味本来只是丁家的“私房菜”，但后来越传越广，尽人皆知。他曾因戍边御敌有功而被朝廷封为

"太子少保"，人称"丁宫保"，其家厨烹制的炒鸡丁，自然也就被人们称为"宫保鸡丁"。

如今的一些大小的中餐馆中，"宫保鸡丁"这道菜可谓司空见惯。但其中不乏有些菜单上写成了"宫爆鸡丁"，大概是认为这道菜的烹制方法为"爆炒"，一旦弄清楚"宫保鸡丁"的由来，也就不会有这种误解了。

宫保鸡丁本是一道著名的传统川菜，伍钰盛先生将其引入北京后，并不拘泥于传统，而是于细微处进行了变革，以最大化地彰显其美味。首先，伍老在传统基础上，把鸡丁从方形块改成菱形块，使其受热面广，更加入味，同时和椭圆的花生米在形状上相得益彰。其次，弃用鲜嫩的鸡胸肉而选用鸡腿肉，滑炒时先调碗芡，待勺热、油温升时下入鸡丁、花椒和干辣椒爆炒，鸡丁至九成熟时，迅速淋上芡汁颠翻推炒，抱汁均匀，成菜入盘只见红油不见汁，鸡丁滑嫩爽脆，味道层次分明，先甜后酸，再咸鲜，略出辣椒香，最后透出椒麻，是经典的荔枝型口味。

宫保鸡丁的主料有鸡腿肉、花生米；辅料有葱、姜、蒜、食用油、干辣椒、花椒粒、辣椒面、料酒、淀粉、盐、米醋、酱油、白糖。花生需先处理好，用热水浸泡生花生后去除红衣皮。用中温的油将花生仁炸至外表微黄，沥干多余的油，放凉备用，炸花生米凉透了才会更酥脆；将鸡大腿剔去骨，将鸡腿上多余的油脂去除，用刀在鸡肉上均匀剁上十字花刀，这样既便于稍后的腌制入味，也会增加鸡腿的软嫩程度；把鸡腿肉切成菱形丁后，加入料酒、盐、姜片、蛋清、淀粉，用手抓匀，腌制半小时以上；蒜切片，将葱切成豆瓣葱、将姜切成指甲片；用白糖、酱油、醋、料酒、湿淀粉、葱、姜、蒜调制一碗芡汁；炒勺热后放入油，油热后先放入鸡丁、花椒、干辣椒，煸出香味后，将火调小再放入辣椒碎，此时油温要低，不然辣椒会煳，辣椒呈红褐色即可；搅匀碗芡，先捞出葱、姜、蒜煸炒片刻后，烹入已经调好的芡汁；出锅前放入已经放凉的花生仁，翻炒几下后出锅即可。

应该注意的是，这道菜全程要大火，煸炒鸡丁不能久，久了就会老。一定要在菜起锅前加入花生米，以免长时间在锅内翻炒，影响花生米的酥脆感。伍老采用鸡腿肉也给人们很多启示，许多人不解，看似鲜嫩的鸡胸肉，实际上口感比较呆板，质感差，而鸡腿肉的最大优点就是更加筋道，吃起来既嫩滑，又有嚼劲。曾经有很多政要、名流都品尝过伍老的这道菜，称赞宫保鸡丁是“状元菜”，大家赞叹这道菜的奇绝之处是即使菜凉了，鸡丁还能保持鲜嫩。我见伍老加工鸡丁时，剞刀的密度都快将鸡腿剁成泥了，然后再改刀成丁，你想这鸡丁能不嫩吗?

晋阳金老香酥鸭

20世纪70年代，美国前总统老布什在北京担任驻华联络处主任时，经常骑一辆笨重的自行车不辞辛苦地穿越半个京城，到晋阳饭庄吃香酥鸭解馋。1987年，愿意与人分享美食的老布什把香酥鸭的事情告诉了美国前国务卿舒尔茨，舒尔茨到北京后也去了晋阳饭庄，当品尝到晋阳香酥鸭时，赞不绝口不说，还传真致谢老布什。甚至，在归国的飞机上，口中尚有香酥鸭余香的舒尔茨还给晋阳饭庄发来了电报，赞美香酥鸭的美味。此后，日本前首相桥本龙太郎、德国前总理施罗德等人都到晋阳饭庄品尝过这道美食。

香酥鸭是京城晋阳饭庄非常受人喜爱的一道美味佳肴，作为四九城内的名吃，那里常常顾客盈门，排队等号的场景更是司空见惯。提到香酥鸭，自然要讲到国宝级烹饪大师、晋菜泰斗金永泉先生。业内人称“金大爷”的他精通晋菜、京菜，其代表菜就是香酥鸭。上世纪30年代，金永泉先生就开始在北京的柳园饭庄当学徒，师承京城名厨之后，又到过万寿堂饭庄、惠风堂饭庄等店事厨。1959年，北京市委指示筹建晋阳饭庄，金永泉先生带人奔山西学晋菜技艺。开业后的晋阳饭庄经营山西面食和为数不多的几道山西菜肴，但缺少宴席大菜，后来由金老爷子研究创新，做出了风味独特的香酥鸭。

1996年，我尚在前门粮食店街原诞生于明末清初的致美斋旧址从事烹饪教育工作时，常请金永泉老爷子前来讲授烹饪实操课。别看老爷子当时已经七十多岁高龄，但红光满面、精气神十足，讲起话来声音也洪亮。我经常在附近的一家川面馆请他吃饭，那饭量甚至超过当时还年轻力壮的我。当然，那时候每次必讲的就是香酥鸭。我曾多次目睹老爷子制作香酥鸭的全过程，向他请教细节时，他均毫无保留悉心讲授。

当年金老爷子讲的香酥鸭，主要原料需有填鸭一只，调料有酱油、料酒、盐、花生油、葱、姜，更重要的是，还有十六味特殊香料不可或缺，花椒、大料、桂皮、茴香、防风、白芷、甘草、槟榔、砂仁、豆蔻、荜拨、良姜、山柰、肉桂、厚朴和丁香。具体做法是：先把鸭子进行特殊的开生，也就是说把鸭子从后背开膛，去净内脏及气管、食管，斩掉膀尖和鸭掌，揪掉舌头后腌制入味，加各种调料；把腌好的鸭子放入盘中上蒸锅蒸制四个小时。金老爷子讲，这是非常关键的一个环节，其间要一气呵成，不能断火，还要大火旺气；蒸熟后的炸制也是非常重要的一个环节，不但需要控制火候，还要反复炸三次，油温是旺火热油，行话是八成油温。正宗的程序是第一次将鸭子背部朝上腹部在下，将腹部炸成金黄色，第二次将腹部朝上，炸背部呈金黄色，第三次就是控制颜色均匀，哪里的颜色不足就炸哪里。

成品的香酥鸭外形完整，色泽金黄，口感酥烂适口。皮酥、肉酥，甚至连骨头都是酥的。每次，在香酥鸭炸至成熟供学员们品尝时，学员们争相品食，美味的鸭肉很快就被抢空，老爷子则拿起盘中的骨头津津有味地嚼食，学员们见状又连忙拿骨头品尝，尝后大赞鸭骨香脆可口。

从原理上说，一方面北京填鸭原料本身就非常鲜嫩，加上长时间蒸制和烹炸，皮酥肉嫩骨酥也是必然。另一方面，鸭子因经过高温蒸炸，肥油大多溢出，成为脱脂高蛋白，吃起来自然外焦里嫩、香脆可口。同时食用起来再佐以甜酱、葱丝，或填入特制的空心荷叶饼中，脆酥鲜嫩，香而不腻，这也是这道美食深受顾客青睐的原因之一。

晋阳饭庄的现址是清朝乾隆年间大学士、《四库全书》总编纂官纪晓岚的故居，就餐环境幽静典雅，古朴大方，院中至今仍保留有“阅微草堂旧址”“海棠情思”“紫藤幽香”等景观，又为品尝香酥鸭的食客平添了悠悠的文化意境。

创新菠萝咕噜肉

如果说某个中餐菜品既被国人喜爱，同时世界各国也有众多的粉丝热衷，那么咕噜肉就是其中一个。咕噜肉又称古老肉，全称是菠萝咕噜肉，这是一道广东的传统名菜。由于此菜清新解腻，口味酸甜，肉香与果味相互融合，具有广泛的适众性，因此被不同种族、不同国籍的人喜爱，也在情理之中。

菠萝咕噜肉的冠名经常会引起人们的探问，菠萝和肉均是食材本身的名称，但是为何又加入“古老”二字？据说，早年间一批移民国外的华人，因为在国外长久居住，不免思念家乡美食，但又苦于异国他乡缺少国内食材，于是用当地的猪肉、菠萝、番茄酱汁和面粉制成了以西餐食材为原料的具有中国菜品口味的“菠萝肉”。后来，有海外华侨返回故乡，也把这道中西结合的菜肴带回国内，但是由于没有人知道它的中文名字，也没有人记得它的创始人，只知道它是很久以前的华人移民智慧的结晶，历史悠久，可谓古老，于是把它命名为“菠萝古老肉”。

制作菠萝咕噜肉，宜采用五花肉为食材，肥瘦相间，制熟食用后口感最美。将五花肉切成小方块，用少许盐拌匀，腌制半小时以上，使其入味。在腌好的五花肉上加入淀粉，拌匀，使肉全身都裹上薄薄的一层粉。锅内放较大量的油，烧热，把全身裹粉的肉放入，小火慢慢炸至金黄的时候把肉捞起。加大火把油烧高温，再把肉重新放入，此过程称为“复炸”，目的是达到皮脆里嫩的效果，待颜色金黄即可。先将菠萝去皮后对半切，放淡盐水里泡一会儿，炸肉后就可以接着把泡过盐水的菠萝切成小方块。重新烧热锅，放一点点油，加入番茄酱和白糖炒制，色彩变深后加葱粒、蒜粒炒香，加盐、米醋，用锅铲轻轻翻动，小火熬成糖醋汁。用碗装小半碗水，加入小半匙生粉，调成薄芡，加入糖醋汁中，用锅铲翻匀煮开，同时把炸过的肉和菠萝块一起放到汁中，使原料均匀裹上汁液，淋明油出锅。

我曾吃过一些大饭店的菠萝咕噜肉，有的会有一股刺鼻的酸味，这样的菠萝咕噜肉使用的是白醋调料，虽然够一定的酸度，但缺乏了米醋那特有的酿香味。就连番茄酱都有一股罐头装食品特有的味道。我曾见过一位北京某大饭店粤菜厨师长使用的是自己用番茄熬制的鲜番茄酱，他选用的是猪上脑肉，炸制肉块时，不仅将肉块裹上一层湿粉，还在湿粉上裹上一层干粉，然后再入油锅炸制，这样的咕噜肉不仅外皮更加酥脆，而且酸甜口味中还有一股天然的番茄果香，酸甜适口，味道鲜美，风味独具。

当年，我在德国不来梅（Bremen）的中国皇宫烤鸭店和瑞士日内瓦的中国饭店从事厨师工作，欧洲食客到中餐馆点得最多的菜肴就是菠萝咕噜肉，我的朋友法鲁克就是其中一个。我与法鲁克的初识是1994年在德国老城不来梅中餐馆里，他是德籍阿富汗人，与我同岁但生日比我大一天，就在我们餐馆附近的那家专营意大利比萨饼和土耳其烤肉的小餐馆工作，既是厨师又是服务员。一段时间，法鲁克是我们餐馆的常客，他最爱吃的菜之一就是菠萝咕噜肉。我和他成为朋友后，就经常交流烹饪技艺。我给法鲁克讲了一些川鲁菜肴的做法，而他把他们店经营的拌沙拉等凉菜和比萨饼的做法也告诉了我。当时，我从欧洲人和旅居海外的人们的饮食偏好中得出结论：他们比较喜欢酸甜口味且低油的中餐。海外的中餐馆烹调大多采用水勾芡方法，待菜肴熟后，再点明油出锅。盛装菜肴的餐盘一般放在保温热盘上，这样菜肴既保温遇热后也无油脂渗出。

直到今日，很多海外的唐人街中餐馆都保留着菠萝咕噜肉这道菜品。对于国人来说，这道菜只是一道特别平常的菜，或许因为味道不被拒糖者喜爱，但是对于很多漂泊在外的华人来说，这道菜却不仅仅是一道菜，它还代表了他们对于家乡的思念，也正是因为心中的这份思念，使得各国的唐人街一直以来都是漂泊在外的华人们聚餐时首选的地方。

2019年5月17日下午，在广州亚洲美食节上，《2019年粤菜海外影响力分析报告》发布。报告显示，粤菜在中国八大菜系中的国际认知度排名第一，海外民众最喜爱的粤菜菜品就是菠萝咕噜肉。

干炸丸子特要脸

上世纪30年代，即使那曾久吃皇粮的八旗子弟落魄了，手里没几个大子儿，也要摆出一副虎死不落架的样子，手里托着那从骨子里就炫耀他们是吃喝玩乐坯子的标志性物件儿——鸟笼子，遇见熟人还一副牛气哄哄假大方的样子：“走啊，我请您去吃丰泽园的干炸丸子。”有里有面，一副贵族爷们儿的气派，虽外强中干，但从中也可看出传统名肴干炸丸子在人们心目中的地位。

干炸丸子是一道可谓旧时光中的上品美味且被人们喜闻乐见的传统山东风味名菜，早年间，也是北京的山东风味餐馆必备之菜品，成品丸子外焦里嫩、口感酥香，味美而不腻，是人们佐酒的理想美味。

过去的老北京，街面上胡同间有卖炸素丸子的，那是坊间物美价廉的大众食品，而干炸丸子是荤丸子，相对来说成本就要高一些，这大概也是不在胡同出现的原因之一。另外，干炸丸子相貌平平，在过去人们吃荤食，讲究的是一个腻，因为油水大的菜肴是素素的肚子最为解馋的美味，而全部采用动物性原料制作的干炸丸子是荤而不油，酥而不腻，吃起来清口，倒很符合现代人的口味，所以从这一点来分析，干炸丸子虽是美味，却不是穷苦百姓的理想食品，而是有钱人在餐馆里饮酒休闲的最好选择。

干炸丸子制作起来并不复杂，但工序较为烦琐。这道菜肴主要采用肥瘦猪肉馅调味，经干炸而成。首先是选用肥三瘦七的猪肉馅，过去人们选用肥肉的比例更大，肥肉虽然脂肪含量高，却能增加菜肴的质嫩感。将肉馅装碗内，加入黄酱、姜米、湿淀粉搅匀。有的做法五花八门，有的加甜面酱、精盐、味精、五香粉、鸡蛋、葱末，等等，其实这些东西都不必加，因为甜面酱缺乏黄酱的酱香味，甜味又会使丸子增腻，而黄酱的咸味足矣；加盐会使丸子口重，因上桌时还要配椒盐；味精高温处理后会变成有害物质；在这道菜中加五香粉只会使香味太浮飘，而降低椒盐的香美；鸡蛋起到凝结肉馅的作用，其实湿淀粉不但可以起到凝结作用，还会达到外酥的效果，所以鸡蛋是画蛇添足了；葱末夹在肉馅中经过炸制，就会有一种淡淡的熟葱味。所以说最简单的调料，对于这道菜来讲也是最美味的调料。油锅上火烧至四成热，将调好的肉馅逐个挤成丸子，下油炸至半熟捞出，待油温升高至七成热时，再下入油中炸至熟透，呈金红色时，捞出控净油分，装盘，上桌时配有椒盐。现在，有的餐馆为了满足顾客口味，还配上了泰酱，供顾客挑选。

善烹山东菜的丰泽园王大师曾给我介绍过这道菜的一些关键环节，他强调，应该值得注意的是黄酱，不但是丸子香味的来源，也是调色料，丸子金黄的色泽就是来自黄酱。在炸制时，第一遍炸制定型后捞出，用勺子轻拍丸子，将丸子内的肉腥气排掉，还可在复炸后增强外酥里嫩的效果。另外，制作花椒盐时，盐和花椒一定要分开炒制，而最原始也最香的就是用石臼子将盐和花椒慢慢碾碎。

锅烧肘子怀旧情

在老字号丰泽园任经理期间，我发现锅烧肘子是深受中老年宾客欢迎的一道菜肴，跟他们交谈后才发现，他们对于这款菜肴的喜爱已远远超出了菜品本身，其实已经忽略了菜肴的营养物质含量，而更多的是喜欢这个口味，菜肴对味蕾的冲击，让他们回味的是旧时的美好记忆。

我的一位朋友是一家公司的董事长，生意是越做越大，但每年春节期间总要到丰泽园进行家庭聚餐，他八十多岁的老母亲最喜欢的就是这款锅烧肘子，每次必点。朋友说老人那是怀旧，锅烧肘子的味道总会让老人家沉醉在旧时的回忆里，从恋爱到结婚以及事业的巅峰时，都与丰泽园紧密联系在一起。锅烧肘子虽是一道丰泽园的美味，但也确实让老人寄托了思念。

锅烧肘子是山东菜系中比较知名的代表菜，也是丰泽园久负盛名的传统风味菜。考证起来，这道菜原是在锅烧肉的基础上演变而来，以后逐渐才演变成用肘子烧制，由于脂肪丰富，加上肘子的肌肉更加紧密而富有韧性，使得成菜后口感更加鲜润可口。

这道深受百姓喜爱的菜制法精细、工序复杂，须经水煮、笼蒸、油炸等过程。成菜后色泽金黄、外酥里嫩、干香适口、肉鲜味美、肥而不腻。上桌时再配上葱段、甜面酱，以特制家常饼夹食，令人食后回味无穷。

制作锅烧肘子的主要原料有生猪肘子，调料有酱油、盐、料酒、大葱白段、鲜姜块、植物油、清汤、甜面酱、花椒盐等。将肘子的茸毛刮洗干净，投入开水锅煮八成熟，捞出洗净。酱锅上旺火烧开，撇去浮沫，随即下入洗好的肘子，酱制金红色时捞出，放入蒸器皿内，加入精盐、料酒、酱油、大葱白段、鲜姜块、清汤，上笼屉蒸至软透。炒锅置旺火上，倒入植物油，烧至七成热时，移小火上。端起盛肉的平盘，轻轻地将肘子推入油锅内，炸至皮起小泡呈枣红色时捞出，控去油，用刀切成一寸半长、二分宽的条，码在盘里就可以了。

丰泽园的王大师曾告诉我制作山东风味菜锅烧肘子有几个关键环节不容忽视：其一是第一次酱制时，时间不宜过长，开锅后改用小火，断生后稍煮一会儿上色就可；其二是上笼屉蒸至软透后不能马上捞出，还要让肘子在原料味汁中浸润4—5个小时，使其充分入味；其三是捞出后控净味汁，须入冰箱，成菜时再蒸透，控净汁液后上油锅炸至金黄。正是这些步骤的严格把控，才能保证成菜的色香味形达到上乘。

据说锅烧肘子也是泰安地区的汉族传统冬令名菜，四四席上的大件。当地是用荷叶饼卷食，佐以椒盐、白糖、面酱、葱段，别有风味。北京的山东风味餐馆也是配上清鲜的花椒盐，只是后来随着发展，为了更加突出山东地域特色，加上了大葱、甜面酱和特制家常小饼，也深受宾客的欢迎。其实烹饪中的锅烧技法也是古老的烹调方法，元代《居家必用事类全集·庚集》就记有

“锅烧肉”一菜，原文如下：“猪羊鹅鸭等，先用盐、酱、料物腌一二时。将锅洗净烧热，用香油遍浇，以柴棒架起肉，盘合纸封，慢火煸熟。”这是古老的“锅烧”记述。经过数百年的演变，山东菜系中仍保留着此技法，但烹制法又进行了改革和发展，已是大大不同了。那就是锅烧之后还要将熟料进行炸制再改刀，同时在食用方法上又丰富了很多。

扒熊掌往日风险

1984年春夏时节，我的毕业实习就是在北海的仿膳饭庄，将近半年的实习均在厨房的冷荤和红案。那时，仿膳的红扒熊掌是一道名贵高档菜肴，我也是那时初次尝到熊掌的黏糯鲜香美味，并亲自见识国宝级烹饪大师董世国先生制作熊掌的全过程。

熊掌一般都是经干制而成的原料，所以制作熊掌菜肴，首先进行的工艺是将干熊掌用水涨发，先用温水将熊掌泡发，一般需要几天，其间要经常换水并保持水的温度。泡透后用碱水涮去污物，裁去油膘，换水用小火焖煮。煮到毛能拔掉时捞出，先去大毛，再用镊子拔去小毛，搓去黑皮，揭去脚掌硬皮，然后再用开水煮。见掌壳翘起，把壳爪去净，剔除骨头。放入盆内，对入毛汤，放入姜片、葱段，上笼蒸烂。把五花肉一侧平劈一洞，另把熊掌抹上葱姜汁、陈皮汁、盐，抹匀略腌；入味的熊掌填入五花肉洞内，用竹签封口；为保持原形完整，装盘中入笼焖蒸至五花肉酥烂为度，拔出竹签，取出熊掌；将掌面五指处竖划一刀，拿出指骨，再划开掌面，除净面骨，掌心向上放入砂锅中；锅置旺火，放入鸡油，把葱、姜、花椒放入油中炸出香味，倒入清汤600毫升略滚，捞弃葱、姜、花椒，倒入盛熊掌的砂锅中，放盐；再用小火炖至酥烂，大火收汁，将熊掌从砂锅中取出，掌心朝上放于盘中，配上菜心，浇上原汁即可。

熊掌是一种稀有名贵的食材，讲解如何进行烹制，现在也只能是纸上谈兵了。熊作为国家一级保护动物，早已严禁猎杀食用，更何况这家伙属于典型的野生动物，就更不能再当食材原料了。

回顾中国烹饪历史，熊掌属“八珍”之一，甚为名贵，不仅肉质肥腴，而且有特殊的滋补作用。据《本草纲目》记载：“熊冬蛰入穴，春月方出”，“冬月蛰时不食，则舐其掌，故其美在掌，谓之熊蹯”。

熊掌的选用，有前后掌之分，前掌优于后掌，因熊常以舌舐其前掌，故掌花明显，脂肪丰满。据《金川琐记》载：烹制熊掌，“须傅土火煨，其毛始净，再入锅中煮去膻汁，然后加醯酱烂蒸，味极可口”。另据清代顾仲的《养小录》载：“带毛者挖地作坑，入石灰及半，放掌于内，上加石灰，凉水浇之，候发过，停冷取起，则毛易去根，俱出洗净。米泔浸一二日，用猪脂油包煮，复去油撕条猪肉同炖。”其制作方法相当详细。

食材熊掌是黑熊或棕熊的足掌，一般都是经干制而成的。熊掌多连皮带毛，前掌略小，长约15—20厘米，掌花明显，胶质多，掌面较宽肉质较香。后掌较长，长约20—30厘米，掌花不明显，掌面较窄，气腥略臭，质量不及前掌。作为食材原料，在封建皇权时代，熊掌也是进贡或送礼的常见物品。据《红楼梦》第53回“乌进孝进租”时的进物单上，有“熊掌二十对”的记载，此处熊掌即为干货原料，也需涨发后再进行烹制。

烹制熊掌并不容易，由涨发到烹制，任何一个环节均不得含糊，否则都会影响成品质量。据《左传》记载，“宰夫胹熊蹯不熟”而被晋灵公夷皋杀了。因烹制失误而被最高统治者杀害并被砍成几大块的历史悲剧，一方面可看到封建帝王晋灵公之野蛮残忍，另一方面也可以看出烹制熊掌自古是一项风险很大的艰巨工作，稍有失饪，后果严重，还会丢掉卿卿性命。

当年溥仪经历了从末代皇帝到新中国公民的转变之后，来到“天府之国”四川，热情好客的四川人特意安排了一道“烧熊掌”的名菜。溥仪对以往在宫廷吃过的熊掌都感觉略有腥臊之味，而那次吃的熊掌最让他满意，他特意向主厨的著名川菜厨师周海秋先生敬酒，表达了敬意和感谢。

仿膳饭庄最初开业于北海公园北岸，后来迁至琼岛漪澜堂、道宁斋等一组乾隆年间兴建的古建筑群中。这里背山面水，游廊怀抱，景色十分秀美。我在实习期间，每当师傅炒制菜肴时，那飘出的香气总是吸引着我的嗅觉，简直令人垂涎欲滴。有时，菜炒多了，董世国大师就会盛出一勺让我们品尝。

那时，餐馆加工动物性原料大都是现场宰杀。据老师傅讲，这里还曾经宰杀过无毛狗，原因是地处热带地区的某个国家赠送给我们动物园的无毛狗到了中国后，由于自然地适应了气候环境，光溜溜的身上长毛了。长了毛就名不副实了，跟中国的杂牌狗没什么区别了，也无观赏价值了，结果就被送到了这里。这里也曾宰杀过黑熊，一头干了一辈子表演工作、奄奄一息的老熊被送到了这里。物资匮乏的年代，这种动物总不能白白地扔掉，那不符合那个年代人们艰苦朴素节俭生活的理念，打虎都是英雄，何况宰杀一只老熊做成美食来为人民服务？当时宰杀的厨师很是粗鲁，拉着被绑的老熊往开生间拖，擦着地面的熊皮渗出了血迹。宰杀的厨师稍一疏忽，哪知老熊铆足一把老力气转头向他的脚面狂咬一口，这哥们儿惊出了一身汗，幸亏他穿了一双大号的雨鞋，雨鞋大出的那部分被咬透了，侥幸没伤着脚面，也算经历一次不大不小的风险。现今，仿膳早已没有了这道红扒熊掌的菜肴，血腥的宰杀方式也早已摈弃，北京的城镇内连屠宰鸡鸭的场面都不会出现了。

美味袭人香酥鸡

香酥鸡这款菜肴最大的特点就是可以提前制作，上桌前炸制就可，非常方便，所以早年间常常作为婚宴等大型宴会的首选菜肴，也成了跑大棚办各类团宴的常备菜品。

1933年3月，抗击日本关东军的喜峰口战斗打响了，中国军人挥舞着大刀创造了抗日的奇迹，二十九军大刀队消灭日寇三千，令鬼子闻风丧胆。冯玉祥和宋哲元将军在南口举行盛大宴会，犒赏三军，据传说其招待宴席就是由当时的八大楼之一新丰楼饭庄承担，一共一千六百桌，一万六千人，好一个宏大的场面和规模。那么，只有准备类似香酥鸡、红焖肘子、荷叶肉、米粉肉这类可提前加工的菜品，方可有序完成这项规模庞大的艰巨任务。否则的话，要是当场烹制，就是当时将全北京的厨师都带到南口，这项浩大的工作也完不成，因为即使有人，也没有那么多的灶台呀！

香酥鸡是山东传统风味名菜之一，也是鲁菜菜系当中家喻户晓的一道名肴。北京丰泽园饭庄的这道特色菜还会配上自制的精致家常饼，其家常饼区别于普通的家常烙饼，形状大小如门钉肉饼。

制作香酥鸡需采用当年的雏鸡，以高汤加多种香料蒸熟，然后入油再炸，直至香酥。成品香酥鸡色泽红润、外酥里嫩、肉烂味香，以整鸡上盘，撒上椒盐，吃时可配上葱段、甜面酱，以特制家常饼夹食，更有一番风味。

这道菜的主要原料有鲜嫩的雏鸡，调料有酱油、花生油、味精、料酒、清汤、姜块、花椒、花椒盐、大料、精盐、丁香、葱段、桂皮。制作步骤是：先将鸡洗净，从脊背砸断鸡翅大转弯处，剁去翅尖、鸡爪、嘴、眼，用清水洗净。然后用花椒、精盐将鸡身搓匀腌渍2—3小时。将腌好的鸡放在盆内，把葱、姜拍松，加上丁香、大料、桂皮、花椒、清汤、酱油、绍酒、味精上屉蒸约40分钟取出，把葱、姜、花椒、丁香、大料去掉。炒勺内加上花生油，在旺火上烧至八九成熟，将蒸烂的鸡放入漏勺内，在油中冲炸，至鸡皮显枣红色时翻过来再稍炸，即可捞出。食用时摆在盘内，外带花椒盐料碟上席即可。丰泽园的宴会吃法是配上葱段、甜面酱，及特制家常饼，吃的时候可以将香美的鸡肉夹入饼中，放上葱段、甜面酱。

丰泽园的王大师曾详细地向我描述过制作这道菜的关键：其香在于腌，用花椒、精盐搓鸡身时，要将鸡腿根、翅根及腹内搓到，这样才入味均匀，而且腌制的时间一点儿也不能少，必须保证24个小时后才能上屉去蒸；其酥在于炸，蒸好的鸡要摘净鸡体表面的香料，以免炸时热油迸溅伤人。油温应是八九成热，如油温过低就会将鸡炸干，只有控制好油温，才能达到外皮金黄而酥香、肉质鲜嫩而味美的效果。

惹大事数双鞭汤

现代汉语中对鞭的解释乃是驱赶牲畜的工具，但是若将牲畜与鞭联用成词，就成了动物的器官名称。牛鞭就是公牛的外生殖器，又叫牛冲、牛阴茎。从食材功能的角度讲，牛鞭富含蛋白质、脂肪，胶原蛋白含量极高，是美容养颜首选之佳品。作为一种珍贵的进补原料，牛鞭在全世界受到广泛欢迎，在各餐饮场所，也是令人喜爱的珍馐美馔。

中国人自古以来“吃什么补什么”的观念意识根深蒂固，人们大多认为食用动物的生殖器可以壮阳、补气血。据元李杲编辑、明李时珍参订的《食物本草》记载牛阴茎：“治妇人漏下赤白，无子。”《中国烹饪百科全书》说牛鞭：“味甘性温，壮阳补肾。”国内众多医学专家则对牛鞭的壮阳功效表示认可，认为活体雄性动物的性器官如睾丸等的确含相当的雄性荷尔蒙，可以帮助男性朋友提高性能力。并指出其含有雄激素等成分具有壮阳补肾的功效，可补肾扶阳，固本培元，主治肾虚阳痿、遗精、腰膝酸软等症，可以肯定地说，牛鞭是上好的男性补品。

鹿鞭是鹿科动物梅花鹿或马鹿雄性的外生殖器，又名鹿肾、鹿冲。鹿鞭大多为干制品，属于食品原料的干货食材。鹿被宰杀后，割取阴茎及睾丸，除净残肉及油脂，固定于木板上将其风干。质量以粗大、油润、无残肉及油脂、无虫蛀、干燥者为佳。据《四川中药志》介绍鹿鞭：性温，味咸辛，无毒；入肝、肾、膀胱三经；治阳痿，肾虚耳鸣，妇人子宫寒冷，久不受孕，慢性睾丸发炎。但素体阳盛者慎服。鹿鞭不仅是上乘的食材，也可泡用于酒。从品种上分，有产于吉林、辽宁、河北等地的梅花鹿鞭，还有产于黑龙江、吉林、内蒙古等地的马鹿鞭。

牛鞭和鹿鞭都是珍贵的食品原料，早年间，以这两样食材烹制的菜品就被列入清宫御膳，以经营宫廷御膳风味的北京仿膳饭庄就有一道著名的菜肴双鞭汤。

当年仿膳饭庄双鞭汤采用的鹿鞭原料是干制品，经过涨发使之重新吸收水分，再用高超的刀工美化技术处理鹿鞭。成菜后，双鞭汤面上漂着的牛鞭如同花朵，改刀后的鹿鞭与其珠联璧合、相得益彰，令人赏心悦目。

要说仿膳饭庄善烹双鞭汤的还得是董世国大师，他1950年就在北京北海公园揽翠轩学厨，1955年到北京仿膳饭庄工作，1960年拜仿膳名厨王景春先生为师，成为仿膳宫廷菜第三代传人。他曾跟我说，这种特殊部位的干货制品腥臊味很重，涨发时要吸水、除杂味同时进行，否则即使烹调手艺再好，成菜后也很难纠回异味的影响。

后来，随着市场经济发展，鲜原料牛鞭菜开始普及，一些餐馆逐渐出现了红烧牛鞭、大蒜烧牛鞭之类的菜品。曾经厨房给我做了一份工作餐，就是大蒜烧牛鞭，当时觉得蒜香浓郁，爽而不腻，可是吃过没多久就觉得鼻子有点不通畅，一副上了火的样子。处理鲜牛鞭时，首先将牛鞭泡水，将外面的皮去掉，去皮是一件考验耐心的活，也很麻烦。锅内放水，加入葱、姜、花椒，直至将牛鞭煮透，捞出一破两半，将尿道除去，切成一寸来长的段。炒勺上旺火，将油烧热，加入葱、姜和蒜瓣煸炒出香味，加入料酒、酱油，再加鸡汤、白糖、味精、盐，用糖色给汤补充调色，把牛鞭放入汤中，文火煨至熟透。

若用牛鞭制汤，需将牛鞭改刀成鞭花，而将鲜牛鞭改刀成鞭花是一项难度较大的手艺。调味上既可做成酸辣口，也可制成咸鲜口，咸鲜口清汤为佳，若是酸辣口就要勾成米汤芡，口味会更醇厚。当年，仿膳饭庄的双鞭汤属于宴会高汤菜肴，只有在人均消费百元以上的宴会套餐中才有此菜。那时，刚入职的工人基本工资才36元，由此可见双鞭汤的身价。

1984年盛夏，我离开仿膳饭庄回学校报到。10月，我被分配到王府井全聚德烤鸭店工作，而同在仿膳饭庄实习的另外两名同学却被分配留在了实习所在地。1985年5月19日北京的球迷因不满国足比赛夭折在亚洲赛区小组初赛而恼羞成怒，引发了暴力事件。留在仿膳饭庄的同学告诉我，当天香港足球队就在仿膳饭庄吃的午餐，当时标准并没有到百元，但业务员出于对同是炎黄子孙的香港同胞的那份感情，菜单里开了双鞭汤。当天晚上，北京的风力还不小，香港足球队获胜的第二粒入球就是香港球员顶着风于三十余米开外打进的。事后，仿膳的厨师纷纷指责那位开菜业务员说：都是你脑门子一发热，开出双鞭汤惹了祸，要不香港球员哪来的那股子邪劲，居然顶着风在那么远的距离劲射破网。玩笑归玩笑，无论是鹿鞭还是牛鞭，真没那么大的功效，要真是那样有神效的话，只要把中国男足的膳食一改，他们早就狂奔着冲出亚洲走向世界了。

鱼香肉丝有温馨

很多人都痴迷于鱼香肉丝那辣酸甜的美味，而我对它的喜爱是在成年以后。中学时代，在我的饮食菜单中没有辣味，因为那时还对未来充满了幻想，总认为将来有可能成为以歌唱为职业的歌星，一旦在发育时期让辣毁了嗓子，那岂不是遗憾终生？后来我进了专业学校学习烹饪，而国宝级川菜烹饪大师伍钰盛又是专业顾问，于是乎我整日与辣味较为突出的川菜打上了交道，并动手实习炒制菜品，如宫保鸡丁、水煮牛肉、回锅肉，但炒得最多的还是鱼香肉丝。由于有名师的指导，这些菜炒得也是非常正宗，而且口味也很纯正。在不断品尝的过程中，我喜欢上了辣味。加上歌星的梦想已成泡影，又感觉到饮食中多了辣味的乐趣，从此我对辣的嗜好便一发而不可收，发展至今已到了无辣吃饭不香的地步。

由于我的鱼香肉丝炒得比较拿手，这道菜也经常出现在家庭的餐桌上，女儿从小就喜欢上了这道菜，小小年纪就对辣味痴迷。太太总说她在吃辣上是青出于蓝而胜于蓝。从女儿小的时候起，我就带她吃了许多酒店、饭庄，鱼香肉丝是保留的一道菜，每次吃后，女儿总是噘着小嘴说，鱼香肉丝不如爸爸炒得好吃。女儿上学后，再在外面吃鱼香肉丝时，我总是微笑着对女儿说：“大师，你给评评这道菜。”每当这时，女儿总是端起一副面孔，一本正经地点评起来，诸如刀工太糙了，甜口少了点儿，配料放错了等等。看到她对菜的理解，我的心里也是美滋滋的。

自从和太太认识后，她尝过我的鱼香肉丝，也曾想学，我总是开玩笑地对她说：“此菜传男不传女。”女儿上学后，太太又说起了想学做鱼香肉丝的事，我笑着对她说：“看在你把女儿给我养这么大的面子上，就破回例，教你吧。”于是，太太动手，我在旁边动口。一道精美的鱼香肉丝最终出勺了。太太看着自己的作品扬扬自得，眉飞色舞地自吹起来，自称这道菜拿下了，从此再不用为想吃鱼香肉丝而求人了，一副过了河就拆桥的样子。没过几日，太太便跃跃欲试，一边做一边炫耀着吆喝着。女儿手持筷子坐在桌边眼巴巴地等着妈妈炒的鱼香肉丝。待菜出勺后，太太再无得意之色，而是一脸沮丧地端上来，我们一看，菜色灰暗，全无明亮之色。女儿只动了一口，便不再伸筷了。太太嘴里还在叨唠着：原料、调料都是按照要求做的，可是做出的菜怎么会截然不同呢？我告诉她，如果烹饪这么简单，是个人就能成为大师了，以后还是谦虚一点吧。

鱼香肉丝是四川脍炙人口的名菜，但要想把这道菜炒好并不容易。从原料的选择、调料的投放到烹制的手法都有严格的讲究，否则很难把这道菜炒到极致。首先是选料，主料应选择肥三瘦七的猪肉丝，这样的组合会使人吃起来口感滋润。配料的选择更为重要，这也是国宝级大师伍钰盛当年最为强调的秘诀，那就是为保持鱼香肉丝特有的滋味不受影响，应选择木耳丝、笋丝和菠菜心这些无个性味道的原料，这样做一是为了突出色泽悦目的效果，红中有白有绿有黑，色彩丰富，二是在口感上脆嫩交替，也会同样满足人们对菜肴的质感审美。辅料选的是葱姜蒜末，蒜的投量要大些，而泡辣椒的选择尤为重要。以前看伍钰盛大师炒菜时，他所选用的泡辣椒都是自己泡制的，问他为什么，他说现在市场上假品太多，为保证菜的口味，泡辣椒都是他亲自泡制。难怪他烹制出的菜肴会满屋生香，这恐怕是其中的一个原因。炒制时，要先将调料对好碗芡，碗芡中，除了有酱油、料酒、盐、味精、淀粉和葱姜蒜外，白糖和蒜的投量要大，只有这样才能保证菜品的色香味形。另外，炒制时，特别是投入碗芡后，火力一定要大，否则，菜品的色泽就会发暗。

我们在外面的饭庄品尝鱼香肉丝时，先不说口味，就从配料上讲，放什么的都有，如胡萝卜、青椒，这些本味较强烈的都会影响鱼香味道，使本应该有的鱼香美味减色不少。还有的餐馆给鱼香肉丝加入了水分大的蔬菜原料作为配料，这些原料遇热出水，或多或少淡化了鱼香味的浓郁味道，当然，作为大锅饭或者仅作为一道下饭菜，其营养均衡足矣，却达不到最大化地享受鱼香味道的目的了。

一道虽然普通的菜肴，要想烹制成色香味形俱佳的菜品，每一个环节都须严格把关，这恰恰说明了菜肴的背后具有很高的厨艺含量。当然，现今的餐饮市场上，不乏忽略厨艺含量而强调急功近利者。或许正是这样，在发展中，他们就会被市场经济的潮流所淘汰，这也是市场发展的必然规律。

苹果拔丝宴会餐

拔丝苹果是家喻户晓的一道传统名菜，主要以苹果为制作主料，外观色泽金黄，块型光滑，味酸甜，外脆内软，糖丝绵长。说拔丝菜简单，一般家庭主妇也能烹制，说复杂，有些厨师会坦诚地说，制作起来还真不是信心满满，其原因关键是原料的采用。如拔丝白薯则相对简单，而拔丝苹果就不那么容易了。客观地说，拔丝菜是对烹调技术要求高的甜菜，就是将主料经过油炸，放入用水或油熬浓至金黄色的糖汁中颠翻均匀，趁热拔出糖丝的一种烹调方法。此菜制成后，宜热快吃，夹一块牵之有丝，似蚕吐细丝，蘸一下凉水，食之甜脆香嫩。

对于饭店酒楼来讲，拔丝苹果是宴会当中一道重要的甜菜。每年5月到10月，炎热的夏季来临，宴会的甜菜一般都是上冰凉清爽的杏仁豆腐，而随着国庆节的到来，宴席的甜菜就换成了拔丝苹果。当年，我从事厨师工作，刚上火炒菜的时候，每天上班比其他人要早一个多小时，还需要承担灶上大部分基础性工作，诸如吊清汤、熬奶汤，还有就是准备宴会的拔丝苹果，将其炸成半成品。这半成品最难的工艺就是调制发面粉糊，调制合适了，裹上苹果块，炸出的拔丝苹果坯料圆乎乎、黄澄澄，饱满得就像一个个精致的小柴鸡蛋。调制发面糊的原理就如同蒸制老肥发面馒头。那时，发面糊的调制工艺是制作拔丝苹果时很难掌握的一项传统技法。

拔丝大致有四种拔法：水炒糖，油炒糖，干炒糖，水油混合炒糖。水炒糖就是指用水来融合糖，炒制时锅一定要干净，然后开火化糖，绵糖和砂糖均可。糖完全化开后，炒时将火调小。糖起大泡后变成小泡，渐渐变成金黄色即可。纯油炒糖，难度更大，这种炒法更考验功夫。锅洗净烧热，加入油不宜多，加入糖后改小火，如果火力还是过猛，就将锅暂时离火，但要注意温度反差变化，调控速度和节奏。同样，糖起大泡后变成小泡，渐渐变成金黄色即可。我常采用的就是水油混合拔丝法，因为这种方法融合了水炒糖和油炒糖的优点，外观油亮，食用时糖皮口感酥脆。当年，我在北京教育学院旁听了一学期《国菜精华》著者王仁兴先生主讲的“饮食文化导论”等课程，王老师从美拉德化学反应的原理讲述了拔丝菜成功的关键。明此原理，拔丝的秘诀也就科学化地熟记了。

家庭拔丝原料大多采用白薯，制作起来相对容易，因为白薯并不需要蘸糊，将白薯切成滚刀块后，直接入油炸制即可。非专业人士大多认为拔丝苹果是一道高山仰止的工艺菜肴，根本就不敢去尝试制作。至于拔丝香蕉、西瓜或者拔丝雪糕，就更不可思议了。我多次给刚入门的烹饪专业的学生讲课，当提到拔丝雪糕时，全都嘴巴张得大大的，摆出一副惊讶的表情。制作拔丝西瓜、拔丝香蕉难度大，更难的是拔丝雪糕，要求烹制者具有娴熟的技术和敏捷快速的手法。制作拔丝雪糕须用脆浆，选用膨化的奶制品雪糕，而不宜用冰制的冰糕。雪糕要提前冻结实，熬糖时速度一定要快。面粉、淀粉、吉士粉、泡打粉拌匀，放入色拉油调成脆浆。锅放火上，放入色拉油，小火烧至五成热，取出雪糕拍上干淀粉，裹匀脆浆后入锅内大火浸炸至表皮淡黄。在浸炸雪糕的同时，选另一炒锅，放油，入白糖，小火溶化并不断搅炒，待糖液起小泡变成金黄色时，迅速放入炸好的冰糕翻炒，裹匀后迅速装盘，配凉白开水一小碗上桌。这一系列过程衔接丝毫无间，雪糕表皮刚要融化，烹制过程已经完成。夹起一块糖丝缕缕，细长均匀，吃一块口感甜脆，皮里冰凉。

1996年，亚洲大厨中国北京赛区比赛开始角逐，作为特邀组委会成员，我有幸见证了整个美食烹制过程，并全程负责摄像工作。当时的评委阵容庞大，鉴定评委聚集了王义均大师、国际烹饪大师陈守斌先生等多位北京烹饪界的名家。最后一天，参赛选手的拔丝菜肴被端了上来。王义均大师站起来夹起一块选手做的拔丝菜肴，兴奋地拉着丝，并不住啧啧赞叹："看看这丝，都拉到天津去了……"比赛结果出来后，这位拔丝菜选手赢得了亚洲大厨中国北京赛区第一名。

后来，这位选手紧接着马不停蹄地赶赴上海参加第二届世界中国烹饪大赛，但比赛结果并不如意。其原因就是北京比赛是在选手自家熟悉的门店，天时地利人和，周围一群人跟着忙活，拔丝出锅后瞬间就被端上评委桌。而远在他乡，人生地不熟，参赛的灶台又是火力威猛的粤餐灶台。菜出勺后，工作人员大多为临时抽调的非烹饪专业人员，又不能理解拔丝菜肴上桌的及时性，当菜肴端到评委席时，或许早已过了最佳的展现风采的时段。所以，选择参赛作品如同上阵打仗一样，一定要了解战场环境，做到知己知彼，特别是选择拔丝菜参赛。

锅煽豆腐大翻勺

锅煽豆腐是山东菜系一道经典的名菜，食材虽然极为普通，但这是一道工艺含量很高的菜肴，要想烹制得色香味形俱佳也真不是很容易。客观地说，不易入味的豆腐经过调料滋味浸渍，蘸蛋液油煎后，加以高汤微火煽制，不仅质感软嫩，而且滋味鲜美，堪称一绝。

在中国传统烹饪技法中，锅煽是鲁菜特有的一种烹调方法，选用的原料可荤可素，或家禽家畜，或海鲜蔬菜均可，此类菜肴成菜大多呈深黄色，外形整齐美观。

锅煽豆腐清香、咸鲜厚重，无论是佐酒还是下饭，都是非常上好的搭配，一直是山东地区喜闻乐见的佳肴。清乾隆年间，这道坊间大众菜华丽转身，阔步走进了皇城，荣升为宫廷御膳。相传乾隆很讲究养生，豆腐是他的最爱，而且要换着花样地吃，而锅煽豆腐就是他非常喜欢吃的菜品之一。在现代餐饮市场中，除了老字号等经营传统风味的餐馆还保留着这道菜品外，一般时尚的酒店鲜有这道菜的身影。可恰恰是这道美味在海外的中餐馆却很受欢迎，1994年，我曾在德国北部城市不来梅的中国皇宫烤鸭店工作，在经营的菜品中，由于锅煽豆腐清淡少油且极具中国菜特色，因此很受欧洲食客喜欢。当地一家名曰“宴”的日本餐馆，负责人因为爱吃这道菜，还成为我的烹饪知音。

锅煽豆腐的主要原料是北豆腐一块，这款菜需要将豆腐切成长方片制作成形，故要求豆腐有一定的韧性。辅料有鸡蛋、小麦面粉、虾子。调料有葱、姜、盐、味精、料酒、香油、植物油等。制作时，先将豆腐切成长方片平摆于盘中，加盐、味精、姜水腌渍入味，然后放入面粉中两面沾裹均匀，再沾上一层蛋汁。将炒勺用大火烧热，加油烧至五分热时，逐一下入豆腐片炸至皮色金黄即捞出沥油。锅内放油，大火烧热后下葱花、姜末爆香，续下料酒、高汤、盐、虾子，将豆腐排列整齐码放锅内慢火㸆制，待一面入味后，采用大翻勺将豆腐空中翻个面，继续慢火㸆制，便可出锅，出勺时淋入少许香油即可，为了增加美化，在盛盘时可在盘底垫些生菜叶作为装饰。

保持锅煽豆腐形状美观的技术关键就是大翻勺。当年伍钰盛大师在服务学校对外营业餐馆（也是我们的实习餐厅）的厨房里，看到火上炒菜大翻勺的我，待我成菜装盘后说：大翻勺分好几种，有空中正翻和反翻，侧身前翻和后翻等，但翻过去的菜品要保持整而不散，最为重要的是要动作潇洒漂亮，让人赏心悦目。从那以后，我开始反复刻苦练习各种大翻勺动作，正因为这个动作完成得具有观赏性，因此，当我们毕业技术表演时，面对全市饮食服务总公司的厨师精英们，我被第一个派上场表演现场烹制菜品，我炒的熘鱼片就用了一个空中大翻勺。

正是这个体现中餐烹调厨艺的大翻勺，在海外的中餐馆却有着不同的理解。1994年末，我在日内瓦的中国饭店从事厨师工作。

饭店的老板也是厨师，这老头很有个性，他虽然二十八岁才开始事厨，技法均很老旧，却喜欢调教他在中国请的厨师。我上火炒菜那天，老板的亲侄女也是饭店的服务员语重心长地提醒我，要充分做好应对他叔叔的思想准备，他叔叔有个毛病，就是从中国请来的厨师无论是谁，他都要按照自己的审美意愿进行调教，恨不得他怎么端勺就让你怎么端勺，他怎么翻勺就让你怎么翻勺。我当时就想，此次日内瓦之行是进行中华美食月中国烹饪展示宣传工作，签证就一个月，还是彼此相互给面儿最好，如果不是这样，还不知谁调教谁呢。

我第一次做锅爆豆腐时来了个空中大翻勺，老板看了我一眼，就开始给我讲起了故事，说他前几年请了一个四川厨子，就喜欢玩空中大翻勺，后来终于他忍不住了，骂了这个四川厨师一顿，原因是勺离开了灶台，煤气被白白浪费了。至于四川厨师在炒菜方面更是没少挨呲儿，后来老板侄女告诉我，这厨师经常跟她说，要不是为了出国挣钱，早不干了。据她详细介绍我才知道，他哪里是四川厨师，本是我在专业学习时另一个烹饪班的专业老师，也很精通川菜，拜师于著名的川菜大师伍钰盛先生。这位老师大翻勺确实翻得漂亮，是他值得炫耀的技艺，当时在学校也是大家效仿的榜样，然而这里的老板不这么看，认为那是浪费煤气的花架子。

果如老板侄女所说，老板还真是不厌其烦地唠唠叨叨，甚至每次炒米饭时他都在提醒我加多少调料。几次之后，我就被“调教”好了，每次炒米饭我都自觉地一样一样地问他是不是放那样多的调料，诸如盐、味精等。五六次之后老板才醒过闷儿来，闭上嘴再也不啰唆了。老板炒葱爆羊肉时千叮咛万嘱咐，在烹炒之时不能加水，有一次他炒时，趁我不注意，偷偷加了半勺水，我用余光尽收眼底，然后故作惊讶状问他锅里怎出这么多的水，他一脸惭愧。剔鸡时，他非得把鸡大卸八块后再出骨，而我一分钟内三下五除二就将一只完整的鸡骨头剔除完毕，腿肉、胸肉、鸡牙子肉整齐排列，又快又干净……后来，老板侄女找机会语重心长地对老板说："人家是北京的名厨，不是学徒工，你就别在技术上唠叨了。"从那以后，老板的嘴闭上了。我再制作锅塌豆腐大翻勺时，他也不再唠叨了，但是否心里仍旧心疼那点煤气，我就不得而知了。我们来到日内瓦之后，美食月的中餐深深地吸引了当地的食客，中国饭店一个月内天天生意火爆，老板舍不得让我走，旅游签证又给续了一个月。

外脆里嫩话焦熘

焦熘是一个传统的烹调方法，也叫炸熘、脆熘，在烹制工艺上具有一定的难度。制作时把主料切好入调料腌喂后，用水淀粉糊挂匀，然后放入热油内炸至外表金黄焦脆时，再捞出进行入味烹炒。成品色泽金红，汁芡明亮，外脆里嫩，咸鲜醇厚，并散发着浓郁的清香。

如果说起老北京最为著名的焦熘菜肴，还得要说是位于通州南大街经营清真风味的“小楼饭店”，京城清真名厨师承大多与小楼饭店有关。这家饭店的肉饼非常有名，曾经通州人打赌就以“到小楼吃肉饼去”为赌注，小楼饭店还善于烹制焦熘菜肴，并以焦熘鲇鱼、焦熘肉片、焦熘咯吱这三焦代表的菜肴闻名京城。小楼饭店是创建于1900年的一家著名百年老字号，后来成为伊斯兰京菜东派的代表，其特点是选料精良、制作精细、高汁红芡、味道适口，尤以小炒如焦熘之类菜肴更为拿手。新中国成立以后，小楼饭店经历了公私合营，建成比原来规模更大的木质二层营业楼。

早年间，京城老字号丰泽园的厨师就曾到通州的小楼饭店交流取经，专门请教其焦熘烹法的技巧。丰泽园饭庄虽然也是著名的京城老字号，但非清真风味，而是以烹制京菜闻名都城。丰泽园虽然精通烹制京菜和鲁菜，但仍不断博采众长并在小楼饭店取经回来后进行改革创新。小楼饭店的焦熘肉片是以羊肉为主要原料烹制，丰泽园的厨师回去后，将原来焦熘肉片使用的后臀尖改成用猪肉坐板，将肉片改为大片。在质感上也进行了改进，那就是在淀粉中加入一点蛋清，这样吃起来脆而不艮，也更易于入味。在口味上也丰富了，有糖醋、番茄、咸鲜等几种味型。

焦熘类菜肴一般都是选用质地细嫩、新鲜且无异味的动物性原料为主料，比如猪肉、虾仁、鱼类等，当然也可选用质地鲜嫩、含水分较少、新鲜无异味的植物性原料，如香菇、蘑菇、茄子等。将主料加工成片、块、条、丁、球等形状，成形大小相等，厚薄一致。主料需要加入调料腌制入味，根据风味不同，通常加入盐、料酒、葱、姜、蒜、白糖以及特殊风味调料，目的是去异味，打底口，增香味。焦熘菜肴的原料一般都要用精盐和其他调味品腌制，其调味程度在三、四成之间，通过芡汁的熘制后才能完全够味。因此，原料的腌味和芡汁的口味要互相配合。根据菜肴风味质感要求，为保持原料形体美观饱满，外酥里嫩，过油前要挂上适宜的浆糊，挂糊要均匀。如原料水分过多，一定要先用毛巾吸附水分，或者表面拍上一层干粉，可以吸附原料表面水分，再进行挂糊黏合，油炸时不会出现脱糊。炸制时，要灵活掌握火候。一般原料要进行两遍炸油处理，第一遍原料挂糊或拍粉后，投入五成油温中炸制定型。捞出后原料水分尚有外溢，再进行复炸，油温升至七成，炸至原料色泽金黄、外酥里嫩即可。

芡汁处理要黏稠适度，一般采用碗芡，放入绍酒、酱油、白糖、盐、味精、香醋、淀粉，调料数量与水淀粉的稠度均要适当，以包裹均匀原料为准，不宜过多翻勺，同时熘制要迅速、快捷。焦熘菜可根据口味加上一些配料，诸如水发木耳、黄瓜片等。

上世纪80年代我在专业学校学习川鲁菜时，就比较喜欢焦熘的味道，当时制作焦熘肉片采用的猪肉片是肥瘦相间，这种食材吃起来外皮酥焦而肉质滋润嫩香。那时，我们学校对外经营的实习餐厅里一道焦熘肉片才卖五毛钱，很受周围百姓的喜爱。从专科学校毕业后，我被分配到王府井全聚德烤鸭店，一开始是在料青间工作，其中有一项工作就是每天晚上剁鸭骨头，用于第二天煮鸭汤用。肥嘟嘟的鸭尾巴不适宜煮汤，每天总会积攒起一小盆烤鸭尾，去掉尾部的骚豆，这鸭尾在当时就是一道菜肴的原料，一般人还吃不上。只有托人才能买到，我们称之为名副其实的“后门菜”。一般的情况下就是将肥鸭尾炒成咸鲜口味的焦熘菜，这也是受欢迎的佐酒菜肴。烤鸭店周边一些单位的员工和酒友们就钟情于这道物美价廉的美味，大家亲切地称呼这道菜叫“焦熘酥酥”。

九转大肠太复杂

九转大肠是山东地区汉族传统名菜之一，不仅口味深受人们的欢迎，而且是一道功夫菜，往往成为考核厨师功力的一道代表菜。如果按技法评判，不用去管厨师炫耀自己的词，烹制一道九转大肠就足以说明一切，一切功底，尽在大肠中。

九转大肠诞生于清光绪初年，由济南“九华楼”酒店首创。九华楼是济南富商杜氏和郜氏所开。杜氏是一巨商，在济南设有九家店铺，酒店是其中之一。这位掌柜对“九”字有着特殊的爱好，什么都要取个九数，因此他所开的店铺字号都冠以“九”字。“九华楼”设在济南县东巷北首，规模不大，但司厨都是名师高手，对烹制猪下货菜更是讲究，当时这家饭庄的红烧大肠就很出名，做法也别具一格：下料狠，用料全，五味俱有，制作时先煮、再炸、后烧，出勺入锅反复数次，直到烧煨至熟。所用调料有名贵的中药砂仁、肉桂、豆蔻，还有山东的辛辣品大葱、大姜、大蒜以及料酒、清汤、香油等。口味甜、酸、苦、辣、咸兼有，烧成后再撒上香菜末，增添了清香之味。盛入盘中，红润透亮，肥而不腻。有一次杜氏宴客，酒席上了此菜，众人品尝后都赞不绝口。有一文士说，如此佳肴当取美名，杜氏表示欢迎。这个文士为迎合店主喜“九”之癖，也为了赞美高厨的手艺，当即取名“九转大肠”，同座都问何典。他说道家善炼丹，有“九转仙丹”之名，吃此美肴，如服“九转”，可与仙丹媲美，举桌为之叫绝，从此九转大肠名闻遐迩，且声誉日盛，一直流传至今。

制作时，先将肥肠洗净煮熟，细尾切去不用，切成2.5厘米长的段，放入沸水中煮透，捞出控干水分；炒锅内注入油，待七成热时，下入大肠，炸至金红色时捞出；炒锅内倒入香油烧热，放入白糖，用微火炒至深红色，把熟肥肠倒入锅中，颠转锅，使之上色；再烹入料酒、葱姜蒜末炒出香味后，下入清汤、酱油、白糖、醋、盐、味精、汤汁开起后，再移至微火上煨；待汤汁至1/4时，放入胡椒粉、碾碎的肉桂和砂仁，继续煨至汤干汁浓时，颠转勺使汁均匀地裹在大肠上，淋上鸡油，拖入盘中，撒上香菜末即成。

从制作过程上，可见其烦琐，或者说是很麻烦。同样制作这款菜也有许多秘而不宣的技巧。丰泽园的王大师曾经给我细致描述这道菜的制作工艺：即使是在一开始的初加工时也绝不能含糊，否则势必会影响成品的口味。肥肠必须用套洗的方法，里外翻洗几遍去掉粪便杂物，放入盘内，撒点盐、醋揉搓，除去黏液，再用清水将大肠里外冲洗干净，将洗干净的肥肠先放入凉水锅中慢慢加热，开后十分钟换水再煮。煮肥肠时要宽水上火，开锅后改用微火。发现有鼓包处用筷子扎眼放气，煮时加姜、葱、花椒，只有这样才可除去腥臊味。不仅如此，制作时要一焯、二煮、三炸、四烧，可见工序之复杂，这样才能保证成品色泽红润，大肠软嫩，兼有咸、甜、酸、辣的鲜美。不过，在描述完这道菜的秘招后，王大师又笑言，如果这道菜肴将肠腥味去除得一干二净，也就失去了它的魅力，人们喜欢这道菜就是因为其所独有的脏香综合味道。

这道美味也是丰泽园的一道必备菜。我在丰泽园当经理期间曾经遇见过一位顾客，这位顾客在饭庄点了传统名菜九转大肠，在我的印象里，凡是来饭庄点这道菜的大多是吃主儿，于是嘱咐服务员不可怠慢。

过了没多久，服务员回来说，麻烦了，这吃主儿说他认识给郭沫若做饭的厨师，说我们的九转大肠做得不对。果然让我言中，看来还得去解释。顾客吃罢饭，结了账，我以为就没事了，谁知那位顾客见到我，终于忍不住说要提点建议。我欣然接受。他说：你们的九转大肠做得不对，应该是九种原料才对。我顿时愕然，但心也放下了，于是耐心地给他解释这道菜的来历、原料、制作方法等。听完解释，他不好意思地说，只是听他们单位的一个厨师说的。接着他又反问我：你们的九转大肠制作方法改变了没有？我说：传统制法的九转大肠油太大，虽然这道菜肥而不腻，但脂肪含量高，如果还那样做，估计大多数人适应不了，因为不符合现代人的营养理念。那位顾客似乎明白了，点了点头。

九转大肠虽是美味，但制作上也要与时俱进，营养理念要符合当代的审美。旧时，大家的肚子里缺乏油水，当然大肠越肥越好，如果放在现在，谁在吃了两块后，也多会从营养学的角度忍住自己的口欲，变化的目的就是让广大肥肠爱好者能够尽情享受美食之乐。

麻婆豆腐巧勾芡

麻婆豆腐的制作特色是以烹饪技法中的“熠”法烹制，过程就是将加工好的原料放入锅中，用少量的汤汁，将其在文火上微微烧熠，而后旺火收汁勾芡。雪白细嫩的豆腐被味汁浸润、点缀着棕红色的牛肉末和油绿的青蒜苗，外围一圈透亮的红油，如玉镶琥珀翡翠，品一口，麻、辣、烫、嫩、酥、香、鲜俱全，风味独特，惹人喜爱。

豆腐虽然是大众最常见的普通食材，但麻婆豆腐的确可被称为国宝菜。因为它不仅是四川人民饮食生活习俗的一个体现，而且在中华美食中，麻婆豆腐早已成为川菜标志性的美食，被公认为是川菜风味的集大成者。

据民间传说，麻婆豆腐这道菜大约创始于清朝同治年间的成都，创制人是万福桥边的陈氏妇人。这位老妇人早年以卖豆腐为生，偶然有挑油脚夫把残剩的底油给她，让她烧些豆腐以供脚夫们食用。陈氏妇人最开始的时候是将豆腐简单进行素烧，后来又用一些剩碎牛肉同入一锅，食用时感觉味道就更加鲜美了。后来，香美的豆腐吸引了众多食客前来，时间一久，声名鹊起。以后陈氏妇人又在烹制豆腐时加入辣椒、花椒同烧，其味道就愈加浓厚。陈家豆腐的名声越来越大，随之引起众多店家纷纷效仿，再加上后来专业厨师的不断改进，使得这道菜日臻完美。当然，人们在享受口福的同时，也没有忘记这道菜的创始人，因为陈家妇人脸上有几颗麻子，后人也就以“麻婆豆腐”称呼这道美味了。再后来陈家饭铺索性真的改了名字叫“陈麻婆豆腐饭铺”。结果名气更大，生意更好，至清光绪年间，《成都通览》将陈麻婆豆腐店列为成都名菜名店。

麻婆豆腐的特色在于麻、辣、烫、捆、酥、嫩。麻是指豆腐在起锅时，要撒上适量的花椒末。花椒要用汉源当年曾进贡朝廷的贡椒，麻味纯正，沁人心脾。上世纪30年代初，军阀割据混战，汉源花椒告罄，店铺除向外县重价购买汉源椒外，还在铺门贴出告示，声明无上好花椒，麻婆豆腐宁停不卖。这一坦诚经营做法，在同业中传为美谈。辣是选用龙潭寺大红袍油椒制作豆瓣，剁细炼熟，加以少量熟油海椒烹脍豆腐，又辣又香。烫是菜肴的热度，不仅要热还要烫。豆腐的特质保持了整道菜出锅后的温度，每下一次筷子，吃到的都是刚出炉的味道。酥是指炼好的牛肉馅子，色泽金黄，红酥不板，一颗颗，一粒粒，入口就酥，沾牙就化。捆是四川地方方言，实际就是整的意思，也就是说只要是正宗的麻婆豆腐，不管你选用的豆腐有多嫩，成菜后都不应该碎。嫩是指豆腐下锅，煎氽得法，色白如玉，有棱有角，一捻即碎，故食客大多用小勺舀食。

麻婆豆腐的主要原料是豆腐，辅料是肥瘦相间的牛肉粒、青蒜苗段，调料有郫县豆瓣酱、豆豉、花椒粉、辣椒粉、酱油、料酒、川盐、味精、淀粉、姜蒜粒、熟菜油。将豆腐切成2厘米见方的块，放入加了少许盐的沸水中氽一下，去除豆腥味，捞出用清水浸泡。把豆豉、豆瓣酱剁碎。炒勺烧热，放油，六成热时放入牛肉馅炒散，待牛肉馅炒成金黄色，放入豆瓣酱同炒。炒香后放入姜蒜粒炒出味，放入豆豉、辣椒粉同炒至牛肉上色。放入肉汤烧沸，下入豆腐煮，加酱油、糖，用盐调味，豆腐煮到火候时用湿淀粉勾芡，投入青蒜段断生出锅，撒上花椒面即可。当年，我在北京服务管理学校烹饪专业学习期间，川菜国宝大师伍钰盛先生就曾在实习餐厅对灶上炒菜的我强调过麻婆豆腐勾芡技术要点的必要性。后来我从事烹饪教育管理工作，也曾多次请伍大师为学员烹制经典川菜，更加领会了许多著名川菜的烹制技术秘诀，受益匪浅。制作麻婆豆腐的关键是勾芡，因豆腐经过大火炖煮，蜂窝尽显，含水量高，一次施芡很难抱住汁液，应分次缓慢施芡，才能够达到盛出裹汁的效果，上盘后撒上花椒面和一些青蒜段，以增其色味。

据说在抗日战争中，不少饭铺都能做出麻婆豆腐。江南内迁成都的不少餐馆，也挂出麻婆豆腐的菜名。现而今，麻婆豆腐不仅深得国人的喜爱，而且得到了外国食客的钟爱。我曾与在四川饭店任过总经理的曹女士共管过一家全聚德集团直营企业，据她介绍，当年在四川饭店的零点餐厅，几乎每张菜单上都有麻婆豆腐这道菜。党和国家领导人在饭店宴请时，常以此菜招待宾客。许多南方籍首长还时常派工作人员来店打包麻婆豆腐。四川饭店也曾接待过几次外国政要，如美国前国务卿万斯、英国前首相希恩、澳大利亚两任总理惠特拉姆和弗雷泽、西班牙国王卡洛斯、加拿大总理特鲁多等，在宴请这些重要人物时，都上了麻婆豆腐这道小菜。当然，它不是以主菜的身份上桌的，而是以盅代盘的形式供宾客品尝，但也都给客人留下了深刻的印象。

辑三

精粮抛艺

大师巧手变船点

苏式糕点在中国传统糕点发展史上占有重要的地位，是传统糕点主要帮式之一。隋至唐三百多年间，苏州因地理上的得天独厚，土地肥沃，物产丰富，交通方便，市井繁荣，商贾云集，成为江南一大繁华都会。正是在这样的条件下，苏州的糕点行业蓬勃兴起。隋唐是苏式糕点的起源时期，也是开始兴旺、发达的阶段。

船点是苏式糕点中一个重要组成部分，且独具鲜明特色。船点也是苏州船菜中的点心部分，有着悠久的历史。美丽的苏州水城，小桥流水，河道纵横，历史上交通工具主要依赖舟楫，旧时仅集中在著名的山塘河中的就有沙飞船、灯船、快船、游船、杂耍船、逆水船等十多种，而沙飞船、灯船、游船等一类均设有“厨房”。

明朝时，当地商人巨贾往往在游船上设宴，邀请合作伙伴，洽谈生意，船菜由此而越办越奢华丰盛，雍容气派。吴门宴席，以冷盘佐酒菜为首，而后热炒菜肴，间以精美点心，最后上大菜，大菜往往是鱼类菜肴，以图“吃剩有余”的吉利。厨师深谙席间吃客心理，点心仅是点缀，小巧玲珑，既有观赏之美，又有美食之味。当初那些点心是采用米粉和面粉捏成各种动植物形象，因在游船上作为点心供应，因而得名。后经名师精心研究，专用米粉为原料，制作出的船点精巧玲珑，栩栩如生。船点的馅心，甜的有玫瑰、豆沙、糖油、枣泥等，咸的有火腿、葱油、鸡肉等。一般是动物品种用咸馅，植物品种用甜馅，因此不但味道可口，还具有香、软、糯、滑、鲜、型等多种特性，让人赏心悦目。

船点的制作是一门独树一帜的技艺，几百年来许多名厨高手、文人食客对船点赞美有加。清朝著名点心大师萧美人，以善制馒头饺子船点而闻名，袁枚在《随园食单》中颇为推崇，盛赞其船点“小巧可爱，洁白如雪”。在《红楼梦》中，刘姥姥二进大观园时，所吃的精美点心也是船点。

如今船点不再单纯为船上特定的面点美食，饭店餐馆都有丰富多彩的船点经营，他们在传统美味上推陈出新。船点早已成为宴席中不可或缺的内容，制作题材以花卉植物、虫鸟动物为主，如白鹅，用镶粉、枣泥馅心等制成；白兔用镶粉、细甜豆沙等制成；桃子用镶粉、细甜豆沙、可可粉等制成；枇杷果用镶粉、枣泥、细甜豆沙、可可粉、芝麻制成。这些形态逼真的船点上席还随季节而变，如春天万物复苏，“鲜桃”这类略带粉红色或浅绿色的船点就会引起人们的食欲；夏天，“玉兔饺”“杨桃”等就会给人以凉爽感；秋天硕果丰收，题材则更为丰富；冬天往往以“红苹果”等暖色为主，给人以温暖感。船点的审美是由视觉和触觉两种感受结合起来而产生的一种心理感受，厨艺高超的船点制作者总是能够巧妙运用船点的配色与季节变化的关系，将精美的船点美食送到食客面前，让人们在享用美食的同时，又平添了精神上的愉悦和满足，为饮食文化活动再添艺术品鉴乐趣。

我曾亲眼见过中国面点烹饪大师葛贤萼女史制作的船点，至今记忆犹新。葛贤萼大师在上海工作，她曾于1983年在全国烹饪名师技术表演鉴定会上获得“最佳面点师”称号，后来一直是上海新亚集团技术总顾问。那还是在1996年初，全聚德集团为提高集团面点制作总体技术水平，特别组织了一次全聚德高级面点技术研讨班，并专门从上海将她请来，由我们培训部门全程安排她的授课和生活。当然，那些日子每天她讲授的品种有很多，因此机缘，我和葛贤萼大师建立了深厚的友谊，而且近距离地欣赏到了她那精湛的面点技艺，特别是她制作的江南船点，更是栩栩如生、惟妙惟肖，甚至有的作品与实物放在一起，简直是以假乱真，难分伯仲。她大多采用澄粉制作，和面、揉面、制坯、着色、制剂、包馅、成形、蒸制、刷油、装盘，一气呵成。她制作的船点品种较多，如玉兔、虾皇饺、水晶饺、小核桃、杨桃等等。经她的巧手制作出来的造型水果、动物不仅形象逼真，而且颜色鲜艳，口味诱人，让人由衷赞叹。

银鱼戏水刀削面

中国众多的地方传统面食小吃，不仅味道诱人，而且有的品种的制作工艺颇具观赏性，山西名食刀削面就是其中一个，制作场面夺人眼球、引人入胜。旧时的刀削面制作者们将面团置于头顶，两手持刀片，左右开弓，将一条条面片削入锅中，面片在空中飘飞，如雪片纷飞，落入水中，似银鱼入水。故有诗赞道："一叶落叶一叶飘，一叶离面又出刀。银鱼落水翻白浪，柳叶乘风下树梢。"当然，现今见不到这样的场面了，制作者大多将面团放在手臂上，手持特制刀具进行削制。头顶面团的场面，只有在京俗雕塑中或描绘京都旧俗的图片中才能够看到。

刀削面在我国历史悠久，清代薛宝辰撰写的《素食说略·卷四》中"削面"曾这样记载："面和硬，须多揉，愈揉愈佳，作长块置掌中，以快刀削细长薄片，入滚水煮出，用汤或卤浇食，甚有别趣。平遥、介休等处，作法甚佳。"可以看出，在清代时，制作刀削面的技术已经达到了很高水平，而且山西的刀削面更有知名度。

制作刀削面，首先要调制较硬的面团。将富强粉倒入盆中，加水和成面絮，再继续加水和成面团，用净湿布盖严，以防表皮干裂。饧好后的面团取出后要反复揉几次，就可以进行削制了。削时左手拖起，右手持刀，由里向外，一刀一刀地削入锅中。削面时注意力须高度集中，做到刀不离面，面不离刀，手沿一条线，一棱赶一棱，后一刀落在前一刀的棱线上，才能削出两头尖、中间宽、剖面呈三角形的面条。

刀削面煮熟后可拌炸酱，其具体制法是：将猪肉剔去骨头和揉皮，切成玉米粒大的块，放到盆里待用。铁锅里加入油，用小火烧热，投入花椒粒，炸焦捞出。将肉倒入锅内，改用旺火，勺子不停地搅，等肉熟到六七成，加面酱，随即下葱花、生姜米、酱油、料酒继续不停地搅，待肉熟烂时，改用微火烧，再向锅里加入肉汤，即成炸酱。食用时，除给面条浇入炸酱，加入焯过的绿豆芽、熟黄豆外，还可以配置些酱油、香醋、辣椒油，随口味的爱好自己选取。

上世纪90年代，我曾多次邀请国宝级烹饪大师金永泉老爷子给厨师们讲授实操课，且经常在前门六必居斜对面的一家川菜馆请老爷子吃饭。别看老爷子那时年过七旬，对美食的偏爱一点不少，食量甚至超过年轻力壮的我。给我印象最深的就是这些老师傅在烹饪过程中从不会浪费任何原料，任何下脚料都会变废为宝，这是他们这一代厨师传承下来的传统美德。我曾经在吃饭时请教过金老爷子关于刀削面的绝招，在晋阳饭庄工作过多年的他毫无保留，详细讲解。刀削面由于是特殊削制而成，因此对面团的要求极高，功夫关键在醒面到位、揉面到家，如果揉面时欠丝毫火候，再好的刀工也是枉然。刀削面的功夫要由特制的弧形削刀体现，左手托住揉好的面团，右手持刀，手腕要灵，出力平用力匀，对着汤锅一刀接一刀，削出的面条蹿入汤锅，就像银鱼入水，具有很强的观赏性。至于刀削面的调味拌料就很多了，如小块炖猪肉浇拌，西红柿卤，也可以用麻酱加菜码儿拌食，当然，还可以按炒面制法，做成肉丝炒面、木须炒面、三鲜炒面等。其实用晋阳饭庄的风味名菜小炒肉拌食也是别有一番风味的，我就亲自尝试过，小炒肉的浓香、微带酱香与椒油鲜香融合在一起，伴着刀削面，就是一道独特的撩人美食。

1999年，我应邀来到深圳地处中南大道即将开业的一家全聚德深圳店，为这里的全体员工进行饮食文化培训。那些日子为我们做饭的就是一个山西的小伙子，冰箱里常备的是刀削面团。当我们落座后，他削的面条儿已闪电般落入汤锅，很快热腾腾的刀削面已端到眼前。口干舌燥的我看他削面的场景简直就是享受，更不用说那滋味绵长的拌卤了。那些日子，刀削面没少吃，却是越吃越想吃。

刀削面不仅是庙会上的一款小吃，而且经营这道美食的餐馆更是不计其数，当年晋阳饭庄的刀削面就是老舍先生最钟情的美食之一。今天，山西面食早已走出国门，成为许多国家和地区的热门食品。在世界各国，中餐烹饪随处可见，刀削面、拨鱼、猫耳朵等，那些正宗的山西风味名食更是深受各国食客的喜爱。

状元大师弄月饼

每年中秋佳节将至，亲朋好友相互赠送的必是花色风味各异的礼盒月饼，暂不说口味的喜爱程度，这一风俗早已成为人们对亲友们表达团圆幸福的企盼和祝福。月饼是我国每年农历八月十五中秋佳节传统的应节糕点，主要原料无外乎是面粉、油、糖、核桃仁等，大家熟知的传统月饼名称有“自来红”“自来白”“五仁月饼”“蛋黄莲蓉月饼”“苏式百果月饼”“提浆月饼”等等。

寻起根来，月饼起源于我国古代人民的对月崇拜，古代历朝都有春日祭日、秋月祭月的礼制，这种活动传至民间，就有了拜月祭月的习俗，在活动中出现了一些祭品。月饼就是中秋祭奉月神的供品，活动之后月饼便由人们分而食之。经过长期的发展，月饼由供奉食品变为人间美食，美食再被赋予团圆美好的寓意，寄托了人们对安居乐业、美满团圆的追求和向往，所以，人们在中秋吃月饼的活动便自然相沿成习。

关于月饼的文字记载，明代田汝成《西湖游览志余·熙朝乐事》中有这样一段描写中秋西湖的文字：“八月十五日，谓之中秋。民间以月饼相遗，取团圆之义。是夕，人家有赏月之燕，或携榼湖船，沿游彻晓，苏堤之上，联袂踏歌，无异白日。”由此可见明代江南人在中秋赏月吃月饼的活动情景。清代的《帝京岁时纪胜》也有关于中秋的记载：“十五日祭月，香灯品供之外，则团圆月饼也。”特别值得注意的是，早在清代就有关于月饼工艺的记载，袁枚《随园食单·点心单》记录了“刘方伯月饼”制作法：“用山东飞面作酥为皮，中用松仁、核桃仁、瓜子仁为细末，微加冰糖和猪油作馅。”并称这种月饼“食之不觉甚甜，而香松柔腻，迥异寻常”。这样的描绘说明早在清代制作月饼的工艺已达到相当高的水平。

月饼经过长期的发展，在中国形成各式不同的风味，比较著名的有京、津、苏、广等式，而且花样繁多，风味独具。

京、津式月饼以素油、素馅见长，如天津的提浆月饼，主要特点是外形美观、皮酥馅鲜、味道香甜、利口不粘。制作的主要原料有富强粉、香油、白砂糖、米粞，馅用的是白糖、面渣、香油、米粞、青梅、瓜条、葡萄干、果脯、瓜子仁、芝麻盐、桂花。制作过程是提浆、搅浆、拌和、成形，最后是烘烤。现在的提浆月饼大多为机械化连续加工制作而成，花色品种也在逐渐增多。

苏式月饼的特点是油多糖重、层酥相叠，甜咸荤素、品种繁多，如松子火腿月饼、鲜肉干菜等，其中清水玫瑰月饼最为有名。这种月饼的主要原料有富强粉、糖玫瑰花、糖猪油、桃仁、松子仁、瓜子仁、橘皮、饴糖、绵白糖等，制作过程是制皮、制油酥、制馅心、制饼坯，最后是烘烤成熟。这种月饼酥层分明、软硬适中、馅心紧贴酥皮、外形美观、色彩鲜艳，闻之有玫瑰清香，食之酥而不腻。

我曾亲眼见过面点烹饪大师葛贤萼制作的月饼，至今记忆犹新。那还是在1996年初，在全聚德高级面点技术研讨班上，她讲了杏花楼的椰蓉月饼。她的月饼坯皮是用面粉、自制糖浆水、花生油和枧水加工而成。关键是糖浆水和枧水这两样东西，糖浆水是按照糖10斤、水4.5斤、麦芽糖5两和柠檬酸1钱自配而成。而枧水则是按照食碱1斤和水5两配制而成的。椰蓉馅则是用椰蓉、砂糖、白脱油、花生油、鸡蛋混合而成，关键是加入了少许的吉士粉，以提高香气。制作月饼则是坯皮8钱，馅重1.8两，可见其皮薄馅大。包制时把椰蓉馅放在面团中间，用手把饼皮慢慢往上推，直到包裹住椰蓉馅。在面团表面拍上少许面粉，将圆柱形面团放进月饼模内成形后，放入250度的烤箱内烤制。成品月饼芳香润口，令人齿颊生香、久久难忘。

葛贤萼大师虽是文静的江南女子，却性格豪爽，不仅歌唱得动听，而且口味嗜辣。那次研讨班结束后的数年，大师又来到京城，我特意在王府井全聚德烤鸭店宴请这位老大姐，特别嘱咐厨师长给她做了一道水煮全鸭，大师吃得津津有味，食欲大开。第二天她专程跑到西单商场购买给我的礼品，还赠送了我太太一套金色的美甲套装。

魏博在德国不来梅

在日内瓦

给北京教育学院的教师讲中餐烹调课

辅助伍钰盛大师讲课

与葛贤萼大师

葛贤萼大师赠送的著作、照片

与国际烹饪大师陈守斌先生

与金永泉大师

与王义均大师

在老字号敬匾仪式上

无论是在现实生活还是影视艺术中都故事满满的葱烧海参

这就是大师说的在考核中最好不选，因为没有什么刀工体现的烩乌鱼蛋

在鲁菜之中，油爆和油焖是具有鲜明代表性的烹饪技法，而油焖技法中最典型的一例菜肴就是油焖大虾

原生态烟火气息浓郁、烧燎味美、烹制过程具有极强视觉冲击力的火燎鸭心

菠萝咕噜肉，肉香与果味相互融合，具有广泛的适众性，是海外民众最喜爱的粤菜菜品之一

早年间请客特有面子的一款美味干炸丸子

要想烹制出色香味形俱佳的鱼香肉丝，每一个环节都有讲究

拔丝菜是对烹调技术要求高的甜菜。对于饭店酒楼来讲，拔丝苹果是宴会当中一道重要的甜菜

对于制作锅塌豆腐时的空中大翻勺，东方和西方的中餐厨师有着不同的认知

一道非常能考核厨师功夫的山东传统名菜九转大肠

炸酱面虽是最普通的家常便饭，但制作起来却有很多讲究

到日内瓦吃的第一餐就是葡萄牙人炒的扬州炒饭

皇帝喜爱的“御爱窝窝”流传到民间，就成了爱窝窝

传统小吃驴打滚经过创新，成了一款粮食与果蔬巧妙结合的时尚紫薯驴打滚

包好馅后再进行烙制的北京小吃有很多，门钉肉饼就是其中一款以形奇、味美而取胜的品种

炸响铃嚼起来发脆响，形略似铃，故名响铃。技术关键是火候控制

台湾小吃夜市的美味“七里香”，通俗的解释就是串烤鸡屁股

芸豆卷最早在民间经营，后来随着声名鹊起华丽大转身，逐渐发展成宫廷小吃品种

炮羊肉是从烤羊肉发展而来，在制作上不是用炙子烤，而是用大铁铛炮制

春卷的起源与我国养蚕业关系密切。发展到今天，其原料与形制等方面既有传承又有创新

贵阳的餐馆，桌上常摆满丝娃娃的各种原料，五颜六色很是好看

以洞庭湖水鱼佐酒后，登上岳阳楼远观烟雨蒙蒙的湖面，不免思古

情系馄饨忆大师

早年间，卖馄饨的肩挑担子，一头架锅内煮一只鸡，一头有案板和小柜子，柜子抽屉里放着作料、碗筷和皮馅等物。摊位摆好后，一边包一边煮，制作起来方便迅速。最为有名的是东安市场附近的“馄饨侯”，汤是鸡汤，馄饨包得皮薄馅足，肉多而不腻，汤浓而不浑。作料也与众不同，用上好酱油、陈醋、豌豆苗儿、紫菜、上等虾皮，这样的馄饨物美价廉，一直经营至半夜。后来，“馄饨侯”也成为京城较有名的小吃店，且食客众多。

馄饨是人们喜爱的小吃，也是中国古老的食品之一。馄饨早在西汉时期就已出现，而到了南北朝时，已成为十分普遍的大众食品。馄饨也是北京四季常有且大众都爱吃的家常食品，几乎家家都能制作。

旧时，经营馄饨的也是四季常有，而且肩挑馄饨担子的小贩有很多，《故都食物百咏》中说：“馄饨过市喊开锅，汤好无须在肉多。今世不逢张手美（唐代长安制作小吃的高手），充饥谁管味如何！”并且注说：“沿街叫卖者，不如饭馆所制之佳。然唤到门首，咄嗟立办，用以充饥，亦殊方便也。”从中可以很形象地看到当时燕京卖馄饨的情景。然而，剧作家黄宗江先生却认为摊上的馄饨才更让人点赞，他在散文集《卖艺人家》中回忆自己在“挺立在前门外肉市，过着风烛残年的广和楼”看到大戏谢幕，就喜欢坐在广和楼门口的馄饨摊来上一碗，文中写道：“那馄饨真是‘世界上最好吃的’一种馄饨，难以形容。馄饨摊过去，是卖灌肠的，卖羊头肉的……”可见，对美食的审美评价也是仁者见仁，智者见智。

馄饨好吃，几乎家家都能做，但要制作出色、香、味、形俱佳的美味馄饨却不容易。具体做法是：先将猪肉剁成末，倒入水搅拌，待肉与水融合时，加入酱油搅匀，再放葱花、姜和香油搅成馅。将面粉与精盐放入盆内，加入凉水和面。用手摁揉，直至面团光润时，盖上湿布饧面。

将干淀粉碾成细面，装入纱布袋内扎紧口，在案板上撒一些干淀粉，将面团放在上面压成长方形的面块。接着是擀制馄饨皮，擀成薄皮后，将皮切成边长约三寸的三角形或底边三寸的梯形，即为馄饨皮。

包馄饨时有技巧，取一小摞馄饨皮放在左手中，右手持一根约半尺长的小竹筷，挑少许馅先放在馄饨皮尖端部位上轻轻一摁，使筷子粘上面皮往里卷两折。然后，抽出筷子，把卷好馅的面皮两侧合拢捏在一起，即成为中间圆、两头尖的馄饨。当然，还有一种简单的包法，把馅放在面皮上卷两折后，用左手拇指把面皮往左侧一捋，右手顺势抽出筷子。这种包法速度较快，但有时不易包严，煮时会影响味道。

碗里放少许酱油、虾皮、紫菜和冬菜。把馄饨放入滚开的汤锅中煮，待汤再烧沸，馄饨漂浮起来即已成熟。先舀一些热猪骨汤放在盛作料的碗里，再盛适量的馄饨，撒上香菜段和胡椒粉即成。吃起来皮薄、馅鲜、汤醇，色彩黄、白、绿、紫相映，与芝麻烧饼一起食用最佳。

馄饨是小吃城中的常见食品，许多著名的饭庄也有经营，美味可口且富有特色的馄饨在宴席上不仅能够调剂口味，而且同样受到食客的广泛欢迎。

当然，要说在口味上给我印象最深的，还是面点大师葛贤萼制作的馄饨。1996年，第二届世界中国烹饪大赛在沪举行，我作为全聚德集团的赛事组委会成员协助组织选手参赛来到上海。大赛结束之后，我特意到她所在的单位登门拜访。我至今记得，我来到南京路的东亚饭店门前，她身着沾有面粉的白色工作服兴冲冲跑出饭店迎接我。我知道她早已在管理岗位工作，但是从她的这身打扮看得出，搞技术的人是离不开那身工作服的，这也恰恰说明了她的平易近人和职业态度。

那天的午餐是她陪着我在她工作的东亚饭店吃的，给我印象最深的是那小碗虾仁绉纱馄饨。绉纱馄饨在旧上海是颇有名气的一道美食，清末民初沪上竹枝词里就有这样一段："大梆馄饨卜卜敲，码头担子肩上挑。一文一只价不贵，肉馅新鲜滋味高。馄饨皮子最要薄，赢得绉纱馄饨名蹊跷。若使绉纱真好裹馄饨，缎子宁绸好做团子糕。"竹枝词不失诙谐，生动地勾勒出当时出售馄饨的小贩手持梆子肩挑担子叫卖馄饨的鲜明形象。那天品尝大师那虾仁馅心的绉纱馄饨，清鲜、质嫩、味美，请教原因，葛大师道出了并不神秘的秘密。这小小的馄饨从坯皮的制作就很严格，并非用水和面就行了，而是采用高筋粉、鸡蛋、麦淀粉和水揉制而成，制馅采用上等的海虾仁，配上熟肥膘以增加滑嫩的质感，再加上冬笋以丰富口感。就是坯皮和馅心也不能含糊，坯皮三分，馅重二钱，这或许就是葛大师制作出的面食透着鲜美和秀气的原因。那天她还给我介绍了另一款鸳鸯馄饨的做法。

宴会后，葛大师兴高采烈地带我参观她的面点作品陈列室，里面的玻璃橱窗里陈列了许多她的面点工艺作品。她哪里想到“引狼入室”的后果，由于跟她太熟悉了，我打开橱窗，抓了一把栩栩如生的面点花生装到兜里，她只是微笑着看我，也不加阻拦。本来我是想留作长久的纪念，谁想到回北京后，经过一个夏天，由于湿度大，那花生的主要成分又是麦芽糖，结果有一粒受了潮，让我着实心痛了很久。

那天，葛贤萼大师也特别兴奋，特意将她的新作《点心状元作品集——葛贤萼点心集锦》赠送了我一本，她的字清秀漂亮，如同书法家的作品一样。虽然她年龄大我很多，但在书中却将我称呼为兄弟。这本书一直珍藏在我的书柜里，每次看到这本书，我就会想起与葛贤萼大师在一起的流金岁月。

胡同追香炸酱面

我幼时尚在“文革”时期，那时人们的餐桌上以粗粮为主，倘有大院中谁家做了炸酱面，满院子都会飘溢着炸酱的香气，在人们肚子缺少油水的时代，很是诱人食欲。就是这百姓家极普通的吃食，在改革开放以后，忽如一夜春风来，随着怀旧潮的兴起又红火了起来。

炸酱面是北京人的家常便饭，主要有炸酱、面条和菜码儿三部分。据清末民初文人林传甲所著《大中华京兆地理志》云：“炸酱面，京兆各县富家多食，旅行各乡镇，便饭中以此为最便。”由此可见，炸酱面在20世纪之初在人们心目中的位置。

在上世纪90年代炸酱面风靡之前，我曾在几处吃过炸酱面，至今记忆犹新。那时花市斜街有一家小馆，我当时从事烹饪教育工作，下班后总是骑车路过那里。某一天，一家炸酱面馆开业了，出于喜爱，我便和同事一起下班去喝二锅头品炸酱面。小馆内装修得很有特色，一律是方桌条凳，充满老北京风格，墙壁上贴了许多六七十年代的宣传画，使人油然想起那个年代。店里工作的是一个矮胖的中年男人，说起话来京腔京味儿，使人倍感亲切。我们点的都是一些老北京的下酒菜，如芥末墩儿、豆酱、炒麻豆腐之类。特别是一盘凉拌驴肉很是惹人喜爱。那段时间，下班后，我便和同事经常前往。由于我们下班时间早，胖子还在睡午觉，见我们到来，于是开灯后提着火筷子去捅火，给我们上足菜后，他便接着休息去了，我便和同事边喝边聊。我们更喜爱的是那里的面条，不但筋道，而且菜码儿丰富，再配上几瓣腊八蒜，拌上小碗干炸的酱，味道真是美极了。随着时间的推移，这家小店越来越火，有时到晚上许多人都等不到座。然而好景不长，一天我和同事又到那里喝酒，依然到得很早，可惜没有看到熟悉的胖子，而是一个中年妇女，一盘驴肉端上来后，品尝了一口，无论是酱肉的味道还是味汁都不是味儿，经询问，中年妇女告知，胖子走了，也把技术带走了。从此，我再没去过那家饭馆。没过几个月，那家饭馆也关了门。

也是在那个时候，不经意间，我在干面胡同发现了一家小饭馆，那家的炸酱面做得也很是筋道和有味道。小馆面积并不大，里外套间。我和朋友出外办事路过那里，就进去点了几样小菜，那菜做得很有特色，虽不正宗却很有味道。经营者是一对老夫妇，经聊天知道，老头过去是个吃主儿，因喜爱吃，所以在自己家开了这个小店，没事时老人就喝上几盅。他不雇用男厨师，用的是四个女孩子，老人亲自传授技术。他给几个女孩子起了春兰夏荷秋菊冬梅四季花之名，平时在店里就这样称谓，这一举动看来是受了大户豪宅的影响。那天正聊间，我看到梅葆玖先生走了进来，直奔里屋而去。老妇人告知，梅先生久居此胡同，就爱吃炸酱面，平时经常带着保姆到这家饭馆就餐，炸酱面是必不可少的。

后来，北京的炸酱面馆如雨后春笋般红火起来，有的饭馆服务员穿着老北京的服装，手里拎着手巾，客人临近，就开始吆喝起来，很是热闹；有的饭馆还穿插了一些老北京曲艺京剧演出，但是，那饭菜却没怎么勾起我的食欲。那些场面乱哄哄的很是闹心，让人感觉吃饭都吃不踏实。不管怎么说，我还是留恋那两家餐馆，可是随着时间的推移，两家餐馆早已随着城市化的建设而成为过去。

炸酱面虽是最普通的家常便饭，但制作起来却有很多的讲究。首先说面条，面条最好是自制拉面，如果不能自制，最好就买手擀面，这样吃着才筋道。再就是菜码儿，可做菜码儿的蔬菜很多，有些饭馆为了讲排场，说什么炸酱面需用八大菜码儿，我认为大可不必，如果一碗面条配上八种菜码儿，一样儿加一点儿就是一大碗，就别拌面了。配菜码儿按季节和自己的喜好而定就可以了。初春，用掐头去尾的豆芽菜（称掐菜）、脆嫩的小水萝卜丝、青蒜、香椿芽或青豆嘴儿；夏季可配的蔬菜很多，最常见的是黄瓜丝、扁豆丝。秋天有心里美萝卜丝，冬天有大白菜丝等。吃时菜码儿盛在面条上，菜码儿不仅鲜且爽口，真是滋味无穷。最后说炸酱，炸酱有肉丁炸酱、肉末炸酱、鸡蛋炸酱。酱要用黄豆做的“黄酱”和麦子做的“甜面酱”。若是“天源”“六必居”等大酱园子的酱就更好了，那样质量有所保障。现在都是袋装了，过去是从家里拿着大碗去副食店买。

早年间，我请晋阳饭庄的金老爷子讲烹饪实操课，一次在前门粮食店街一家四川风味餐馆请老爷子吃饭时，特意请教过做炸酱面的方法。金老爷子说，过去炸酱面有几种，诸如肉末炸酱、鸡蛋炸酱，但是比较受人们欢迎的还是小碗肉丁干炸，因为肉丁炸制做出的酱，不仅酱香浓郁，而且肉丁也非常好吃。炸酱最好用好花生油起锅，油要宽，油热后，下葱、姜末、五花肉丁，把预先用水调稀的酱（黄酱和甜面酱的比例是3比1）同时入锅，再加入大蒜，大火炸一会儿后，改用小火慢炸，快熟时改用微火，直到上桌食用时再关火，这样炸出的酱酱香浓郁，肉丁香醇，肥而不腻。端上桌去，一碗之中，下面是酱，上面是清油覆盖，单从形态上看就够诱人食欲的了。需要注意的是，炸酱时不能放盐，这样可以充分享受酱香的浓郁美味。

在老北京，人们吃炸酱面，冷天讲究吃热的，谓之“锅儿挑”，热天吃过水面，但水要滗尽，否则也会影响面条的味道。老北京人还有一个爱好，就是吃炸酱面时爱吃大蒜，且吃得津津有味。我就是一个，有时由于还要会客只好忍痛割爱，却觉得这面条吃得缺了点什么，当然如果饭后没有什么活动，就会痛痛快快地享受一番，几瓣大蒜落肚，大快朵颐、淋漓畅快，这或许就是炸酱面的魅力所在。

川味情浓担担面

人们都知道担担面好吃而且是巴蜀地区的名食，其实，成都担担面就是一种极为普通的民间大众化小吃，虽称不上珍馐名肴，但担担面却作为四川小吃中人人皆知的佼佼者而蜚声海内外。

担担面本是指一种挑担沿街叫卖的面食，除成都外，在四川的其他城市也有。旧时，成都的大街小巷到处都有挑担的小贩，敲着竹梆沿街叫卖担担面，因此赢得“担担”的美名。他们那卖面的担子很别致，前头是一个比较宽大的木板，漆得光洁明亮，左右和前方加有不到一尺高的透雕栏板，上面摆放各色调料、臊子及碗筷，桌下有抽斗盛放面条。担子的后头是熊熊的焦炭炉子，炉子上一口长方形的铜煮锅隔两格，一格煮面，一格炖鸡或炖蹄髈。担子的头上挂有一只炖熟的肥母鸡，做担头的“望子”，以证明是货真价实的鸡汤。也有挑担卖小碗鸡丝豆花面、杂酱面、原汤面、素面、抄手等品种的。然而，这些挑担的小贩，只是在形式上称得上是担担面，而经营的那些品种，就和当今的著名小吃“担担面”有着比较明显的差别了。

担担面的历史比龙汤圆要悠久得多，据传，担担面是1841年由四川自贡人称陈包包的创制的，面条手工精制，面臊用四川宜宾叙府芽菜为主要配料。这种担担面面条滑利爽口，芽菜香味浓郁，由于用料独特，风味别具，一经推出便受到广大食客的喜爱，四川各地店家纷纷效仿，百余年来始终为人们所青睐。但各地在做法上存在着一定的差异。如重庆、自贡等地，目前仍保持着担担面原有的素面风味。而成都则在原有素面的基础上，加入猪肉酥臊，用鸡蛋和面且手工精制，增加了营养成分，使传统的担担面有了适应时代的发展。现今的担担面，早已由过去的沿街叫卖改为坐店经营了。

我由于机缘与川菜大师伍钰盛先生结缘，又与四川饭店同属于一个集团，加之又特别喜爱川菜，因此，每当和伍大师或四川饭店的烹饪名师们相聚，总爱交流一些传统川菜川点的制作工艺，担担面是谈得最多的一个小吃，因为只要到四川饭店就餐，主食必上的就是担担面。别看担担面是小吃，但讲究也极多。其特点是用料讲究、口味准确、口感筋道、颜色好看、用汤严格、鲜香浓郁。

担担面的制作方法是：将四川芽菜泡洗干净，挤干水分后切成粒炒香。葱要鲜嫩，辣椒油使用二荆条，花椒油要用汉源的花椒，酱油选用鲜味汁，当然芝麻酱就更不能含糊，应该是小磨才好。担担面讲究兑汁于碗中，将芽菜、芝麻酱、酱油、味精、醋放在碗中，再放辣椒油、花椒油、香油、葱末和适量鲜汤。

水要宽，煮开后下入面条，翻三滚为宜，煮熟后捞出放入碗中，一碗色泽艳、口味香的担担面就水到渠成。

担担面是川味较浓的美味小吃，但在京城中，由于经营者的不同，这款小吃在质量上悬殊，其中也有许多鱼目混珠者。先不用说口味，就是面条在煮法上也存在着问题，面条入口黏糊糊，根本就没有滑爽利落之感。当然，这只能说明部分商家并没有真正掌握担担面制作技艺，就急功近利走向市场，但是部分滥竽充数者并不会影响担担面作为经典美食在人们心中的地位。

卤煮火烧滋味多

卤煮火烧是北京一道有名的风味小吃，早年，京城中不仅经营卤煮火烧的店家较多，而且沿街叫喊销售的也不少。但最为有名的还是宣武区南横街内的燕新饭庄。制作卤煮火烧的是陈玉田，人称“小肠陈”，已几代相传，他制作的卤煮火烧肠肥而不腻，肉烂而不糟，火烧味透而不黏，以选料考究、味道香美的显著特色而深受广大食客的喜爱。

曾有一段时间，这道美味小吃在京城里却寥寥无几，只有一家小国营店，我印象最深，那家店在东四北大街。我曾多次前往，要上一碗热腾腾的卤煮火烧，喝上几口二锅头，倒也是一种难得的享受。现今，经营这道风味的又多了起来，不仅庙会上很多，专营卤煮火烧的餐馆也不少，且食客众多。

制作卤煮火烧最为重要的是要将猪肠清洗干净，先要把猪肠用凉水洗一遍，再翻过来，取出杂质后用清水洗净。然后把肠翻回原状，放入盆内加盐、醋、碱面搓洗，最后用凉水冲洗干净。猪五花肉用水洗净后切成大块，放在开水锅里略煮一下，去除血沫捞出。猪肚先用水洗净外部，再翻过来洗去黏液，然后翻回原状，放入开水锅里，加花椒，煮八九分钟后，捞入盆内，加醋、盐，搓洗一会儿，再用凉水冲洗，直到猪肚外皮不滑而略有些涩手为止。洗净后，用刀刮去附在猪肚上的一层白膜。用水将肺叶内部的积血冲净，再放入开水锅里略煮一下，去除血沫捞出。猪肝用水洗一遍后泡入凉水。猪心用刀从中间剖开，洗净积血，也泡入凉水中。

炖制时要把锅放在旺火上，注入凉水，先把猪肺放在锅底，上面压上猪肠，再放上猪肚，烧沸后放入猪肉、猪肝、猪心，随即改用微火，肝、心煮二十分钟捞出。肺煮一小时捞出。肠和肚煮一个半小时，用勺把油撇净后，再煮至用竹筷能扎进时捞出。

把豆腐切成长一寸、宽四分、厚二分的长方形块，用热油炸成金黄色的豆腐泡，即为炸豆腐。把一部分葱切成段，另一部分切成丝。姜切成片。蒜去皮拍成碎块。酱豆腐乳用原汁澥成糊状，成为豆腐乳卤。把花椒、小茴香装入布袋内扎紧口。锅内放入水上旺火，放入猪肉、葱段、姜片、蒜块、酱油、酱豆腐乳、豆豉、大料、盐和布袋，烧开后，改用微火煮一个半小时，待肉已煮到八成熟时，放入炸豆腐、猪肺、猪肠、猪肚、盐，待烧开后下入药料包（砂仁、山柰、豆蔻、丁香、白芷、甘草、大料、桂皮、小茴香、花椒共同研成末）煨半小时，淋上绍酒，撒上葱丝拌匀。将煨熟的肠、肉等适量取出，猪肠切成二三分宽的菱形片；将火烧整个放入汤锅里煨十分钟，捞出，切成二分宽的条，再横切一刀，垫在碗底，放上猪肠等，连同炸豆腐和少许原汤一起盛入碗内即成。根据不同季节，可分别放入青蒜段、淋上辣椒油或醋蒜汁再食用。

全聚德的王大师曾给我讲过他做卤煮的绝招：卤煮中虽然猪

肠是不可或缺的原料，但是炖制时千万不能没有猪肉和猪肝，正是这两样东西的混合共炖，才使得成熟的猪肠滋味醇厚，卤煮的火烧在口味上更加厚重香浓。当然，吃的时候，可以配上韭菜花、腐乳酱、大蒜头，口味不同的人还可根据自己的爱好随意添取。

卤煮火烧味道醇厚浓香，在现今的京城依然有众多的嗜食者，特别能够满足那些喜食猪内脏的食客。我曾特意前往一家被称为大锅卤煮的卤煮火烧店，外面就是停车场，店外摆上几张桌子，空气中弥漫着浓郁的卤香味，常有许多食客开着豪华车而来，一碗吃过，抹嘴就走。有些店虽然也被有些朋友称道，但确实徒有虚名，朋友曾为我推荐过在繁华市内的一家，据说也经常排队。偶然的机会，我舍弃那家店附近的一次会议午宴，只身前往这家卤煮店。果然人多，于是排队付款。前面的一个顾客由于一张十元纸币有个裂口，被收款员扔了回来，客人连忙点头赔笑更换。哇塞，好气派，店大就欺客？哪知，卤煮火烧上来，真让我大失所望，肠子烂得已无口感，汤液黄乎乎已无色相，尝一口还酸兮兮的，就是其中的火烧，也没有了卤煮火烧应有的滋味和质感，我当时真的诧异了，难道当代的卤煮火烧变异了？当然这家还是有些人气的，或许那碗蹩脚的卤煮让我碰巧遇上了，但是当代京城虽然经营卤煮火烧的很多，确实也有鱼目混珠者，卤煮火烧一端上来，闻不到浓厚的肉香，飘过来的是一股脏臭味，尚未品尝就已大倒胃口，更何况再亲口一尝了。

京城人爱烤馒头

馒头乃是北方人主食的首选，各地制作的馒头也大小不一、特色各异，而京城老字号丰泽园饭庄那精巧的小烤馒头备受人们的青睐，可谓馒头中的精品。丰泽园饭庄始建于1930年，不但以正宗鲁菜享誉中外，而且精湛的面点制作技艺也为京城百姓家喻户晓，具有浓郁麦香味道的烤馒头就是众多面点中的精品美食之一。

丰泽园的烤馒头曾于1992年获“北京市百家餐馆、千种风味小吃大联展最佳品种奖”、1995年获北京市饮食服务总公司“美食小吃优秀品种奖”、1997年在北京名菜名点鉴定展示会上被确定为名点。

丰泽园的烤馒头制作独特考究，主要原料有富强粉、白糖、老面肥、花生油、碱等。丰泽园制作烤馒头的技法和程序却与众不同：一是严格掌握各种原材料的配比，特别是在气温较高的夏季，面不能发得过老；二是严格掌握不同季节的水温，春秋用温水、夏季用凉水、冬天用热水和面，并要反复搅匀、压制；三是严格揉制的手法，经过统一手法揉制成的馒头呈上圆底平的形状，揉搓的次数也有严格限制；四是严格掌握饧发和蒸制的温度和时间，揉制好的馒头要装入45度的饧箱内饧15分钟，再装入蒸箱内用旺火蒸20分钟出箱；五是严格掌握烤制的火候，馒头在烤制前必须凉透后再上烤箱烤透，直至烤成金黄色。

其具体方法是：将老面肥用温水澥开，倒入干面粉，反复揉匀。和面使用的水温应根据季节而变化，春秋温水，夏季凉水，冬天热水，面和好后放在温暖的地方，特别是炎热的夏季面不要发得过老。面发好后，加入碱水和白糖，用手搅面，使碱水和白糖渗入面内，然后反复揉匀。每个馒头三两下剂，呈馒头状后，放入饧箱中大约15分钟，然后把饧好的生馒头码放在刷有花生油的蒸屉上，用旺火蒸20分钟。凉透后，放入烤箱烤成金黄色即可。

听丰泽园老师傅们讲，制作烤馒头的面粉过去不叫富强粉，而是叫七五粉。实际上七五粉相当于富强粉，数字是指小麦的出粉率而言。由于特制一等粉也就是富强粉出粉率低，标准粉质量又次，因此有了七五粉这种应用广泛的实惠面粉。这种面粉实际的出粉率在73%—75%，是制作馒头、包子、饺子、面条等食品的良好原料，自然比八五粉要白，麦香味要浓。烤制时由于面粉中有糖的成分，既容易上色，金黄色的色彩也很亮眼。当然，现在蒸制馒头早就不使用老肥这种传统工艺了。

丰泽园的烤馒头在吃法上也是别具一格。经过严格控制的工序和独特的技法制成的烤馒头，色泽金黄，外焦里软，麦香扑鼻。吃的时候，要想充分享受面食的香美，要用手将烤馒头掰成小块，送到口中细细品尝，会感到甜香适口、别有韵味。丰泽园的烤馒头不仅是宾客在宴会上首选的主食精品，也是京城百姓所喜爱的面食，在一些超市里也可买到袋装的。

凉粉铜旋子来做

我幼时曾在北土城内父亲的老房东家吃过一回乡土风味的拌凉粉，其实很简单，就是用他家自己腌制的韭菜花拌食，淋上小磨香油，韭菜花的颜色虽然并不翠绿，吃起来却是清香利口，韵味无穷。

凉粉，色泽清白光亮，质软并具有弹性，乃是北方消夏食品中的常见物，制作起来也不复杂，或刮成条、或切成块，或将粉子用“漏勺”一过制成“漏鱼儿”，又称“蛤蟆骨朵”。

早年间，凉粉是北京小吃中夏季人们爱食的品种。每逢盛夏酷暑，卖凉粉的小贩就开始活跃起来，由于小贩们在卖凉粉的同时也出售扒糕，所以，在夏日的蝉鸣声中，街边、胡同间不时地传出“扒糕哇——筋道酸辣凉粉”的吆喝，喜食的人听到吆喝，禁不住买上一碗，以解夏日燥热之苦。现今，凉粉四季都有售，不论是在什么季节，都是人们喜食的一款小吃，当然，这款脍炙人口的可口小吃自然也是庙会上少不了的品种。

北京传统的凉粉非常受人们喜爱，《故都食物百咏》曾有诗云：“粉有漏（拨）鱼与刮条，洁明历历水中漂。让君选择让君饱，只管酸辣不管消。”这首诗的大概意思是说，凉粉除了漏鱼外，还有一种叫刮条，用刨凉粉的工具在凝结的凉粉上刨出来，放入碗内，加酱油、醋、蒜泥、咸胡萝卜丝、麻酱和辣椒油调制而成。这首诗也说出，凉粉虽然可口，吃多了却不容易消化。

凉粉的主要原料是绿豆制的淀粉，干淀粉与水的比例是1∶6。具体制作方法是：先将干淀粉放入盆内，逐次加入一定量的温水，将淀粉中的疙瘩全部澥开。锅内注入凉水，用旺火烧沸，早年间为使凉粉成品更筋道，还在此时下入规定数量内的些许明矾，然后改用微火，使水保持微温状态。这时，将澥开的淀粉搅动均匀后，向着锅中心倾入，并迅速向一个方向搅拌，待淀粉与水融合一起成为青白色的稠糊时，趁热舀入事先准备好的漏盆（盆底布满直径三分小孔的铝制工具）。漏盆架在水池上面，池内放满凉水，淀粉通过漏盆内的小孔漏在水内，迅速凝结成约一寸五分长、两头尖的“漏鱼”。

将芝麻酱内放入精盐，加入凉开水调匀。芥末面用开水搅成糊后，凉凉发透。咸萝卜去皮，黄瓜洗净，均切成细丝。蒜去皮，砸烂后加水搅匀。吃时，将漏鱼盛于碗内，拌入芝麻酱、酱油、醋、芥末糊、辣椒油、咸萝卜丝、黄瓜丝和蒜汁即成。

北京凉粉具有香、鲜、酸、辣、咸等多种味道，口味宜人，而且也可用红果汁拌食，味道酸甜适口，别有一番风味。至于南方拌制凉粉的调味就更多了，各地有各地的特色，风味独具。

刚参加工作时，我从事冷荤厨师工作，那时王府井全聚德的冷菜品种拌凉粉尚是手工制成凉粉皮，我的这门手艺还是跟在全聚德干了多半辈子厨师工作的程老师傅学的。把绿豆淀粉加少许盐兑水搅拌，特殊的工具就是一个直径一尺左右状如笸箩的铜旋子。坐上一大锅水，水开后，舀一勺淀粉液至铜旋子中，迅速浮在热水中旋转，使之均匀依附在铜旋子表面，待粉液凝固后迅速渗入开水继续旋转，直至凝固的粉皮透亮后，拿出铜旋子，放入冷水盆中，在水中将粉皮与铜旋子分离，一张筋道的粉皮子就制成了。别看简单，制作起来并不容易，一是调制粉液比例要适合；二是旋转时力道要匀，否则薄厚不一；三是剥皮时要柔，要巧妙地以手借水力，以水之柔出皮，才可保证皮子完整。

曾经一个时期，市场上出售凉粉的有很多，当然也包括凉粉半成品，但在质量上却参差不齐，其中也存在一些不能食用的，并且危害人们的健康。许多不法商贩经营时不择手段，他们在制作凉粉时，将非食用的绿色颜料注入其内，突出了凉粉的色彩效果，并美其名曰“纯绿豆粉”制得。试想，淀粉虽是由绿豆为原料制得，但又怎能会是绿色的呢？由于鱼目混珠，因此我们在选择凉粉时，一定要精心鉴别，马虎不得。不仅如此，由于凉粉是冷品小吃，在食品卫生上也应高度重视，千万不能仅为满足一时口食之欲，而忽略了食品的营养与卫生。

瑞士风潮话炒饭

烟花三月下扬州，赏美景，尝美食，那是最惬意和令人向往的事情了，而淮扬菜系中最有名的主食莫过于扬州炒饭了，由于它鲜韧爽滑、香润可口，因此在国内享有较高的声誉，而且蜚声海外。

据长沙马王堆汉墓出土的竹简，就有鸡蛋炒黏米饭的记载，这说明早在汉代就有蛋炒饭了。相传隋朝越国公杨素爱吃“碎金饭”，随着隋炀帝下扬州，这种饭也传到扬州，“碎金饭”就是蛋炒饭。

扬州炒饭最早在民间广为流传，后来经过历代厨师不断改进和创新，融合了扬帮菜肴选料讲究、刀工精细、突出本味的特色，终于使其发展成淮扬风味佳肴中较有名气的美食。

扬州炒饭既有价廉物美的大众化食品，也有选料讲究、制作精细、色香味形俱佳的高档品种；既有以鸡蛋为主要配料的单一蛋炒饭，也有用多种原料做“浇头”的复合蛋炒饭。主要品种有：“清炒蛋饭”“月牙蛋炒饭”“荷包蛋炒饭“金裹银蛋炒饭”“肉丝蛋炒饭”“虾仁蛋炒饭”“火腿丁蛋炒饭”“火腿蓉蛋炒饭”“虾腰蛋炒饭”“三鲜蛋炒饭”“什锦蛋炒饭”等。

从选料上看，扬州炒饭所选用的大米以白籼米为好，使用白粳米也可以，煮之前须将米淘净，略浸后下锅煮。煮至米熟透，无硬心，不软烂，粒粒松散，软硬适度最好。配料除用鲜鸡蛋外，常用的还有虾仁、冬菇、猪里脊肉、火腿、海参等。在烹调方法上，有牙色炒和白炒两种。牙色炒是将配料炒成带有卤汁的"浇头"，加酱油提色，而不加酱油的为白炒。炒饭时，米粒要粒粒分散，不能焦煳。烹以"浇头"，使卤汁融进饭内即可。

扬州炒饭品种多样，风味各异，现举两例如下，其一是扬州肉丝蛋炒饭：先将猪里脊切成丝。鸡蛋打入碗里，加盐、干淀粉、葱花搅拌均匀。炒锅上火，注入油投入肉丝略炒，然后加入酱油、料酒、高汤，烧沸后盛入碗内作"浇头"用。炒锅重新上火，放入油，先加入鸡蛋炒熟，后加入熟米饭、盐同炒，再倒入一半肉丝与全部浇头卤汁，炒匀盛入碗内，盖上另一半肉丝即成。其二是什锦蛋炒饭：先将海参、鸡肉、火腿、胗、肝、冬菇、笋、猪精肉切成丁，虾仁加盐腌入味。鸡蛋打入碗里，加盐、干淀粉、葱花搅拌均匀。炒锅上火，放入油，加虾仁丁、海参丁、鸡肉丁、火腿丁、胗丁、肝丁、冬菇丁、笋丁、猪精肉丁、青豆，略炒，加料酒、盐、高汤，烧沸，倒入碗内成"浇头"。炒锅重新上火，放入油，先加入鸡蛋炒熟，后加入熟米饭、盐同炒，再倒入一半什锦浇头与全部卤汁，炒匀盛入碗内，盖上另一半什锦浇头即成。

长期以来扬州炒饭享誉海内外，由于地域不同，虽都称其为扬州炒饭，但在制法上确实差异很大，当然，这与扬州炒饭自身品种繁多有关。另外，各地厨师在制作时，大都有所改进和创新。我曾在日内瓦的中国饭店吃过一次很有意义的扬州炒饭，那是一段难忘的故事。

1994年末，当时我在德国不来梅的中国皇宫烤鸭店工作。还有两个月就到新年了，恰在这时，我们接到国内公司通知，要赶在圣诞节前夕在日内瓦的中国饭店举办中华美食展示活动。由于时间紧任务急，加上到汉堡办签证又不是很顺利，等我们驱车动身，已到了12月中旬。经过近三十个小时的自驾，到达日内瓦时，疲劳自不必说，早已饥肠辘辘。等饭菜端上来时，我们早已顾不得许多，就大口吃了起来。或许真的是太饿了，我只觉得饭菜中的那盘扬州炒饭很香。

第二天早晨，老板把我们带到厨房，开始给我们介绍起来。厨房中并没有几个人，当时给我印象最深的就是安东尼奥，他个子很矮，胖乎乎的，长得很敦实，一头卷曲的黄发，一双明亮的蓝眼睛显得很精明，年龄也就是二十五六的样子。听老板介绍说他是葡萄牙人，是厨师长，昨晚那盘扬州炒饭就是他炒的。

由于在展示活动上要推出大型的美食展台，时间又很紧，我就立刻投入紧张的工作之中。首先根据环境设计出展台尺寸规模，然后是内容的构思。基本上定型后，便根据展台所需进行采购。或许是由于季节的原因，我们几乎跑遍了日内瓦的所有超市、菜市，原料中只有西瓜没有买到，这有点出乎我的意料。我所设计的展台中的水果拼盘，需要大型的水果才能展现立体效果。无奈之下，急中生智，在菜市中看到日内瓦的南瓜不仅质地好，而且个头也大，瓜肉的颜色又很接近新疆的伽师瓜，想到展品只展不吃，于是我抱了一个大南瓜回来，用它取代西瓜。

展出的头天夜里，我一夜未合眼，忙着制作冷荤艺术拼摆、水果拼盘。雕刻品都是我预先刻好封上保鲜膜，从保鲜库取出后，投入冷水中一泡，鲜灵灵的就跟新刻的一样。第二天，美食节开幕，当日内瓦的政界、商界、新闻界及餐饮界等各界人士前来时，一座集立体整雕、北京烤鸭、造型热菜、冷荤艺术拼摆、水果拼盘于一体的展台已经呈现在他们面前。展台的中心是两只嬉戏的大型孔雀，周围是绿叶和萝卜雕花，展台的四周由绿草、萝卜花和用象牙白萝卜雕的各种姿态的小鸭子围绕着，其余的空间充满了各类美食展品。

活动开始了，人们有的欣赏，有的忙着拍照，场面虽然热烈，却秩序井然。然而当活动即将结束时，场面却无法控制了。西装革履、服装整洁的女士们、先生们，纷纷拥向展台。展台上的食品全被吃光，而雕刻品则大多被人们随手拿走了，那个经过改刀假充水果的大南瓜也被吃个精光。事后，安东尼奥见到我，向我竖起大拇指。当他问我那南瓜是什么水果时，我告诉他后，他先是一愣，然后吐着舌头做了一个鬼脸。询问后才知道，当时他夹在人群里，也抢到了一块吃了。

后来我问到他的扬州炒饭是跟谁学的，他说是向一个曾经在这里工作的来自中国上海的厨师学的。之所以炒饭香美，他在炒饭时特别强调了一点，或许这就是与众不同之处。欧洲的中餐馆的米饭都是很硬的，一粒是一粒，如果饭软，就会被认为是不新鲜。安东尼奥炒饭时，会让大米充分与锅底接触，直至金黄到有烤米的清香味再翻勺，这使得他们的炒饭在大米的清香基础上又多了烤米的芳香。后来，据安东尼奥说，那个厨师干了三个月就被老板“遣送”回国了，不是技术原因，而是他除了炒菜什么也不上手，没事时就端着茶缸子喝水，工时被白白浪费掉了，这是他们老板最不能容忍的。

水煮牛肉拌面来

水煮牛肉是一道四川传统名肴，家喻户晓，寻常百姓人家几乎户户都会做，吃起来鲜、香、烫、麻、辣，滑嫩适口，鲜香浓郁。一个时期，在都市的餐饮市场上开始出现了水煮鱼、水煮香辣蟹等四川江湖菜，虽都称之为水煮，但是此水煮非彼水煮，不要混为一谈。

据说水煮牛肉诞生于北宋时期，在四川盐都自贡一带，人们在盐井上安装辘轳，以牛为动力提取卤水。一头壮牛服役，多者半年，少者三月，就已精疲力尽。故时有役牛淘汰，而当地用盐又极为方便，于是盐工们将牛宰杀，取肉切片，放在盐水中加花椒、辣椒煮食，其肉嫩味鲜，因此得以广泛流传，成为民间一道传统名菜。后来，菜馆厨师又对“水煮牛肉”的用料和制法进行精细化改进，逐渐适应餐馆台面需求，这才使这道菜逐渐发展成了流传各地的名菜。此菜中的牛肉片，不是用油炒的，而是在辣味汤中烫熟的，故名“水煮牛肉”。该菜色深味厚，香味浓烈，肉片鲜嫩，突出了川菜麻、辣、烫的风味特点。

制作水煮牛肉，切肉片很有讲究，须将牛肉切成一寸五分长、八分宽、一分厚的薄片，之所以不用切得太薄，就是为了找到品食牛肉的那种口感。把牛肉盛在碗里，加精盐、酱油、醪糟汁、湿淀粉拌匀。淀粉要稍多一些，这样成菜后肉片在嘴里的口感就更为嫩滑。锅置火上，烧干水汽，关小火，将辣椒和花椒倒入翻炒。将煸香的辣椒和花椒盛出，辣椒切成小段，花椒用刀来回碾碎。老姜、葱白一小段，蒜四瓣。姜葱蒜都切成片。锅内放油，油热后将豆瓣酱倒入炒香，然后放入姜蒜葱炒一小会儿，加水做汤。炒好的作料加水，放盐、味精、青蒜煮开。煮开的汤里加入青菜，至煮得断生时就起锅装入碗里。切记别煮得太久了，否则吃起来就没有那股子脆劲了。调至小火，临下锅前再将牛肉片搅一搅，然后将浆好的牛肉逐片下入，全部入锅以后，将火开大些。将煮好的牛肉连汤倒入碗中，撒上辣椒和花椒碎。把锅洗净，锅内放油，油热后倒入碗中，随着辣椒和花椒被油浸炸的吱吱声，一盘香气扑鼻的水煮牛肉就算完成了。

上世纪90年代，我曾从事烹饪教学及管理工作。那个时候，若有重要的川菜实操授课，我自然就邀请国宝级烹饪泰斗伍钰盛大师。论起辈分来，我还得称伍钰盛大师为师爷，因为他的门内大弟子曾是我学习烹饪专业的技术老师。我在北京市服务学校烹饪专业学习川鲁菜时，伍钰盛大师是学校的高级顾问。也就是在那个时候，服务学校的几个烹饪专业教师拜伍老为师，并举行了隆重的拜师仪式。一个时期内，伍老经常在我们实操课时来到现场，看我们稚嫩地翻勺炒菜，有时就热心地进行指导。我从事管理工作以后，遇有高级厨师研修班之类的实操教学课，我自然就会请他老人家来捧场。他也总是来者不拒，欣然前往，而且在实操课上亲自操作，细致讲座，绝不让人帮忙。一天早晨，我亲自到位于五棵松附近的伍老家。他正吃早餐，非让我坐下一起共餐。我吃了一个鸡蛋，喝了一小碗牛奶后和他一起下楼。我打了一辆车将他接至位于前门大栅栏边煤市街的授课场所。途中，和伍老聊起了川菜，我说人们印象中的川菜就是麻辣。伍老迅速接过话茬，操着浓郁的川音说：“不对，真正的川菜讲究的是味，麻辣是对川菜的误解。”伍老又讲了许多川菜味多、味广的例子，最后说：“今天，我就给你做一道鲜咸口味的白油肉片，那个也是我们的川菜。”

那天，他果然做了一道白油肉片，肉片洁白如玉、晶莹饱满，入口后，不但滋润、咸鲜可口，最绝的是那肉片的嫩，嫩得用舌头都能把肉片顶碎，吃在嘴里状如膏腴。伍老做的另一道菜，就是水煮肉片，许多调料都是他从家里带来的。他的白大褂里总是装着几个小塑料瓶，都是花椒、辣椒面之类。当伍老将滚烫的热油浇入青瓷花海碗中，一股浓烈的香气弥漫在整个厨房。学员们风卷残云般品尝，一边津津有味地吃着，一边啧啧赞叹，连汤汁都不放过，细细品味其中的奥妙滋味。见此情景，伍老跟我说，按此方法烹制的水煮牛肉，汤汁浓稠味香，若煮些面条放入其内，就是一碗鲜香味美的川味面。后来，按照伍老的启示，我自制了水煮牛肉面，女儿百吃不厌。

麦香味甜银丝卷

银丝卷是京津地区著名的特色传统小吃，以制作精细、面内包裹有缕缕银丝而闻名。除蒸食以外，还可入炉烤至金黄色，别有一番风味，经常被当作宴会点心。老字号丰泽园饭庄还有一款著名的面点食品，深受百姓的欢迎，那就是家喻户晓的烤银丝卷。

丰泽园的烤银丝卷享有盛名，曾于1992年获“北京市百家餐馆、千种风味小吃大联展最佳品种奖”、1995年获北京市饮食服务总公司“美食小吃优秀品种奖”、1997年在北京名菜名点鉴定展示会上被确定为名点。

丰泽园的银丝卷选用纯玫瑰粉、老面肥、白糖、猪油、花生油、碱做原料，采用传统工艺制作。银丝卷重在发面、和面。原料比例要配比适当，春秋用温水、夏季用凉水、冬天用热水和面，还要掌握好气候变化对面质的影响。丝卷的绝技在抻丝上。做心的面要抻成细丝般的条，抖去干面粉，切下两端，取用中间一段，将熟猪油和芝麻油混合刷在面丝上，如同银丝一般。银丝卷薄在皮上。把揪成小剂的面擀成椭圆形的薄厚适当的皮，再把做心的面丝放在薄皮的中间。丝卷的精到在包压手法上。把薄皮的两端和两边分别对折包压呈长包袱状，不能压得过松造成松散，也不能压得紧使面丝粘连。银丝卷的特色在蒸烤上。制作成的银丝卷要饧十五分钟，旺火蒸十五分钟，凉凉后在银丝卷面上横切深度为银丝卷二分之一的深槽，上烤箱烤成黄金色。

据丰泽园的老面点师傅们讲，银丝卷的历史虽然没有烤馒头长，但是制作工艺却要复杂得多，过去制作银丝卷采用的面粉仍是七五粉，最能体现技术水平的就是抻丝，既考体力，也考功力。抻丝一般在七至八扣后均匀地刷油，但一定要均匀，否则成品后丝不清晰。刷油后再成股，用刀切成六厘米长的段。制作时发面工艺很关键，一定要根据空间温度控制好时间，当然，现而今制作银丝卷已不再使用工艺性很强的发面使碱工艺，而是改用酵母粉，这样只要掌握好一定的比例，也能制作出麦香浓郁的银丝卷。

银丝卷的吃法也有讲究，要用手撕开银丝卷的皮，把面丝揪出吃。色泽金黄、外皮焦酥、面丝松软、味香而甜的银丝卷，既是美味面食，又不愧为面食艺术品。

香飘韵味米粉肉

我清楚地记得，在“文革”时期，物质条件比较匮乏，家家户户买肉都是凭证定量购买，那时就盼着过年，因为年节时候才能使久素的肚子增加点油水。那时，父亲在春节前就会从单位的食堂买回米粉肉。印象最深的是米粉肉蒸熟后，满屋生香，吃到口中软糯嫩香，那种香美的感觉在口中久久不散、刻骨铭心。

米粉肉是一道家喻户晓的菜肴，全国各地均有此种方法烹制的菜肴，只不过名称不一样。有的地方叫粉蒸肉，也有的叫米粉蒸肉，由于放入的调味料略有差异，因此风味也有所不同，诸如鲁味粉蒸肉、川味粉蒸肉、鄂味粉蒸肉、湘味粉蒸肉等。而丰泽园的米粉肉，做法和味道是典型的鲁味，深受人们的喜爱，特别是许多超市也在供应米粉肉的半成品，拿回家一蒸，风味丝毫不减。

丰泽园制作时，选用的是五花肉，即肥瘦相间的肉。用这种肉蒸出来的成品吃到嘴里不柴不腻肉质软烂，颇有入口即化的感觉。

制作米粉肉其实并不简单，主要原料有猪五花肉、大米、甜面酱、酱油、白糖、料酒、葱丝、姜丝和大料。制作方法是：将五花肉用刀刮干净，切成二寸半长、二分厚的片，放入盆里，加入酱油、白糖、料酒、甜面酱、葱丝、姜丝拌好。把大米洗净晾干，与大料一起上锅炒制，待颜色呈金黄色后取出磨成米粉。将腌好的肉片裹上米粉，放入盆内，用手抓匀。逐片肉皮朝下码入蒸碗内，上笼屉蒸熟，大约两个小时，肉才能达到软糯的效果，最后扣于盘内即可上桌。

刚出锅的粉肉，红润油亮，格外诱人。满屋都弥漫着诱人、浓郁的香味。尝一口，软、嫩、甜、香、咸，多种滋味聚集在你的口中，令人心醉。

现在制作米粉肉大多使用的是现成的机磨米粉，而在过去都是厨师自己制作，既费时又费力。丰泽园的王大师告诉我，当初他们都是采用最普通的糙米与大料、桂皮用小火一起炒制，待米呈金黄色后，再用擀面杖擀成米粉，经常是累得胳膊酸痛、大汗淋漓，但是那时的米粉肉吃起来却别有一番韵味。

各地的粉蒸肉都有各自的特点，选用的蒸制工具也是就地取材，有的使用小笼蒸制。盛产竹子的地区，人们还会将腌好的肉片裹上米粉直接塞入竹筒中，蒸熟后更是别有一番风味，肉香中还会渗着一种淡淡的竹香，味蕾的刺激会使人油然产生返璞归真、回归自然的陶醉感。

巴蜀这碗凉面香

提起四川凉面，那是脍炙人口、老幼皆知，它不仅是蜀地著名的小吃，更是全国各地最为普遍且为人们喜闻乐见的大众化食品。四川凉面的季节性较强，一般是炎热的夏季上市，秋后下市。但是，四川凉面到了北京等大都市内，成为人们不分季节即一年四季都爱吃的一道独具特色的美食。

探其根源，夏日人们食凉面之习俗源于古时的“伏日祭祀”活动。魏晋时期形成民俗，南朝梁宗懔《荆楚岁时记》中已有“六月伏日进汤饼，名为辟恶”的记载，汤饼就是用水煮成的面片。到了唐代，凉面被称为“冷淘”，行政性质的法典《唐六典》中就规定：“太官令夏供槐叶冷淘。”槐叶冷淘面是当时很流行的保健食品。杜甫曾有《槐叶冷淘》诗云：“青青高槐叶，采掇付中厨。新面来近市，汁滓宛相俱。入鼎资过熟，加餐愁欲无。”清代阮葵生《茶余客话》载：“明末，京城市肆著名者……顺承门大街刘家冷淘面。”可见，当时已有以专门经营冷面著称的冷食店。至清代，冷面的品种更多。

由于凉面味美适口，价廉物美，风味突出，因此，它具有广泛的适众性。的确，凉面的面条煮熟后，再加上丰富的调味品，咸甜辣麻酸兼备，其味悠长，让人唇齿留香。由于和川菜泰斗伍钰盛大师的一段情缘，同时工作的单位与四川饭店同属一个集团，又酷爱川菜美食，因此我常爱与烹饪大师们探讨一些传统川菜川点的制作工艺，四川凉面也是谈论最多的一个小吃。

大师们普遍认为，制作四川凉面比担担面要烦琐和复杂，其面条是既重口味，又讲口感。正宗的四川凉面从煮面开始就不能含糊，欠火则回硬，过火则失筋道。要煮至断生刚过就捞出，控去水分，放在案板上；此时在电扇直吹下一手放香油一手抖筷子，面条不粘且凉了后放入盘中，封上保鲜膜放入冰箱。大师们最强调的是兑汁，里面深含技巧，先放后放的顺序也有讲究。先放芝麻、麻酱、酱油、白糖、醋，用大师们的行话讲就是主味没有确定好，浓味就不能加，一旦主味确定再加入味道浓重的花椒油、辣椒油，而葱和蒜泥就不能加入调料中。大师们强调就是上席也要考究，不能忽视，只有该上桌时，才可将味汁浇在面上，葱姜末撒在上面，再把切好的黄瓜丝放在上面就可以了。如果提前浇汁，就吃不出那种口感鲜爽的感觉了。

四川凉面制作起来讲究颇多，人们一旦通晓了制作和调味原理后，在家中制作也不是难事。制作凉面时，常出现的情况是成品面条不利索，吃起来没有那种滑爽利口的感觉。这是几种情况造成的，其一是面条煮过火了，面条只能煮至断生，多煮即容易腻在一起；其二是拌油不宜过多，多则过腻，影响口味，面条也会不利索；其三是煮面时应注意将其抖散。另外，刚出锅的热面不能马上用油拌。辣椒油不能有菜油味，酱油要选用上乘的。在夏天时，糖和醋要多加一些。

早年间，京城西城新街口有一家四川凉面店，从中学时代起，我就是那家凉面店的常客，且什么时候去都是生意红火，食客云集。现而今，四川凉面作为人们非常喜爱的一款美食，在小吃云集的小吃街、小吃城也非常畅销，同时，更是四川风味饭庄、小吃店一年四季的常备面食。

皇上就吃爱窝窝

在众多的北京庙会小吃中，无论是名称，还是本身的形状，爱（艾）窝窝是比较奇特的一道清真小吃。它形似雪球，洁白的外表上有一红点，入口黏软香甜，既可当茶点，又可上宴会。特别是那表面雪白的一层，颇似傲雪凌霜，又干净又好看，吃时拿在手中，却不黏糊。《燕都小食品杂咏》曾这样写道："白黏江米入蒸锅，什锦馅儿粉面搓。浑似汤圆不待煮，清真唤作爱窝窝。"并且注解说："爱窝窝，回人所售食品之一，以蒸透及烂之姜米，待冷裹以各式之馅，用面粉团成圆形，大小不一，视价而异，可以冷食。"

据记载，爱窝窝早在明代就已出现，明代小说《金瓶梅》中就写有"爱窝窝"这种食品。为什么称为爱窝窝？据清嘉庆、道光间诗人李光庭的《乡言解颐》记载："窝窝社，小茶馆兼卖点心者。窝窝以糯米粉为之，状如元宵粉荔，中有糖馅，蒸熟，外糁薄粉，上作一凹，故名窝窝。田间所食，则用杂粮面为之，大或至斤许，其下一窝如旧，而覆之。茶馆所制甚小，曰爱窝窝。相传明世中宫有嗜之者，因名御爱窝窝。今但曰爱而已。"看来，爱窝窝曾经是皇帝喜欢吃的食品，所以才叫御爱窝窝。又由于这种食品流入民间，老百姓就不敢再加“御”字了，所以就称为“爱窝窝”。

爱窝窝的具体制法是：先把糯米洗干净，用凉水浸泡六小时，控净水，上屉用旺火蒸一小时，取出放入盆中，浇入开水，盖上盆盖，浸泡十五分钟，使糯米吸足水分。然后，将米捞入屉中，再蒸三十分钟取出，仍放入盆中，用木槌捣烂成团，摊在湿布上凉凉。

把核桃仁用微火焙焦，搓去皮，切成黄豆大的丁。芝麻仁用微火焙黄擀碎。瓜子仁洗净。青梅切成绿豆大的丁。金糕切成黄豆大的丁。把以上原料连同白糖、冰糖渣、糖桂花和在一起拌成馅。将大米粉蒸熟凉凉，铺撒在案板上，再放上糯米团揉匀后，揪成小剂，逐个摁成圆皮，在每个圆皮上放上馅，包成圆形即成。

爱窝窝的品种变化主要在馅料上，可制出各种各样的馅心，如核仁鲜、三鲜鲜、杏仁鲜、葡萄干馅，等等，但一般糯米、滚沾干米粉等基本操作形式不变。

当年在仿膳饭庄实习时，王老师傅曾告诉我，制作爱窝窝的关键在于调制糯米团，浸泡时间要足，一要看糯米的产地和品种，二要看温度，冬季则长，夏季则短。上屉要蒸透，由于糯米黏度高，所以蒸后还要泡透，再去蒸就是进一步蒸透，这样才能保证糯米蒸透熟透，吃时口感黏软柔韧。

早年间，每到初春的初一，出售爱窝窝的小贩就开始在小巷深处叫卖起来，声音悦耳悠扬，具有迎春的味道。与爱窝窝同时销售的还有凉糕。从春节开始叫卖，一直可以卖到立夏。过年后街头叫卖者少了，但在庙会的清真年糕摊上，仍然出售。据老人们回忆，旧时每年正月厂甸开时，电话南局门口有一固定卖爱窝窝的车子，摊主为一健壮大汉，在那里一边制作一边出售，由于手艺高超，动作干净利落，招引了许多顾客。而且，那家的爱窝窝的味道也十分好吃。现今，出售爱窝窝的除了庙会上有，个别的清真小吃店也有，许多超市中也有整盒的。

值得一提的是，在关于爱窝窝的名称上存在着一些分歧，有许多书将爱窝窝称为“艾窝窝”，一旦了解了爱窝窝的来历，就会觉得其名称还是叫“爱窝窝”更合适了，因为皇上就爱吃这小窝窝。

辑四

面食集萃

褡裢火烧宴客来

早年间，经营褡裢火烧的小吃店有很多，20世纪40年代，北京东安市场的“润明楼”，就以经营褡裢火烧而享誉全城。当然，较为有名的还是前门外“瑞珍厚”老铺制作的。那家的褡裢火烧经油煎过，两面焦黄，外焦里嫩，香美可口，路过的人一闻到那溢出的香味，就忍不住止住脚步，买上一个边走边吃。

褡裢火烧是北京一道传统风味的小吃，这是一款带馅的长方形面食，经烙制而成。很多老北京人在品食褡裢火烧时，喜爱配上粥或酸辣汤。

为什么称之为“褡裢火烧”呢？其实很简单，这主要是根据它特殊的形状而加以命名的，由于制得的褡裢火烧外形酷似旧时搭在肩上或自行车梁上的布褡裢，故而得名。

要想褡裢火烧味美，调馅最为关键。猪肉末中除了要放姜末外，还要加入酱油、黄酱、味精、精盐搅拌，然后加水继续搅拌，直至搅成稠糊状。最后放入葱末、香油，搅拌成馅。

面粉要用凉水和成面团，揌揉光润后，盖上湿布饧一会儿。在案板上涂一些油，将面团放在上面，用手揪下一块约五钱重的面块摁扁，用擀面杖擀成竖长三寸、横宽二寸五分的面皮，再将其中一段的两角略微抻宽，取三钱多的馅横放在面皮中间，摊成一寸宽的馅条，然后将较窄一端的底边翻起盖在馅上向上一卷，再将较宽的一段左右两边掀起盖上开口，即成褡裢火烧坯子。

饼铛放在旺火上烧热，淋洒上花生油，将包好的褡裢火烧双层面皮的一面朝下，分批码放在铛上烙。约烙三分钟，将褡裢火烧翻一个身，淋洒上花生油再烙两分钟，至两面都烙成焦黄色即成。

北京小吃的许多品种都有着很强的季节性，如春吃年糕，夏吃杏仁豆腐，秋饮八宝莲子粥，冬食羊肉杂面等等，但褡裢火烧却是人们一年四季都比较爱吃的品种之一。

曾经一个时期，随着餐饮市场的兴旺与发展，人们的目光已过多地注意起那些所谓大餐，褡裢火烧这样的小吃也渐渐地被人们忽略，除了屈指可数的那么几家还有经营之外，其他的时候就只有在庙会上见到了，但经营的摊儿家也不是很多，个别的在质量上也有问题。这无形中就使人们对褡裢火烧的热情渐渐降低。我曾在一家国营小吃店品尝过褡裢火烧，对其口感和味道并没有留下过多的印象，这说明有些店家在正宗风味的把握上还存在着差距，这也是逐渐失去食众的一个原因。

但也有例外，当代的褡裢火烧也可作为特色美味宴请宾朋。2005年，我尚在从事烹饪及饮食文化教育工作，在一段特殊时期内曾借用103职业高中的烹饪实操场地，为答谢中餐烹饪文化教育同人相助，我们在天坛东侧路的一家褡裢火烧店宴请这些同人。一桌人均是烹饪专业教育工作者，可以说大多都是美食鉴赏家，但所有人都对那家的褡裢火烧赞不绝口。那家的褡裢火烧馅种丰富，荤素全有，几乎能成馅的食材均有品种，且口味醇厚、味道香美，配上具有老北京风味的菜品，诸如麻豆腐、豆酱、芥末墩儿等菜肴，大家尽兴畅谈，喝得是不亦乐乎，胜过豪华大餐。

正宗的褡裢火烧无论是从形还是从味上讲，都有很多诱人的地方。但由于原料的成本很低，不可能卖出很高的价格，加上制作起来也很麻烦，许多店家就放弃了售卖褡裢火烧。但不管如何讲，褡裢火烧都是北京人，特别是一些老北京人曾经情有独钟的一道美食。

富贵更恋小窝头

1984年，我毕业实习是在北海的仿膳饭庄，虽然将近半年的实习均在厨房的冷荤和红案，但由于兴趣使然，我经常到面案去看师傅们制作小窝头。仿膳王师傅告诉我，传说中是栗子面小窝头，但是栗子面根本就不容易成形，易开裂。制作小窝头离开细玉米面不行，最好是当年的新玉米面，那样蒸出的小窝头颜色好看，吃起来也香。现而今，随着北京的城市发展，创建近一个世纪的仿膳饭庄离开琼岛了，一座古建景观恢复了旧貌，燕京八景之一也有了时代的痕迹，但品尝宫廷御膳时却少了皇家园林琼岛春荫的意境。如今的仿膳饭庄早已在北海北岸重装开业，放眼南望，美丽的白塔和琼岛尽收眼底，湖水荡漾，小船漂荡，四周环绕着绿树红墙，更是美轮美奂，别有一番情致。

口味香甜的小窝头是清宫御膳品种之一，可以称得上是北京一道非常有名的名点。在北京，最早经营这道小吃的还是北海公园内以经营宫廷御膳而著名的仿膳饭庄。

窝头，本是一种最为普通的平民食品，主要原料是玉米面，形状像个小尖塔，下面有眼儿。由于是粗粮所制，在旧时代，富贵人家根本就对它不屑一顾。既然如此，小窝头究竟怎样由普通市井面食而最终演变成了清宫名点呢?

据民间传说，在1900年八国联军侵入北京时，慈禧仓皇向西安逃跑。一天，慈禧饿得饥肠辘辘，眼冒金星，恰在这时，有一个叫贯世里的人给了慈禧一个窝头，她吃过之后倍感香甜。战乱之后，慈禧从西安回到北京后，想起了曾经的窝头滋味，于是叫寿膳房给她蒸窝头。御厨不敢给她蒸百姓吃的那种大窝头，于是精心制作了小窝头，并在面里加了大量的糖。慈禧吃过，倍感欣喜。后来，这道小吃就成为慈禧斋戒时的一种甜点心。小窝头的传说或多或少地注入了传奇色彩，但我觉得这个传说的一部分倒有可信的一面。从慈禧的幼时成长环境讲，北京胡同市井间的百姓吃食她均喜爱，且口味厚重，食量颇大，而窝头更是胡同百姓的家常主食，久别窝头的慈禧骨子里就对其有特殊的情感，况且是在饥肠辘辘中，以吃货著称的老太太自然会见到窝头如若人间甘味。

据史料记载，慈禧西行时，曾经路过贯市。传说中的“贯世里”，当时指贯市李家，“贯世里”应作“贯市李”才对。记载中记述当时慈禧在贯市住的是清真寺，吃的是小米粥，未见吃窝头的记载。据故宫所藏清宫御膳档案可知，小窝头在早于慈禧一百多年前的乾隆朝时，就已成为清高宗的御膳食品之一了。现今，市面上出售的小窝头应该叫“乾隆御膳小窝头”才更为确切。

人们在品过小窝头后，觉得又细腻又甜美，就都说是用栗子面制的。其实不然，小窝头是将玉米面过细罗，再加上黄豆面、白糖和糖桂花，最后用蒸制的方法加工而成的。

小窝头的具体做法是：把玉米面、黄豆面、白糖和糖桂花一起放在盆中，逐次加入温水慢慢揉和，以使面团柔韧有筋道。揉匀后搓成直径五六分的圆条，再揪成小面剂。

在揉窝头之前，右手先蘸一点凉水，擦在左手心上，以免捏时粘手。然后取一个面剂放在左手心里，用右手指揉捻几下，将风干的表皮揉软，再用两手搓成圆球形状，仍放在左手心里。

右手食指蘸点凉水，在圆球中间钻一个小洞，边钻边转动手指，左手拇指根及中指同时协同捏拢。这样，洞口由小渐大，由浅到深，并将窝头上端捏成尖形，直到面团厚度只有一分多，且内壁外表均匀光滑时，便制成了小窝头。上屉蒸十分钟即可。

小窝头形状精巧、颜色金黄，吃起来香甜细腻，深受人们特别是老年人及少年儿童的喜爱。早在1956年，在周恩来总理主持的国庆招待会上，宴席上出现了仿膳老厨师精制的四千个小窝头，与会者品尝后无不称道。那时，小窝头就蜚声海外。如今，出售小窝头的店家有很多，超市中有，糕点商场里有，在庙会上也经常出现，大多都是几十个一袋，在销售小窝头的同时，还经营着其他清宫御点。小窝头以其特有的传奇色彩及口味深为大众所青睐。

昔年老兵爱煎饼

在历史悠久的齐鲁大地，山东煎饼仅仅是极普通的地域家常食品，清晨的早市更不会缺少这一大众食品，但有时在特定的环境中，山东煎饼却又是人们怀旧之物，寄托着浓浓的思乡之情。我的一位师兄是台湾人，一次聚会时给我讲了他的一段经历。他的岳父是国民党的老兵，当初随着蒋介石一起溃退到台湾后一直住在花莲。他的岳父早年家住济南，说句不是玩笑的话，当年他就是因为出去买酱油，提着瓶子回来时就被抓了壮丁。这一别就是几十年。师兄首次来大陆时，还特意到山东，虽寻根未果，却给老人带回了当地的煎饼和章丘大葱，吃得老人是泪流满面。或许就是这地方美食唤起了老人几十年的回忆，寄托了这位异乡人深深的思乡之情。

山东小吃素以面食为主，历史悠久，品种繁多，庙会上自然也少不了来自齐鲁大地的小吃精品，山东煎饼就是其中之一。

1972年，人们在甘肃嘉峪关附近发掘一批魏晋时代的画像砖墓，其中有彩绘的“庖厨图”，图上画着一个厨婢跪在地上烙煎饼。1980年和1981年，在河南荥阳点军台和青台两处仰韶文化遗址中，人们发掘出一种特殊的陶器，上为圆形平面，下附三足或四足，底面留有烟炱。发掘者认为它是“烙饼用的铁鏊的始祖”，距今已有5000多年了。由此看出，煎饼的起源至少有5000多年了，它的诞生地就是黄河流域。清代袁枚《随园食单》中记载：“薄若蝉翼，大若茶盘，柔腻绝伦。”可见山东面食小吃的精美在当时已久负盛名。清代的蒲松龄还曾作过《煎饼赋》：“独煎饼则合米豆为之，齐人以代面食”，“圆如望月，大如铜钲，薄似剡溪之纸，色似黄鹤之翎，此煎饼之定制也。”至今，煎饼仍是山东人的主要食品。制法有鲁西、鲁中之别。鲁西泰安为刮煎饼，鲁中淄博为摊煎饼。

从成品特色来分，煎饼的种类有几种：其一是山东煎饼，做法是先将小米、黄豆淘洗干净，小米煮到七成熟时捞出，凉凉后与生小米和黄豆一起上磨，加水磨成米糊，盛到盆里使其发酸。把煎饼鏊子烧热，左手盛一勺米糊倒在鏊子中央，右手用煎饼笊子尽快把米糊以顺时针方向推开呈圆饼形，这时再把摊好的面糊用力推匀，使煎饼厚薄均匀，约一分钟左右即成熟。

其二是糖酥煎饼，由济南王记煎饼铺于1938年创制，是在小米中加白糖、香料制成，可以久存，便于携带，受到消费者的欢迎，很快远传外地，现已成为驰名中外的风味小吃。其制法是：先将两斤小米洗净，取一斤放入锅内，加水煮熟后凉凉，其余的放水内泡三小时，加入熟小米拌匀，加水磨成米糊。米糊不可过稠，否则不易摊制。如过稠可加水和匀，再加白糖、香精搅匀。将鏊子烧热，用布擦蘸豆油擦一遍鏊子。左手盛一勺米糊倒在鏊子中央，右手用煎饼耙子先把米糊旋转摊成圆形，再用耙子刮平，动作迅速，使煎饼厚薄均匀，边刮边熟，刮平后饼也就成熟了，用铲子沿边铲起，两手顺边揭起，并趁热在鏊子上折叠成长方形。这种煎饼不仅很薄，色泽上呈淡黄色，而且吃起来酥脆香甜，容易消化，由于其显著的风格特色，现在已是济南著名的风味小吃。

另外，山东煎饼中还有一款博山传统小吃菜煎饼，同样受到人们的普遍欢迎。菜煎饼是在煎饼的基础上发展而来的，制作方法是：先将小米糊摊成煎饼，然后将豆腐、粉条剁碎。韭菜切碎，油热后加入葱、姜炒香，加入豆腐略炒，放入粉条、盐继续拌炒至熟。盛出凉凉后放入韭菜拌成馅。把煎饼铺开，将馅摊成方形，四边折向内，包成方形。之后经煎烙而成。这种煎饼呈长方形，外酥里软，馅味鲜香。

在山东各地的早市上煎饼是常见之物，且购买者众多，人们在选购完一天的蔬菜后顺便买上一些煎饼再正常不过了。在今天的北京小吃市场上，还有一种较为普遍的小吃煎饼，这种煎饼与山东煎饼大相径庭，这种煎饼摊儿在北京街头随处可见，其做法简单实用。先将面糊在铛上摊平，然后打上一个鸡蛋，摊匀，见热后抹上甜面酱、辣椒酱，撒上葱末等，放上一张焦黄的薄脆，卷起来食用。这种煎饼由于味美且实用，很受人们的喜爱，许多人不仅把它当成早餐，更有人将其当成应急的正餐。

海军院里大锅饼

上世纪80年代初期，我刚从烹饪学校毕业，曾在青岛的海军招待所第一次吃到当地的大锅饼。那时上专业技术学校与现在不同，现在的学生不但要缴一定数额的学费，而且不包分配。我们那时不但不缴学费，而且学校每月还给二十元生活费。在当时，二十元就算不小的数字了，那时一个月的工资才三十余元。我们用二元买月票，每天中午两毛钱在校内餐厅吃午餐，去除零花钱，还有结余。

1984年的暑假，我和两个同学用结余的钱结伴到山东自助旅游，主要是到青岛、崂山、济南、曲阜和泰山玩了一趟，这在现在简直是不可想象的事情。当时一个同学的亲戚是海军军官，我们就住在海军的一个招待所里。在那里不但吃到了山东的大馒头，也吃到了美味的大锅饼，放在盘中像蛋糕一样切成数块儿，色泽悦目，麦香可口，烤味浓郁。可以说当时山东美食给我印象最深的就是大海碗盛的青岛啤酒、大白馒头和山东锅饼。

山东锅饼，顾名思义是山东地区出产的一道极富特色的食品，在近几年的北京庙会上，人们可以尝到这款风味浓郁的硬面食品。

民国初年出版的《济南快览》一书记载："以面作寸许厚中径尺余之圆饼，烙而熟之，外焦黄而内细白，谓之锅饼。"在今天的济南市、鲁西、鲁中等地区，这道食品深受大众喜爱，而鲁西南地区则将此饼称为"壮馍"。

山东锅饼的用料并不复杂，主要就是面粉。其具体制法是：先将面粉、酵面倒入和面机内，加温水搅拌均匀，再加少许碱，一起和匀。取出后，放入压面机中挤压，然后放在案板上用手压成圆形面坯，再用手心压面的中央，手指顺圆边挤压出边缝呈圆饼形。用刷子蘸清水刷在饼上，再撒一层芝麻。

烤饼用两层鏊子，下层叫底鏊子，上涂一层泥，再放一个鏊子，用无烟煤渣把上鏊子烧热后，把锅饼搭在手臂上，使有芝麻的一面向下，平放在鏊子上，加盖烙约十分钟。将锅饼在鏊子里旋转一下，加盖再烙约二十分钟，将锅饼翻过来烙约二十分钟后取出。在平鏊子上放一个铁丝圈，把锅饼翻过来放入，并用铁锥在锅饼无芝麻的一面均匀戳八九个眼，隔二十分钟翻过，烤至成熟。每个锅饼共需烙烤一个多小时，一般是使用多盘鏊子轮番操作，生产效率较高。食时用刀割成小块。这种山东锅饼外硬里软，味道香甜，嚼之有筋而不黏。

山东的锅饼种类并不单一，除上述厚锅饼外，还有一道油锅饼，也很有地方特色。这种锅饼所采用的主要原料也是面粉，其具体制法是：先将面粉放入盆内，加水和好，再放入压面机压硬后，做成大小两个面剂，把大剂擀成大面片，抹花生油后撒上花椒面及精盐，并用手掌在面上搓匀，然后把面片卷起，再向外逐圈盘起，尾端压在盘底。把小面剂擀成面片，从下面把盘好的圆饼包起，包口翻到下面，用手掌压平，圆周抹齐，成直径一尺二寸的大饼，上面印上图印。

使印有图印的一面朝下，放鏊子上烙烤，翻两次，在烙烤过程中，在饼面上戳眼，目的是使饼熟透。约烙四十分钟即熟。这种锅饼层次多，以油和椒盐调味，食之外脆内软并略咸，是鲁西南民间传统食品。

改革开放以后，北京恢复了旧有的一些庙会，也新组织了一些极富特色的庙会活动。在庙会丰富多彩的食品群中，各地区极富特色的小吃也纷至沓来，极大地丰富了庙会饮食市场，而地方特色浓郁的山东锅饼不过是其中之一而已。

黄米豆埋驴打滚

驴打滚是北京小吃中历史较为悠久的品种之一，它以黄豆面为主要原料，加入赤豆沙馅，再经过加工精制而成。驴打滚的外表呈黄色，特点是香、甜、黏，并有浓郁的黄豆粉香味。

驴打滚还有一个名字，叫豆面糕，一看其名称就知道是由豆面做的，但为什么又称“驴打滚”呢？实际上这仅是一种形象的比喻，因制得后的豆面糕需放在黄豆面中滚一下，其色、其样使人联想到郊野的驴子活生生打滚的样子，故而得名。《燕都小食品杂咏》中写道：“红糖水馅巧安排，黄面成团豆里埋。何事群呼‘驴打滚’，称名未免近诙谐。”并且说：“黄豆粘米，蒸熟，裹以红糖水馅，滚于炒豆面中，置盘上售之，取名‘驴打滚’，真不可思议之称也。”这道小吃不仅庙会上有售，而且一些小吃店一年四季都有供应，但也有的不用黄豆面，而用江米面。

驴打滚的具体制法是：先将黄米淘洗干净，用凉水浸泡四个小时，控干净水后碾成面，并且过细罗，再加入凉水和成面团，使其自然发酵。待面刚发起时，即可上蒸笼。先在笼屉的一边隔上一块木板，留作“气眼”，以促进水蒸气的流通。然后铺上湿屉布，放入发面，用旺火蒸一小时即熟。取出放入盆中，浇一些开水，用木棍搅均匀，使面和水融为一体。

把黄豆过筛，去净杂质，用水漂洗干净，放入锅中，在微火上炒四十分钟。待黄豆变成棕黄色时，取出碾成豆面，过细罗。芝麻仁用微火焙成金黄色，擀成碎末。将两种原料放在盆里，加入白糖、冰糖渣、糖桂花，拌匀成芝麻糖。

将熟豆面铺撒在案板上，取一部分熟黄豆面团放在上面揉匀，擀成约四分厚的椭圆形大片，上面放上豆馅，摊平后，卷成直径一寸的长卷，再切成一寸长的段，即为驴打滚。吃时撒上一些芝麻糖。到嘴里后，感觉柔软有嚼劲，甜中带有芝麻香味。

早年间，郊外乡村有一种自制的驴打滚，也很有一番风味。人们将自己收的黏谷、黏玉米或黏高粱等磨成面，用温水和好。把黄豆炒好后磨成深黄色豆面，再把黑糖掺点儿豆面擀碎，然后把备好的黏面擀成圆饼状，在上面撒些碎黑糖，把有糖的黏面饼横着卷起来，再用刀横着把面切成寸半左右的小段儿，放到笼屉里蒸熟。熟后从笼屉里取出，再撒上足够的豆面即成。

随着人们对膳食营养的重视，也有一些创新的驴打滚出现在京城的餐馆中。全聚德西翠路店曾经就有一款由紫薯和白薯两种主要原料制成的驴打滚，称之为紫薯驴打滚，粮食与果蔬巧妙组合，不但便于消化，而且味道丝毫也不逊色，曾经一个时期内，这款创新小吃成了宴会的热销产品，颇受广大食客的欢迎。

驴打滚是老北京人非常喜爱的一道传统小吃，许多人常把它当作可口的点心，作为消遣之用。正因为其香甜的口味具有诱人之处，所以在今天的市场上最为常见，就连一般的食品商场、超市也有出售，吸引着那些迷恋北京小吃的人。

鲜润东安龙抄手

上世纪80年代初期，我经常到王府井大街，那时街上还没有现在这样多的现代化建筑。当时的东安市场南侧的湘蜀餐厅有许多美食也是我的最爱，抄手就是其中之一。这家餐厅有开业于50年代初期峨嵋食堂的班底，他们完全按照成都的做法供应品种，单品制作少而精，意在品位。当年，我在烹饪学校学习川鲁风味菜肴，对川菜产生了强烈的兴趣，经常是放学之后来到东安市场中国书店寻找自己喜欢的古旧书籍，我书柜里许多绝版的藏书就是那时的收获。逛完中国书店，满载收获欣喜之余再来到东安市场南门的湘蜀餐厅，其中担担面、红油抄手、清油抄手和过桥抄手就是我喜爱的，这些精致的小吃味正香浓，至今难忘。可惜，1990年随着东安市场的改造，湘蜀餐厅的旧味美食也成了餐饮历史的过客，让人唏嘘感叹。

抄手，北方将其称为“馄饨”，广东人则称之为“云吞”。馄饨曾是人们用来祭祀的食品，宋代《武林旧事》中载：“享先则以馄饨，有‘冬馄饨，年馂（馎）饦’之谚。贵家求奇，一器凡十余色，谓之‘百味馄饨’。”其实，南宋以后，馄饨早已传入市肆，那时就已是美点了。今天，无论南北东西，皆有馄饨名食，天津有捶鸡馄饨、湖州有大馄饨、绍兴有虾肉蒸馄饨、广州有鱼肉云吞等，且知名度都很高。

成都龙抄手店开业于1941年，称之为“龙抄手”是因为中华儿女乃龙的传人，取名“龙”，也有以祈吉祥之意。加上龙抄手无论是红汤、清汤还是奶汤，都有水，有水龙定会活跃起来。因此，一代名小吃“龙抄手”就这样诞生了。

龙抄手以其鲜嫩化渣、皮薄晶亮、味美汤鲜的风格在京城庙会上占有重要的一席之地。而在成都，龙抄手餐厅曾被四川省授予“省级先进企业”的称号，而龙抄手也被成都市政府命名为“成都优质小吃”。

龙抄手最大的特点是汤清馅细，和面时加入了鸡蛋，吃起来面皮具有韧性，有嚼头。为使馅心细嫩，采用纯猪肉，加水制成水打馅。另外，根据四川菜的特点，配以清汤、红油、海味、炖鸡、酸辣、原汤等多种味别，吃起来口味多样。

龙抄手的制作工序可分为制馅、制抄手皮、定底味、包馅成形、煮制等几个环节。

先把猪肉洗净去筋膜，用刀背剁成蓉，加精盐搅拌，然后加清水，分多次加入，边搅边加，用力顺着一个方向搅拌。当水分全部被肉吸收后，将鸡蛋打入碗内搅散，倒入肉内。生姜洗净剁成蓉，加清水少许浸泡，去渣取汁倒入肉内，加芝麻油、味精、料酒、胡椒粉，继续搅拌至糨糊状即成馅心。

面粉加清水及鸡蛋调匀，反复揉搓，擀成薄得透明的面皮，切成抄手皮。

将精盐、胡椒粉、味精均匀放在碗里。每碗加适量用猪排骨、猪肘子、猪蹄、猪肚等煮的汤。

分别取抄手皮，将馅置面皮正中，对叠呈三角形，再左右两角向中折叠黏合似菱角形即成抄手坯。

用旺火把水烧开，下入抄手，生抄手入锅后，立即用手勺轻轻推动，待水沸腾后，再加少量的冷水，煮至抄手皱纹起来后，就成熟了。

早年间，我多次请四川饭店的郑绍武大师为学生讲授川菜实操课，曾就龙抄手的技术关键请教于他，郑大师言：龙抄手的关键在于制馅，高手调制的馅心鲜润、质嫩、味美，其诀窍在于打馅，猪肉成蓉后，需先加盐，这样再加水搅拌时猪肉的吃水能力就增强了，这是肉嫩滋润的关键，当肉吸足水分后再进行调味，这样制得的抄手煮熟后味道和口感自然与众不同。

贪恋汉堡云吞面

我清晰地记得在德国汉堡吃的那碗云吞面，在异国他乡就更觉芳香味浓且别有一番滋味在心头。

1994年，我在德国不来梅的中国皇宫烤鸭店工作，那时我们所需要的烤鸭原料均出自离汉堡不远的温森镇（Winsen）的一个养鸭农场。农场规模不是很大，但绿草茵茵，成群的白鸭徜徉其间，也是一道欧洲田园风景。那白白胖胖憨态可掬的鸭子就是北京鸭，据场主说，从20世纪初期起这些鸭子就已经“移民”到德意志大地。每周我们都要到这家农场去开生鸭子以供一周经营所需，而在这时场主就会临时雇两个越南人负责宰杀、褪毛。当时的德国有个规定，不经宰杀的鸭子是不允许进入城市市场的。我们必须改变烤鸭加工流程，开生去内脏时先不给鸭子打气，待回店后再由一个人捂着刀口，一个人负责充气，去完成鸭坯打气工序。

每次，我们在开生去内脏时就会有德国卫生部门的一个大妈级人物负责验收。这位德国大妈肥硕强壮，身着白大褂且非常勤恳敬业，我们加工好的每一只鸭子，她都会不落空地一手掰着肋下刀口，另一只手伸进鸭肛门仔细检查。偶尔一只鸭子猛地飞落到我们的脚下，那就是她从鸭子膛内发现了一块遗落的肺或肝，就把鸭子给我们扔了过来。德国大妈会在合格鸭子的脖子上夹一个有编号的金属牌，鸭子身上有了这个通行证，就可以名正言顺地进城了。由于加工的数量大，我们在天蒙蒙亮时就睡眼蒙眬地从不来梅出发，经高速公路到温森。每次干完活都将近中午，我们就在温森镇吃午餐，大多是风味浓郁的西式快餐，诸如土豆泥、土豆饼、土豆球配上鸡块沙拉酱之类。吃过几次觉得胃里很不舒服，想吃碗中餐面的欲望越来越强烈。

终于来了一次机会。那天开完鸭子后到汉堡办事，我们在汉堡阿尔斯特湖边不远处找到了一家粤式风味中餐馆，毫不犹豫地走了进去。本想点碗伊府面，见有云吞面，又联想到心仪的馄饨，于是每人来了碗云吞面，捎带点了卤水大拼盘，里面有酱香浓郁的猪耳朵、猪肚子、猪蹄子、猪舌头等。这顿饭吃得太精彩了。长时间远在异国他乡，在辛苦劳累之后，尝到阔别的美味，怎能不让人兴奋？加上那碗云吞面确实做得汤精味纯，面条韧滑，肉嫩味美，就更令人回味、记忆深刻。

云吞，又称馄饨，四川称之为抄手，山东又叫馉饳。云吞面是一道著名的广东风味小吃，也是港台及东南亚地区颇受大家喜爱的一道美食。探其源头，馄饨早在唐宋年间就已传入广东，据宋代高怿《群居解颐》一书载：“岭南地暖……其俗，入冬好食馄饨，往往稍暄，食须用扇。”当时称之为馄饨，以近音称之为云吞是后来的事。

云吞面起源于广东，广东的云吞面无论是在城市还是在乡下，均被人们喜爱，历久不衰。据说在1964年，广州一地的云吞面档，光是固定的就有一百余商户，而走街串巷的肩挑小贩则更多。当时，同行业间为了加强联系和互相制约，曾经成立了一个云吞同业工会，而且会员甚众。为了争取生意红火，各店也别出心裁，想方设法提高质量，于是云吞制作越来越精致，用料也越来越讲究，以至不少云吞面档因此赢得了盛誉。

广东的云吞面制作起来自然有其独特之处。面采用的是全蛋银丝细面，云吞的原料均以猪后腿肉加鲜虾肉为馅，有的又称之为鲜虾云吞。选用猪后腿中肥三瘦七的部位，切成“石榴仁”状，加调味品腌制，再加虾、蛋黄拌匀。这种云吞吃起来甘香爽口，再与虾子汤混为一体，香味更加浓厚。广东的云吞面到了各地后，都有了适应当地的一些变化。当然，这样一道覆盖面极广的特色食品，自然也会出现在京都美食荟萃的庙会上。

在庙会的食品摊上，有的称之为云吞面，也有的加上了地区的名称，如广式云吞面、港式云吞面等，但无论是哪一种云吞面，除了配料和调料有细微的区别外，其形式都由面条和云吞（馄饨）组合而成。

流行于港台地区的云吞面的主要原料有熟阳春面、小白菜、肉末、虾仁、榨菜末、葱末、红葱头末和高汤等。

制作方法是：先把小白菜洗净切段，虾仁剁成蓉泥后放在肉末中，加葱末、盐、糖、胡椒粉、味精、香油和鸡蛋搅拌均匀，做成馄饨馅。再用馄饨皮包成馄饨。炒勺注入猪油，烧热后，下入红葱头末炒香，再下入高汤、盐、糖、胡椒粉、味精，煮开后，下入馄饨及小白菜，煮熟即为馄沌汤。把熟面条置于碗中，上撒榨菜末、葱末，浇上馄饨汤、醋，淋少许香油即成。

在东南亚地区，较著名的是新加坡的叉烧云吞面，主要原料有面条、云吞皮、猪肉、虾肉、叉烧肉、马蹄、江鱼仔、大地鱼、猪骨。配料有青菜心、冬菇。

制作方法是：先将猪肉、虾肉制成蓉，冬菇、马蹄切成细末。将上述原料放在一起加生抽、精盐、白糖、湿淀粉、鸡蛋拌成馅。再用云吞皮包成云吞。把江鱼仔炒香，大地鱼用油炸香，然后与白胡椒粒一起用布包起来，放入清水中，再加猪骨烧沸，然后用微火煮，加入鸡精、精盐、味精、冰糖，溶后即成云吞汤。叉烧肉切片，生葱切细粒，菜心洗净，用开水焯过。锅中加清水烧开，将面条煮熟，然后盛入碗里，将云吞放入开水里煮熟，盛在面上，加入叉烧肉片、菜心。云吞汤烧开，去掉布包猪骨，撒上生葱细粒，淋点香油，浇在云吞面上即成。

据面点技师们讲，由于云吞面原料组合偏多，制作时一定要掌握好节奏，面条和云吞用两个容器同步煮熟，面条一定要在煮制时捞出，用清水漂一下，再放水里烫透，这样制作的云吞面菜汤清而不浑，鲜味尽显。

云吞面是面条与云吞的结合之物，因此，要求制作工艺精益求精。当然，在庙会上出现的云吞面，由于条件及环境的制约，不可能精细到什么程度。特别是在云吞汤的处理上，更不可能使用成本过高的原料，就是连最基本的高汤也难以具备，但在口味上，也能让人领略这一南国风味面爽汤鲜的一丝风采。

豪放陕西油泼面

多年前，好友老中医王先生曾经将他师爷震阳子解读的一本《道德经注解》送我，当时，王先生与我相约一定要利用几天时间携手到陕西一游，并说有师兄在终南山修行。2016年中秋时节，这个愿望终于实现了。我们来到终南山，居住在终南草堂，先后探访了朝阳洞和狮子茅蓬，特别是从狮子茅蓬下来那天，已是下午2点多钟。终南草堂过午不食，于是饥肠辘辘的我们没有回草堂，而是包车来到引镇，在司机的引荐下来到一家颇受当地人喜爱的油泼面馆。

这家面馆太有特色了，一个人的面量却用像盆一样的大瓷碗盛装。面条宽粗，五颜六色，吃起来筋道滑润。或许因为我们的口渴和饥饿，那面简直香美极了，那醇厚的口味、扑鼻的辣香，吃得我们大汗淋漓。由于兴致正浓，我全然不顾旁边老中医的警告，两瓶冰镇啤酒下肚了，在他们眼里，热面配冷酒就是破坏养生之道。不过那天一是因为漫长的登山之路崎岖难行，陡峭险峻，确实走得辛苦，且非常口渴；二是那面确实给力。我们当晚面对中秋满月越聊越尽情，山风习习，草堂悠悠，肚里始终觉得很充实，油泼面的美味在记忆中久久不散。

油泼面是西安一道颇具名气的面食，又叫油泼箸头面、香棍面，至今已有200多年的历史。

油泼面最早出现在清代，经营的面店在西大街桥梓口，在当时，这道面食深为满族喜爱。由于油泼面的面条均匀，细圆如箸，所以人们就改称箸头面。在今天的北京，出售油泼面的店铺虽然很少，但经营这道风味小吃的摊点儿却很多，如庙会、小吃夜市、小吃城等等，且颇受那些爱食辣面人的喜爱。

正宗的油泼面体现着浓郁的西北风格，其特征应该是韧而软，光而筋，滑而爽，下到锅里不烂不粘，吃到嘴里口感光滑而筋道，味道特别鲜美。

制作油泼面分为和面、抻面、煮熟和油泼几道工序。

用盐水和面，制作面团。抻面时取面剂8个，先搓成长约26厘米的条，再拉至50厘米左右，摆放整齐，左右手各执面条的一端，轻轻提起，两臂略伸，用力一扯，随即在案上一弹，两臂张开一扯。然后用右手将面的两头捏住提起，左手食指、中指深入中间弯折处，略加弹动，两手分开徐徐向外抻扯。再用左手无名指、小指把面条中间挂住，将左手食指与中指挂的面交到右手，再左右向外抻扯。如此两三次，即成细如麦秆的“箸头面”。

锅中的水开后，将抻得的面投入，用旺火煮熟。先在碗内放入适量的精盐、熬制酱油（用酱油、大料、花椒，用旺火烧开约3分钟后，捞出花椒、大料即成）、熬制醋（用醋、大料、花椒，用旺火烧开约3分钟后，捞出花椒、大料即成），再捞入面条。将青菜少许放在面上，加上辣椒面，用九成的菜籽油（25克）泼在辣椒面上即成，吃时用筷子搅匀。

全聚德面点技师王大厨曾对我讲，制作油泼面并不复杂，但制作面团和扯面却要功力，不是简单易学的。面团如果用5斤面粉，那么就要用1两盐配2斤温水调制而成。然后和面，把面粉倒入盆里，陆续加入盐水，先搓成面絮，再揉成面团，最后蘸水调软。反复揉搓10分钟后，再揪成150克一个的面剂，搓成条，抹上油，摆放整齐，盖上湿布醒足后再去扯面。

油泼面充分体现着西北地方性的特征，陕西属于大陆性气候，粮食作物以小麦为主，杂粮、大米次之，所以在小吃中尤以面粉为原料的居多，油泼面就是其中之一，不仅是原料上体现出地方特征，而且在制作方法上也体现着西北人那率直豪放的风格。虽然今天人们在各市面上见到的油泼面无法与当地的相比，然而，大多的地域性很强的食品在进入一个新的环境后，不都做了一些适应当地市场的变化吗？自然，风格显著且地方性很强的油泼面更不会例外。

湖北探听热干面

提起湖北的美味佳肴，人人马上想到的都会是热干面。这道脍炙人口的小吃与河南烩面、山西刀削面、四川担担面同称为中国四大名面。对于武汉人来讲，热干面是早餐的首选小吃。热干面既不同于凉面，又不同于汤面，面条须经煮后过冷和过油程序，再加上芝麻酱、香油、香醋、辣椒油、五香酱菜等配料，口味丰富。吃时面条纤细爽滑又筋道，酱汁香浓味美。武汉热干面可谓享誉全国乃至世界，无论是来武汉参会还是旅游，人们都要设法品尝一下热干面。

据说武汉热干面起源于20世纪30年代初期，当时在汉口长堤街有个名叫李包的食贩，常在关帝庙一带靠卖凉粉和汤面为生。有一天，夏日以火炉著称的武汉特别炎热，李包的面条剩了不少，他担心面条发馊变质，就把剩面条煮熟控干，晾在案板上。又知道麻油不易变质还可以保持面条的滋润，李包就把面条用麻油拌匀重新晾放。第二天早上，李包将拌油的熟面条在沸水里稍烫一下，捞起控干放入碗中，然后加上卖凉粉用的调料，没想到热气腾腾烘托着香气四溢。人们争相购买，吃得津津有味。

有人好奇地问他卖的是什么面，他便脱口而出“热干面”，于是，这个武汉人民最爱的小吃就这样横空出世了。

热干面的主要原料有面粉、叉烧肉、虾米、大头菜、芝麻酱、麻油、香油、白醋、酱油、辣椒粉、纯碱、葱花。具体做法是：把芝麻酱用香油调匀，把辣椒粉放入盆内，倒入加热的麻油制成辣椒油。为了防止把辣椒炸煳，应先将辣椒糊用麻油调成湿糊状，然后浇入热油；把大头菜、叉烧肉、虾米均切成小米粒丁；把碱面放入清水中，用碱水和面，揉匀上劲，直至面团光滑；用醒好的面制成面条；把面条下入开水中煮至八成熟捞出控水，放在案板上，边用电扇吹边淋香油，使面条裹匀之后凉凉。把面条放入漏勺中，下入旺火沸水中烫面条至滚热，控干水放入碗中，撒上虾米、叉烧肉、大头菜丁，浇上芝麻酱、麻油、辣椒油，撒上葱花，一碗热干面就成了。

2004年，由中国烹饪协会组织，我前往湖北武汉参加高等教育自学考试餐饮管理专业和中国餐饮业职业经理人授课资格培训，经考核取得了《餐饮企业信息管理》《现代厨房管理》助教资格证书。那时，每天早晨我可没少吃可口的热干面。结业后，中国烹饪协会组委会安排的晚宴在当时著名的楚天卢酒家，卢永良大师亲自接待了我们这些烹饪界同人。

在那个时候，我认识了卢大师等一大批武汉烹饪界同人，当然，武昌鱼及热干面的做法是我探寻最多的。其实，要想把热干面做得正宗且滋味醇厚，还有许多的关键要点。为了使面条吃起来爽滑筋道，要用冷水和面，且一定要揉至上劲方可制面；煮面时一定要做到水要多、火要旺、锅大开，每次下锅时面条的数量要少，否则面条就不会达到筋实利落的效果；面捞出后迅速用电扇吹凉，最好边吹边拌匀香油。

热干面的调味并不教条，喜欢辣的可以多加入辣椒红油，有的摊儿上还有咸菜、萝卜干、酸豆角等供食客选用，加香菜也可以。在武汉，有些早餐店会在热干面烫面锅旁边放一罐排骨藕汤或者鸡汤，有的人不喜欢太干，就可以浇点儿汤汁调味。

烧羊肉面皇都香

北京人喜吃羊肉，特别是在秋冬时节，一是气候对人食欲产生的影响，二是立春之后春草未生，羊多瘦而有膻味。到立夏后，草木旺盛，育种季节已过，羊肉的味道逐渐转好。从立秋开始，羊肉旺季到来，羊头肉、酱羊肉、烤羊肉、涮羊肉陆续上市，而烧羊肉最早，立夏上市，秋后反而落市了。

烧羊肉面是北京的一道传统食品，不仅滋味浓厚，口味鲜美，而且时令性很强，久居京城的老北京人都喜爱吃这一口。

据传说，烧羊肉面始于清朝乾隆年间。一次，乾隆出宫微服私访的途中，偶闻一股浓香扑鼻而至，于是循味探源，发现了烧羊肉。乾隆被香味诱惑，品尝了烧羊肉后，欣喜万分。他决定将这道美食引进御膳房。的确，每当羊肉馆揭开烧羊肉的锅盖时，缕缕清香溢出，远近都能闻到它的香味。《故都食物百咏》有诗："烧羊肉味美尤鲜，都道全无半点膻。不是都人偏嗜此，清真妙制万方传。"并说："烧羊肉为故都清真教人最佳制品，不仅羊肉好，而制法也特别精妙，他处虽有烧羊肉之名，而味道则远逊矣。"

老北京最早以制作烧羊肉出名的店家，要属东城的“白魁”。白魁是回族人，清乾隆四十五年（1780）在东四牌楼隆福寺开设东长顺清真饭馆，由于是出售烧羊肉出名，后几经易主，始终保留着白魁烧羊肉的技术，所以店号一直叫“白魁”。这家店的烧羊肉之所以出名，一是配料考究，烧肉用的茴香、豆蔻等香料有二十多种，采用老汤，所以羊肉味道醇厚；二是自己养羊，饲料也有一定特点，由于全部采用阉公羊，羊肉肥嫩，且不受季节影响，每到二月就上市了。

制作烧羊肉的第一步是先制汤，将铁锅加入水后烧热，加甜面酱、黄酱和精盐搅匀，烧到将开时，撇去浮沫，熬20分钟即成酱汤，用细布袋滤入盆中待用。接下来是紧肉，把羊肉洗净，用清水泡30至40分钟，控净水后切成33厘米见方的块儿。锅中放入酱汤，加入葱段、姜块、冰糖和香料（由大料、花椒、小茴香、甘草组成），旺火烧开后逐块放入羊肉，煮15分钟，将肉翻过来再煮5分钟，待肉块发硬时即可捞出。在紧肉的汤锅内，先放碎骨头垫底，再撒入一半药料（由桂皮、肉果、丁香、砂仁、肉桂、陈皮、白芷、山柰、豆蔻组成）。将老肉放在下面，嫩肉放在上面，一块块地码好。然后，撒上余下的一半药料，用竹板盖在肉上，板上再放一盆水将肉压紧。用旺火烧开锅后，将余下的酱汤分数次续入锅内，煮30分钟，检查汤味是否合适。然后，继续用旺火煮30分钟，随即改用微火。用微火约煨3小时后，倒入口蘑汤，烧开后起锅，羊肉出锅后晾干表面水分。最后一步是炸肉，将锅放在火上，倒入足量的油，烧到刚要冒烟时逐块放入羊肉，两面都要炸透。初炸时肉块四周起白泡，约炸10分钟，到肉块全部起白泡时即为炸透，随炸随吃。

早年间，卖烧羊肉的同时奉送肉汤，肉汤鲜香适口。买适量的烧羊肉，用汤浇面，上面放些许的烧羊肉，即为鲜美实惠的烧羊肉面，这种面食最受老北京普通百姓的喜爱。丰泽园的王大师曾向我描述，早年间京城的胡同里，在盛夏的下午，也会听到羊肉热面的叫卖声，但那面条是绿豆粉压的杂面，虽有豆腥味，却价格低廉，要多少羊肉由买主定，切好后放在杂面上，当然，为了省钱，不要羊肉只浇羊肉汤也可以。而作料除了醋、辣油之外，还有一种特殊的酸菜，切碎放在面上，以解羊肉之腻。

如今，有的商家经营的烧羊肉面，无论是配料还是口味都难以与旧时的相比。我曾饶有兴趣地前去某颇有名气的饭庄品尝，面条端上来后，一看其外形就不能激起人的食欲，暗淡的汤汁上放着几块干干的烧羊肉，旁边是些黄瓜丝。再一品尝，汤和肉都没有羊肉鲜香味美的味道。如果烧羊肉面都是这种味道，即使是再悠久的传统美食，长期下去，也同样会失去市场而被人们冷落，旧时的美味就权作美好的回忆罢了。

门钉肉饼瑞气祥

我在全聚德西翠路店任经理期间，面食品种中曾有一款根据门钉肉饼创意而来的名点曰“鸭丁肉饼”，多年来，深得食客们的喜爱。鸭丁肉饼的主要原料由牛肉改为鸭肉，制作方法基本一样，但是组合却更加丰富了，两个肉饼，一碗小米粥，配上北京辣菜，既显精致，也接地气，这套组合也是一个时期内宴会上点击率最好的面食之一。

门钉肉饼是北京小吃中一道传统的馅食点心，由于口味鲜美、形状独特，历来为人们所喜爱。

在北京小吃中，包好馅后再进行烙制的小吃有很多，且形态也多姿多彩，诸如馅饼、肉饼、褡裢火烧，等等，而门钉肉饼就是其中一款以形奇、味美而取胜的小吃。

门钉肉饼还有一段起源传说，据说这美味是源于清宫御膳房。一次，御厨为慈禧制作了一道馅食点心，用现在的话说，慈禧是一个典型的吃货，她吃过之后觉得这道馅食点心非常美味适口，于是兴趣颇浓地询问御厨这道小吃的名称。当时，御厨也并没有取出名，匆忙中想到了这道小吃形状酷似宫廷大门上的钉帽，就随口回答“门钉肉饼”，并告之象征永远吉祥之意。慈禧听后大喜。从此，门钉肉饼这道美食就流传了下来。

门钉肉饼的主要原料是肥瘦相间的牛上脑肉，剁成馅后，加洋葱、鲜姜末、盐、香油、花椒粉搅成馅，再用精白面粉和成松软的面团，擀成皮后包成宫廷门上门钉大小的饼，直径大约4厘米，厚约2厘米，放在铛中间烙熟。成熟的门钉肉饼皮薄馅足、外焦里嫩，咬一口鲜汤四溢，风味独具。

早年间，门钉肉饼作为大众喜食的小吃，庙会上经营的摊位也多，且购买品食者众多。现今，一方面，经营者制作门钉肉饼的技术无法与旧时相比，了解制作技术精髓的为数寥寥；另一方面，人们吃惯了大鱼大肉，以肉类为主要原料烙制的小吃不仅种类多，而且花样也不少，再加上丰富多彩的洋快餐，又吸引了一大批食客，因此，像门钉肉饼这类传统小吃并不特别引起人们的注意，不仅庙会上经营的摊位在逐年减少，而且经营的店铺也不太好找了。

其实，这并不是广大食客不热爱这道传统美食，关键要看商家的创新意识。很多传统的名品小吃，在经过特殊的处理后，都可转变成适应市场的风味快餐名品，门钉肉饼完全可以成为一道具有典型中国特色的快餐小吃，而且也更能适应中国人的口味，这一点丝毫也不逊色于汉堡包、热狗一类的洋快餐。试想一想，如果有这样一家具有中国特色的快餐店，里面经营的都是褡裢火烧、锅贴、肉饼和门钉肉饼这类的小吃快餐，再配以泡菜、酱菜，另外，再经营诸如八宝莲子粥、桂花紫米粥、杏仁茶等一类的稀食品，我相信，这些食品更能适应中国胃，如果经营得当，这样的快餐店的上客率不会逊色于一些洋快餐店。

我曾在一家专营门钉肉饼的小吃店就餐，那里的门钉肉饼不仅味道好，而且很干净，那时正是中午时分，店堂已坐满了客人。我看到，大多数的人都是要的门钉肉饼，且吃得津津有味，那家的凉拌鲜蔬小菜炝拌苤蓝丝也很清爽利口，荤的肉饼配上爽脆的小菜，简直精妙至极，难怪那家小店食客众多。

塞外狗肉冷面香

最早接触朝鲜冷面是在中南海红墙外西北角的府右街北口，那里有一家可以说是北京最老的朝鲜风味餐厅——延吉餐厅。上世纪80年代的延吉餐厅很是简陋，里面也没什么炒菜，除了大碗冷面之外，就是在玻璃柜台里摆放几样提前做好的冷菜，如火腿、拌腐竹、五香花生米之类和几样凑起来的拼盘，其中我最爱吃的就是辣牛肉。

辣牛肉最大的特点就是辣而有味，香而无油，鲜而不腻。每次到延吉餐厅，点冷面的同时，辣牛肉是必不可少的。一碗冷面上来，看着面上的配料有熟牛肉、麻仁、苹果片、朝鲜族泡菜、特制辣酱，食欲顿时大开，于是浇点白醋，便迫不及待地大口开吃，顿觉鲜香适口，酸、辣、甜、咸等五味中和，面条筋道滑爽，汤鲜宜人提神，别有一番风味。

延吉餐厅始建于1943年，起初是由几个朝鲜人和朝鲜族人创建，当时就有“关内冷面第一家”的说法。最初，延吉餐厅原址是紧邻西单路口的手帕胡同西口一间二十余平方米的小房内，因为单一经营冷面，因此叫新生冷面馆。1956年，公私合营后迁到石驸马大街，1963年迁到西四北大街。

延吉餐厅的冷面是以荞麦面、淀粉、面粉为主料，按照比例掺兑和面，挤成面条。之所以称为冷面，是因为面中须加入常年温度为10摄氏度的凉牛肉汤冲泡，特别是在夏季食上一碗，更是奇爽无比。在夏季经常看到周边的居民拿着铝锅前来打面。

上世纪七八十年代，延吉餐厅经常被点将出“外会”，遇到人民大会堂的重要国事、外事宴请，延吉餐厅的师傅们就被邀请前往，不辞辛苦地带着压面机、各种原材料、调味品现场制作。

80年代后期，我与太太相识以后，那家延吉餐厅也是常去的地方。后来，北京自“韩流”之后，雨后春笋般出现了许多朝鲜风味餐厅，由于女儿喜食韩餐，我去过多家，也尝了冷面，甚至到韩国旅游，也吃了本土的冷面，或是先入为主的原因，或是口味不适合我的原因，无论是口感还是汤味，都无法带来延吉冷面给我的愉悦，特别是汤汁，感觉很是平淡，远没有延吉冷面醇厚。于是，仍有时前往延吉餐厅，不仅仅是怀旧，而就是喜欢那个口味。

延吉冷面不单纯是口味醇厚，我曾品尝过一次汤味极为鲜美的狗肉汤延吉冷面，至今记忆犹新。那还是在1985年的盘锦市，当时，那里开了一家烤鸭店，单位派刚参加工作的我和一位在全聚德工作多年的烤鸭技师高师傅前往出劳务。开业伊始，买卖兴盛，生意红火，谁知刚热闹一个多月，东北就迎来了一场罕见的大水，辽河上游大水滚滚而来，全民开始抗洪。一天，正当我给鸭子开生进行打气工序时，突然断电了。见我手足无措，高师傅乐了，拿过一只鸭子，嘴对着鸭脖子的刀口用力吹几口气，鸭子膨胀起来了，打气工序完成了。见我目瞪口呆，老爷子告诉我，早年间的烤鸭店都是这么给鸭子打气的。那天晚上，我在盘锦比较有名的一家冷面馆请爱喝两口的老爷子喝酒，吃的就是辣狗肉、泡菜和延吉冷面等。酒店的幌子迎风摇曳，录音机里东北二人转的激情演唱在空间弥漫，高师傅给我讲了很多他过去当学徒的往事。酒也喝了不少，给我印象最深的就是延吉冷面中的狗肉汤，鲜美极了，为此我还特意又要了一碗狗肉汤。碗里的狗肉汤真的其貌不扬，颜色也很清淡，外观上就像刷锅水，但入口后丝毫没有杂味，鲜美异常，齿颊生香，令人久久难忘。酒足饭饱后回去的路上，任抗洪的军车从我们身边疾驰而过，身上溅了很多泥点也没感觉。

本世纪初期，在我家鼓楼附近开业了一家延吉冷面连锁店，我甚是兴奋，不但前往品尝，有时还特意前往那里买上一盘辣牛肉，并多买几勺特制的辣椒酱打包拿走。回家后，吃得津津有味、痛痛快快、汗水淋漓。

蜀味极品龙眼包

我吃过较为精品的龙眼包还是在1996年初，那是位于广渠门附近相当著名的一家川味酒楼。当年，葛贤萼大师从上海来京授课。后来，全聚德集团总经理姜俊贤先生（后任中国烹饪协会会长）主持的一场答谢宴会就在这家川味酒楼举行。川味酒楼的面点小吃可谓琳琅满目，其中的龙眼包子以其口味鲜香和外形精致受到了大师的好评。

葛贤萼大师制作的各种面点，我亲眼目睹和品尝过的，就包子一项就有多个品种，其鲜美精致程度可谓炉火纯青，由此可见这家酒楼的龙眼包子也称得上包子中的极品了。可是随着发展，这家川味浓郁的酒楼也成为过眼烟云。

龙眼包是成都一道较为著名的小吃，不仅出现在京都的庙会上，在各食品街、小吃城也有经营，甚至作为一道风味独具的主食精品出现在京城著名川味酒楼的宴会之上。

龙眼包属于面食包子的一种，但之所以冠名“龙眼包”，是因为在成熟的包子上面，鼓鼓地冒出粉红色的馅心，酷似龙眼。

据说龙眼包问世于抗战时期，创制者是一个名叫廖永通的四川人。他曾在成都的半边桥附近摆摊卖蟹黄包子。当时，经营包子的店铺和摊子很多，他的生意也是勉强支撑。面对光顾者寥寥的状况，廖永通开始动起了脑筋，萌发了开拓创新意识。他对川味包子、江浙汤包、海式包子都细心体察，并揣摩顾客心理，最后，他选取小笼包子之形和制作工艺，取川味包子味之所长，吸纳海式包子的制皮经验，综其所长，终于在包子的制作上取得了飞跃性进展。

当时，成都人对汤包的了解尚处朦胧阶段，感到很稀奇。其实汤包的制作并不复杂。清嘉庆年间，扬州人林兰痴《邗江三百吟》就有记载："春秋冬日，肉汤易凝。以凝者灌于罗磨细面之内，以为包子，蒸熟则汤融而不泄。扬州茶肆，多以此擅长。"作者还赋诗一首："到口难吞味易尝，团团一个最包藏。外强不必中干鄙，执热须防手探汤。"廖永通经过长期的观察询问，掌握了灌汤包子的制作方法。他从成都第一家机制面粉厂买来雪白的面粉，仿效海式包子加白糖、猪油的制皮方法，将面皮揉得若绸缎一般细软。馅料选用前后猪腿，去净筋络，剁成肉末，再加调味品和浓稠的鸡汤调制。为使馅心细嫩化渣，他还借鉴了川味圆子的制作方法。这一改革，首先在形状上就略胜一般包子一筹，加之皮薄馅鲜，吃起来嫩香可口，从此，半边桥的龙眼包子渐渐出了名，生意也越来越兴隆。

龙眼包的具体制法是：先将发酵面、熟猪油、白糖用水搅匀，加入面粉揉均匀，盖上湿布，让其发酵，再加小苏打反复揉制均匀。把猪肉剁成蓉，荸荠剁成细粒，在肉蓉中加入冷鸡汁后反复搅拌，待肉蓉与鸡汁融合后，加入酱油、姜汁、精盐、味精、胡椒粉、料酒、芝麻油以及荸荠粒，搅匀成馅。将面团搓条，做剂子，然后包包子。最后，将包子装于笼中放火上蒸大约十分钟即成。

龙眼包子自发明以来，几十年过去了，始终兴盛不衰，曾经多次被评为成都名小吃。当然，龙眼包子的质量也在不断发展和提高，比如馅心的品种越来越多，不仅有传统的，还有创新的虾仁小包等十余个品种，这些小包以制工精细、口味鲜美的显著风格受到了食客们的普遍赞誉。

牛肉拉面却病记

2015年初，我和太太来到梦想已久的西藏。刚到雪域，太太就开始了高原反应，一到晚上就更为严重，甚至经常是睁着眼睛坐在床头等到天明。从拉萨到雅鲁藏布江，她直到最后返回拉萨几乎也没有正经吃什么东西。最后一天，当太太在布达拉宫脚下的宗角禄康公园湖边为我拍完太极拳定势照后，虚弱得已经到了有气无力的状态。出公园门口步行不久，终于见到一家正宗的兰州牛肉面馆，我们毫不犹豫地走了进去。说句实话，高原的牛肉面并不筋道，不足一百度的开水煮出的面条给人一种似乎还有些粘牙的感觉。但是，那一碗牛肉面的热汤却让太太脸色泛起红晕，也来了精神。她把面条吃完，汤干碗净后，一抹嘴对我说："回北京咱们一定先来碗热汤牛肉拉面，再来顿包饺子。"

到过甘肃兰州的人，大概都品尝过那里的清汤牛肉面，它以价廉物美、汤清味鲜、面条滑爽的显著风格而深受喜爱。兰州牛肉拉面又称清汤牛肉面、清真牛肉面，始创于清光绪年间，创始人是一位名叫马保子的回族老人，以后世代相传，质量也在不断提高。兰州的大街小巷经营牛肉拉面的店铺很多，且食客众多，生意十分兴隆。改革开放以后，牛肉拉面逐渐扩展到西北各地，并逐渐走向全国，渐渐成为大、中城市中影响较大的面条品种。

在兰州地区，制作牛肉拉面有许多独到之处，首先，不用盐、碱，而是用蓬灰水。蓬灰水是将一种名叫蓬蒿的植物烧制成灰，再兑水泡成。此水呈弱碱性，掺入面粉后能使面团柔软而富弹性，易于拉抻成条而不致断裂。其次，是在面团中掺入少量清油，能起滋润和筋韧的作用。此面和抻面、扯面一样，可拉成大宽、二细、韭叶、荞麦棱、一窝丝等不同形状。

北京的餐馆在制作拉面时，加入的是碱和盐。将面粉和少许食盐一并放入盆内，一手倒水一手和面（水温要掌握冬暖夏凉秋温），打成穗子，使面粉与水全部掺和后揉成光团，再用双手蘸水将面揣匀，揣到盆净面光不粘手为止，用净布盖上醒约半小时。

将25克的碱面用100克的水化开。面醒好后，取一半的面团用双手蘸抹碱水搓成长条，双手各握面的一端慢慢溜条，上下晃动溜长，两手合拢旋成麻花形，这样反复溜六七次。放在案板上撒上干面粉，滚匀后手提两端，离案甩成长条，再放在案板上。去掉两头对折，此时，一头捏住两个端头，另一手的四指套在面的另一端，悬空拿起，两手同时用力匀速抻拉，然后折叠起来再拉，如此反复拉六扣，将面拉成香烛状的条，成64根即可下锅。下锅时右手执两端面头，将面均匀地撒在锅里，随后将左手搭在面头端，右手揪断面团。当然如果不断地对折，抻出的面条会更细。

牛肉和牛肉汤制作的好与坏，关系到牛肉拉面的质量。牛肉必须选用新鲜的，制作前清洗并泡去血水，下入大锅内烧开，再用温火炖透。然后捞出牛肉凉凉后切成小块待用。牛肉汤要撇去浮沫，以保持清亮，汤味醇厚。

食用时将下好的面条捞入碗中，浇上牛肉鲜汤，放上香菜、蒜苗、油泼辣子等小料。并备上优质酱油、香醋，牛肉拉面最显著的特色是汤清、面白、菜绿、辣油红，鲜香可口，诱人食欲。

2017年初秋，我们一家来了一趟大西北自驾游。从银川到中卫，从武威到张掖，从嘉峪关到敦煌，从茶卡盐湖到青海湖，结果在青海湖淋了雨，女儿当晚发起了低烧。第二天，女儿无精打采地游览完塔尔寺，我们便驱车前往兰州。在兰州中山桥附近黄河边的一家牛肉面馆店，女儿见到本土的兰州牛肉拉面，精神头来了，一勺红色的辣椒油放进碗里，热热乎乎一碗面下了肚，脑门出了汗，头顶冒着热气，结果烧也退了。想不到牛肉拉面还有这么大的功力。

由于受到大众的喜爱，北京也有许多专营兰州牛肉拉面的店，同样，生意很是红火。曾经一段时期我到香山地区开会的次数很多，其间，大多吃的是自助餐，其中一家会议中心自助餐中提供的牛肉拉面很合我的胃口，做得有滋有味。我经常是离开花样颇多的自助餐，来上两小碗牛肉拉面，清鲜的汤里来撮翠绿的香菜小段，舀上一小勺泡着芝麻的红油，吃得胃里暖暖和和、舒舒服服。

京东香河有奇饼

香河肉饼是京东香河县的一道名食，所以又称京东肉饼。由于香河地处京东三十公里处，在风味的归属上应属京津风味。香河肉饼不仅是在京城庙会上出现的小吃，也以地方风味的角色进入各个城市的餐饮市场，各家餐饮店甚至还纷纷打出“肉饼大王”的招牌以招揽顾客。在20世纪末期，北京经营香河肉饼的店家更是风起云涌，且喜吃的食客也为数众多。

香河肉饼曾是清朝历代王公贵族喜爱的食品，但据传说，最早将其带入宫中的是乾隆皇帝。香河是历代王公贵族出外春游、狩猎的必经之处。当年乾隆骑马出宫打猎，突然发现一头麋鹿出现在前方，乾隆大喜，策马紧追不舍，当追至香河时，将麋鹿猎中。当时已是午时，乾隆感觉饥肠辘辘，恰在这时一缕肉香徐徐飘来，他循味来到一家饭馆。店老板把店中的特色食品“肉饼”端出，乾隆迫不及待，抓起肉饼就往嘴里送，吃得心花怒放、满口生香。于是将其带入宫中。在宫中也同样深受喜爱，就是到了晚清，以吃货著称的慈禧太后还经常食用香河肉饼。

香河肉饼最大的特点是皮薄馅厚，之所以深受人们的喜爱，一个重要的原因就是配料独特、工艺严谨。窍门之一是面团调制要软一些，食用时才口感软糯。和面的水必须使用温水，这样既有了冷水面团的延伸性，又有热水面团的细腻。调制的馅料不能太软，否则无法烙制。尽量往馅中少打水，牛、羊肉少打水，猪、鸡肉尽量不打水，加入的蔬菜不挤水，既增加了馅中的水分，又可以使肉吃起来不腻，口感不硬。

香河肉饼制作的第一步是成形。调制温水面团，揉好之后进行醒面。把猪肉剁成肉泥后，加盐、酱油搅匀，之后加入蔬菜末、葱姜末拌匀，最后放入香油、味精。把面放在案板上，揉成圆形，下面铺少许薄面，擀成圆片，中间略厚，放上馅，用手托起包制。由于绵软，包起来难度较大，此时需格外小心，要包严，不漏馅。最后擀成圆形，厚度以1cm为宜。

第二步是熟制。饼铛上火，窍门是必须烧热后再刷油，用擀面杖把饼坯挑入铛中。须转动，以防饼粘上饼铛。待一面金黄色时翻饼，这时一定要小心谨慎，不要弄破饼皮。待另一面也呈金黄色即成。

香河肉饼以其皮薄馅厚、皮软馅香的显著特色深为广大食客喜爱，即使是今日，一些主营肉饼的餐馆也是顾客盈门、生意红火。那些食客点上几个适口的小凉菜，一边饮着啤酒，一边吃着香而不腻的香河肉饼，再喝上一碗粥，喝得红光满面，吃得心满意足。

香河肉饼也是京城百姓餐桌上经常出现的美食，我的一个忘年交就善做这种面食。金沟河边是我经常练武功的地方，2013年，在这里结识了一位纪姓老人，他身强体健，声音洪亮。爽朗热情的老爷子已八十多岁高龄，曾经作为志愿军战士上过朝鲜战场。我练功时，老人站在边上静静地观看，从不打搅，而我中途小憩时，便和我敞开聊天。他告诉我他每天都坚持遛弯儿，用身子撞树三百下，每天少吃多餐五顿饭，其中香河肉饼就是爱吃的品种。纪老不止一次地告诉我，他的家乡是安徽凤阳，与明朝开国皇帝朱元璋同乡。纪老1951年底入伍，当时他是家乡的民兵队长。那时面对抗美援朝这件大事，村里的年轻人都积极地要求入伍，他说自己作为民兵队长更要带这个头。谁知那时入伍体检很严，居然因为一只眼有点色盲而不让他入伍。他急了，冲医生叫嚷："你不让我打美国鬼子，你是什么思想？我就是要抗美援朝！"后来，在他的执着坚持下，部队终于接收了他。抗美援朝初期，纪老并没有入朝，五大战役结束后，他才到了朝鲜。

有时，老人会给我讲一些那时的故事，比如，如何攻打山头，炮火怎样攻击、怎样延伸，而"联合国军"只管自己的山头，从不相互支援，不像志愿军那样相互配合、相互支援。他告诉我，谈判进入相持阶段时，他们在山洞中，有时也吃饺子。炊事班送来面团和饺子馅，然后他们用干净的雨衣当案板，将几个面团摞在一起用力一压就是几个饺子皮。煮饺子时，为防止有烟被敌军发现，用的是无烟燃料，正好能将饺子煮熟，可惜的是没有醋，但也吃得很香。

纪老后来告诉我，复员后他转业到了小兴安岭农场，在那里吃过很多野生动物的肉，最大的遗憾就是吃过狼肉而没有吃过虎肉，甚至为工作原因错过品尝虎肉的机会而耿耿于怀。一次，护林的场友发现了被老虎吃了一半的马肉，于是坚信老虎还会回来继续吃剩下的那部分。场友们将一辆大车倒扣过来，藏在车下坚持蹲守了三天。辛苦没有白费，终于等来了老虎。而分享美味时，老纪却因出差在外不在旁边。看得出，虽然时隔几十年，但纪老在描述这件事时还在为那次错失美味而备感遗憾。后来，包括老虎在内的多种野生动物都受保护不能再食用了。或许是这种特殊的经历，老人喜欢吃肉，肉饼只是其中之一。知道我是餐饮人后，他就跟我津津乐道他制作肉饼的手艺，并说是跟他们炊事班长学的。老人曾拿过他亲手烙的肉饼让我品尝，果然皮薄肉厚，味道醇厚芳香，鲜美不同寻常。

纪老曾经在小兴安岭的一个林场掌管财权，从他手里经过的钱不计其数。他对我说，那时要有贪念之心，早就发财了。我说，幸亏您没有贪心，要不您就不会有今天这样安心的老年生活了！我喜欢这个爱吃肉饼的老人，年轻时干干净净，老年时坦坦荡荡、潇潇洒洒，或许这才是他健康长寿的秘诀。我曾经对他说：您照着一百岁努力，您肯定能到一百岁，您是我学习的榜样！

香炸馓子要美观

清真风味的馓子是一道著名小吃，这款可口的小吃是以面粉为主要原料，经炸制而成，它既是回族待客、送礼的传统食品，也是穆斯林举行宗教活动或欢度节日的美食。

宋朝著名文豪苏轼曾有诗《戏咏馓子赠邻妪》写道："纤手搓来玉色匀，碧油煎出嫩黄深。夜来春睡知轻重，压匾佳人缠臂金。"据史料记载，馓子历史悠久，最初起源于春秋时期，名曰"寒具""膏环""环饼"，徐珂《清稗类钞》记载："以糯米粉和面，牵索纽捻成环钏之形，油煎食之，谓之馓子。古曰寒具，亦曰环饼。"

馓子的主要原料是糯米粉或面粉，并分为盘馓和酥馓。在长期的发展过程中，回族吸收汉族的饮食精华，创制出一种符合本民族习俗的馓子。早在明代，北京的回民就开始吃油炸馓子了。据明李时珍《本草纲目》载："寒具，即今馓子也，以糯粉和面，入少盐，牵索纽捻成环钏之形，油煎食之。"

制作馓子的主要原料有面粉、盐、洋葱、花椒、植物油和鸡蛋等。制作时，先将盐、花椒粒和剁碎的洋葱放入水中煮，煮半小时后，捞出花椒粒和洋葱。打碎鸡蛋加入面粉中，加入植物油，再加花椒水和成面团，揉匀后饧一会儿再揉。充分揉匀饧透后再做成二两重的面剂，并抹上油之后再用。

将面剂中间捅一孔，再用手扩大成封闭的圆环，然后不断地搓，搓至直径约三毫米的细条时，将条儿一条挨一条地排成螺旋环状，即成馓子生坯。锅中下入油，油热后用两根小木棍的两头从里向外撑住馓坯，用手同时挑着，先将一头下油锅略炸，再将另一头略炸，待两头都略成形时，再将左右两头对折在一起，将折起的中部入油锅中略炸一下，使其基本成形，再抽出木棍，用两根木棍夹住成形的馓坯继续炸。炸至两面金黄色时捞出，摆成一块座塔形。全部炸完后，将炸好的馓坯一块挨一块呈螺旋形码上，下大上小，高约五十厘米时即可收口，就成为一大盘标准的盘馓。食用时从上往下取，一把一把取下食用。直接食用时口感酥脆，油香味浓，略有咸味。若用奶茶泡食，绵而不糊，很适合老人和儿童食用。

全聚德面点郑大师曾经向我谈过制馓子的关键：由于馓子较细，炸制时油温控制很是关键，一般在六成油温，千万不能过热，否则馓子起泡后爆裂就失去美观了，待到馓子金黄，起满小泡时，迅速捞出就可以了。

馓子这一美食在新疆的维吾尔族、哈萨克族、乌孜别克族、回族等穆斯林民族中非常普遍，在过去的节日中更是一种名贵小吃，尤其是在“肉孜节”“古尔邦节”来临之时，家家都有一盘黄澄澄的盘馓，并配以各种干鲜果品及油炸食品。现而今，这款可口的小吃早已成为穆斯林民族的日常食品，并成为一些大城市中普通老百姓喜闻乐见的美食。

延安情有臊子面

我曾吃过多家的臊子面，但给我印象最深的还要说是那次带女儿自驾到延安吃的那碗臊子面。我喜欢读关于党史的书籍，因为这段历史离当代很近，更主要的是中国共产党由弱到强直至最终取得胜利、建立新中国的路途是充满着集体智慧的过程。从长征到抗日战争，从解放战争到新中国的成立，无不体现着不屈不挠、勇往直前的精神，这就是延安精神。

女儿大学毕业刚参加工作，我就利用一个黄金周自驾带她来到革命圣地延安。那天，参观完延安革命纪念馆，女儿从网上搜到一家好评颇佳的特色陕西风味饭馆，我们点了臊子面等陕西风味小吃。在等待的时候，服务员给我们上了两碗热乎乎的面汤，我们喝得舒舒服服，胃口大开。等臊子面端上来，果然名不虚传，面条薄而富有光泽，汤汁鲜亮而醇厚，酸辣鲜香适口。女儿吃完后，兴奋地将一天的收获连同她身穿红军服装英姿飒爽的照片发了朋友圈，引来一片点赞。女儿统一回复："陕北风味名不虚传，延安精神永放光芒！"

臊子面是西北地区面条中具有代表性的品种，这种面用手工擀制，面条细长，料精味美，名噪三秦。臊子面以其“薄、筋、光、煎、稀、汪、酸、辣、香”的九字特点而久享盛誉。关中西府人每遇婚丧大事或逢年过节，都要用臊子面款待来宾。唐代刘禹锡有诗写道：“举箸食汤饼，祝辞添麒麟。”宋代苏东坡在《贺陈述古弟章生子》中也有“甚欲去为汤饼客，惟愁错写弄獐书”的诗句，诗中的“汤饼”就是今天的面条。

关于臊子面的由来，有这样一段传说。在很早以前，岐山的一家农户娶了一个媳妇，她不仅聪明贤惠，而且很能干。一天，她做了一顿面条，全家食后无不称赞。特别是年幼的小叔更是喜欢，经常哭闹着要吃嫂子擀的面条。后来，小叔当了地方官员，这年春节，邀请同僚到家里做客。当客人饱餐过其嫂子做的面条后，异口同声地夸赞鲜美无比。从此，“嫂子面”便出了名，天长日久，“嫂子面”变成了“臊子面”，一直延续至今。

臊子面，以岐山县城照壁背后面馆经营为代表，该馆开业于明嘉靖末年，历时四百余年，先后入馆从业者百余人，个个技术娴熟，多系本行名手。1900年庚子之役，慈禧太后携光绪驻跸西安期间，在品尝了照壁背后臊子面后，大加赞赏，赏赐“龙凤旗”一面。

制作臊子面可分为制臊子、制底菜漂菜、和面擀面、制酸汤、煮面调面五道工序。

先将带皮生猪肉切成2厘米见方的薄片。炒锅内放入菜籽油，热至七成后投入肉片煸炒，依次倒入酱油、五香粉、姜米、精盐、红醋、细辣椒面。每加一种调料，搅动一次，使之入味。加放完毕，煨约10分钟即成臊子。

把豆腐切成1厘米大的丁，黄花菜切成不足1厘米的段，木耳撕小。锅内放菜籽油，油热后加豆腐、黄花、木耳煸炒一下，作为“底菜”。把鸡蛋摊成鸡蛋皮，切成1厘米大的象眼块。韭菜、蒜黄、葱切成不足1厘米的段，作为“漂菜”。

用1∶35的比例对碱水，把面粉摊放案上，先倒入碱水将面粉搓成面絮，再徐徐加入剩下的水，调成面团，盖上湿布，饧一会儿，然后反复揉搓，最后擀成片，切成条。

铁锅加入清水烧开后，放入精盐、红糖、味精。汤开后，先加入辣椒油，其余在用汤调面过程中分次加入，即成酸汤。汤始终要保持小滚。锅内加水，用旺火煮开后，下入面条，滚开后，点凉水少许。捞入冷水盆里，划散。吃时用漏勺捞面在面锅中焯热，盛入碗中，先放上底菜，再放肉臊子，浇上酸汤，然后放上“漂菜”即成。

臊子面的成品面条应该是薄而光，汤稀汪而醇，味酸辣而香。在岐山，以能擀长面为女人的本领，娶媳妇的第二日上午，专门有一个擀面的隆重仪式。客人上席后，新媳妇亲自上案擀面，以显本事。所以，一般女儿长至七岁，娘便教其擀面的技艺，搭着凳子上案学擀面。

改革开放以后，臊子面为人们致富发挥了作用。宝鸡、西安和全省个个县集镇，甚至甘肃、青海、宁夏等地都开设有“岐山臊子面馆”，岐山臊子面已走向全国各地，当然，京都庙会上也少不了这一美味小吃。

燕京清韵墩饽饽

我还清晰地记得，早年间，每当春节父亲就骑着车带我过安定门城楼，穿过南锣鼓巷后再左拐到北河沿，一直南下经过南河沿，穿过正义路进胡同再拐几道弯儿，就到了四奶奶居住的北翔凤胡同。矮胖的四奶奶总是在这时候亲自动手剁羊肉制馅，然后包她最擅长的羊肉饺子招待我们，当煮好的饺子上桌时，她总是喜气洋洋地喊道:“吃新年饽饽啦！”那浓郁的京腔京韵是那么亲切悦耳。

虽都称之为饽饽，而墩饽饽则是北京一道传统的风味面食小吃，其颜色黄白，松软而富有弹性，吃起来甜润香美，不仅深为广大的儿童喜爱，而且更加适合老年人食用。

从名称上看，北京人对于饽饽的称谓感觉非常亲切，这是老北京人对于面食点心等食品的叫法。不仅馒头类食品被称作饽饽，就连卷烤鸭吃的荷叶饼在早年间也被称作片儿饽饽，即使是煮水饺，也以煮饽饽称之。在旧京的风俗中，婚庆当中一个重要的项目就是要吃“子孙饽饽”。新郎新娘第一次同桌吃饭，傧相会端上一碗没有煮熟的饺子给新娘吃，新娘吃一口，人们就问:

“生不生？”新娘如果回答“生”，就是大吉大利，意味着能够早生贵子。煮熟的饺子不叫“子孙饺子”或“子孙扁食”，而称为“子孙饽饽”，可见把水饺叫成“煮饽饽”是最为亲切且有些庄严的叫法。或许正是这一叫法很显尊贵，老北京的糕点店也被称作饽饽铺。

对于“饽饽”一词的叫法，明代杨慎在《升庵外集》中说：“饽锣北人呼为波波，南人讹为磨磨。”从读音看，饽饽在明代就已出现了。在清代，宫廷御膳房设有饽饽局，专门为皇家制作面食美点。而那时北京城的饽饽铺所出售的点心大多是满族风味糕点。墩饽饽则不属于糕点类，属于小吃类，旧京的庙会上自然少不了这一颇受人们欢迎的面食小吃。

制作墩饽饽，主要用料有面粉、老酵、白糖、糖桂花、碱面和花生油。

先将老酵、白糖、碱面一起放在盆内，加入凉水，如果是冬天则使用温水，搅成稀糊状。然后放入糖桂花搅拌，再倒入面粉和成面团，盖上湿布饧十分钟。

将面团放在案板上，均匀地分成块。先取一块，用手反复按揉，待面团光润时，搓成一寸五分的圆条，刷上花生油，揪成八钱多重的面剂。把每个面剂的断面朝上放好，用手摁成中间略薄、周围稍厚的圆饼，放在饼铛上用微火烙。将两面都烙成微黄色后，再放入烤炉中烤，直到圆饼暄起并呈白黄色即成。

在北京的风味面食小吃中，被称为饽饽的小吃种类繁多，除墩饽饽外，还有一道比较有名的饽饽小吃，叫硬面饽饽。硬面饽饽是一种夜间常供应的面食，经营者大多是走街串巷的手艺人，在夜深人静时，吆喝的声调非常引人注意。曾经有诗记道：“饽饽沿街运巧腔，余音嘹亮透灯窗。居然硬面传清夜，惊破鸳鸯梦一双。”这首诗形象地描绘了夜间出售硬面饽饽的情景，特别是对于那吆喝声，描写则更为具体。

肉夹馍上宴会桌

肉夹馍为古城西安的一道著名小吃。古都西安饮食文化历史悠久，博大精深，名优小吃更是琳琅满目，数不胜数，如浆水面、泡油糕、石子馍、粉蒸羊肉、甑糕、锅盔……丰富多彩的小吃历来深受人们的喜爱，而主副食相结合的腊汁肉夹馍更是脍炙人口、独放异彩。

肉夹馍的历史比较悠久，据说早在汉魏时已传入内地，至盛唐时就成为民间的一道美食小吃。现今，在北京城中，不仅小吃夜市中有售，庙会上有，而且价格不低，就连经营肉夹馍的早点摊儿也为数众多。不论是从形态上，还是从原料组成上看，它颇有点类似洋食品汉堡包，但汉堡包的历史的确没有肉夹馍的历史悠久，且在味道上也不如肉夹馍更适应中国人的口味。

肉夹馍所采用的肉有红烧肉、条子肉、羊肉、驴肉、鸡肉，其中尤以“腊汁肉”最佳。名字虽叫腊汁肉，但并不是人们通常知道的那些用盐腌制的风干腊肉和熏制腊肉，而是用汤焖煮而成的。腊汁肉同样历史悠久，在战国时代称“寒肉”。当时位于秦晋豫三角地的韩国已能制作。秦灭韩后，制作技艺传至秦地长安，以后代代相传流传至今。其实，从“寒肉”发展到腊汁肉，通过其制作方法可以看出，这种卤汁肉的方法早在周朝就已出现，《周礼》中“周代八珍”里的“渍”就是这种方法。

焖制腊汁肉多用陈汤，开水加调料的汤煮出的肉味淡，而陈汤则时间越久其味道越浓，且制成肉的色泽也好。先把带皮带骨猪肉剁成二三斤重的大条，放入腊汁陈汤中。用旺火烧开后撇去浮沫，加入新的调料袋，再改用小火焖煮，煮至肉熟透软嫩即可。捞出后将猪肉上的骨头去除，将肉皮朝上码入盘中，顾客随点随切，现场制作。在西安较为著名的是樊记腊汁肉，相传这家老字号在唐朝时始创，其制作的腊汁肉以选料精、辅料全、火功到为特色。采用多年陈汤煨制，制出的腊汁肉色艳、味道美。

肉夹馍采用的面食则是刚刚出炉的热“白剂馍”。白剂馍是一种特制的饼，但与烧饼、胡麻饼不同，它是一种呈蜗牛状、两面鼓起来的烙饼，因在烘烤时上下受热，中心空虚，故又名“两张皮”。这种馍可单吃，而夹肉食之更美。早年间，摊主制作白剂馍时，拿起擀面杖在案板上敲出长短间歇的节奏，先营造出一种气氛。一般是左手捏面团，右手持擀面杖，擀面杖敲出“嗒嗒嗒嗒——叭”的音节。这最后一响就是将手中的饼坯抬高再向下掷在案板上的响声。闻此声响，人们就会联想到刚刚出炉的热腾腾的白剂馍夹上腊汁肉的诱人味道。焖制的猪肉，吃下去总会使人感觉有点油腻，但用中心空虚无味道的白剂馍夹上腊汁肉，馍吸纳了腊制肉的醇香，油又渗透到馍中，两者合二为一的配合可以称作天衣无缝。

说起肉夹馍的名字，其实是馍夹了肉，呼之为“肉夹馍”，并不符合语言规范，曾有一些报刊为此展开过讨论。其实，也可以说它是古文言“肉夹之于馍中”的简化。古都西安在饮食方言上也多少体现了中国传统饮食文化的内涵。

肉夹馍也是宴会中一道体面的主食、可口小吃。我曾在西安的一些著名餐馆就餐，席间就有精美且小巧玲珑的肉夹馍端上，个头不大，作为宴会主食，真是锦上添花。人们在品尝富有地方风味的菜肴当中，也能领略特色鲜明的风味小吃，别有一番情趣。在北京，肉夹馍不仅是庙会上一味精美的小食品，也是大型购物中心美食城中陕西风味餐厅的必备小吃品种，而且许多人都把它当成可口的早点，常见有人边走边吃。小小肉夹馍，既是主食，又是副食，搭配又合理，吃一个用不了十分钟，符合快节奏生活的需要。如果能进一步完善和提高，肉夹馍完全可以发展成为中国传统美食中的一个快餐精品。

辑五

风味汇珍

醉人醪糟小汤圆

品食正宗的醪糟小汤圆，我印象最深的还是2008年北京奥运会之后到成都考察学习期间，经常独自抛开酒店的自助餐到街上寻找美食。一次走到了武侯祠附近，一家竹影掩映、情调悠悠的小店吸引了我。几道精致小菜，半斤剑南春下肚，见到邻桌一碗醪糟小汤圆晶莹上眼，于是叫了一份。吃起这精巧的小汤圆，果然香甜浓郁，品上一口汤汁，糟香味美、滋味醇厚，特别是当时刚刚吃过厚重的钟水饺，喝上一碗醪糟小汤圆，更觉得清爽利口，精气神顿增。那日，酒足饭饱，我醉眼微醺中独自沿着南河一路行走，一路尽情欣赏美丽的成都夜色。灯光倒映，夜景朦胧，清风拂面，居然丝毫也没觉得疲倦就步行回到了位于白果林地区的宾馆。

醪糟小汤圆是四川颇具名气的一款小吃，常年为广大食客所喜爱。曾经一个时期，这道风味独具的名小吃不仅在北京庙会上出现，而且由于喜食者较多，在京城风味名食云集的小吃夜市及小吃城中也有经营的摊位，这也满足了那些好食成癖者，任何时候都可一饱口福。

醪糟和汤圆都是四川小吃中人们非常喜食的品种。名品汤圆种类繁多，如赖汤圆、郭汤圆、巴山汤圆等，就是醪糟也有许多专营的名店，名气较大的金玉轩就是其中的一家，其制作的醪糟在质量上一贯精醇，因此深受广大顾客青睐，曾在1990年被成都市政府授予“成都名小吃”的称号。

金玉轩制作醪糟时所采用的主要原料是上等糯米，制作程序是：先将糯米去净杂质，然后淘洗干净，用清水浸泡至无硬心为止，控干水分。饭甑洗净后放于沸水锅内，用旺火烧至上大气时，将发透的糯米放入甑内。加盖后继续用旺火蒸约1小时，将米蒸透心。用30摄氏度的清水冲淋一次，将蒸熟的糯米降至35摄氏度左右，将米倒入拌料盆中，把碾细的米曲加入米内，拌和均匀。然后加入发酵缸，缸不要装得太满。将表面抹平，中间用手挖一个直径约10厘米的圆孔，一直到缸底。缸口用消毒白布封严，再加木盖盖严实。选一个稍大于发酵缸的竹筐，内垫棉絮或其他保温材料，将缸置于其内。外面盖上麻袋和棉絮，让温度大体保持在30—40摄氏度，进行发酵。冬季约发48小时，夏季约发24小时。待缸内醪糟中圆孔里浸满汁水，汁色清亮，糟米也能浮起在缸内转动，有浓郁的酒香味，即成。醪糟小汤圆的制作也不复杂，首先是选好上等的自制醪糟备用，先将汤圆制好，投入开水锅内煮熟。然后捞出投入加热至开的醪糟中，捞出盛入碗内即可。

当年，我常常邀请川菜名师讲授中式烹调实操课，当提到醪糟小汤圆时，他们说烹制这道小吃时须注意醪糟不宜加热过久，否则热腾腾的醪糟会飘出一股刺鼻的味道，应加热见开即可。为增加其滋糯甘醇的效果，最好在醪糟汁中加入少许糖，吃起来效果就好多了。小汤圆煮好后加入热好的醪糟中，既有看相，吃起来也清爽利落。

醪糟小汤圆是特色浓郁的地方风味食品，经过特殊的处理后，完全可以成为宴会的一款调剂口味的小吃。将醪糟汤圆盛于白玉瓷碗中，浓香扑鼻，洁白汤清。在汤中加入几粒枸杞，既增加了醪糟汤圆的营养功效，又突出了这款小吃的视觉效果，可以称得上是小吃中的精品。其实，任何具有典型特色且源于民间的地方风味小吃，经过精品化的处理后，都可以成为都市化的饮食名品。这些洋溢着浓郁民间气息的小吃点缀于宴席，既能为宴席增添色彩，又能活跃席间的气氛，使地方风味色彩更加浓郁。

曾相伴桂林米粉

素有“山水甲天下”之称的桂林，不仅美丽的青山秀水让人流连忘返，那里的美味小吃同样惹人喜爱，源远流长、口味多样的“桂林米粉”就是其中之一。

上世纪80年代末，我曾在桂林工作过半年，每天早晨就在环城西一路香江大饭店东面的金江饭店一楼来上一碗米粉。那时，为不耽误烤鸭店正常营业，又使我们在桂林的生活富有情趣，我总是每周安排一次骑单车旅游，主要就是游览桂林的著名景区，观山赏水，在紧张的工作之余平添旅游乐趣。桂林城本身就不大，景区距离也不远，所以三个人天亮出发，在十点上班前赶回，什么也不耽误，而且那时有的景区在早晨八点以前是不收门票的。当我们尽兴而返，卖米粉的胖妇人总是给我们保留三碗卤肉粉，回来热乎乎地吃上一碗，解饿又解乏。

据传说，桂林米粉有着悠久的历史，始于公元前两百多年的秦朝。当时，秦始皇派兵经桂林南下攻打南越，也就是现在的广东及广西南部地区，由于北方军士吃不惯大米饭，导致兵士食量锐减，士气低落，只好南粮北做，将大米磨成粉后再擀成面条状。但是，这样的米粉面条很难成形。于是，有人想出了一个办法，用石子做一个石窝，石窝底部钻上许多小孔，再将湿米粉团放入石窝中，然后上面用一个木塞加木杠子用力往下压，细米粉条从小孔里流出来，落在下面的开水锅里，这就是最早的桂林米粉。这种米粉吃起来和面条差不多，很适合北方军士的口味。由于北方军士不服南方的气候和水土，当地瑶族人献出了治胸腹胀痛、止吐止泻的花椒和陈皮、解暑热的香薷、治感冒的桂枝、治疟疾的草果，还有当地盛产的增香调味品大料和桂皮，再加上士兵从北方带来的甘草，这些香料和草药煮成浓浓的汁，给每个士兵的碗里加一勺，不仅口味好，而且能祛病，这就是桂林米粉最早的卤汁。汉代张骞出使西域归来，卤汁中又增加了印度的山柰和欧洲的茴香。郑和下西洋又带回了槟榔、胡椒和丁香，这些香料和草药构成了桂林米粉的基本配方。

传统的桂林米粉大体可分为三类：卤味粉、生菜粉和马肉米粉。

所谓卤味粉，主要靠卤菜和卤水提味儿。卤菜有以香韧为主的，如卤牛肝、卤沙肝、卤瘦猪肉和卤猪肚；有以香脆为主的，如锅烧、花生米、油炸黄豆等；也有二者兼而有之的。后期的卤菜，大致具有香、脆、韧的特点。而卤水的制作更加讲究，因为卤菜粉有别于生菜粉之处，正在于它是一种“干”吃法。每碗仅放一小勺卤水，卤水的分量以正好拌匀粉为宜，吃完要碗底见白。这就要求卤水具有高质量的鲜味和甜味，有的店家为突出鲜味，竟在卤水中加入海味江珧柱，这种味汁的鲜甜程度可想而知。

生菜粉的主要特点是鲜、甜、热。生菜粉实际上是一种汤菜粉。过去小店经营均用铜锅烫粉，或一人一锅烫，或两三人一锅烫，以牛下水为主，如牛肚、百叶肚、猪肝、猪腰、猪肚等，放料的先后有讲究，使烫出来的菜保持嫩、鲜、脆的特点。这种米粉不靠卤水，靠烫菜的原汤，同样具有鲜甜的味道，由于是热汤，冬天吃起来更加舒服。

在桂林米粉中，马肉米粉最为有名，人称“桂林一宝”。据记载，马肉米粉始于清末，最初只出现在一些庙里、会馆里的戏台边的米粉摊上。由于风味独特，一问世就赢得了人们的喜爱，生意兴隆。以后，经营马肉米粉的店铺就逐渐多了起来。到了抗战时期，桂林城内各界人士云集，许多人为马肉米粉的美味倾倒，马肉米粉名噪一时，成为桂林米粉行当中的佼佼者和畅销物。早年间，桂林较为著名的马肉米粉店叫“又益轩”，这家店不仅马肉米粉做得好，而且把马腰子、马舌头、马板肠、马眼等人们喜爱的鲜货制成各种风味的佳肴，招待老主顾或那些有身份的人，又益轩日渐成为马肉米粉行业中的头面店铺。

马肉米粉有腌、腊两种，腌制的马肉味偏甜，腊制的马肉味偏香，但不管腌还是腊，马肉米粉的讲究还在马肉本身，就是重一个“肥”字。马肉本身瘦多肥少，因此越肥越香甜。一般马肉米粉店都是买回马后，先用上好的饲料把马催肥，再宰杀。其次用马背肌肉、脚筒骨熬成汤，用这种汤来下马肉米粉才对味。另外，马肉米粉要热才好吃，作料也很讲究，葱花、香菜都必须切得很碎，辣椒、大蒜不宜多放。盛装时要使用小碗，而且，吃马肉米粉的最佳季节是秋凉以后至春节这一段时间。

桂林人在早晨喜爱吃上一碗冒热气的米粉，那也是街头一景。店家将米粉放入竹漏勺内，入热水中烫一下，捞出倒入碗中，撒点香菜和葱花，放一小勺蒜蓉，再放几片卤牛肉、卤猪杂或锅烧肉，最后淋一勺卤汁。人们惬意地吃着这样一碗热气腾腾的冒热米粉，怎能不说是在每天紧张忙碌工作之前的一种享受呢?

2012年，我带领员工到桂林旅游，前往曾经工作过的烤鸭店怀旧。白驹过隙，时过境迁，那家饭店已经变成了川味火锅店。偶然机会，又在靖江王府不远的地方发现一家米粉店，当地人大都端着不锈钢碗站立而食，于是禁不住诱惑来上一碗，果然味道不同凡响。吃罢米粉，又要了一勺汤，加了一点小料趁热喝下，俨然当地人，真是吃得痛快酣畅。

川北凉粉也上瘾

我曾经在2008年北京奥运会之后到四川考察学习，那段时间，深深领教了川北凉粉的魅力。经常是放弃宾馆准备好的自助餐，独自跑到成都的街头寻觅美食，见当地人多的餐馆就进去品尝，对川北凉粉甚至上瘾成癖，啤酒和川北凉粉是我餐桌上最常见的两样饮食。

凉粉，晶莹剔透，清爽味美，乃是冷菜中之上品，更是全国各地区人们都喜闻乐见的一款小吃。川北凉粉，顾名思义，这是四川北部地区一道家喻户晓且历史悠久的民间小吃，现今早已成为重庆著名的小吃之一。

凉粉在重庆是春夏秋三季供应的普通小吃，从颜色上看有白色的，也有黄色的。白凉粉是本地做法，用豌豆粉加水煮熟再凉冷，用铁刮刮成粗圆条，俗称“刮刮凉粉”，因做法简单，加上爱吃的人很多，所以出售凉粉的摊点很多。而黄凉粉则是川北做法，用豌豆泡涨，现磨现搅，既费工又费事。但无论是白凉粉，还是黄凉粉，全都是物美价廉、人人喜吃的豆品小吃，而黄凉粉一年四季都有供应，就更加受到人们的青睐。

川北凉粉始创于1951年，当时为与当地供应的凉粉加以区别，故取名“川北凉粉”。这种凉粉的突出特点是视豌豆质量加入适量糯米，以增加韧性；在红油中放猪化油，以增加蹲力。店名虽为“川北凉粉”，却是按照重庆人的口味进行调味，由于这家店的凉粉质地柔韧，味道鲜香，开胃爽口，高于川北，又优于同行业，很快就跻身于高档宴席，招待中外宾客，声名鹊起。

川北凉粉的具体制法是：先把豌豆用磨脱壳后再磨成粉末，粉质越细越好，装入大木桶内，掺入清水，搅成水浆，用纱布过滤提渣，再用细罗过罗，直到将残渣全部清除。然后把过滤后的水浆顺着一个方向用棒搅动呈漩涡状，让其沉淀。水清见粉，底层粉凝结牢固后，去掉上层清水，留下中层粉浆盛入另一容器。中层粉又叫水粉、黄粉、油粉，下面纯白的沉淀物称为坨粉、白粉。

把锅洗净，掺入适量清水，烧开后下入水粉搅匀。再次烧开后下入用温水稀释过的坨粉，不停地用力搅动。约二十分钟后，挑起牵丝即证明已基本成熟，如果锅中起小泡，就算完全成熟了。此时，立即舀入瓦钵内，冷却后即成凉粉。

把菜油入锅烧至六成热，即下生姜、花椒、葱叶炼熟，将油起锅放入器皿内，捞去浮物杂质不用，待油温降到50摄氏度时，加入新鲜辣椒面，搅匀即成红油。这样做可增加红油的浓度和色泽，使之更加鲜香味辣。

选用甲级黄豆酱油，加入捣细的冰糖，使其色浓鲜亮，并略带甜味。将去皮大蒜捣成蓉，放入少量生菜油，略加水搅匀。

把制好的凉粉切成片或用旋子旋成小筷子头大小的条丝，装入碗内，分别加盐、蒜泥、酱油、味精，淋上红油。

川北凉粉以其色泽鸭黄、细嫩柔韧、鲜美清香、开胃爽口的特色而深为南北食客所青睐。这道精美的小吃曾经在当地获得过“特殊风味”“名小吃”等荣誉称号。

多位川菜大师给我介绍过这道凉菜，都说别看这是一道小菜，要想味道香美纯正，制作起来并不简单，内涵也很丰富。仅仅川北凉粉的红油配料，就是许多商家秘而不宣的机密。慢火炒碎的辣椒，还要配以大料、桂皮、茴香等三十余种天然香料，用菜籽油炼香制成辣椒油。川北凉粉的味水也很关键，要用上好的酱油、味精、白糖、桂皮等多种天然香料浸泡而成。由此可见工艺之精，制作之妙。

江南脆香炸响铃

擅写美食散文的汪曾祺先生在《豆腐》一文中详细描写了一道豆腐美食："杭州知味观有一道名菜：炸响铃。豆腐皮（如过干，要少润一点水），瘦肉剁成细馅，加葱花细姜末，入盐，把肉馅包在豆腐皮内，成一卷，用刀剁成寸许长的小段，下油锅炸得馅熟皮酥，即可捞出。油温不可太高，太高豆皮易煳。这菜嚼起来发脆响，形略似铃，故名响铃。做法其实并不复杂。肉剁极碎，成泥状（最好用刀背剁），平摊在豆腐皮上，折叠起来，如小钱包大，入油炸，亦佳。不入油炸，而以酱油冬菇汤煮，豆皮层中有汁，甚美。"文中如菜谱秘籍般详细描述了炸响铃的制作工艺和成品特点。

炸响铃是浙江比较有名的一道风味菜肴，曾经一个时期，这款特色突出的菜肴开始以小吃的形象出现在都市中，并且受到了人们的普遍喜爱。

在丰富多彩的浙江名肴中，炸响铃如同西湖醋鱼、东坡肉、宋嫂鱼羹及龙井虾仁一样颇有名气，但它所使用的原料并不华贵，离不开土特产品泗乡豆腐皮。这种豆腐皮薄如蝉翼、色泽黄亮，浓郁的豆香味诱人食欲，由于制作了炸响铃这道风味名肴，使得泗乡豆腐皮声名鹊起。鲜香的炸响铃，人们吃时脆如响铃，再配上甜面酱、葱白或花椒盐，味觉效果更佳。

炸响铃的主要用料除了泗乡豆腐皮外，还有猪里脊肉、绍酒、精盐、味精、鸡蛋黄、甜面酱、花椒盐和葱白。

制作时，先将猪里脊肉剔去筋膜，剁成蓉泥，放入碗内，加入绍酒、精盐、味精和鸡蛋黄拌成馅。

把豆腐皮抖松，撕去周围的硬筋层，仍旧按帖叠好，切成正方形。

将肉馅分别放在每帖豆腐皮的一端，用刀面或竹片向豆腐皮的两侧拖开，大约3厘米。在馅上放入切下的豆腐皮下脚料，揭起有肉馅的一端，卷成筒形，不要卷得太松或太紧，并在卷合处蘸上少许清水使之黏合。其他原料如此法卷成后切成3.5厘米长的段，竖在盘内。

将炒锅放在火上，注入油，烧至五成热，将卷好的炸响铃半成品下入锅内，用手勺轻轻翻动，当炸至外皮黄亮松脆时，将炸响铃捞出，控去油，装入盘内，再配上甜面酱、葱白段和花椒盐即成。

全聚德的刘大师介绍说，炸响铃的技术关键是火候控制，第一遍是炸至成熟，然后捞出原料待油温再次热后投入原料复炸，只有这样才能保证外皮金黄，吃起来香脆可口。其实，炸响铃的馅料也并不绝对，有爱吃香脆的还可以将核桃碎、花生碎卷入其中，吃的时候香脆可口，也是别有一番风味。

浙江烹饪文化历史悠久，源远流长，而浙江素来享有鱼米之乡和文化之邦的美誉，其菜品的风味特色不仅洋溢着江南山水的灵秀，同时也广泛地受到中原文化的灌溉，所以才形成了自己独特的风味特征，那就是纯正、鲜嫩、细腻和典雅。炸响铃不过是众多浙江美食中的一种而已。由于炸响铃风味特色突出，又非常适宜在京城的庙会上操作，何况口味也能被广大的北方人接受，因此，炸响铃出现在京都的餐饮市场中也在情理之中。不过，庙会上的炸响铃不是装于盘中，而是以穿成串的形式出现，这无形中又迎合了庙会的特点。

在北京的有些浙江风味菜馆中，也有炸响铃这款菜肴，虽然规模和形式比较规范，但有时菜品的质量却并不是很过关，制作出的炸响铃软乎乎的，更不用说让人们去体会那种脆响如铃的感觉了。

话湘行麻辣子鸡

麻辣子鸡是湖南一道特色名菜，其中以长沙百年老店玉楼东酒家烹制的最负盛名，就连清末曾国藩之孙、湘乡翰林曾广钧在登楼用膳之后，都曾流下脍炙人口的“麻辣子鸡汤泡肚，令人常忆玉楼东”的诗篇。这道名菜历史悠久，随着时代的发展，历经长沙厨师们的传承改进和精工细作，口味越来越好，成色越来越精，使麻辣子鸡不断登上新的台阶，以至于后来民间赞美麻辣子鸡的声音也越来越多。

中国烹饪大师许菊云先生烹制的麻辣子鸡在长沙城久负盛名，人人称道。在1978年举行的长沙市烹饪技术大赛上，许菊云以2分55秒的速度烹饪出美味“麻辣子鸡”，并一举夺得大赛第一名。

制作麻辣子鸡的主要原料有子鸡一只、鲜红辣椒、青蒜、淀粉，调料有花生油、料酒、盐、味精、花椒、酱油、黄醋、香油等。先把子鸡宰杀褪净毛，由背脊开膛去内脏洗净，剔除全部粗细骨，砍成2厘米见方的丁，然后放入精盐、酱油拌匀，用湿淀粉浆好；把红辣椒去蒂去籽洗净，切成1厘米见方的块；把青蒜切斜段，花椒拍碎；用酱油、醋、味精、香油、清汤和湿淀粉兑成汁；把炒勺放在旺火上，倒入花生油，烧到七成热时把鸡丁下锅，用手勺推散约20秒钟，即用漏勺捞起；等到油温回升至七成热时，再把鸡丁下锅，炸呈金黄色后捞出控去油；锅内留底油，烧至六成热时下入红椒块、青蒜段、花椒，加精盐煸炒，再放炸过的鸡丁合炒，搅匀后下入兑汁，颠炒几下，装入盘内就可以了。

2006年10月，我们一行来到湖南长沙，参观了毛主席的故居韶山，在韶山也吃了久负盛名的红烧肉，更领教了湘菜的辛辣。之后，我们来到了玉楼东酒家。由于和许菊云大师是旧交，他非常热情地款待了我们。给我印象最深的是玉楼东酒家那宽敞而豁亮的厨房，那是我亲眼见过的在面积上算最大的厨房之一，我想厨师每天在这样的环境下工作，心情也一定很阳光。

许菊云大师精心准备了丰盛的佳肴招待我们，其中就有麻辣子鸡和红烧肉，自然受到我们这些人的热捧，特别是麻辣子鸡，色泽红亮、麻辣鲜香，让人久久回味。许菊云大师介绍麻辣子鸡烹饪的诀窍就是要注重火候和时间控制。操作窍门是将鸡块放入旺火大油中，操作要快，时间要短，千万不能久了，否则肉就老了，炒的时候也是旺火速成。

那天，除了麻辣子鸡和红烧肉等个别几个菜被大家吃得比较快，其他一些菜大多没怎么动。许大师见状，以为他准备的这些菜不合我们的口味，于是又以小盘的形式上了几盘，见大家又是仅仅品尝了几口，就又往上加不同的湘菜。直到我们彻底把他拦住方才罢手。许大师非常朴实，也热情好客，他是担心大家吃着不合口味，因此就多上了许多样儿供大家选择。其实，我们这些人已经在几天里遍尝了湖南许多餐饮名店，肚子始终处于半饱状态，因此，在吃方面已经没有了正常的食欲，加上当时又在喝白酒，遇上几道颇具湖南辛辣味道的菜品，战斗力就更差了。

那天晚上返回宾馆，为了那装满美食的肚子能够舒服一点，我又出去沿着长沙的街道遛了个大弯儿，估计得有六七公里，方才觉得神清气爽。

豆汁怎当酒来喝

上世纪90年代，我在夕照寺街从事全聚德教育培训工作时，经常早晨骑车上班，凡是遇有半天的授课安排，往往刻意路过磁器口等周边几家口味纯正的豆汁儿店，一碗豆汁儿下肚后精神倍儿爽，讲课都有了劲头，底气十足，精力充沛。

豆汁儿是北京独有的风味小吃，别看它在一些人看起来并不起眼，却可以说是赫赫有名，多年来深受老北京人的偏爱，甚至港台的老北京人及旅居海外的炎黄子孙，回到故土之后也会去喝一碗豆汁儿，以表达对北京的长久思念之情。

有一个笑话颇为幽默：古都京城，有人拍着胸脯说自己是北京老炮儿。在当代的京城，凭借短时的言谈和交流很难断定一个人是哪儿的。将他按倒在地，灌上一碗豆汁儿，起身后张口骂街的准不是北京人；若被灌者抹抹嘴儿，咂摸咂摸滋味喜上眉梢，张口再要一碗的准是地道的北京人，这也是鉴别老炮儿的基本标准。虽说是笑话，但北京人对豆汁儿情有独钟却是事实。曾经到丰泽园就餐的一个著名老演员对我讲，长期海外定居，其中最别扭的就是喝不着豆汁儿。他自豪地告诉我，为了此愿，自己专门制作这尤物，不但成功了，味道也很醇厚，并常以此招待国内来客，获得大家的一致赞叹。

豆汁儿历史悠久，探其源头却说法不一。一种说法是豆汁儿早在辽宋时就是民间大众化的食品了；另一种说法是豆汁儿产生于乾隆十八年（1753），北京的一家粉房偶然发现发酵后的粉浆生食酸甜可口，而要熬着喝却越喝越有味儿。这种食品很快就流传于市肆，好食者众多，于是有人上奏称：“近日新兴豆汁一物，已派伊立布检查，是否清洁可饮，如无不洁之物，着蕴布招募豆汁匠二三名，派在御膳房当差。”于是，源于民间的豆汁儿最终成了宫廷的御膳饮品。

尽管未曾喝过豆汁儿的人第一次喝时，那犹如馊泔水般的气味让人难以下咽，但强忍着喝过几次之后，感受自会不同寻常，甚至有些人还会上瘾成癖。《燕都小食品杂咏》曾写道：“糟粕居然可作粥，老浆风味论稀稠。无分男女起来坐，适口酸盐各一瓯。”并说：“得味在酸咸之外，食者自知，可谓精妙绝伦。”喝豆汁儿还需配以酱咸菜丝，并拌上辣椒油，配套吃的还有炸得焦黄酥脆的焦圈，可谓是风味独具。即使今日，把喝豆汁儿当成是享受的也大有人在，其中年轻人不在少数。

制豆汁儿的主要原料是绿豆，先将绿豆中的杂质、干瘪的豆粒去除，洗涤干净后放入器皿中，用凉水浸泡十几个小时。待豆皮用手一捻就掉时，再加水磨成稀糊。然后，在稀糊中加入浆水（上一次制作豆汁儿、淀粉时撇出的清水。经过乳酸发酵，浆水带有酸性，能使豆汁儿变酸，并把淀粉分离出来沉淀）和逐次加入凉水过滤，把滤出的粉浆倒入大缸内，经过一夜的沉淀，白色的淀粉就沉到缸底。上面是一层灰褐色的黑粉，再上一层即是颜色灰绿、质地较浓的生豆汁儿，最上层则是浮沫和浆水。撇去浮沫和浆水，把生豆汁儿舀出，煮之前还需再沉淀一次，夏季沉淀六小时，冬季沉淀一夜。沉淀好后，撇去上面的浆水。熬制豆汁儿是有技巧的，最好采用砂锅进行熬制，在里面放少许凉水，用旺火烧沸后倒入生豆汁儿，待豆汁儿煮开将溢出锅外时，立即改用温火保温，随吃随盛。

早年间，北京最有名的豆汁儿，要属清末民初之时琉璃厂厂甸摆摊的张家豆汁儿，他家的豆汁儿之所以出名，除了烧煮得法，主要在于选料极精，专用前门四眼井一家出名的粉房豆汁儿，就连咸菜的配置也很考究。隆福寺最著名的豆汁儿，是喇嘛郗德拉卖的豆汁儿，他卖的豆汁儿漂得净，发得好，所配的焦圈、烧饼也非常适口，前去的人都把品食他家的豆汁儿当作一种享受。

现今，北京经营豆汁儿的店家很多，但熬豆汁儿不得其法者也为数不少。上世纪90年代，我曾在位于古建园林内一家颇有名气的京味儿餐馆就餐，一边欣赏京剧一边品味京菜，当得知此家餐馆还有豆汁儿之时，瘾性大发，叫了数碗，孰知端上来的豆汁儿上面是水分，下面是豆汁儿，喝起来根本就没有豆汁儿那黏稠利口的感觉，简直难以下咽。为不使其浪费，我们把豆汁儿当酒，猜谜行令，不一会儿桌上的豆汁儿全部告罄。其实熬豆汁儿并非开锅就行，若不采用小火，还可采用另一种方法，熬时先在锅内舀上一勺生豆汁儿，见开后再续一勺，直到添满一小锅为止。豆汁儿总是开着锅，其稠度和口感自然会更好。

别看豆汁儿其貌不扬，却含有丰富的蛋白质、维生素C、粗纤维素、糖和钙、磷、铁等，并具有祛暑、清热、温阳、健脾、开胃、去毒、除燥的功效。

踏雪迎春哈士蟆

或许从相声艺术表演那贯口常见的段子《报菜名》中，人们就已经知道了“哈士蟆”这一名词，而且印象极深。“蒸羊羔、蒸熊掌、蒸鹿尾儿、烧花鸭、烧雏鸡、烧子鹅、卤猪、卤鸭、酱鸡、腊肉、松花小肚儿……清蒸哈士蟆……”这朗朗上口的串串菜名早已脍炙人口。

哈士蟆，又叫中国林蛙、东北林蛙、雪蛤。而哈士蟆油则是雌蛙的输卵管，不仅是一味中药，也是一款珍贵的烹饪原料。哈士蟆油是干燥脱水之物，属于烹饪原料的干货制品。这一特殊的名贵原料主要产自黑龙江、吉林、辽宁东北三省，是东北熊掌、猴头、飞龙、哈士蟆四大山珍之一，而哈士蟆又堪称山珍极品。哈士蟆油作为中药制品，具有补肾益精、养阴润肺之功效，常用于治疗病后体弱、神疲乏力、心悸失眠、盗汗、痨嗽咳血等症。

每年5月正是小兴安岭水暖花开、春意盎然的时节，河中的冰雪慢慢融化流淌。随着气候回暖大地万物复苏，冬眠的林蛙也苏醒活跃起来，在河里欢快地交配、产卵。阴湿的山坡密林中，小蝌蚪经过整个夏季的成长，变成大个头的林蛙。而冬季林蛙群集河水深处，不吃不喝在河底冬眠。林蛙可在严冬酷寒的环境中冬眠半年，这个阶段林蛙雌蛙依靠体内油脂为体内蛙卵提供能量，可见林蛙油营养丰富，故有“生命力之冠”的称号。林蛙油具有滋补作用的，实际上是三岁以上的雌性林蛙，此时冬眠的雌蛙更聚集了大量的荷尔蒙和脂肪，人们就在这时捕捉林蛙，用铁丝串起来风干，然后打开腹部，剥去输卵管旁边的脂肪，即为中国林蛙油。

清代杨同桂《辽海丛书·沈故》卷三云：“哈什马形似田鸡，腹有油如粉条，有子如鲜蟹黄，取以作羹，味极肥美，然惟兴京一带有之，满洲人用以祀祖，取其洁也。”在清代满族的食谱中，哈士蟆油为名贵的食品，被列入参、翅、骨、肚、窝、掌、筋、蟆八珍。达官贵人偏爱它，也是因为它营养丰富、极易吸收、滋补身体的特性。

作为烹饪原料，干货哈士蟆油要经过干货原料涨发，使之最大限度地重新吸收水分，恢复膨胀松软状态，之后才能烹制食用。将哈士蟆油加温水或冷水浸泡大约十二个小时以上，除去上面的红黑色筋膜及杂质，用冷水清洗。经过涨发整理后的哈士蟆油，颜色雪白，膨大松软而有弹性。

用哈士蟆油做菜，一般制作汤菜较多。主要配料有银耳、油菜、冬笋、火腿，切成小象眼片。炒勺内放入高汤，加入哈士蟆油、银耳、绍酒、花椒水、精盐、火腿、冬笋。汤烧开后，撇去浮沫，加入味精、油菜，盛入碗内即成。也可清蒸哈士蟆油。清宫有一道清蒸哈士蟆油的御膳，是把发泡好的哈士油冲净，火腿蒸熟，切一厘米长的薄片。将哈士蟆油放入钵罐中，加高汤、料酒、盐，蒸一个半小时，再放味精、白糖，把蒸好的火腿片撒在上面，即成此菜。

用哈士蟆油制作菜品，大多口味从简，咸淡适中，清鲜可口，其主要原因就是通过烹调更加突出放大原料自身本味之鲜美，如果口味过多过厚，必将遮盖哈士蟆油原有的自然美味。

2002年，我任全聚德餐饮技术学校教研室主任，同时兼任位于松榆里的华威全聚德烤鸭店总经理。华威全聚德烤鸭店规模并不大，既对外经营，也是全聚德餐饮技术学校的实习餐厅。当年，我曾带领厨师长研制了一款哈士蟆油菜肴，作为接待贵宾的主要汤菜。根据其外形的特点和主要原料的别名雪蛤，我给它取了一个充满诗意的名字“踏雪迎春”。这道菜是一道汤菜，极具观赏性且口味鲜美独特，主要原料就是涨发好的哈士蟆油，调味也非常简约，仅有盐、姜水、绍酒、高汤而已，用生粉勾薄芡，上面撒了一片小油菜叶和两粒鲜润饱满的枸杞，白中有绿，绿中有红，令人赏心悦目。这道菜品端上餐桌后，服务员简单介绍两句，一首“中峰上翠微，窗晓早霞飞，几引登山屐，春风踏雪归”吟过，客人无不为其展现的悠悠意境而欣喜称道。那年夏季，他们将这道菜带到了北戴河，圆满地完成了一项重要接待工作。

妙龄少女豆腐脑

豆腐脑是北京小吃中早晚最为常见的一道小吃，其最大的特点是豆腐细嫩，口味鲜美。由于豆腐脑最显著的风格是嫩，因此，对熬浆点卤的工艺技术要求很高。即使是浇的卤，所用的原料也需严格挑选，才能达到豆嫩卤鲜的效果。《故都食物百咏》曾记载："豆腐新鲜卤汁肥，一瓯隽味趁朝晖。分明细嫩真同脑，食罢居然鼓腹归。"并且注说豆腐脑的最佳之处在于细嫩如脑，才名副其实。

早年间，豆腐脑在北京都是清真的，那卤的味道堪称一绝。先选用偏瘦的上好羊肉，白汤煮熟，用刀剁成碎丁。采用上好的口蘑泡汤。把口蘑也剁成碎丁，一起放在砂锅内，加酱油、羊肉，煮羊肉的汤、发口蘑的汤，用绿豆淀粉制成浓度合适的卤浇在豆腐脑上，洒上蒜汁、辣椒油，这就是地道的北京味儿。那时，老北京除了这种咸鲜口的浇卤外，还有一种甜豆腐脑，是用白糖加水熬开，用淀粉勾芡，撒上一些切碎的金糕、青梅和瓜仁。但这种豆腐脑在现今的市场上已不见踪迹，人们可以品尝到的只有咸鲜口的了。

制作豆腐脑的第一步是先把黄豆用凉水泡涨，一般是夏季泡一个小时，冬季泡五六个小时，春秋季泡三四个小时。泡好后洗净，加入凉水磨成稀糊状，磨得越细越好。然后加入凉水搅匀，用白布袋过滤，把滤过的豆渣加水继续过滤，直至豆渣不腻手为止。把浆汁倒入锅中，用旺火烧沸，随即舀出三分之一的浆汁放在盆内，把其余的浆汁舀入保温的瓷桶里，把熟石膏粉放在水舀内，加温水调匀。水舀浸到盛浆汁的瓷桶里，往上一提，顺势把石膏汁倒入浆汁内。然后，把盆里的浆汁往瓷桶里一冲，使浆汁与石膏汁在翻滚中充分融合。静置五分钟，把浮在上面的泡沫撇净，下面凝结的就是豆腐脑。

把羊肉切成片，口蘑用水泡好，用水洗净，去掉根蒂，切成块。将泡口蘑的水与洗口蘑的水合在一起，用旺火烧沸。蒜去皮洗净，加精盐砸成蒜泥。锅内倒入凉水，烧沸后加羊肉片、酱油、口蘑水、精盐和味精。水开后用湿淀粉勾芡。把口蘑块撒在上面，浇上用香油炸的热花椒油，搅拌均匀即可。

卖豆腐脑时，盛豆腐脑还有讲究，用平勺盛在碗内，碗中间的豆腐脑要像小馒头似的凸出，然后浇卤，卤从凸起处流向碗的四周，浇完后加蒜泥和辣椒油。

别看豆腐脑平常，但制精制细并不简单，我曾听多位烹饪大师讲过制作过程中的关键环节，其实豆腐脑要嫩，重要的就是要把握豆汁的浓度和石膏汁的配比恰到好处，而且一定要调拌均匀；制作浇卤更有原料与制作上的技巧，特别是勾芡使用的淀粉要用生粉，也就是真正的马铃薯粉，不要用玉米粉。淀粉勾芡卤汁透亮，但也有技巧，关键是小火下入芡粉液后，迅速搅匀，大火加热，开锅马上撤火，这样勾出的卤汁才有看相，吃起来鲜香可口，诱人食欲。

豆腐脑是北京脍炙人口的一道传统小吃，老幼皆宜，多年来，它以其洁白软嫩、口味鲜美而深受广大食客的欢迎。《故都食物百咏》中称豆腐脑为：“豆腐脑如妙龄少女……多在晨间出售。”将此物喻为妙龄少女，可见其白嫩和受人喜爱的程度。当然，在现今的餐饮市场中，经营豆腐脑的店家可以说是多如牛毛，夜市有，庙会有，早市也有，而经营豆腐脑的早点铺更是数不胜数。然而，真要找到一两家是严格按照传统工艺制作的却很难，特别是选用口蘑这种原料，更不用提口蘑汤了。不能不说在口味上总有些缺憾，但这并不影响豆腐脑在人们心目中是一道传统美食的地位，至于人们将其作为早餐的一种也就更不会苛求了。

台湾串串七里香

“你出现在我诗的每一页。那饱满的稻穗，幸福了这个季节，而你的脸颊像田里熟透的番茄，你突然对我说七里香的名字很美，我此刻却只想亲吻你倔强的嘴。”这是周杰伦歌曲《七里香》中一段充满情感的脍炙人口的歌词，他是想通过音乐把自己的故事以及想象的画面呈现给年轻的听众。据说《七里香》的灵感来自席慕蓉的同题诗，诗中“七里香”并非某种花的名字，而是一些花卉的俗称，因为有很多植物都叫“七里香”。从诗句中描写的“绿树白花”来看，席慕蓉所说的“七里香”应该是一种木本植物，符合这个特点的有月橘、海桐、木香等。不管“七里香”具体所指何物，因其花洁、芳香，人们常以它为题材入诗，用于表达某种特定的花盛意境。七里香出现在当代周杰伦的歌曲中就更多了一层性感唯美色彩。

在台湾的七里香则更为驰名，在夜市里，经常可以看到七里香的招牌，但那不是花朵，而是台湾夜市上一种小吃。夜市上的七里香，就是丰满肥腴的鸡臀，也叫鸡尾，描绘得美一点称之为凤尾，通俗点说就是烤鸡屁股，虽然名字叫七里香，却和花香扯不上什么关系，而是和美食的味香紧密相连。加了特制酱料的鸡屁股，用竹签串起来以炭火烧烤，十里飘香，吃起来，外焦里嫩，满口香润。这道小吃之所以称为七里香，大概就是因为鸡屁股实在是不怎么好听，还是用“香”这个字比较合适，况且台湾大众对七里香又是情有独钟，命名七里香这个很有味道的名字也在情理之中。如果你尝过这道小吃，就会觉得这冠名真是名副其实且恰到好处。

我曾经在一部老电影中看到有食客点炒鸡屁股的镜头，但那是描写20世纪40年代老上海的场景，而我却从没有想尝试品味的想法，就是从事厨师工作那么多年，也总是将鸡尾扔掉。20世纪80年代，我曾品尝过外皮酥焦而肉质滋润嫩香的鸭尾，那是使用焦熘技法烹制的焦熘鸭尾，但也不敢多吃，原因是那个部位太肥了，油脂含量过高。我从来就没想过尝一尝鸡尾，总觉得那是鸡身上淋巴较为集中的地方，里面的毒素不一定会清除干净，即使是吃扒鸡、烧鸡、熏鸡之类熟食品，也是将鸡尾扔掉。但在我国的宝岛台湾，那颇有食相的鸡屁股还是蛮诱人的，经过激烈的思想斗争，最终我还是禁不住那圆润饱满的外观诱惑而品尝了一只。

2015年末，我加入了去台湾的旅游团。那天晚上到了高雄，导游就开始鼓吹高雄的各种小吃。高雄是台湾南部一个相当繁华热闹的城市，因此，我们晚上的活动也安排得比较充实。导游安排的晚餐是台湾的牛肉面，牛肉面上得还真快，碗也真大，面的口感却次到极致，原因大概就是这面早就煮好了，泡在水里，等客人来了方便拿取，汤也是温乎乎的，热气也没有，几小块牛肉放在面的上方，嚼起来一点牛肉味也没有。我将扫兴的牛肉面弃置一边，准备晚上到高雄的夜市尽兴品尝。

晚上，我和太太来到瑞丰夜市。繁华的夜市以小吃为主，种类之多令人目不暇接，除去台湾各地夜市经常可以看到的蚵仔煎、大肠蚵仔面线的代表性小吃以外，盐蒸虾、木瓜牛奶、海鲜粥等高雄市的招牌特色美味饮食应有尽有。看见一个摊位出售“七里香”，肥嘟嘟的鸡屁股在炭火的烧烤下滋滋作响，散发着诱人的炭烤芳香。很多当地食客，特别是一些年轻人在摊边津津有味地吃着。这是台湾著名小吃，我鼓起勇气，买了一串。还未入口就已香气扑鼻，尝一个又香又嫩，嫩而不烂，口感十足，里面还有具有嚼劲的脆骨，烤香入味，特别过瘾，真正体验到了民间曾流传的“宁舍金山不舍鸡尖”的心情。

甜蜜丝丝江米藕

江米藕是旧京传统的一道小吃。早年间，江米藕的出现具有很强的时令性，鲜藕一上市，街上便会传出“江米哎——藕”的吆喝声，由于价格低廉，很受大众的喜爱。而今，江米藕作为小吃在北京的庙会上早已不见踪迹，却成了饭庄一款常见的名曰糯米藕的冷菜，吃起来清甜可口，很受食客们的喜爱。从制作工艺和口味上讲，糯米藕与江米藕并无多少差异。其实在旧时江米藕既是小吃，也是一款美味可口的冷菜。其中，老什刹海北岸的“会贤堂”的江米藕最为著名。

夏日的什刹海，碧波荡漾，荷花盛开，景色宜人。据北京文献记载，在每年的端午节至七月十五，什刹海还要举行燃放荷灯活动。在活动中，堤上游人众多，纷纷前来观赏荷花，赏景游玩，很是热闹。而在莲藕肥美之时，以鲜藕为主要原料制作的江米藕也就应市了，自然也就成为人们喜爱的食品。

《燕都小食品杂咏》中写道：“江米都填藕空中，新蒸叫卖巷西东。切成片片珠嵌玉，甜烂相宜叟与童。”并注说：“江米藕者，以江米入藕孔中，蒸烂后，沿街叫卖。切成小片，蘸白糖而食之。售此者，多清真教人。”从这首诗中可以看出制作江米藕所使用的原料和制作方法，而且指出了江米藕是属于北京清真一类的小吃。

制作江米藕的具体方法是：选择直径约二寸的鲜藕两节，放在水里用刷子刷去污泥，冲洗干净。把糯米洗净，放在通风处吹凉，把红糖、糖桂花一起放在碗里，用开水化开，凉凉。

把鲜藕一端的藕节用刀切下，控净藕孔里的水，切口朝上竖起，向藕孔里灌满糯米。灌满后，把切下的藕节再与藕身对接上，用细竹签穿插在一起，防止糯米漏出。

往锅内倒入凉水，下入江米藕，用旺火煮一小时。待藕由白黄色变成紫色时，捞入凉水盆中，用铝勺刮去藕皮，露出淡红色的藕肉。然后，上笼蒸十分钟取出，去掉藕皮，切成一分厚的片，平摆在盘内。制得的江米藕，藕呈淡红色，孔内的糯米呈白色。黏软爽滑，味甜而清香。吃时将成片的藕平摆于盘中，撒上白糖，浇少许桂花汁，淡粉色的藕，亮晶光泽的米，入口甜面嫩香，老人食用还能补气润肠。

江米藕曾经也是清宫中的一道食品，末代皇帝溥仪的弟弟溥杰先生的夫人爱新觉罗·浩女史在《食在宫廷》中记载：“此菜近似点心。每到夏季，北京到处都卖此食。在宫廷中，此菜虽也在夏季食用，但其制法要比民间的复杂得多。”

我从事冷荤工作时，全聚德的程老技师告诉我，早年间，秋后鲜藕上市，当以京西海淀的白花藕为上品，藕身细白光润，如少女之玉臂，藕孔无泥垢。制作江米藕，这一煮一蒸很是关键，糯米的香味渗入藕中，鲜藕的鲜味融入糯米，相得益彰。但煮制时千万不能使用铁锅，否则藕会变黑。

西湖醋鱼有亲情

提起西湖，自然会想到“欲把西湖比西子，淡妆浓抹总相宜”那脍炙人口的优美诗句，但要说起西湖的美食，人们首先想到的就是西湖醋鱼。一道美食的背后总是有一段感人的传说，而像杭州西湖醋鱼这道久负盛名的菜肴，诞生的故事就更有浓郁的亲情味。

据民间传说，西湖醋鱼始于南宋高宗时。当时有宋氏兄弟两人，饱有学问却放怀于自然，隐居西湖，靠打鱼为生。当地有一恶霸赵大官人见宋嫂貌美如花，色欲大发，便施阴谋害死了宋兄，意欲霸占宋嫂。至此，宋家叔嫂祸从天降，悲愤交加。为了报兄仇，叔嫂一起到衙门喊冤告状，哪知官府与恶霸沆瀣一气，他们告状不成，反遭毒打。回家后，嫂子只能让弟弟远逃他乡躲避祸患。叔嫂分手时，宋嫂用糖、醋烧草鱼一碗，对兄弟说：“这菜有酸有甜，望你有出头之日，勿忘今日辛酸。”后来，宋弟外出从军，抗金卫国立了战功，衣锦还乡，惩办了恶棍，却一直查找不到嫂嫂的下落。一次外出赴宴，席间一道西湖醋鱼刺激了味蕾，唤起宋弟的记忆，经询问方知嫂嫂隐姓埋名在这里当厨工，由此始得团聚。于是，西湖醋鱼这道“叔嫂传珍”美食也同传说一样在民间广传开来。

当然，也有人说西湖醋鱼起源于南宋时期的杭帮名菜“宋嫂鱼羹”。据宋人周密的《武林旧事》记载，南宋淳熙六年（1179），宋高宗游西湖来到钱塘门外，“时有卖鱼羹人宋五嫂对御自称东京人氏，随驾到此。太上特宣上船起居，念其年老，赐金钱十文、银钱一百文、绢十匹，仍令后苑供应泛索”。

关于西湖醋鱼，文献载述也很多，清人方恒泰有《西湖》诗咏之云：“小泊湖边五柳居，当筵举网得鲜鱼。味酸最爱银刀鲙，河鲤河鲂总不如。”这首诗不仅说出了西湖醋鱼的烹制与美味，还道出了一些细节。咸丰年间有个叫施鸿宝的文人作了一首诗：“最爱西湖醋搂鱼，酸咸滋味起锅初。作羹宋嫂今何在？过客惟寻五柳居。”抛开诗咏抒情，以菜谱记录这道名菜最早见于清代文人袁牧的《随园食单》：“用活青鱼，切大块，油灼之，加酱、醋、酒喷之，汤多为妙。俟熟即速起锅。此物杭州西湖上五柳居最有名。”民国时期，杭州人士著名文学家梁实秋先生曾记载过西湖醋鱼这道菜的烹饪方法：选用西湖草鱼，鱼长不过尺，重不逾半斤，宰割收拾过后沃以沸汤，熟即起锅，勾芡调汁，浇在鱼上，即可上桌。

西湖醋鱼流行至清道光二十八年（1848），楼外楼菜馆诞生了，这家餐馆以烹制西湖醋鱼最负盛名，时至今日仍然有“西湖醋鱼何处美，独数杭州楼外楼”的美誉。常年来杭州的人就有一个喜好，凡有宾客，必到楼外楼品尝杭菜风味。外地游人玩西湖，不上楼外楼品西湖醋鱼似乎就没有真正领略到杭州的美味。

制作西湖醋鱼，主要原料有草鱼一尾，醋、黄酒、酱油、白糖、水淀粉、姜葱适量。把姜去皮切成碎末，去掉的姜片不要丢掉，准备好醋、酱油、黄酒、水淀粉和白糖。把草鱼去鳞去膛洗净，将头劈开，贴着脊骨向尾部片开分为两片，去掉鱼头的瘀血，在没有脊骨的身上长划一刀。锅中放入葱姜片和清水，烧开后，捞出葱姜，下入鱼，用筷子把鱼鳍支起来，让鱼成形，煮上三分钟，兑入凉水两次。倒出汤汁，锅内加入少许的原汤和适量的酱油、绍酒和姜末。捞出鱼，码放在盘中。锅中的原汁加入白糖、米醋和剩下的酱油。烧开后加入湿淀粉使汤汁浓稠。把制作好的汤汁均匀地洒在鱼的身上，再撒上剩余的姜末即可。烹制时火候要求非常严格，仅用三四分钟才能烧得恰到好处。烧好后，再浇上一层平滑油亮的糖醋，胸鳍竖起，外观色泽红亮。吃起来鱼肉鲜嫩，且带有蟹肉滋味，味道酸甜鲜完美合一。

烹制好的西湖醋鱼由于是两片，一片有骨，一片纯肉，故有骨一片被称为“雄片”，纯肉一片则为“雌片”。制作西湖醋鱼，选料最为关键，大多采用草鱼为食材，且草鱼选不足二斤的为佳，这样鱼质细嫩，润而不柴。养鱼池的鱼肉质虽嫩，但腥味浓且鲜味差。若非人工养殖草鱼，在烹制前一般先要在鱼笼中饿养一两天，使其排泄肠内杂物，除去泥土味，则鱼鲜味会更浓。

我曾两次到过杭州，都没有错过吃西湖醋鱼。第一次是1990年5月，和太太旅行结婚来到美丽的西子湖畔，第一餐就点了这道菜。欣喜之余喝了点小酒，结果不小心瓶子倒了，砸坏了一个七寸盘。结账时服务员毫不客气地让我交了两元钱赔款，我不迭声地抱歉就像小学生犯了错误一样，一脸惭愧……第二次是2019年夏，这次自驾游的主要目的是考察大运河文化和古徽州太极拳文化，仅在杭州逗留一天，于是我俩将车停在苏堤停车场，然后漫步在风光旖旎的西子湖长堤，弥补了三十年前的遗憾。接近下午2点来到了西湖岸边的一家著名餐馆，令人兴奋的是餐馆还没有闭餐，正敞开胸怀迎接着游客。翻开菜谱先找西湖醋鱼，一看价格将近三百元，觉得有点离谱，于是我多了一句嘴问了一下，仅此一款吗？见我一脸好奇，服务员告诉我，还有一款菜谱上没有的普通款，但原料用的是草鱼，价格是八十八元一尾。我诧异了，正宗的能品出蟹味的西湖醋鱼用的不就是草鱼吗……

西湖醋鱼上来了，外观很漂亮，但吃起来除了味汁有滋味，鱼肉只有土腥味，并没有尝到鲜蟹般的味道。勉强吃了雌片，并身体力行践行光盘行动打包了雄片。当天自驾到千岛湖已经很晚了，宾馆周边的餐馆也已打烊，于是泡面成了主餐，突然想起跟我们从西湖跑到千岛湖的那雄片醋鱼，于是拿出佐着小二吃了起来，没想到此时的醋鱼不但不腥，还很入味，细细品来，还真有品食蟹肉的感觉。没想到经过长途跋涉的半片草鱼得到了汁的滋润和味的浸养，为我们这顿单调的晚餐平添了姗姗来迟的特色味道。

细腻甜蜜豌豆黄

早年间，民间的豌豆黄有粗细两种，细的是由民间进入宫廷，后经过宫廷改制之后又传至民间，成为蜜饯茶食店或大饭店的甜点心。较为有名的是东安市场正门的一家茶食店及北海的仿膳饭庄。而粗豌豆黄最受老百姓的欢迎，春秋两季，沿街叫卖。小贩手推独轮车，车前有炉灶设备，车上放大案板一块。蒸煮取沙的方法极为简略，不去皮，不加糖，但嵌上大量红枣，以红枣之味代替甜味。蒸熟后，不经过冷冻，直接从锅中翻转到木板上，上盖干净白纱布。这种豌豆黄呈黄褐色，但也很平滑。出售时随客人需求，随卖随切。一块仅三四个铜板，口味上虽少甜味，但也耐人寻味。粗豌豆黄具有粗犷的乡土气息，所以深受一般劳苦大众和市民的喜爱。

豌豆黄现而今是北京有名的传统小吃，据清末徐珂《清稗类钞·饮食类》中记载京都点心曰："京都点心之著名者，以面裹榆荚，蒸之为糕，和糖而食之。以豌豆研泥，间以枣肉，曰豌豆黄。"在北京的旧俗中也有每年农历三月初三吃豌豆黄的习俗，虽然豌豆黄在春季上市，但其状若田黄宝石、口感细腻凉甜、入口即化的特色，使其成为夏季消暑之佳品。

据传说，当年慈禧听到小贩叫卖豌豆黄的吆喝声，遂传小贩进御膳房制作这一食物，从此，豌豆黄成了清宫美食。其实，豌豆黄原是民间大众化食品，早在明代之时，豌豆黄的名字就已在当时的小说中出现。清乾隆年间，豌豆黄已成为宫廷御膳的甜食之一，只不过当年的豌豆黄含有红枣的成分。故清代雪印轩主《燕都小食品杂咏》有诗曰："从来食物属燕京，豌豆黄儿久著名。红枣都嵌金屑里，十文一块买黄琼。"诗后注解："以去皮之豌豆入砂锅内，煮之成粥，后入以红枣，俟水分渐干，即可成块，出锅，待冷后分切三角之块，陈列售卖，橙黄之块，满嵌红枣，可观亦可食。"从中可以看到，当年的豌豆黄是有红枣成分的，沿街推车小贩也贩卖这种制法的豌豆黄。随着时代的发展，红枣从豌豆黄中消失了。

由于豌豆黄早年也是清宫食品，在北京，宫廷御膳风味的仿膳饭庄所制作的豌豆黄最为有名。仿膳于1925年开设于北海公园内，经营的各种菜肴和小吃，就是由几位原清宫中的御厨仿照御膳房的烹制方法而制作的，豌豆黄就是其中之一。

豌豆黄的主要原料有白豌豆、白糖和碱面。具体做法是：先将豌豆磨成碎豆，去皮，用水洗干净。把铝锅放在旺火上，倒入凉水烧沸，下入碱和碎豆瓣，再烧开后，改用微火煮两小时，做熟的豌豆黄颜色才美观。最好不要用勺搅动，以免豆沙沉底易煳。当碎豆瓣煮成稀粥状时，下入白糖搅拌，将锅端下。取瓷瓶一只，上面翻扣一个马尾罗，逐次将豆瓣和汤舀在罗上，用竹板刮擦，通过罗形成小细丝，落到盘中成豆泥。

把豆泥倒入铝锅里，在旺火上用木板不断搅炒，勿使煳锅。

炒时要注意掌握火候，不要炒得太嫩，否则凝固后切不成块；炒得太老，凝固后又会裂纹。所以必须随时用木板捞起检查，如果豆泥往下流得很慢，流下的豆泥形成一堆，逐渐地与锅中的豆泥融合，就可以起锅了。把炒好的豆泥倒在白铁模子内摊平，用干净的白纸盖在上面，以免凝结后表面结皮裂口。然后放在通风处晾五六个小时，再放入冰箱凝结后，就是豌豆黄。吃时揭去白纸，把豌豆黄扣在案板上，切成小方块，摆入盘中。

现在有些商家对豌豆黄的制作进行了一定程度的改良，已不像过去那样烦琐了，而是在原料中加入了洋粉，但仍不失软甜可口、豆香浓郁的特点。不过面点技师告诉我，如果使用鲜豌豆蓉，加入洋粉后，就不能再上火熬制了，否则豌豆会变色，一定要将洋粉溶化，加入砂糖后烧开过滤，再倒入豌豆蓉一起混合搅拌，烧开就倒入盘内，凉凉后放入冰箱，食用时再切成块。

宫廷珍品芸豆卷

早年间，出售芸豆卷儿的往往将芸豆面团一方方地备好，上盖一层白纱布，利用面团的可塑性，用手捏成各种小动物，如兔、龟或各类水果。用芸豆面捏成红眼睛的白兔、绿乌龟、红龙睛鱼，以及桃子、苹果、大鸭梨等，形象逼真，形态各异，伶巧可爱，既好吃又好玩，是小孩子极为喜爱的一种小吃。

芸豆卷儿是一款颇受广大群众喜爱的小吃，最早在民间经营，后来随着声名鹊起华丽大转身，逐渐发展成宫廷小吃。

据传说，在清朝光绪年间一个夏日里，宫中的慈禧太后偶尔听到红墙之外有铜锣声和吆喝声，顿时兴奋劲儿就来了，连忙询问是卖什么的，宫女告之是民间小吃“芸豆卷儿”。慈禧被那新奇的吆喝声和未曾听说过的小吃名所吸引，于是传进卖货人，品尝了芸豆卷儿，觉得特别好吃。慈禧高兴之余将卖货人留下，在宫内专为她制作各类小吃，芸豆卷儿也就自然成为后来的清宫御膳珍品。

芸豆卷儿的具体做法是：先将芸豆磨碎，去皮后放进盆内，用开水浸泡一夜，将未磨掉的豆皮泡涨。然后，加进一些温水，与盆里的凉开水调匀，用手揉搓碎豆，豆皮就会脱离豆身而浮在水面上，随即用笊篱捞出，反复几次，直至豆皮去净。把碎豆放在沸水锅内，加碱和明矾。煮时多加些水，以免豆煮得太稠，滤不干净水，以致做出的豆泥太稀，还会有生熟不匀的现象。煮至用手指搓捻碎豆就成粉，即算煮好。捞出用布包好，上屉蒸约十五分钟取出，仍用布包着，不使其变凉。

在瓷盆上面翻扣一个马尾罗，将豆过罗，最好用竹板刮擦，通过罗形成小细丝，落到瓷盆中。凉凉后放入冰箱内保存，以防吸潮。用时倒在湿布上，隔着布揉和成泥。将芝麻去除杂质，在微火上焙到略带黄色时取出，凉凉擀碎，加入白糖拌匀。卷芸豆卷儿时，再加入糖水泡过的糖桂花。取湿布一块，一半铺在石板上，一半垂下。将和好的芸豆泥取出约二两，搓成直径一寸的圆条，放在湿布中间。用小刀先将芸豆泥条压成片状，再抹成一分厚、六寸长、二寸五分宽的长方形薄片，切去四周不齐的地方，在上面铺满芝麻馅，将垂在石板下的一半湿布撩起盖在馅上，垫着布把馅轻轻压实。

卷时，左手将盖在馅上的布揭开，向前方拉紧，使豆泥片的后边沿随布略微抬起。右手四指顺着抬起豆泥片的边沿，隔着布向下压一压，使芸豆泥片的边沿成一小卷边，整个边压完后，左手放开拉着的布，仍盖在芸豆泥片上，双手将小卷边捏实。然后隔着布向前推卷，将一半的芸豆泥片卷成一个大卷边，捏实后，轻轻撤去卷进去的湿布。接着将布带着芸豆泥片调换一个方向，照上述方法，将另一半芸豆泥片也卷成一个大卷边，使两个大卷边并列在一起。再用布将怀里的大卷边提拉起来，压在外边的卷上，隔着布轻轻地压一压，使其略微粘起来，成为一个圆柱形的长条，即为芸豆卷儿。最后将布拉起，使卷慢慢地滚到石板上，切去两端不齐的边，再切成六、七分长的段即成。

全聚德的王大厨曾向我讲述过制作芸豆卷儿的一些关键细节：首先为保证芸豆卷儿的味道鲜美，选用的豌豆必须是当季的，一是泡制后好去皮，二是制出的豌豆泥颜色也好看。他们制作豌豆泥时，过罗后还要放入豆包布中吊起来充分控水，一般需要两天，但必须放在低温的环境中，否则容易变质。只有这样制作出的芸豆卷儿才质密细润，香甜适口，形状美观。

古今细聊涮羊肉

我早年刚参加工作时在王府井东来顺吃的涮羊肉比较简单，除了羊肉片、粉丝、冻豆腐和白菜，调料也不复杂，主要是芝麻酱、酱豆腐、韭菜花、虾酱混拌而成，配上干辣椒油、香菜和葱末，加上糖蒜，既简单也美味。

一次，在名医之后、姑父李老先生家吃涮羊肉，酒酣耳热之际，他告诉我，当初他父亲吃涮羊肉非常讲究，那时，人们的肚子还比较素，因此主料中除了羊肉片外还有羊尾片，以增其润。调料则更讲究了，王致和的酱腐乳、六必居的韭菜花、天津的虾油，以增其鲜，糖蒜要桂花味的，主食除烧饼外还有绿豆杂面。一个涮羊肉就这样多的讲究，由此可见旧时人们对于美食的标准、要求。

涮羊肉作为京城的著名美食，可谓家喻户晓。据说涮羊肉诞生于元代，元世祖忽必烈在戎马生涯中，其手下的厨师在行军作战的紧急情况下，急中生智将这一美味创新出来。在一次战事紧急的行军途中，恰逢冬季，天气寒冷，又断了军粮，这位厨师就烧好了一锅开水，将冻羊肉切成片下到锅里一涮，捞上来拌上作料吃，不但解决了战士们一时的进食问题，而且吃起来肉片鲜嫩、美味可口。战士们吃了这种羊肉，跃马扬鞭，精神抖擞。忽必烈很赏识这一实用又美味的吃法，并在全军普及推广。当然，传说中涮羊肉的做法比较原始，刀工不讲究，作料也不齐全。民间的涮羊肉则是历经数代厨师的潜心钻研，不断地发展提高，并逐渐形成了地区特有的一道风味。

东来顺的创始人叫丁德山，字子清，河北沧州人。丁德山由最初的小本经营，到把涮羊肉这一风味引进店铺，又经过了细心琢磨，最终涮羊肉以其肉嫩、选料精、加工细、作料全、味道鲜美而闻名遐迩。近百年来，东来顺人在秉承传统的同时，博采众长，精益求精，创造了独特的色、香、味、形、器的和谐统一，形成了风味涮肉的八大特色：选料精，刀工美，调料香，火锅旺，底汤鲜，糖蒜脆，配料细，辅料全，从而成为我国最好的涮羊肉之一！

多年以前，由于工作原因，我的一次午餐就安排在马连道的一家东来顺，店长是一位来自王府井东来顺店的女士。桌上的菜品很丰富，有几样凉菜很有特色，如拌海螺、白水羊蹄、拌松花鹌鹑蛋、牛肉干等。

热菜给上了双杯虾，实际是虾的两种吃法：一种类似油焖虾，摆在杯子边缘，就像一只只小虫子趴在杯子的边上，非常整齐；另一种是清炒虾，放在杯子里，造型很特别。还有一盘是烤羊排，大块的羊肉条吃起来令人有点充满侠气的感觉，还可以卷着荷叶饼和葱酱，就如同吃北京烤鸭。厨师长是位年轻的小伙子，来自内蒙古通辽。我问他烤羊排是否为通辽的制作风格，他说是。他说这里还有一台烤全羊的机器，但售出烤全羊的机会很少。客观地说，一是价格高，当时一只烤全羊大约一千元，家常便餐时谁也不会选择这道大餐；二是一桌吃一只全羊就饱了，什么也别吃了。后来我给他们建议了一下，如果有婚宴，可以上一只，既能增加气氛，也可让大家品尝到这一美食。

热菜虽没有上几道，但有一道红花汁扒牛掌，还是很有特色的。牛掌做得软烂、入味，红花汁浓厚，给我留下了很深的印象。东来顺的涮羊肉确实味美，关键是选料精，精美的羊肉片摆在那里就使人赏心悦目。而那两个传统的烧炭火锅就更有特色，均用景泰蓝风格的工艺打制而成，因此显得精美而华贵。这里的烧饼制作也很见功夫，一掰就酥。怎样鉴别烧饼的工艺火候？地道的北京烧饼得用手捧着吃，否则烧饼渣会掉一地，从中可见其酥。东来顺的烧饼虽没酥到那种程度，但也酥脆得甜香味美。现在的涮羊肉，所使用的涮料也在与时俱进，除羊肉外，还有毛肚、菌类、绿豆豆腐等，最后是蔬菜。

羊肉泡馍这么掰

羊肉泡馍是西安特有的清真美食，这道家喻户晓的小吃历史悠久，体现着浓郁的西北风格。羊肉泡馍讲究工艺，烹制精细，火候到家，肉烂汤浓，馍筋光润，绵韧适口，肥而不腻，营养丰富，且具有食疗滋补作用，被当地人视为金牌美食，而到古城西安的游客们更是争相品尝，以饱口福。

早在明崇祯十七年（1644），西安就有了专营羊肉泡馍的“天赐楼”。在今天的西安，较为有名的泡馍餐馆有“同盛祥”“老孙家”“义祥楼”“一间楼”“鼎兴春”“老童家”等十余家，而且各具特色。

羊肉泡馍的出现还有一段传说。相传，宋太祖赵匡胤曾经穷困潦倒，流落长安（今西安）街头。一天，正在为身上仅剩的两块干馍无法下咽而愁苦时，恰巧路边有一羊肉铺正在煮羊肉，他就前去恳求要一碗羊肉汤。店主见他可怜，就让他将馍掰碎，浇了一勺正在翻滚的羊肉汤泡了泡。赵匡胤食过这碗泡馍后，全身冒汗，饥寒全消，顿觉精神倍爽。公元960年，赵匡胤当了北宋的开国皇帝。他尝遍了皇宫里的山珍海味，却总觉得不香。有一次，他出巡长安，路经当年的那个羊肉铺，羊肉铺正在煮肉，当他闻到那诱人的香气后，不禁想起那段往事，于是停车叫店主制一碗羊肉汤泡馍。店主慌了手脚，马上叫妻子烙饼，待饼烙好，店主一看不太熟，就把馍掰得碎碎的，浇上汤又煮了煮。上面还放上几大片羊肉，精心配好调料后端上。赵匡胤食过大加赞赏，当即命随从重赏店主。大多数美食在演绎其诞生故事时都会与帝王们联系起来，而许多还是开国皇帝，美食似乎随着天子经历一下落魄与辉煌就会身价倍增。赵匡胤喝羊汤吃泡馍的事很快就传遍长安，人们由于好奇便纷纷前来品尝，都觉得味道不错，于是来店里吃泡馍的人越来越多。因泡馍生意兴隆，由“店小二”掰馍改为由顾客自己掰馍，久而久之，便形成了长安独特的风味美食。

羊肉泡馍的工艺可分为骨肉处理、煮肉、捞肉、掰馍、煮馍。先将剔净骨头的羊肉切成五斤左右的大块，漂洗净血污直到肉色发亮，把骨头漂洗净血污后砸成段。

锅烧开后放入骨头，加明矾。旺火熬制，撇去浮沫。把桂皮、草果、花椒、小茴香、干姜、良姜、八角装入布袋内，扎紧袋口，放入锅内。旺火烧两小时后，将肉块皮面向下摆放在骨头上，煮三四个小时后放精盐改小火。大约炖十二个小时，直到肉烂汤浓。用竹笊篱将肉全部捞出凉凉。

羊肉泡馍的馍采用的是饦饦馍，由顾客用手细心掰成碎块，放入碗里。泡馍的掰法有讲究，有人说掰出的馍要像蜜蜂头，越小越好，其实馍的大小是和煮法相统一的，干泡、口汤、水围城，馍的大小依次如黄豆、花生、蚕豆即可。肉的部位分为肥肋、腱子、头皮、羊眼、口条、蹄筋、肚头等，既可单选一种，又可兼要多种。

羊肉泡馍的煮法有三种：第一种是“干泡”，要求煮成的馍，碗内无汤汁；第二种是“口汤”，要求煮成的馍吃完后，仅留浓汤一大口；第三种是“水围城”，要求盛入碗里时，馍块在中间，汤汁在周围。另外，还有碗里不泡馍光要肉和汤的吃法，称之为“单做”。

进餐时，还要佐以糖蒜、香菜、辣子酱。人们可根据自己的爱好随意选取，吃时不能翻搅，以免发澥。只能从一边一点一点地“蚕食”，这样能始终保持鲜味不变。餐后，最好喝一碗原汤加粉丝烹制的高汤。再喝两杯浓茶，就会顿觉心旷神怡、余香满口、回味无穷。

吃羊肉泡馍的乐趣就在于自己动手去掰馍，经过亲自动手的劳动成果，品尝时就能更加感受到成就感的香美。从烹饪角度讲，由于手掰之馍毛茬交错，增大了吸取味汁的空间，因此泡馍的味道就更加浓郁。曾经在西安某饭庄，为了节省时间，我吃了一回不是自己动手掰的馍，结果嚼在嘴里，那切得方方正正的馍块，无论是在滋味上还是质感上都差了太多，由于犯懒，那顿羊肉泡馍吃得非常扫兴。

当然，即使是手工掰馍，也不一定就吃着那么舒服。曾经在北京一家著名的西安风味餐馆，当我的羊肉泡馍端上来后，自己越吃越觉得别扭，因为我掰的馍没有那么细致。抬头看对面那桌几个浓妆艳抹的姑娘，其中一个似乎也在诧异，那神态也是在边吃边疑惑。估计是服务员端错了，但又没有证据，心里别扭，总感觉泡馍里多了胭脂的味道。从那以后，每回吃泡馍，我就要了个小机灵，掰出一块大点的有特色形状的放在碗里，可是从此，不管一桌多少人多少碗泡馍，从来没有再出现过张冠李戴。

羊肉泡馍以其味浓汤鲜、馍筋光绵、不膻不腻而深为人们喜爱。它虽是风味小吃，但也曾经是周恩来总理宴请外国首脑的一道美食，这在小吃中并不多见。

罾蹦鲤鱼带鳞吃

对于鱼类食材的加工，无论是海鱼还是河鱼，除内脏去鱼鳞是最基本的常识。但是也有例外，比如被称为“鱼中之王”的鲥鱼，它鱼体丰肥，肉质细嫩，脂厚味美，历来被尊为鱼中上品。清康熙年间，鲥鱼就被列为御膳的主菜。鲥鱼最大的特点就是不去鳞清蒸，蒸好后，再用上好酱油蘸食。如果说鲥鱼是因为在鳞片中含有丰富的脂肪，蒸制过程中渗透在鱼肉中，使之更为润嫩鲜美，那么还有一款河鱼不去鳞的名菜就属于烹饪独特技艺的匠心展示了，那就是津门著名的风味菜品罾蹦鲤鱼。

相传罾蹦鲤鱼诞生于清光绪末年的“天一坊”饭庄。据陆文郁《食事杂诗辑》载：1900年八国联军从大沽口登陆，侵占天津，纵兵行抢。而当地的一些流氓地痞也趁火打劫，至“天一坊”大吃大喝，点菜时，误将“青虾炸蹦两吃”呼为“罾蹦鱼”。店小二为之纠正，叫菜人却恼羞成怒借机闹事。堂头眼看伙计要吃眼前亏，立刻上前圆场说有此菜，并连忙解释说小伙计新来业务还不熟练。说完就让伙计通知厨房大厨。大厨正在诧异这是一道什么菜呢，堂头连忙赶来细说原委。大厨则灵机一动，找来一条大活鲤鱼，宰杀后去脏留鳞，沸油速炸，捞出盛盘浇汁，鲤鱼若蹦跳出水，加之鳞片清晰在目，活灵活现。吃起来外皮酥脆，肉质香嫩，从此一道独具个性的名菜诞生了。罾蹦鲤鱼渐渐扬名，传承至今，有诗赞云：“北箔南罛百世渔，东西淀说海神居。名传白洋第一鲤，烹做津沽罾蹦鱼。”

传说终究是坊间茶余饭后之说，有着很浓的演绎色彩，但“罾蹦鲤鱼”系一味传统津门名菜确实是名不虚传，该菜采用烹饪技法中的炸熘而成，因其成菜后鲤鱼形如出水面蹦跃，故名。其特点是鳞骨酥脆，肉质鲜嫩，口味则是大酸大甜。为了突出其视觉效果，上桌后趁热浇上滚烫的糖醋汁液，热气顿时蒸腾弥漫，香味飘溢，此时刚刚炸得的脆干鱼鳞遇上味汁顿时“嗞嗞”发声，冲击着人的视听嗅味感觉，刺激了食欲，平添了饮食情趣。

这道独具代表性的津菜具有很高的厨艺含量，制作起来有很多关键性的技巧。一是炸制技艺，炸制后保持鲤鱼跳跃动态的鱼形，并且鱼形的保持不能因为浇上味汁而塌软。二是时间的把握，恰到好处时酱汁浇在鱼身上才会发出清脆的声响。

罾蹦鲤鱼的主要原料是鲜活鲤鱼一条，调料有精盐、白糖、醋、料酒、葱丝、姜丝、蒜丝、青辣椒丝、鲜红辣椒丝、姜水、湿淀粉、高汤、花椒油、花生油。制作时，先将鲤鱼去鳃、去内脏后洗净，贴着中刺两侧割断软刺，再在大刺中剁两刀，在头底部劈一刀，使鱼头和鱼腹向两侧敞开，脊背朝上。将炒勺加花生油置旺火上烧至八成热时，将鱼下锅炸至酥香时捞起，伏卧盘中。当然，为了体现鲤鱼跳跃的动态感，还可使之弯曲如跳出水面之形状进行炸制。炒勺重新置旺火上，下花生油烧熟，下葱丝、姜丝、蒜丝炒香，加白糖、精盐、绍酒、姜水、醋、辣椒丝、高汤。汤沸后，用湿淀粉勾芡，淋上花椒油搅匀，盛入小碗，与炸鱼一起上桌，食前将汁浇在鱼身上即可。

据上世纪50年代初期就定居在天津的二姑父讲，虽然罾蹦鲤鱼的成菜形态与糖醋鲤鱼相似，但是口感有着鲜明的差别，糖醋鲤鱼的外酥完全是淀粉糊的作用，但罾蹦鲤鱼的清脆完全出自本身的鱼鳞，自然而适口，吃起来更是别有情趣。现今的天津，目前能做正宗罾蹦鲤鱼的餐馆并不是很多，一些老字号制作的罾蹦鲤鱼、独面筋等老牌天津菜依旧保持了原有风味，吃后令人回味。

我最近吃的一次罾蹦鲤鱼是在2015年的夏季，当时我和太太自驾到天津游玩。游览完第五大道和瓷房子后，正要驱车离津，停车场看车人好心地告诉我，下午4点半至7点是非津牌机动车限行时，粗心的我才意识到居然都没有关注天津的交通管理规定。于是，谢过看车人之后，我又突然想起了一家老字号的罾蹦鲤鱼，正好借此时机前去品尝。于是我们打了一辆车直奔那家餐馆。途中，看到警察、辅警正在各个路口忙碌地给外地人开罚单。到了那家餐馆，我点了独面筋、爆三样、馃子汤，自然少不了罾蹦鲤鱼。城市交通规定造成一场意外的留客，却给外乡人平添了一顿美味享受。罾蹦鲤鱼上桌后，浸润着味汁的鱼身上的鳞片闪闪发光，弯曲的鱼身活灵活现，令人叫绝。声响过后，动箸分食，吃一块，鳞片酥脆，肉质鲜嫩，酸甜可口。

海河边的天津人对鲤鱼情有独钟，但家家户户对于鲤鱼的烹饪大多是红烧和清蒸之类。由于在家庭中制作罾蹦鲤鱼受环境制约，所以天津的酒楼就成了罾蹦鲤鱼的舞台，况且“年年有余”“鱼跃龙门”这吉利的寓意更受到天津卫百姓们的喜爱，更何况罾蹦鲤鱼的美味确实诱人。

炙香不腻炮羊肉

我在丰泽园学院路店工作期间，与中国农业大学东校区一位安保管理干部结成至交。一年春节长假过后，他从家乡盐池给我带回了半只盐池滩羊，简直让我如获至宝。盐池县得天独厚的天然地理环境，培育了滩羊独特的质量，使得那里的绵羊肉质细嫩、无膻味、味道鲜美、脂肪分布均匀，是国内外肉羊质量最好的一种。宁夏盐池县的干草原草场、荒漠草场、沙生植被草场、盐生植被草场四种草原类型上，生长着甘草、苦豆子等百余种优质牧草。饲料中大多就是天然的中草药和香料，加上羊喝的又是沟泉水，其独特的自然气候条件和天然草场植被培育造就了“盐池滩羊”这一优质地方绵羊品种。

这样上好的食材，哪里舍得拿来炖制？我将其分割分质保管，羊腿用来烹制炮羊肉，肥瘦相间的用来烤串儿，纯羊排用来炖制，不成形的用来做馅包制各种羊肉馅饺子。客观地说，这种原料不但质感鲜嫩，即使不加任何除膻调料也依然鲜美，这美味的原料着实让我胃口大开，美哉美哉享受了很长一段时间。

在众多的羊肉美食当中，炮羊肉既是风味餐馆的一道特色名品，也是旧时北京庙会上颇受大家喜爱的美食，那飘散的美味引诱着人们的食欲，勾着逛庙会的人情不自禁地寻味而至。炮羊肉实际上是从烤羊肉发展而来，在制作上不是用炙子烤，而是用大铁铛炮制，制出的羊肉香味浓郁，风味特殊，夹在烧饼中吃味道更美。

宣统年间，有人写诗专门介绍了炮羊肉："小品绝佳炮羊肉，名家大半近花巢。日斜可惜门犹闭，专备游人作夜消。"意思是，北京的炮羊肉是小吃中的妙品，以煤市街一带近娼寮者最佳，惜白日闭门，上灯始卖。诗中说的名家多在煤市街的八大胡同附近，到晚上灯亮之时才有供应。

炮羊肉的制作方法并不复杂，先选用鲜嫩的羊肉切成片，放在铛上，加葱花、葱姜末、酱油、醋、豆腐卤炮之，短时间就可制作完毕。

旧时的老北京人在餐馆吃炮羊肉时，喜爱就铛食用。还有一种吃法就是炮好了羊肉端到桌子上享用。两种食法，各具特色。

由炮羊肉演变而来的另一道美食更是富有特色，受人喜爱，那就是"炮糊"。当年，煤市街的同聚馆不仅馅饼出名，人称店主叫馅饼周，就是他发明了"炮糊"。馅饼周当年在门口支起一个炮羊肉的大铁铛，铛由生铁加铜制成，下面烧劈柴，伙计用铲子敲锅边时，发出有节奏的响声，远在珠市口的人都能够听到。响声一起，人们便知，同聚馆开市了。

当年，鼓书艺人刘宝全在大栅栏的三庆戏院唱罢京韵大鼓，就到同聚馆炮肉摊点，站在大铛边吃炮肉。由于刘宝全在京城颇有名气，人们见了他都愿意与他聊上一会儿，聊到兴起，炮好的羊肉又来不及吃掉，他就让伙计将炮好的肉拨到铛边，伙计又怕焦煳了，不断用铲子轻轻拨动，时间长了，炮肉就变了味，成了色泽油亮、肉质酥嫩、味道香煳的食物了，还是刘保全给它冠了一个新名叫“炮糊”。“炮糊”一出，又加上是名人所吃，于是很快就被京城人认可，人们纷纷前往品尝，特别是梨园界人士更是爱吃。

炮糊为什么颇受人们特别是那些著名艺人的喜爱呢？我认为当人们感觉饥饿时，吃炮羊肉那是又香又美，但如果连续吃，随着肚子的开始充实，就会感觉油腻了。而炮糊恰恰在过火的煎烤中解除了油腻，同时释放出炙烤的自然芳香，甚至里嫩外酥。炮糊煳香浓郁，食而不腻，不仅适合夹着烧饼吃，如果佐酒则更好。

炮羊肉和炮糊是旧时庙会的美食，现今，在庙会上却难寻踪迹。的确，制作炮羊肉需要特殊的烹饪工具。而制作炮糊确又相当费火费力，再加上真正懂得烹制法的又难寻觅，难怪在市场上难以寻觅。其实，许多当年的美食，在今天并不一定没有市场，就看经营者怎样去开发了。

我爱吃羊肉，在家中偶尔也烹制自己的“炮羊肉”，同样吃得大快朵颐。我的炮羊肉是这样制作的：将羊后腿肉切成片，片不宜太薄。先用豆蔻、小茴香、山柰和香叶煮成的水泡一下，水不宜多，入味后用南乳汁、少许盐和上好酱油腌制。将香味料、调味料、味水抓入肉中充分入味，之后加少许孜然末，滚刀大葱、洋葱条和少许香菜段抓匀。烹炒时火要旺，炒勺中放入油，油热后加入腌好的羊肉快速翻炒，加入一定量的上好酱油、蚝油，出锅时撒入少许辣椒粉，不爱吃辣的也可以不加。出锅时既可以盛入上面撒上洋葱条的热烧后的铁板中，当然也可以盛入电饼铛中，边加热边吃，那更有一番情致。

杏仁豆腐本宫做

杏仁豆腐是北京小吃中的夏令食品。洁白如玉的杏仁豆腐经过冰镇盛在碗内，兑入冰镇过的糖汁，再点缀上红绿樱桃和红绿果料，色彩美观艳丽。盛夏时节喝上一碗，清凉甜蜜，沁人心脾。

炎热的夏日里，这款北京小吃不仅在小吃城、夜市中是一道颇受大众欢迎的清凉可口的消夏饮品，而且，在许多著名餐馆里也有经营。当宴会进入尾声，甜食一改冬日的拔丝菜肴，上席的则是清凉可口的杏仁豆腐，使饱食之后的食客顿觉口舌一新。

杏仁豆腐不仅在民间广为流行，在早年间也是宫廷的一款美食。爱新觉罗·浩女史在《食在宫廷》一书中就记有杏仁豆腐的制作方法：杏仁80克，白糖150克，琼脂25克。用开水将带皮的杏仁浸泡3分钟，然后剥去皮，用水冲洗干净，加水磨成杏仁浆，滤去杏仁渣。加水将琼脂上火化开，兑入白糖50克，约煮10分钟后倒入杏仁浆，煮一开后，立即将杏仁浆倒入深6厘米的器皿中，撇去浆面浮沫，然后让其冷却凝固。把白糖100克倒入锅内，加水80克，将锅上火，煮成糖水，出锅后凉凉。将冷却的杏仁浆用小刀切成斜块，把小块杏仁豆腐放入小碗内，倒进糖水，杏仁豆腐即浮在水面。

北京小吃中的杏仁豆腐与《食在宫廷》中的做法基本相同，为增加杏仁豆腐的美观，在漂起的杏仁豆腐上面，再撒上些金糕丁、青梅丁。吃时使人感觉豆腐细嫩适口，甘洌醇厚，其配料又丰富了口味。

在今天的北京餐饮市场中，夜市及庙会上经营的杏仁豆腐有许多不是按传统方法制成，连一些小吃城也大多采用的是简便的制作方法。他们所用的主要原料有牛奶和杏仁精，而不用杏仁粉，这样的杏仁豆腐虽然杏仁味很浓，却没有了杏仁所含的营养功效，也没有了天然杏仁那独有的韵味。

烹饪老技师们言，传统制法的杏仁豆腐清爽利口，甚至提神醒脑，那完全是甜杏仁的作用。那些使用袋装杏仁粉，甚至采用牛奶加杏仁精的方法，做出的杏仁豆腐只有其名，更何谈传统杏仁豆腐那内含原生态的清香。

据现代科学研究，杏仁含有多种对人体有益的氨基酸和微量元素及维生素，还具有润肺清热的功效。

北京小吃的一大特点就是随着春夏秋冬的四季变换来更换应时品种，在骄阳似火的酷夏，喝上一碗冰镇的酸梅汤，吃上一碗清凉的杏仁豆腐，不仅能够消暑止渴，更会使人精神倍爽。在今日，人们对于饮食的需求往往打破了季节的限制。炎热的夏季，人们聚在热气腾腾的火锅边，一边挥汗如雨，一边吃着美味香辣的火锅。而在寒冷的冬季，来上一碗清凉爽口的杏仁豆腐，也同样会感受到别具一格的精彩。

瑞士奇遇炒河粉

上世纪90年代末，正值粤菜红遍大江南北时，我曾因工作需要到深圳为即将开业门店的员工进行岗前企业文化培训。那时可以说是尝遍深圳多家餐饮大店，无论酒楼饭庄规模大小，主食中几乎均有这道炒河粉，且做得各有千秋、风味独特。别看炒河粉起源于民间，常见于市肆，但也是粤菜宴会上非常重要的一道特色主食。

炒河粉是用米浆蒸成粉皮再切成带状炒制。这道小吃盛行于广东、广西、海南，其中，广州市沙河镇出产的沙河粉最为著名，因它使用白云山的九龙泉水泡制，不仅粉薄透明，而且爽口软滑筋道。沙河镇地处广州白云山之东，《广东新语》载："（白云山）自大庾逶迤而来，既至三城，从之者有三十余峰，皆知名。每当秋霁，有白云蓊郁而起，半壁皆素，故名曰白云。"山上有菖蒲涧、九龙泉。据当地县志记载：九龙泉，安期生隐此，无泉，有九童子见，须臾泉涌，始知童子盖龙也，故名九龙泉，又名安期井。泉味极甘，烹之有金石气。过去，广州城内的一些有钱人家，常雇人于清晨上山挑水回城饮用。据现代分析，此泉属软水无菌，因此特别清甘。沙河镇所制的沙河粉，选料严格，要用上等大米，不能用新产的大米，因新米胶质大，所制的米韧而不爽，易粘成团；而过于陈旧的米胶质小，所制的粉，屑而不韧，易折成碎。

据说沙河粉的创制者是位神秘老人。在清代，沙河镇有家叫义和居的小食店，经营者是樊阿香夫妻。他们早晨卖白粥油器，午晚卖简单饭菜。阿香为人善良，常关照穷苦人家。一天早上，义和居门前来了位老人，他满脸灰尘、衣衫褴褛，看样子像是从远方而来。阿香见他坐在门前的大石上，气喘吁吁，直冒虚汗，显然又累又饿，便叫妻子盛一碗粥递上。老人喝完一碗，阿香又送上一碗。从此，老人留在沙河镇不走了，他夜晚睡在破庙里，中午、晚上待义和居收市后，必到店中讨些粥饭吃，而夫妇从来也不嫌弃老人。数月后的一天，阿香着了凉发起烧来，第二天店铺歇业了。中午时分，老人又来到店中，香嫂依旧盛了些饭给他，老人边吃边问为何歇业，香嫂如实相告，并说阿香病得很重连东西也吃不下。老人说要弄一些新食品给阿香吃，于是请香嫂拿一只平时晒东西的竹窝来。老人磨好米浆后，烧开一大锅水，再把米浆薄薄地倒在竹窝上，放于大锅中蒸。一会儿，老人揭开锅盖，窝中米浆已熟成粉皮。老人拉起粉皮，切成窄条，加些油盐香葱，制好后请阿香夫妻品尝。两人食后，大赞可口，特别是阿香，胃口也大开。忽想到以后可以经营这个品种，就问老人此粉何名。老人说：“这粉出自沙河镇，沙河镇人好也善良，就叫沙河粉吧。”

第二天，阿香的病痊愈了，便做了些酒菜，叫香嫂到破庙请老人来店。岂料破庙中的乞丐说老人昨夜已离开，留言说阿香好人有好报，以后可以用白云山的九龙泉水磨粉。从此以后，义和居专营炒河粉，用白云山九龙泉水磨粉，美味有口皆碑。后来，炒河粉制法传开，成了珠江三角洲有名的米制食品。

炒河粉的具体做法是：将大米碾过，用水浸泡后磨成稀粉浆，取适量的粉浆倒在密眼的竹箕中，匀平后，放大锅沸水上，加盖蒸熟，凉凉后切成带状。干炒河粉的制法是：先将烧热的锅中加油，油热后加姜丝，用糖、酱油腌过的牛肉片，炒散后加入绿豆芽菜，炒至接近成熟，下入炒河粉，炒至粉质变软，再加入韭黄即成。滑炒河粉的制法是：先将油锅中的油烧热，下入沙河粉，炒至粉边白焦，洒少量稀盐水。炒至粉质变软，取出装盘，撒上韭黄炒肉丝即成。

1994年末，我曾在日内瓦的中国饭店工作了一段时间，结识了一位来自中国的小伙子小刘，他曾亲手给我炒过一盘河粉，至今让我记忆犹新。小刘来自浙江青田，个头不高，高高的颧骨瘦黑的脸，模样就像一个越南人。别看年龄不满30岁，但据他说已经到过24个国家，基本上都是在中餐馆打工，在中国饭店主要负责切配和打杂。小刘因为喜欢我雕刻的那些动物、花朵，执意要跟我学雕刻。于是有一段时间他买来萝卜，我就在下午闭餐休息后在我住宿的公寓里教他。小刘脑子灵手也巧，学东西很快，可就是这样一个悟性高的人，由于性格太直而不受饭店朱老板喜欢。朱老板是地道的老北京人，满嘴京腔京味儿。他的父亲早年曾给孙中山先生事厨，于上世纪30年代来到这里开了这家中国饭店。朱老板从小生活在北京，直到28岁才来到这里与他父亲团聚，开始学厨。别看朱老板学厨晚，手艺却比较守旧，即使剔只鸡还要先大卸八块再去骨出肉。我曾当他的面拿过一只鸡，不到一分钟，三下五除二就去了骨出了肉，看得他目瞪口呆。虽然他厨艺陈旧，却老爱给别人挑毛病。

那时，我们的一日三餐均是自己烹制，听说小刘曾在欧洲的许多中餐粤菜馆工作，我想学粤菜炒河粉的欲望突然萌生，于是一次饭前告知小刘这个想法，他麻利地给我们炒了一份干炒牛河。炒粉的动作颇具观赏性，且成品色泽滋润油亮、牛肉鲜嫩、河粉爽滑筋道。入口一吃，鲜香味美适口。他是将腌渍上浆入味的牛肉下入热油中过油，变色后捞出控油。锅内留底油，下入饭店自家发制的豆芽、洋葱和河粉煸炒，之后加入过油的牛肉、盐、糖、生抽、蚝油，煸炒均匀就成了。小刘说，如果有韭黄，再撒上一些就更提味了。

几天后，小刘正在包春卷，朱老板过来指着他包的春卷着实奚落了一番，于是亲自动手包了两个以作示范，直到见小刘一脸虔诚地点头称是才肯罢休。几个小时过去了，小刘手拿盘子托着两个春卷走到朱老板面前，满脸谦虚地问："老板，您看这两个行吗？"朱老板冷眼看了一下说："这是什么玩意儿啊，是人包的吗？"小刘回答："老板，这就是您包的那两个呀！"……没过两天，小刘离开了中国饭店，临走时送了我两本港版的图书，一本是菜谱，一本是星辉图书有限公司1993年再版的《中国厨师手册》。

清真美味糖卷果

糖卷果是北京风味小吃中的精品，其颜色绛黄，外裹一层明亮的味汁，软糯甜香，无论是凉吃还是热食都味美可口。这款精美的小吃不仅老人和孩子都爱食用，更是深受女性的青睐。

卷果曾是在京城民间广为流传的茶食之一，也是地道的清真小吃。逢年过节，回族同胞都要制作卷果，并把它当作上等食品摆上大雅之堂。

糖卷果的主要原料有山药、小枣等。其具体制作方法是：先把山药去掉毛根，用水洗净，再用刀拍裂，切成五分长的段。把小枣洗净后去核，和山药一起放入盆中，加入面粉搅匀成馅。选用上好的金糕，切成一寸长的细丝。

油皮（豆浆经熬煮后，在浆面上逐渐凝结的一层薄皮，即为油皮。内含油脂和蛋白质，营养价值较高。成品一般呈半圆形，是干制品）用湿布包起，闷软后取出，铺在案板上，将馅料放在油皮中间，横摊成一长条，再将油皮的一边向里折起盖上馅料，然后上笼用旺火蒸三十分钟取出。趁热用油皮将馅料卷成直径一寸二分的长卷，一定要卷紧。凉凉后，切成四分宽的片，即为卷果片。

锅内倒入油，在旺火上烧到八成熟时，下入卷果片，用筷子轻轻翻动，当炸至呈金黄色时捞出，控净油。

炒勺放在旺火上，放入凉水和白糖，待白糖熬化后，将淀粉用凉水调稀，倒入糖水搅匀，随即下入卷果片，颠翻几下，使其全部粘上芡汁后倒在盘中，撒上金糕丝即成。

糖卷果不仅甜美可口，而且有一定的营养功效。山药含有丰富的蛋白质及维生素，是中医传统的用药。山药性温味甘，无毒，入脾肺、肾经，有补中益气、补脾胃、长肌肉、止泻和健脾、固精、益肺的功用。大枣更是中医和民间常用的滋补品，含有丰富的糖、蛋白质、脂肪和多种维生素及矿物质。其中维生素C的含量更高。中医认为枣肉味甘、性温，具有补脾和胃、养气生津之功，可治脾胃虚弱、气血不足、营卫不和、贫血心悸、烦躁多梦等症。由于糖卷果具有药效作用，所以它也可当作药膳辅助病人的治疗。

我的姑父李老先生擅做糖卷果，据他言当初他是跟一个清真馆的老厨师学的。一次在他家亲自尝过他做的糖卷果，端上餐桌后，外观汁液明亮、吃起来软糯甜香，果然精彩，与他处吃的糖卷果确实有不同之感。李老先生笑言，卷果裹上明亮的糖汁后，撒上配料后趁热上桌是一种最佳的享用状态。糖卷果也可冷食，但卷果冷却后里面的原料会变硬，绵软香甜的美妙感觉就会削弱。

在卷果中还有一种咸味卷果，所采用的主料有羊肉、饹馇、油皮，同样深为人们所喜爱。这种卷果叫炸卷果，其做法是：将羊肉用葱花、姜末拌匀，将饹馇捏碎，加水、淀粉、盐、花椒粉，拌入羊肉馅内，调成肉馅。油皮在案板上铺平，抹上蛋液，将肉馅放在油皮上，包卷起来，上笼屉蒸熟取下。用净布卷起来捏实，凉后切成厚片，放入油中炸呈红色捞出，控净油装盘，吃时蘸椒盐。这两种卷果都以其精美的品质获得“中华名小吃”的称号。

金陵缘结鸭血汤

我在南京吃鸭血粉丝汤只有两次。第一次是1990年的初夏，与太太旅行结婚去了南京。游览完玄武湖，我们在街边吃了晚餐，其中就有鸭血粉丝汤。饭后，本来计划去看南京长江大桥，一算时间，如果前去参观，再返回火车站，很可能误点。为稳妥起见，我们就放弃了参观长江大桥，当时心中不免遗憾。

南京长江大桥是长江上第一座由中国自行设计和建造的双层式铁路、公路两用桥梁，我和太太早已向往亲临大桥之上，参观其宏伟景观，那是我们童年时代里中华民族的骄傲。当年，父亲的单位是北郊木材厂。有一年，他们制作的国庆节天安门游行的彩车就是南京长江大桥模型。父亲参加了游行，回家后兴高采烈地描述了当时见到毛主席那激动人心的场面。

2019年，我和太太考察大运河自驾游的最后一站也是南京。我们来到夫子庙，游览了人头攒动、熙熙攘攘的十里秦淮。在秦淮河边，我们吃了晚餐，当然还是少不了鸭血粉丝汤。饭后，我们前往南京长江大桥欣赏夜景，哪知到了江边，除了路灯外，黑漆漆一片，就连桥头堡也仅是路灯映衬，一片昏暗。我驾车驶过大桥，对太太说："等下次再来南京，咱们先参观长江大桥，再去吃鸭血粉丝汤。"

鸭血粉丝汤是南京的传统名吃，属于江苏菜系的金陵小吃，久负盛名，以南北皆宜的美味特色风靡全国。南京产鸭，人们自古喜食鸭馔，擅长以鸭制肴，故有"金陵鸭肴甲天下"之美誉。在江苏，虽然各地皆以鸭血粉丝汤为特色美食，但在制作时均有细微差别，不过不论是鸭汤的烹制，还是鸭血、鸭肝与鸭肠的制作，采用的都是制作金陵盐水鸭的传统方法，成品口味平和，鲜香爽滑。旧时有人将南京风味小吃编成了顺口溜，其中一句为"茶叶蛋，鸭血汤，五香驴肉老卤干"，由此处可见鸭血粉丝汤之名气。

关于鸭血粉丝汤的起源有很多版本，有的跟朱元璋联系起来，有的说跟李鸿章款待外国客人有关，但都有名吃傍名人的嫌疑。另有一说，晚清《申报》主编蒋芷湘赋诗为证："镇江梅翁善饮食，紫砂万两煮银丝。玉带千条绕翠落，汤白中秋月见嫦。布衣书生饕餮客，浮生为食不为诗。欲赞茗翁神仙手，春江水暖鸭先知。"诗中提到的梅翁就是发明者、清末镇江落第秀才梅茗。

据说梅茗多次去南京参加科举考试，每次都会住上一段时间。有次他和朋友去南郊游玩，回城时路过一家鸭店，想在此吃点儿盐水鸭，喝点儿酒，解乏歇脚。店主告诉他们鸭子卖完了，想吃只能是第二天早点来。梅茗被店里一股香味吸引着，忙问那是什么，店主答道，那是自家人的午饭，用鸭血、鸭杂和粉丝一起煮的，就是为填饱肚皮，乱七八糟的上不了台面。梅茗与店主商量，匀一些给他们尝尝新鲜。这一尝，给他留下深刻的印象。接着，他又非常谦虚地询问了整个制作过程。屡受挫折的梅茗未能考上举人，对仕途心灰意冷，最终放下所谓读书人的架子，在镇江开起了“鸭先知”，并对鸭血粉丝汤不断改进，终得美名。

自古以来，在古都金陵，鸭血作为宰杀鸭子的副产品，属于下脚料，登不上大雅之堂。经营鸭子的店家常将鸭血放在店门口，三文不值二文地卖掉。或许正是鸭血粉丝汤的诞生，使得鸭血、鸭内脏等成了南京人餐桌上的佳肴。制作鸭血粉丝汤的原料有：鸭骨架，姜片，鸭血，粉丝，鸭肝，鸭肠，鸭心，鸭胗，香菜，姜蓉，葱花，盐，鸡精，白胡椒粉，香油，辣椒红油，卤料。先用冷水将鸭骨架汆烫去血水，再用冷水，放入姜片，大火煮开后，小火煲一小时制成高汤。冷水加姜片，将鸭肝、鸭肠、鸭心、鸭胗等放入汆烫去血水，另用卤水小火卤约一小时。锅内烧开水，将鸭血放入，煮至沸腾时捞起。锅内烧开鸭骨汤，放入鸭血煮至沸腾时，连汤一起放入碗内。另起一锅开水，将泡软的粉丝煮软后放入汤碗。最后放入所有调味料及香菜、姜蓉、切成片的卤鸭内脏，即可。

据老人们回忆，早年的鸭血汤，有的是直接放在圆筒形深锅里煮，有的是临时用铁丝勺放进锅里烫一烫。除鸭血以外，有鸭的内脏，如鸭肠、鸭肝、鸭心、鸭肫，以及“闷蛋”（鸭肚子里还没有成形的蛋）。若你买的是鸭肠汤，店家舀好鸭血后，抓一把鸭肠，就着碗用剪刀剪成一小段、一小段，撒上作料、蒜花，热气腾腾地递给你。若是鸭肫，一碗汤里，大的鸭肫是半个，小的是一个。碗里内容越多，价格则越高，但与其他小吃品种相比，价格还是很便宜的。就着烧饼、馒头、花卷、油条吃，确是美味可口的一餐。

辑六

坊间赏香

半老佳人老豆腐

家住前门鲜鱼口东面北翔凤胡同的四奶奶曾经跟我说过，上世纪40年代，前门外鲜鱼口有一家老豆腐摊儿，每天晚餐时间段出摊儿，两大桶老豆腐直到卖完为止。晚间，一盏电石灯照明非常醒目，俨然成了当时胡同中一道亮丽的风景。吃老豆腐的食客很多是附近住户，更多的是干重体力活的百姓。那个摊主很会经营，他与豆农携手合作，豆农供应一年所需的黄豆，制作完老豆腐的豆渣还由豆农拉走作为猪的饲料，那大概是最早的农商对接经营的榜样，互利共赢。由于生意兴隆，买卖红火，那个经营者当时就有了自己的豪宅，也就是老北京四合院。

北京的老豆腐是以豆类为主要原料制作的一道较为有名的风味小吃，与豆腐脑有许多的相似之处，但顾名思义，由于有了“老”字，其细腻和鲜嫩的程度肯定不如豆腐脑。老豆腐之所以老，是因为在点卤之后，还需在微火上炖一会儿。因此，《故都食物百咏》中称老豆腐：“云肤花貌认参差，已是抛书睡起时。果似佳人称半老，犹堪搔首弄风姿。”并注说：“老豆腐较豆腐脑稍硬，形状则相同。豆腐脑如妙龄少女，老豆腐则似半老佳人。

豆腐脑多在晨间出售，老豆腐则在午后。豆腐脑浇卤，老豆腐则佐酱油等素食之。”

不仅仅是鲜鱼口附近，在旧时的北京，老豆腐就是午后经常出现的小吃，经营者大多是下午四五点钟就挑着担子出摊儿，直到桶中的老豆腐卖完才收摊。在秋、冬、春三季买卖更为红火。吃老豆腐的主顾，更多的是拉排子车的、蹬三轮的、扛大个儿的劳苦民众。他们带着自家的干粮，吃一碗热乎乎的老豆腐，就算是一顿饭。那时老豆腐的作料已成传统，不能更改，有严格的讲究，否则就不是北京的老豆腐，调味品有水调芝麻酱汁、水调酱豆腐汁、酱油、腌韭菜花、辣椒油，不可再加其他调味品，才称得上是正宗的北京风味。

制作老豆腐的第一步是先将碎黄豆用凉水泡涨，根据季节的不同确定泡涨的时间。泡好后洗净，加入凉水磨成稀糊状，磨得越细越好。然后加入凉水搅匀，用白布袋过滤，把滤过的豆渣加水继续过滤，豆腐脑的水与豆的比例是1∶7，老豆腐的水与豆的比例是1∶6。把浆汁倒入锅中，用旺火烧沸。将熟石膏粉放在水舀内，加温水调匀，倒入浆汁内，使浆汁与石膏汁在翻滚中充分融合。然后倒入瓷桶内，静置一会儿，把浮在上面的泡沫撇净，下面凝结的就是老豆腐。

制作老豆腐的第二步是调制调味品。把精盐放入芝麻酱内，加入凉开水调匀。蒜去皮洗净，加精盐砸成蒜泥，再加入凉开水调成蒜汁。酱豆腐也同样用凉开水调稀。把辣椒粉先用香油调成泥，然后用热油慢慢浇入，搅匀，制成红色辣椒油。

吃时，将老豆腐盛在碗内，浇上芝麻酱、酱豆腐汁、酱油、辣椒油、蒜汁，再放上韭菜花即成。从这丰富的调味料组合来看，其味道的鲜美程度就一目了然了。

据早年西城饮食服务公司的一位烹饪大师告诉我，之所以称为老豆腐，把握其嫩度非常关键，除了把握水与豆粉的比例，更要掌握好凝固剂与豆粉的配比，如果采用石膏粉，那么水、豆粉与石膏粉的比例是100：15：1，为保障老豆腐味浓，铲老豆腐入碗时，最好控一下渗出的水，这样吃起来味道就更加醇厚了。

曾经在京城的一段时期，经营老豆腐的在早点摊上、早市上有着最为常见的一种调味法，经营者大多来自不同地区，在调料的投放上也没有过多的讲究，比较常见的有酱油、韭菜花、辣椒油、蒜泥，最后撒上一些香菜末。这种老豆腐也同样受到许多人的欢迎，食者中有白发苍苍的老北京人，有脖子上系着红领巾的小学生。在老豆腐摊儿的边上，往往又有经营炸葱花油饼的小摊儿，这种吃法倒跟我在平遥城墙下吃到的老豆腐风格很相似，旁边也是出售葱花饼的商户，且早餐的食客众多。人们大多要上一碗老豆腐，再买上几块葱香油饼，吃得也津津有味。

北京胡同槐花香

京城暮春时节，恰是槐花盛开之时。层层叠叠的槐花，一簇簇，一团团，洁白的花朵挂在绿意盎然的枝头，空气中弥漫着撩人魂魄的芳香，沁人心脾。我家阳台外，有一棵粗壮的老槐树，在这个季节里，茂密的槐花点缀在翠绿的枝叶间。我总喜欢在晚餐过后站在阳台的窗前，倒上一杯新茶，一边欣赏窗外的郁郁葱葱，一边品着茗香。深呼吸一下，窗外飘来一股清新、香馥、甜美的气息，那是一种亲切、温暖的感觉，令人心醉。

我小时候，父亲总是在这个时节到胡同口的高坡上那几棵大槐树上采摘一些香嫩的槐花。母亲把槐花和玉米面和在一起，做出又香又甜的槐花玉米团，金黄的玉米面增添了一股甜丝丝的香味；要么就把槐花用水焯过，加上盐、辣椒油等调味品凉拌，吃起来既可口又开胃，那特殊的甜美味道是我童年的美妙记忆。

小小槐花既是很接地气、个性鲜明的食材，又是古人感怀抒情的目标，在古诗词中常被拿来作为咏物言情的对象。唐代诗人白居易《秋日》云："池残寥落水，窗下悠扬日。袅袅秋风多，槐花半成实。下有独立人，年来四十一。"借秋日之景，以大槐树衬托年华易逝的伤感之情。我曾经看过这样一首诗："槐林五月漾琼花，郁郁芬芳醉万家。春水碧波飘落处，浮香一路到天涯。"意境优美，清新脱俗，让人欣赏那洁白如雪的花朵，嗅到那馥郁沁人的气息。

从食用价值来讲，槐花还是一味重要的中药，被历代中医师视为"凉血要药"，因槐花在中药味性上苦凉，无毒，归肝、大肠经，具有清热泻火、凉血止血的作用。现代药理研究表明，槐花所含的芸香甙，可增强毛细血管抵抗力，改善血管壁脆性，对高血压患者有防止脑血管破裂的功效。此外，槐花还有降低血压、抗水肿、抗炎等作用。

槐花作为食材也很有人间烟火气息，常见的是用槐花制作面食，如槐花饺子、槐花煎饼、蒸槐花等，用槐花炒鸡蛋也是一道独具风味的美食。首先把新鲜的槐树花用清水漂洗干净，然后用手轻轻把花朵吸收的水分攥干放在容器中。把三个鸡蛋打在容器里，搅匀，放入适当的盐继续搅匀。之后把槐树花加入蛋液中，继续搅拌均匀，让蛋液紧紧包裹每一个花瓣。因为蛋液中有盐，为保持槐树花鲜嫩，所以搅拌均匀后立刻上火进行炒制。切好葱花，炒勺上火，倒油勺内，油热后放入葱花爆香。炒出葱香味后倒入搅拌好的槐树花蛋液，用铲子铺匀，小火均匀烙至下部微焦，翻面继续烙。制作这款菜看似简单，却需要一些小的技巧，蛋饼不要摊得太厚，那样既不容易成熟，也会影响槐花的质感和本味。蛋液中拌有槐花，故烙第一面时不要随意翻动以免碎掉，等看见上层也凝固再翻面，这样才能保持蛋饼完整。细心掌握好火候，切莫心急，直到两面蛋液变微焦就可以出勺装盘，花香衬着蛋香，可谓色香味俱全，风味独具。

2016年的“五一”假期，刚参加工作不久的女儿突发奇想，要跟我骑车来趟北京胡同游。其实就是让我跟着她当个随从摄影，顺便也是个沿途管家。女儿酷爱京城文化，有这个想法即让我兴奋不已，况且我也顺便怀怀旧。我们骑车先后游览了老舍先生的故居小羊圈胡同、东交民巷、西交民巷和东四胡同地区。女儿的照片拍了不少，收获也不少，但印象最深的还是在东四的一条胡同里远远地就闻到了一股怡人的槐花香，寻味过去，见一老北京大哥正在用长杆钩剪盛开的槐树花，这一场面油然唤起了我童时的记忆，于是跟老哥聊了起来，畅聊尽兴之际，抓了两把槐树花，告辞而别。回到家里，我给女儿做了一道山西榆次风味的槐花拨烂子，那是晋中一带很流行的面食。做法就是把槐花洗干净之后抖上面糊，“拨烂”均匀后上屉蒸制，蒸熟后蘸自己喜爱的料汁食用。女儿想不到这平日并不入眼的槐花居然能够成菜入席，且滋味如此富有冲击力，她带着惊讶，吃得津津有味，欣喜之余，连续五天把骑车逛北京的照片配上感慨文字发了朋友圈。

蚕野祥瑞说春卷

春卷既是一款中华传统美食，也是海外中餐馆必备的一道食品。1994年，我在日内瓦的中国饭店工作时，曾与那里的厨师长葡萄牙人安东尼奥建立了同事加兄弟般的感情。由于安东尼奥在中国饭店工作时间很长，他接触从国内聘请的厨师也多，技术也得到了全面发展，渐渐形成了自己的烹制中餐风格。

制春卷皮就是一例，我就曾多次见他右手持面，不停地在手里翻转溜面，瞬间在饼铛上一抹，一张圆圆的春卷皮就成了。这手活儿就是我当初在专业学校学面点技艺时的基本功，安东尼奥却耍得相当熟练。而中国饭店的春卷馅就更有个性了，甚至可以说是原料合理运用的产物。欧洲产的大葱个头儿粗大威猛，葱叶厚硬，我们将葱白部分选出来用于烤鸭的配葱，而肥厚的葱叶不能浪费，顶刀切成环状的细丝后，配上肉丝、香菇丝和中国饭店自家专门发制的绿豆芽，放入调料后制成春卷馅料，风味也是别具一格，很受当地食客的欢迎。

早年间，春卷是春节前后我国南北各地人们喜食的油炸小食品。它不仅口味多样、精巧别致，而且历史悠久，现而今这一美味仍被人们深深喜爱。

据史料记载，春卷的起源与我国养蚕业关系密切。古时，每逢立春，各州县衙门前，都有泥塑的耕牛和芒神。黎明时分，官员们祭神农氏之后，便拿起鞭子，在耕牛身上抽三下，叫“鞭春牛”。围在旁边看热闹的农民，都争着把牛身上的泥土扒一块拿回家，当作五谷丰收、六畜兴旺的兆头，这叫作“得牛者宜蚕”。这种传统风俗发展至北宋时又有了新的内容，劳动人民在立春日除了鞭春牛之外，还以面为皮，包成蚕茧形状的小食品，用以作为蚕野丰收的瑞兆，表达出了蚕农的美好愿望。

春卷发展到今天，其原料与形制等方面既有传承又有创新，春卷的馅心除通常所见的肉丝、豆芽菜或肉丝、春韭的以外，尚有甜馅的。春卷皮有面皮、鸡蛋皮，也有豆腐皮。这些不同，既是春卷在我国各地流传的历史痕迹，也是春卷在当地扎根融合了地方色彩的体现。

制作春卷，制皮是一个关键，面和水的比例必须合适，做到面软而不流，方可在铛上打出薄如蝉翼的春卷来。再经过卷制、油炸，就成了外焦里嫩、颜色金黄、酥香可口的春卷。先将面粉加入适量盐、清水，和成软面团，抓上劲，达到滋润、不粘手为止。用特制的小铁铛，放于温火上，稍擦些油，一手提起面团，一手不断转铛，将面团往铛上一按，然后提起面团，即可摊成十五厘米大小的春卷皮。将绿豆芽、韭菜洗净，韭菜切寸段。炒锅上火，放底油烧热，放葱花，下猪肉丝煸炒断生，烹入料酒、酱油入味，再下绿豆芽，出锅后拌以香油、盐、味精、胡椒粉及韭菜，成馅。用春卷皮包适量馅，卷成拇指粗的卷，下油锅炸至呈金黄色，浮起即熟。

广东的脆皮春卷的馅料与北方的不同，做法是：先将竹笋、冬菇分别下入开水锅内，焯一下后凉凉切成丝。精肉、肥肉、叉烧分别切成细丝，精肥肉丝一起放入碗里，和虾仁分别用水淀粉拌和。下旺火温油锅内，趁热锅放入猪油、冬菇、竹笋、叉烧、精瘦肉丝、虾仁，炒几下后，加入料酒、高汤、盐、酱油、糖、味精、麻油、胡椒粉，待烧热后，用水淀粉勾芡，便成春卷馅心。绿豆芽下开水锅汆一汆捞起，控干水分，待用时放入馅心拌匀。将春卷皮每块放入馅心，包成卷。盆内将鲜酵母用温水调成薄面浆，加入面粉搅匀，放在温暖处，待发起后加入生油、发粉搅匀，将包好的春卷逐只拖上面浆，下沸油锅炸至金黄色捞起即成。

古都西安也有荠菜春卷，是以野荠菜为主要原料制作的。荠菜春卷是由唐之“春盘”、宋之“春饼”演变而来的。“春日春盘细生菜”“盘装荠菜迎春饼”就是指此而言。

春卷在制法上南北有别，在口味上更能适应地方人群。在经营上，却简单得多，顾客一点，下锅即炸，所以这样的小吃，更适合在庙会上经营。即使是在海外，春卷也是人们非常喜爱的制作快捷的小吃，我在欧洲时，一遇上节庆活动，当地的中餐馆出摊，春卷是他们的必备品种，且价格较贵，但食者也很多。

大众美食话煎饼

煎饼是文人笔下常常出现的一道食品，甚至作家们更擅通过描摹煎饼去演绎其背后的感人故事。比如肖复兴先生的《煎饼果子》，故事中的两人因煎饼结下美好姻缘："摊主娶了个媳妇，是天津卫的人，在他的油锅旁支起了个饼铛，卖起了煎饼果子。在饼铛上摊上薄薄的一层绿豆面，再在上面摊一个鸡蛋，抹上甜面酱，撒上碎葱花，最后加上一个薄脆，四角一掀，像摞被子一样，把一个煎饼果子弄得四四方方，有款有型。多了这个煎饼果子的新花样，他们小两口这个早点摊儿，越发的热闹。"寥寥数语，将人、物、情描绘得充满魅力。

煎饼是北京最为常见的大众化小吃，一年四季都能在市场上或大街小巷上见到。两面焦黄的煎饼，摊上鸡蛋，抹上黄酱、辣椒糊，再撒上葱花，放上焦黄的薄脆，对折起来，透出的是一股股清香。许多北京人不仅把它当作早点，而且当成应急时的正餐。

煎饼的主要原料有绿豆、小米、面酱、葱末、辣椒糊、芝麻等。其制作过程是：先将绿豆洗干净，用磨将绿豆磕开，小米淘洗干净后与绿豆一同浸泡，然后将浮在水面上的豆皮捞出，用磨磨成糊，加入少许盐，放入清水调稀调匀。

将铛放在火上烧热，稍抹一层油，舀一勺糊倒在铛上，用刮子摊成圆薄饼。上面放一鸡蛋，打碎摊开，撒上葱花，待基本凝固后，翻个，抹上面酱、辣椒糊，放上薄脆，从中间折起即成。

煎饼中所夹的薄脆也是北京小吃中的一道美食。它的制作方法是：用白面加白矾、碱、盐调和，加水和面，揉搓均匀后，饧一会儿，叠起来放在案板上。用小刀切一小条，摁成片后，再切一小块，擀薄抻开，厚薄要均匀，然后两只手拿着放入七成热的油锅炸制。

薄脆虽是普通小吃，但也曾经是清宫御膳食品。据《北京琐闻录》记载，在清康熙十二年（1673），康熙微服游圆明园，路过西直门广通寺，有一家“忆禄居”小店，经营的薄脆很有特色。康熙在这家小店休息时，品食了大薄脆，大加赞赏，后传旨按期进奉。大薄脆从此出了名，曾在民间流传“西直门外有三贵：火绒、金糕、大薄脆”的谚语。

薄脆的特点是酥脆焦香，可现制现吃，也可以捏碎与菜馅拌和当素馅的原料，既可吸收菜料中的水分，又可增加馅料的香味。

在天津，也有煎饼这味小吃，称为煎饼馃子，不过煎饼中所卷的不是薄脆，而是卷一根油条，吃起来别有一番风味。

煎饼是北京市井中最为普通的小吃，多年前，在北京的街头到处都可以看见经营煎饼的三轮车，这些经营者流动性很强，且有一部分都是无照经营，更不用说经营者是否持有卫生许可证了，因此那种煎饼是否符合卫生要求就很难说了。但即使这样，不管是早上，还是中午或晚上，煎饼车摊前的生意总是很红火。近些年来，城市经营的监管力度在不断加强，那种经营煎饼的三轮车逐渐少了。

在北京的街面上，经营煎饼的商摊不如数年前多了，一是从业的门槛儿高了，食品安全不达标的商家被拒之门外，达标的也规范地进了商超内部经营；二是随着餐饮市场的不断发展，全国各地的名小吃不断涌入京城，当然一些食客看着众多洋食品觉得新奇，所以人们的目光越来越多地集中在那些风味饮食上。常见的煎饼，这种可以说是与人们朝夕相处的小吃似乎就不太吸引人了。但是很多上班族仍旧把它当成简单快捷的早餐，奔袭上班途中不择地点地开吃。客观地说，如果在喧闹的马路边吃煎饼，抛开该不该雅不雅扰不扰众的争议，单就卫生程度来讲，对食用者也是不利的。即使早晨的时间再紧张，我也要努力去争取在良好的环境中就餐。食品有标准，空中颗粒物更应当重视，这是最基本的饮食要求。

德国曾经元宵圆

我还清楚地记得，1994年在德国工作时的一天，下班后，在不来梅做中国进出口生意的好朋友杨先生请我去吃元宵。杨先生请我是有原因的，在此前一段时间陪他着实让我受了一段强烈的刺激。杨先生戴一眼镜，一看就是典型的文人形象。他曾经是北京市政府某领导的英语翻译，肯定也是在出国潮的影响下来到德国下海经商。这哥们儿有驾驶证，但他实话实说驾驶证完全是凭关系而不是经过认真考核搞到的。在德国不会开车是一大遗憾，如果有驾驶证而不敢开车就更憋屈，所以杨先生终于鼓足勇气开始了熟悉驾驶上路实习的过程。于是乎一段时间里，在他的盛邀下，我起得很早，坐在他驾驶的车上，看着他在不来梅转悠，熟悉驾驶技术。

不来梅是一座古老而美丽的城市，这里诞生了格林童话《不来梅乐队》。童话讲述了四个动物的故事：一只鸡、一只猫、一条狗和一头驴一起去不来梅做城市乐手，其间发生了一些引人入胜的奇遇故事。在这样一个古城，有现成的豪华奔驰轿车和司机，既陪同了朋友，又观光了风景，何乐而不为？可是，风景真的没空看，却没少受刺激，后来很长一段时间回忆起来还心有余悸。在车上我一次次地受着惊吓，但杨先生还固执地不许我惊叫出声，说是严重影响了他的正常操作。这也太不人性化了，被吓着了还不许情不自禁地惊叹，必须憋着，谁还陪你玩儿？于是，我再也不起早为他壮胆了。结果，就在我罢陪的第二天，由于没有人惊呼提醒，他就在进库时，连墙角都不让，门子被墙角挤瘪了。这辆奔驰曾多次带着我们以180公里的时速去过汉堡，后果是在当时这一修就花了两千多马克，相当于人民币一万多元，那时也算是一笔不小的款项。别看在德国买一辆二手车不贵，但修理可不便宜。从此杨先生再也不敢练车了。或许是表示歉意，他才有了请我吃元宵的这个行为。

那家餐馆离我们的餐厅并不远，是一家温州人开的中餐馆。杨先生是北方人，他的概念中大概元宵和汤圆没有区别。一群中国人在这里聚集，每人一碗几粒黑芝麻馅的汤圆，以解自己的思乡之情。餐后，大家一边喝着贝克啤酒一边唱起了卡拉OK。那天我酒没少喝，家乡的团圆美食引起了远离祖国的思乡之情，我动情地唱起了："灿烂的朝霞，升起在金色的北京……"

吃汤圆是汉族的传统习俗，在江南尤为盛行。而北方元宵，是以馅为基础，江米面粉制为剂子。元宵更是一道家喻户晓的传统节日食品，每年农历正月十五，是我国传统的元宵节。每到这天，京城百姓家家吃元宵，当然，这道历史悠久的传统食品自然也是庙会少不了的美食之一。

元宵，也叫圆子、粉果，元宵是北方人的称谓。徐珂《清稗类钞》云："汤圆，一曰汤团。北人谓之曰元宵，以上元之夕必食之也。然实常年有之。屑米为粉以制之。粉入水，沉淀之使滑而制成者，为挂粉汤圆，有甜咸各馅。亦有无馅者，曰实心汤圆。”

元宵在我国可谓历史悠久，早在汉代就已出现，发展至唐宋之时，已成为民间盛行的美食。元宵形如满月，吃元宵又蕴含着月圆人团的吉祥之意，所以，元宵被人们广为喜爱。到明代，元宵作为上元节的食品在北京已很常见，《明宫史》中记载，自正月初九日起，北京人就开始吃元宵了。明代刘若愚《酌中志·饮食好尚纪略》记载元宵：“其制法用糯米细面，内用核桃仁、白糖为果馅，洒水滚成，如核桃大，即江南所称汤团者。”从中可以看出，明代的元宵与今日的北方元宵一样。清代时，清宫所制“八宝元宵”已很有名，有诗这样描述：“紫雪茶社斟甘露，八宝元宵效内做。”“效内做”三字说明民间已广泛仿效宫廷制作元宵。当时，还有一位善制元宵的人叫马思远，他制作的元宵在京城名气颇大，钱塘人符曾在《上元竹枝词》中道：“桂花香馅裹胡桃，江米如珠井水淘。见说马家滴粉好，试灯风里卖元宵。”

元宵发展至今天，已形成地区有别、风味各异、丰富多彩的特征。北京的元宵不用水磨粉，而用干磨粉。干磨粉的做法是：先将糯米洗净，用凉水浸泡三小时，控净水，碾成面，过细罗即可。将金糕切成一分见方的小丁，核桃仁切成小碎块，与面粉、白糖、瓜子仁一起放入盆中，加凉水拌成馅。然后将馅放入元宵馅机内，制成五分见方的馅块。制元宵时不用手捏，而用大竹匾来摇。先将果馅块略蘸水，放在盛满干糯米粉的大竹匾内，用双手扶住竹匾边缘，左右上下用力摇。元宵逐渐滚大，最后类似乒乓球大小即可。

煮元宵也很关键，煮不得法，要么外表已烂如糨糊，要么里面却是粉生粘牙。煮元宵应以水不滚下锅，加盖，待水滚开后，打开盖加冷水，等候再开，反复三数次后，不再盖锅，等到元宵每只渐渐浮起，在水面自行翻滚起来，改用温火。自身翻滚、逐渐膨胀的过程，就是由生变熟的过程，等到如鸡蛋大小，而翻滚次数也放慢了，就是完全熟透了。

北京人除了爱食煮元宵外，也喜欢炸元宵，甚至把它当作酒席上的点心。

旧时的北京，元宵一般都是由店家制作，在家里制作是相当麻烦的。今天，每逢正月来临，家家户户都要买上一些元宵，待家人聚在一起再食用，很少听说人们在家中自己制作。当然，元宵的馅料也更加丰富多彩，能够满足不同口味的人的需求。同时，元宵也是人们探亲访友喜爱携带的礼品之一。

多味压惊叙茄子

我学的第一道菜就是烧茄子，当时还在上初中。那时市面上几乎见不到菜谱，我萌发炒菜的想法后到新华书店寻觅，书架上唯一的菜谱就是中国轻工业出版社1979年版的《大众菜谱》。据说这本书的策划是在1966年，中国经济刚从三年困难时期中恢复，对于吃，老百姓仅仅停留在吃饱上。但在能够填饱肚子后，老百姓对一日三餐的质量有了进一步的要求。当时计划出版这本菜谱的初衷是希望为老百姓家庭做饭当个参谋。书中收录了各地经济实惠的大众化菜肴264种，该书也是当时全国的第一本大众化菜谱。这样一本设计简单、内容并不丰富的大众菜谱，却受到老百姓的热烈欢迎。那时我从新华书店买到菜谱后，就开始参照着烧茄子的做法烹制了一盘，结果深受家人的喜爱，从此我也渐渐喜欢上了烹饪。也许是机缘巧合，后来当了厨师，后又从事烹饪教育及餐饮企业管理工作，我开始收集与工作有关的各类书籍，家中的菜谱也可谓丰富多彩，我特意在《中国烹饪》上发表了一篇《寻找老菜谱：我的书架盛宴》，以表达收集菜谱之乐，而那本《大众菜谱》成了我收藏的第一本菜谱。

日常见到的茄子有两种，圆形和长形，现而今圆形的茄子在口感上也有了区分，被人们说成是本地茄子和外地茄子。我喜爱茄子，最喜爱吃的是烧茄子。

茄子是为数不多的紫色蔬菜之一，其紫红色是由于果皮细胞中含有飞燕草素及其糖苷。茄子最早产于印度，公元4至5世纪传入中国。南北朝时人们栽培的茄子为圆形，与野生形状相似。元代则培养出长形茄子，到清朝末年，这种长茄被引入日本。中医学认为，茄子属于寒凉性质的食物。夏天食用，有助于清热解暑，对于容易长痱子、生疮疖的人，尤为适宜。消化不良、容易腹泻的人，则不宜多食，正如李时珍在《本草纲目》中所说："茄性寒利，多食必腹痛下利。"

在茄子入馔中，给人影响最深的莫过于《红楼梦》中的"茄鲞"了，人们记得最清楚的就是刘姥姥进大观园吃过茄鲞后，忙问是怎么做成的这种味道，赶明儿回家自己也想去做。当听完凤姐讲述完奢侈的做法后，她摇头吐舌惊叹不已。当然，那是文学作品中的烹饪，自然少不了演绎的文学色彩。在众多的坊间茄子菜肴中，拌茄泥和炸茄盒最为家喻户晓，也最受广大群众欢迎，几乎家家都会做。而我经常在家中烹制的也不再是烧茄子，而是鱼香茄子和蒜烧茄子煲。

鱼香茄子是选用条形茄子切成粗条，经油炸呈虎皮色后捞出。关键是勾兑碗芡，碗中放入葱、姜、蒜末和一定数量的白糖、米醋、酱油、鸡粉、湿淀粉。炒勺上火烧热后加入油，放入红油豆瓣，小火慢炒出香味后放入炸好的茄子，翻炒几下后，先捞出碗芡中的小料放入茄子中翻炒几下，然后搅匀汁液顺序倒入，汁液抱紧原料后即可出勺。这道菜成形后色泽红润透亮，口味酸甜适口，鱼香味浓郁。而蒜烧茄子煲可选用圆形茄子，切成滚刀块，块不宜小，因现在的蔬菜原料水分大，经过炸制后缩水会变得很小。为了成菜后色泽好看，可选择几片香菇和红绿柿子椒三角块。滚刀茄子块经过油炸变成虎皮色后，将配料投入也过一下油。炒勺上火，油温热后加入大蒜瓣，文火炸至变黄后捞出。下入肉末煸炒，去除腥味炒干后加入葱段姜片、料酒和少许酱油，之后加入茄子和配料，放入生抽、蚝油，用水淀粉勾薄芡，出锅后倒入装有底油的煲中，上面撒上炸好的大蒜、香葱末。再端火上加热后就可上桌了。这道菜口感软嫩，鲜咸味美，蒜香浓郁。

当然，茄子也可凉拌着吃，给我印象特深的是姑父李先生的生拌茄子。一年中秋到他家，几道下酒菜均是他家菜园种的，其中一道就是将新摘的茄子去皮后切成细丝，把新拔的大葱葱白部分中间剖开，去掉葱心，斜刀切成眉毛葱，用加工好的甜面酱和黄酱拌食，酱香、葱辛混着鲜茄的菜香，确实令人口舌一新、久久难忘。凉拌生茄虽然好吃，但也不宜多吃。曾有一段时间，母亲被电视上某个“营养大师”忽悠得想用凉拌生茄子治高血压，让我制止了。当时忽悠者正红得发紫，母亲也深信不疑，以我多年的教学经验，直觉认为这人是个精心包装的知识贫乏的人，不出半年，果然印证了我的说法。茄子虽是我喜爱的美味，但也没有神奇到可以解决世界医学难题的地步。总之，食品不是药品，可以是美食，而不是神药。

茄子烤着吃别有一番风味。我曾经在凤凰古城吃过一回香美味浓的烤茄子，但对于太太来说那又是压惊的茄子。在凤凰古城收费前，也是当地治安不稳定的时候，我和太太来到这座古城旅游。那天晚上，我们逛完沱江北岸，从云桥上坡走上了喜鹊坡路。见是一条新路，不愿走回头路的我决定从这条路绕回虹桥。感觉中以为路途并不远，没想到这段路比想象的要长得多，路面随坡而铺且弯曲不直。更使我没想到的是这里的黑暗和清静。夜很黑，路灯稀落且昏暗，连个车子和人影也见不到。这里远离热闹，但也寂静得让人不安，我并不是害怕，习武之人功夫在身，我自信对付数个空手蟊贼不算什么。我的不安终于变成现实，中途遇上一个矮壮和一个瘦高的劫财歹徒。当他们空手向我们攻击时，我用他们意想不到的太极拳功夫将他们先后击倒。其中一个家伙老羞成怒，爬起来掏出一把刀，正在我高度警觉地注意着他手中的刀，准备化过之后下狠手攻击他的致命要害时，他俩却迅速地朝路边他们曾经出现的深处跑去。我正在诧异时，才看见远处一辆闪着警灯的警车慢慢驶来。透过半个打开的车窗，我看见驾驶车辆的警察面无表情，看也没看我们一眼，车子依旧慢慢地行驶，这一定是一辆治安巡逻车，估计这条街上发生过类似的袭击游人事件，他们在用巡逻的方式防范。太太一副惊魂落魄的样子，我拉起她的手，加快了脚步。

又走了很长一段路，终于灯光再现辉煌，我们步入了虹桥食品街。虽然将近10点，但这里游客密集，吆喝声、叫喊声和游人聚餐的聊天声交织在一起，人声鼎沸，和刚才的街道简直是两重天。在一家摊前，我和太太坐了下来，她脸色苍白、表情僵硬。休息了好一会儿，随着她情绪好转，我去点了几样烧烤和冰镇啤酒。紧张之后见了美食和啤酒，太太才心有余悸地慢慢吃了起来，其中一道烤茄子味道鲜美，质感滑嫩，在经过炭火烤制整齐的长条茄上，覆盖着浓郁的秘汁，吃起来鲜香醇厚，备感新奇。没想到这道烤茄子还有压惊的效果，太太喜欢素食，更重要的是她也是餐饮人，居然渐渐淡忘了刚才的险遇，烤茄子被她吃了大半盘。

皇城根下烫面饺

我还清楚地记得，小时候最爱吃的就是家住前门鲜鱼口附近的四奶奶做的羊肉馅烫面饺子。四爷爷解放前就从河北深县到北京工作，与老北京人四奶奶成了亲。四奶奶是个身材矮胖、慈眉善目的精巧老太太，常穿在身上的是一件灰色中式粗布上衣。她不爱吃素，最爱吃的是羊肉，而且最擅长做的就是羊肉馅。每逢年节，父亲总是带我去看望她。过年就是羊肉馅饺子，平常有时就是羊肉馅烫面饺子。看四奶奶做饭就是一种享受，白胖的手把羊肉剁成馅，然后放入葱姜末、盐和香油，搅拌入味，放入剁好的白菜，搅拌时配上嫩嫩的韭菜末，包好后上屉蒸熟。咬一口鲜香润口，羊肉的香美鲜嫩与烫面略带韧性的面皮相得益彰，令人长久回味。

烫面饺是旧时北京常见的一道大众化食品，也是最受人们喜爱的小吃之一，特别是馅料，可荤可素，更可荤素搭配。据《一岁货声》记载："凡二人，一担前设方盘，中安锅灶笼屉，后则高方柜，背有栏，上抽屉二层，下空，装水桶。一人担二圆笼，内盛各种馅盆，现定先蒸。猪肉、口蘑、干菜、虾仁、香椿、龙须菜、芽韭、藕、羊肉、茴香、白菜、豇豆、芽豆、胡萝卜、卤。”按蔡省吾先生记载，就烫面饺的馅料种类来讲就已堪称丰盛至极，其精美滋味也可想而知了。

每年盛夏时节，在什刹海的荷花市场，琳琅满目的小吃云集，而烫面饺最为常见，人们既可将其当作休闲的小吃，也可当作正餐的主食。经营较多的一般是羊肉馅加冬瓜或西葫芦这种荤素搭配的烫面饺。现今，由于各地饮食丰富多彩，特别是一些精美的馅食小吃更是花样繁多，再想寻觅旧时那种风味的烫面饺就不容易了，但各地不同风味的烫面饺还是经常出现在小吃城中。

传统荤馅烫面饺的做法是：将猪肉末放入盆中，徐徐加入凉水搅打，待肉馅呈粉白色的稠糊状时，下入料酒搅匀，再下入姜末、味精、酱油，最后放葱末、香油搅拌成馅。

将面粉一斤放入盆中，用开水五两浇烫，和成面团揉匀。再将面粉一两铺撒在案板上，烫好的面团放在上面搓成七分粗的圆条，揪成六十个小剂，逐个擀成直径一寸五分的饺子皮。

取圆皮一个放在左手掌中，右手用馅勺挑二钱五分的馅，放在圆皮中间，再将皮的前后边缘合拢捏牢，即成半圆形的饺子。待全部包完后，上笼屉蒸六七分钟即熟。

这种烫面饺色泽灰白发亮，皮柔软，馅香味美。在今天的餐饮市场上，不仅是北京，许多地区都有这一品种。如小吃丰富的四川，而以烫面制作蒸饺更是山东的传统方法之一，其在馅料上也较为丰富，三鲜馅、鸡肉馅等则更受人们的喜爱。

三鲜馅的做法是：先用蛋清、精盐、湿淀粉将虾仁拌好。炒勺放猪油烧至八成熟，将虾仁下入，用铁筷子把虾仁一一打开，炸至浮起后捞出，控净油，凉凉后切碎。冬笋剁碎。猪肉切绿豆大的丁。然后在虾、笋、肉中加入葱、姜末及精盐、料酒、香油拌成馅。这种馅料的烫面饺蒸熟后，表面光亮透明，皮薄馅丰，虾仁鲜嫩，吃时油汤四溢，鲜香味浓。

烫面饺也是北京城乡家庭中常见的一道食品，热吃凉食都可以，趁热吃，香味浓郁，等凉了再食，不仅皮有嚼劲，馅也别有一番风味。家庭制作的馅料更为丰富，春季里常有用野菜的，做法并不复杂，就是把野菜焯一下剁碎，加葱姜末、蒜盐和香油等共拌成馅；还有一种素馅也很考究，原料一点也不少，鸡蛋摊好剁碎，木耳剁碎，大白菜剁碎，三种馅料混在一起加葱末、姜末、盐和香油、酱拌成馅，吃起来既好消化又很美味。

丰富的馅料使烫面饺在口味上呈现出丰富多彩的特征，但有一点则更为突出，烫面饺比起水煮的水饺来讲，别有一番风味，那就是更加突显了饺子的原汁原味。

茴香馅饼乡野情

馅饼的馅料可谓丰富多彩，荤素咸宜，我曾经吃过一回乡间的茴香馅饼，那清香的田园鲜美之味使人难以忘怀。

还是在我上小学的时候，那年随父亲回河北深县老家。一天，父亲骑着一辆二八自行车从东魏桥带着我到位于辛集地区的西泽北村的三姨家。哪知道当途经一大片杏园时，一场狂风夹着暴雨突然而至，我和父亲迅速躲进杏园看杏人的窝棚里避雨。待雨过后，地上落满了又大又圆的白杏。父亲骑车带着我赶路，禁不住鲜果诱惑，我不时地跳下车子捡拾落地的大杏吃着。哪知杏吃多了，到三姨家后，我胃里不住地反酸水。晚上，三姨熬了小米粥、烙了馅饼。馅饼的味道太诱人了，那是三姨到自家地里揪了几把茴香，又从鸡窝里掏了几枚母鸡刚下的温乎乎的鸡蛋，其实就是什么特殊调料也没有加的纯茴香鸡蛋素馅饼，但那清鲜的味道使茴香的天然美味发挥到极致。再有就是配上自家地里新鲜的小葱，蘸着三姨自制的西瓜酿酱，真是绝妙的搭配。我的胃也舒服了，不再反酸水了。

馅饼既是寻常城乡百姓的家常食品，也是一些宴席上的面食品种，优质的馅饼色泽金黄，薄皮大馅，吃上一口，唇齿留香，酥香味美，简直妙不可言。

旧时的北京，有些经营小吃的店铺就是以经营馅饼而远近闻名，其中，在前门大栅栏西边煤市街中段，有一家名为“同聚馆”的清真羊肉馆，不仅经营颇有名气的炮糊，而且那里的馅饼更是出名，由于店主姓周，故食客们都称他为“馅饼周”。他家的馅饼不仅馅大、味美，而且不破皮、不露馅，因此，同聚馆的这道平民食品被人们广为称道。《故都食物百咏》中有诗赞道：“居处长安未足忧，平民食物尽堪求。至今煤市街前过，犹有当年馅饼周。”后来，馅饼周的徒弟到了南来顺饭庄，从此，南来顺小吃店经营的馅饼也开始在京城有了名气。

馅饼好吃，要制作好却不容易，馅饼最讲究的就是薄皮大馅，面虽只有五钱重，馅却要有一两重。而且面皮薄厚均匀，就连收口的地方也没有面疙瘩，只有具备高超的技术才能做到这一点。

颇具名气的清真馅饼具体做法是：首先将羊肉搅成肉末，放在盆中，加入黄酱、精盐、姜末、花椒水搅匀，这几样调料缺一不可，提香除膻全靠它们。搅匀后再把葱末放在肉上，淋洒上小磨香油拌匀。把白菜洗净后剁成碎末，挤去水分，与肉一起拌成馅。

用温水和成软面，饧二十分钟。在案板上撒上面粉，将软面放在上面，滚上面粉，用手揪下一块约五钱重的面剂摁扁。放上一两馅，将四周兜起包上馅，在手中一拧即封好口。随即揪去收口处的面头，用手摁成圆饼。

饼铛放微火上烧热，刷上花生油，逐个放入包好的圆饼，烙两分钟翻个身，盖上铛盖，再烙两分钟。然后仍将饼翻过去，放在饼铛四周再烙两分钟即成。

在旧时的北京，馅饼作为平民化食品被百姓广为喜爱。当今，或许人们认为这道食品太大众化了，就不再过多地关注它了。然而，馅饼具有深厚的大众土壤，至今仍是老百姓日常喜爱的一道食品。不仅人们在家中经常制作，而且许多经营主食的小店的馅饼生意也很红火，人们往往禁不住诱惑，闻到香味就想购买。当然，从馅料上讲更加丰富多彩。现而今市场上的素馅馅饼大多是茴香、韭菜馅的，散发的香气也很诱人，但是，我却从都市茴香馅的馅饼中再难领略到过去那乡村原野的自然美味了。

了不断那黄瓜情

我还记得童年时郊野乡间的美味腌黄瓜，咸香脆爽，浓郁醇厚，原生态滋味溢满舌尖。黄瓜长相并不上眼，均是最后一茬儿的拉秧黄瓜，粗细不均，弯曲各异。上世纪50年代，父亲初到北京时在鼓楼东大街路南一家木器店当学徒。公私合营后，他的工作单位在小黄庄附近的北郊木材厂，当时就租住在北土城现今樱花园一带的农户院中。

父母与房东建立了深厚的感情，情同兄弟姐妹，我也出生在那个院落里。后来，父亲单位在安定门外给安排了住房，我们才举家搬迁到地坛西门对面。一个深秋，或许是对出生地的朦胧情感依恋，不知什么原因，学龄前的我和院里的一个同伴居然走到了这里来捉蛐蛐。现而今的三环路在当时就是一条并不太宽的马路，路虽在元大都城垣之内，但两边就是一片乡村田野，到处是庄稼菜地。接近傍晚时，玩疯了的我才突然感觉到了饿，于是和小伙伴走进房东的院落。晚饭时，饥肠辘辘的我记得最清楚的就是那盘腌黄瓜和那具有浓郁麦香味道的馒头。饭后，焦急的父亲骑车终于摸到了这里。他并没有埋怨我，因为他直觉上感到幼时的我就那么几个活动空间，这是他寻找的最后一个地方。时隔多年以后，我与房东大伯相遇，闲聊起此事，问起腌黄瓜的做法，其实很简单，就是把秋天拉秧的黄瓜洗净后投入乡村腌咸菜的老汤中腌制，捞出后切成片，淋上一点香油就行了。或许就是这融入太多蔬菜精华的老咸菜汤让这普通的黄瓜多了韵味，让人久久留恋。

当今的市场上，黄瓜是一年四季常见的蔬菜之一。可是倒退几十年，在冬季里要是吃到嫩绿的黄瓜，那可真是香脆爽口，令人口舌一新、神清气爽。要是再倒退到百年前的清朝，冬季里的黄瓜就更成稀罕物了，故清人《京都竹枝词》云："黄瓜初见比人参，小小如簪值数金。微物不能增寿命，万钱一食亦何心？"那个时代，黄瓜贵也在情理之中，天寒地冻，冻土就有近尺之厚，户外怎能生长植物？那时的黄瓜是花洞子里培育出来的，既娇嫩也娇贵，说其是正月里的蔬菜"贵族"一点儿也不过分。《光绪顺天府志》记载："胡瓜即黄瓜……今京师正二月有小黄瓜，细长如指，价昂如米，凡宴贵客，用以示珍也。其实火迫而生耳。"由此可见在当时冬季黄瓜身价的昂贵。

我从小就喜欢吃黄瓜，特别是吃炸酱面时，拌上均匀的黄瓜丝，那美味的感觉至今令人难忘。但那时我也曾因为吃了没洗净的黄瓜而深受其害。记得有一回，吃了生黄瓜后连闹了几天肚子，直到脸也瘦了、走路腿也软了方才罢休。后来找到了原因，那还是在郊区亲眼见到了菜农种植真正绿色黄瓜的场景。流入黄瓜地的水是兑了大粪汤的，那成熟的黄瓜就垂在那粪水之上，如果这样的黄瓜洗涤消毒不干净的话，吃进肚里那还了得！当然，现今黄瓜种植早已不使用这种方法，施肥大多使用化肥，这大概也是现今的黄瓜不如过去美味的原因，而那些吸收大粪营养的黄瓜就成了原生态纯绿色无污染蔬菜。

在我刚到而立之年时，由于工作需要，在德国工作了很长时间。那时早餐常吃面包香肠牛奶之类，总觉得胃简直就要承受不住了，随时有崩溃的可能。一个偶然的机会，哥儿几个从超市买来了黄瓜，虽然那时德国的黄瓜硬得像警棍一样，但切成条后，大家拿出从中国商店里买来的酱油腌上，几天之后美味的酱黄瓜便腌好了，早餐时加上这一道小菜，顿时胃口大开，这就是名副其实的中国胃。

步入不惑之年后，我体重迅速增加，身体也出现很多的不适，颇有高血压糖尿病前期的症状。于是立志减肥。从2004年春天开始，晚上就不吃什么东西了，只吃黄瓜和西红柿，还真见成效，半年过去，居然以每月降五斤的速度瘦了下来，身体的各种不适也没有了，每天精神饱满。可见在减肥的活动中，黄瓜起到了重要的作用。当然除了黄瓜的功劳，每天坚持长跑也是一个主要的原因。

至今我仍旧喜欢吃黄瓜，大多数吃法是将黄瓜拍碎后，用少许盐腌去水分，然后撒上蒜末、醋和生抽清拌。或者用麻酱、蒜末、醋拌，吃起来又是另一种口味。当然，黄瓜也可炝炒，吃起来也很清口：将黄瓜剖开，去除瓜瓤，切成一指多长的瓜条，炒勺上火，放入油，油热后加入干辣椒、川花椒几粒、葱丝、蒜片，然后放入瓜条煸炒，加入生抽、少许蒸鱼豉汁、鸡精，断生后即出锅，这道菜吃起来颇有点儿感觉在乡间田野的味道。

锣鼓巷中饸饹面

我第一次吃到饸饹面还是童年时在父亲的师娘家。新中国成立初期，父亲经人介绍只身来到京城，在鼓楼东大街路南的一个家具商号当学徒，那是一座二层楼的临街建筑。他的师傅住在北锣鼓巷内，公私合营以后，父亲到了国营大厂工作，但是师徒之情一直保持。即使他师傅驾鹤西去后，父亲仍在年节时候前去看望寡居的师娘。

一次，父亲带我去看他称为“内掌柜的”的师娘。老太太是地道的老北京人，身材不高，满脸大麻子，做午饭时见老太太和好那灰乎乎的面团，见炉上锅里的水滚开，拿出一个小凳子一样的物件，支在锅上，将面团放在一个碗状的窝内，扳着小棍用力一压，一束面条垂直落入锅中。当时觉得很神奇，其实这就是精巧的小饸饹面床。当然，那天吃的是素浇卤的饸饹面，只觉得味道香美极了。

饸饹，是我国北方的传统风味食品，至今已有近千年的历史，古时称之为“河漏”。元代王祯《农书·荞麦》中载：“北方山后，诸郡多种，治去皮壳，磨而为面……或作汤饼，谓之河漏。”明代李时珍《本草纲目》也有关于河漏的记载：“荞麦南北皆有。立秋前后下种，八九月收刈，性最畏霜……北方多种。磨而为面，作煎饼，配蒜食。或作汤饼，谓之河漏，以供常食，滑细如粉，亚于麦面。南方一种，但作粉饵食，乃农家居冬谷也。”

饸饹面其实就是用杂粮面制成的一种面条。饸饹一般用荞麦、莜麦、小米等杂粮磨成粉再加工制成。在众多的杂粮中，荞麦饸饹最为著名，在陕西、山西等地区，人们食用这种特色食品较为普遍。北京小吃中也有饸饹面，同样很有名气。

杂粮的特征是颗粒硬，黏性差，用常规的方法制作难以成形，但人们很早以前就创制了专用工具“饸饹床”，用以制作饸饹面条。饸饹床是一种木制的专用于压饸饹的炊具，形状如长凳，下面有四个柱腿，中间有一圆洞，下面镶嵌着铁片或铜片，片上钻有针眼大的圆孔。饸饹床上半部分有一压杆，一端固定在床头，压杆中间有一木柱，比圆洞直径要小一些，与饸饹床眼儿相吻合，用作压饸饹之用。

将调制好的面团搓成圆条放置其中，再用机身上的压杆用力挤压，面就从孔洞中挤出流入沸水锅中。煮熟后，即成细长光滑的饸饹。其实关于饸饹的烹饪方法，清代高润生的《尔雅谷名考》中已有十分详细的说明：“今按，荞麦实北方常食之品，作河漏法，系以水和面为团，用木机榨压而成。其木机则牝、牡各一，联以活轴，可随手起落，外施以床，用时置机釜上，实面团于牝机之内，其牝机之底，则嵌以铁片，密凿细孔，面入牝机内，乃下牡机压之，则面随孔出，作细条落釜水中，煮熟食之，甚滑美也，其木机俗呼河漏床。”

饸饹面的吃法多样，但凉拌的居多。凉饸饹用食盐、香醋、辣椒面、蒜汁等调味，也可加入芥末或芝麻酱。荞麦饸饹也可热吃，可荤可素。

北京小吃中的饸饹面的做法就是凉调法。将荞麦面与面粉按2∶1的比例和成面团，压成饸饹后煮熟凉凉，挑入碗中，浇上调好的芝麻酱、酱油、醋、大蒜汁及发好的芥末，放上咸胡萝卜丝即可。

陕西的羊肉臊子也是一款较为有名的饸饹面，是采用热制法制得的。这一民间食品以其臊子酥烂浓醇、入口麻辣宜人，回味芬芳隽永，香中透鲜味美，油香爽口的显著特色，成为陕西小吃的佼佼者。其做法是：先将鲜羊肉切成小块，把熟羊油放入锅内，烧至八成热时，加甜面酱，熟后放羊肉煸炒，约十分钟后加适量的水，用小火焖煮，直至酥烂后，加入五香粉和精盐搅匀，盛入盆中。

荞麦面中加入少许的沙蒿面，和成面团，压成饸饹面后过凉水。

炒锅内加入煮饸饹的汤，用旺火烧开，放入炒得的羊肉，锅开后，放入精盐、油泼辣子、葱花少许。另置一锅开水，烧开后将饸饹放入漏勺中，在开水中涮热，倒回碗中，浇上烩好的臊子，加适量的香醋和咸韭菜段即成。

饸饹面是一款特色浓郁的小吃，而且营养也很丰富。其主要原料荞麦含有60%—70%的淀粉、11%左右的蛋白质、2%的脂肪，还含有铁、磷、钙和维生素B等物质。荞麦还具有一定的药效作用，有消食、化积和消炎的功效。虽说荞麦是粗粮，但在清朝时，它却是宫廷的主要食粮之一。据《清宫史略》载，宫中日用："皇太后宫日用猪一口，羊一只，鸡、鸭各一只……白面十五斤，荞麦面、麦子粉各一斤……”即使是今天，荞麦面也同样受到人们的广泛欢迎。不仅是在中国，在日本，人们也很爱吃荞麦面条，而且在日本吃碗荞麦面条，需花费的费用比在中国高得多。

饸饹面制作起来并不复杂，只要有特制的加工工具就能制作。这款小吃不仅在京城的庙会上出现，曾经也有许多简朴的小吃店经营这一品种，而且营业至很晚。在无网约车的那段时间，常有许多出租车司机出车很晚，到那里吃上一碗热腾腾的饸饹面，然后心满意足地驱车归家。不过，那样的饸饹面虽然也用饸饹床加工制作，但面条中含有多少荞麦就不得而知了。

酥脆香甜糖葫芦

甜脆的冰糖葫芦是我幼时喜爱吃的美味之一。当初，家住前门鲜鱼口附近的四奶奶和我讲，想当年京城最有名的冰糖葫芦要数东安市场的。新蘸得的冰糖葫芦整齐地排在青花瓷盘子中，闪闪发光，诱人食欲。摊主都是用铜锅熬好冰糖，边上放一块光滑的石板，摊主将串好的山里红在铜锅的热糖里一蘸，在石板上前后一推，晶莹透亮的冰糖葫芦就成了。

在京城的庙会上，留给人们印象最深的小吃莫过于冰糖葫芦了，那简直成了一道耀眼的风景。早年间，庙会上最大的糖葫芦需扛在肩上，足有一人多高，其中，以农历正月厂甸的大糖葫芦最负盛名。那是一道独特的庙会风景，现而今却难以寻觅了。光绪年间的一首竹枝词对其描述道："雪晴满路是泥塘，车畔呼儿走不忙。三尺动摇风欲折，葫芦一串蘸冰糖。"《故都食物百咏》也有诗："葫芦穿得蘸冰糖，果子新鲜滋味长。燕市有名传巧制，签筒摇动兴飞扬。"并且注解说："冰糖葫芦为北平名产，各样鲜果均可穿蘸。早年抽签之赌，北平不甚流行，唯售冰糖葫芦者，率多带有签筒。"卖糖葫芦的还带着签筒，买者交钱后抽签，抽得大的就扛走，抽得小的也拿走，其形式就如同今天庙会上的套圈儿，圈住什么是什么。

别看冰糖葫芦属于零嘴儿食用的小吃，对其痴迷者却大有人在。据徐霞村《北平的巷头小吃》写道："假如你和一个没落的爱新觉罗氏的后人做着邻人，同时你又是一个细心的人的话，你便可以看到他们有时即使剩了少数买米的钱，也要把它拿出来在门口买一串毫不解饿的糖葫芦吃吃。"由此可见，人们对于糖葫芦的痴迷程度。在今天的北京，一年四季都有出售冰糖葫芦的，特别是隆冬时节，街头小贩更是活跃。

冰糖葫芦所用的果子种类很多，光山里红做的就有三种：生、熟和带馅的，其他品种有山药、柿饼、海棠果、橘子瓣、去皮荸荠、黑枣、草莓、香蕉等等。冰糖葫芦的制法是：用竹签一根，将选好的果穿成一串，然后用冰糖熬成糖汁，熬糖必须用红铜或黄铜的勺，待糖熬到了火候，将果子在糖汁中一蘸，立即提起，往事先擦净的板上一拍一拉即成。糖汁遇冷凝固，成为果子的一层糖衣，晶莹光洁，吃起来酥脆香甜。

早年间的冰糖葫芦全都去核，在红果的腰处，小刀一转，将核取出。穿好后，仍像一个完整的果子。当时北京最富特色的是东安市场北门往南不远的一家食品摊，农历十月，这家的糖葫芦就上市了。晚上大灯泡一照，如同白昼。这家的糖葫芦果子个儿大，没有虫果，而且糖熬得恰到好处，入口酥脆而不粘牙。经营者四十来岁，身着白布上衣，腰系围裙，手持一把硬毛甩头掸子。这掸子实际上是一个精明的广告招牌，如果糖葫芦熬的火候欠佳，用鸡毛掸子一掸，冰糖葫芦上准粘满鸡毛。店主手持鸡毛掸子，实际上并不是真的去掸，只是想用此道具告诉人们他做的糖葫芦火候好，绝对不粘牙。不过，他家的冰糖葫芦确实名闻京城，据说掉在地上不粘黄土，虽然过于夸张，但这大概也是人们对他家冰糖葫芦的认可。

今天的北京，天一见凉，市面上出售冰糖葫芦的就开始多了起来，推自行车游动的小贩也不少，价格虽然便宜，但质量好的却不多，加上冬日的尘土飞扬，不由得使人望而却步。即使是庙会上，有的经营者的卫生措施也很差，这就无形中影响了冰糖葫芦在人们心中的美好形象。目前市场上有些品牌，在每个冰糖葫芦外边套了一个精美的包装品，不仅卫生，而且工艺也很好，大受北京人的欢迎。

糖炒栗子甘如蜜

糖炒栗子是在京城秋后开始大批上市的风味小食品，从其名称上讲，冠名“炒糖栗子”似乎更为符合语法逻辑。每年农历白露节前后上市，以其味香甘美的特性吸引着人们。清代，当文人们“青灯诵读之余，剥而食之，颇有味外之味”，故有“堆盘栗子炒黄深，客到长谈索酒长”的赞语。

栗子是北京名产，史书记载，辽代北京已有此品。据《辽史·萧韩家奴传》载，有位契丹皇帝在燕京建了一个栗子园，派萧韩家奴去管理。后来皇帝问他在京外遇到了什么新鲜事，他回答没有看见什么，只是听人家说炒栗子的时候为了避免小个的熟了、大个的还不熟，大个的熟了、小个的又焦了这种现象，最好还是分开来炒。这个故事说明了早在辽代北京人已知掌握好火候，分栗子等级下料是糖炒栗子的技术关键。

在旧时的北平，有一部分山西籍商人经营干鲜果品，较为集中的是前门一带，不仅零售，而且批发。糖炒栗子就是众多干鲜果品中较受人们欢迎的时令性风味小食品，比较有名的糖炒栗子是前门大街五牌楼南路东的“通三益”，此外，还有大栅栏西口路北的“聚顺和”等。

早年间，街市上也有许多卖栗子的小贩，他们用头顶着长方笸箩，笸箩内装着炒熟的栗子。小贩们沿街吆喝叫卖，销售的价格比商店里卖的要便宜得多。但在他们经营的糖炒栗子中也有许多鱼目混珠者，不识货者往往上当受骗，人们买到那外观油亮的栗子，就跟刚出锅的一样，但剥开一看，那栗子肉却干得不能用牙咬了。原来小贩随身带着一瓶植物油，隔两三天就往栗子上洒点油，然后用一块布一个劲儿地猛搓，再看那栗子，准个个油亮。但这种办法只能蒙骗一部分贪小便宜的人。

经营质量好的糖炒栗子的商家，不仅在进料、选料上严格把关，而且将栗子大小分开，并根据栗子的特点和产地，炒时按比例添加糖稀，火候掌握得恰到好处。地道的刚出锅的糖炒栗子，色泽棕红油亮、喷香软腻、皮薄易嗑。

现今，每逢秋末时分，栗子开始上市，街面上经营糖炒栗子的便也多了起来。其中也有几家专营糖炒栗子的小店，以其独有的特色吸引了大批食者。当然，在京城的庙会上，这款小吃不过是一道零嘴儿小吃，供人们一边逛庙会，一边剥食。

制作糖炒栗子的主要用料有优质油栗、糖稀、粗粒沙子。制作时，先将糖稀用清水化开，成稀释糖稀溶液。将炒栗子机的炉火点燃，把粗沙子粒放入锅内，待沙子热后，放入少量的糖稀溶液，炒拌均匀，再放入生栗子炒，炒至栗子稍变颜色时，第二次放入糖稀溶液，炒约十分钟后，第三次放入糖稀溶液，继续炒拌，栗子越炒越热，并散发出香味，似要爆裂开，第四次放入糖稀溶液，并将炉火关小，炒拌三四分钟后，第五次放入糖稀溶液，此次糖稀溶液要略稠一点，炒拌二三分钟即熟。栗子炒熟后最忌捂盖不透气。因为热量不散发，容易使皮回绵，如果回绵，剥皮就难了。

现而今出售糖炒栗子的地方大多写着“怀柔板栗”之类的宣传语。其实过去京南固安县的栗子就非常有名，只不过当时交通运输并不便利，干鲜果品又从西南山区来得多，所以都称之为良乡栗子。炒制栗子时掌控节奏最为关键，特别是将熟时更要搅动及时，否则栗子不透气，就会使外皮回软失去干脆，剥皮就费劲了。糖炒栗子固然诱人，而以栗子为原料制作的菜肴也有很多，如栗子烧鸡块、扒栗子菜心等等。

栗子产区其实很广，北至吉林，南至四川、贵州，而华北地区的产量最多。栗子中含有大量可溶性糖类，具有健脾补肾、养胃强腰的功能，适宜老人及肾虚者食用，对腰酸腰痛、腿脚无力、小便频多者尤为适宜。但是，栗子比较难消化，糖尿病、风湿病患者忌食。

童年情怀杨树花

每到春天来临的时候，湖边的柳树渐渐露出嫩芽，而杨树也开始结满了一个个暗红的“毛毛虫”，悬挂在空中随着和煦的春风不停地摇曳。这“毛毛虫”实际上就是杨树的花，别名梧树芒，也叫杨树吊。

记得小的时候，每年春季一到这杨树花随风落地的日子，我总是去附近的青年湖岸边捡拾落在地上的干净、整体饱满的杨树花，直到捡满一塑料袋方才回家。母亲将杨树花洗净焯烫后，再用清水泡掉苦涩味道，然后做成馅料蒸包子吃，那种特殊的清新美味至今回想起来仍令人难以忘怀。那个年代，生活用品特别是副食品还很匮乏，百姓买副食品要凭副食本按量供应。说起吃蔬菜，只在夏秋两季才能吃上新鲜的蔬菜。冬天一到，家家户户都开始储存大白菜，而且要吃整整一个冬天。最难挨的要数青黄不接的春天，能入口的瓜果鲜蔬极少。吃了一冬天的大白菜，到了春天只能把自家腌的水疙瘩、大萝卜和雪里蕻之类的咸菜当菜就饭吃了，如果在这个时候能够吃到用新鲜食材制作的美味包子，怎能不令人口舌一新，记忆深刻？

“文革”时期的一段岁月，母亲是“赤脚医生”，在街道红医站工作。所谓“赤脚医生”，并非光着脚丫子行医，这是“文化大革命”中期开始出现的名词，指没有固定编制、一般经乡村或基层政府批准和指派的有一定医疗知识和能力的医护人员，受当地卫生院直接领导和医护指导，他们是边工作边行医的兼职医疗人员。当时这种医生主要有三个来源：一是医学世家；二是经医护专业短期培训的学员；三是公认有一定医护能力的自学成才者。赤脚医生的出现，主要解决或缓解了广大农村地区缺医少药的问题，而城市里也沿用了这个名词，服务对象就是街道社区群众。母亲属于经过短期培训的那一类医务工作者，加上自己努力学习相关的中医书籍，因此对于一些草药相当熟悉。那时候每当我津津有味地吃着她蒸熟的杨树花包子时，她不止一次给我讲过杨树花是一味中草药，吃了对肠胃有很好的养护作用。

杨树花入药由来已久，汇集中草药书籍记载可知，杨树花具有清热解毒、涩肠止泻、化湿止痢、健脾养胃之功效，可直接抑杀病原体，提高机体的抵抗力；对抗免疫抑制剂，调节机体的免疫功能；有效缓解畜禽发病期间的各种应激反应，使动物胃肠肌及括约肌张力提高；杨树花还有收敛止泄作用，促进消化。从杨树花药用功能看，这小小的“毛毛虫”可不是一般的食材。

杨树花作为食材，可以有很多种食法，如果制作一道凉拌菜，那就是先将杨树花择净用开水煮，再用水泡一天，中途需要换几次水，吃的时候根据自己的喜好调制各种味型，也可配上一些辅助性的配料，而最为简单的方法是加入盐和味精后，浇上现炸制的花椒油或辣椒油即可。

杨树花也可以蒸着吃。挑选鲜嫩的杨树花冲洗干净，倒进开水锅里焯烫几分钟后捞出。用清水冲洗几遍，再放在清水里浸泡一天，去除杨树花的苦涩味道。把焯烫好的杨树花攥净水，撒上盐和干面粉搅拌，使杨树花裹满面粉呈团状。放进蒸锅大火蒸五分钟。吃的时候可以蘸着油泼辣椒或蒜泥，口感香糯清鲜。

用杨树花作为原料蒸包子最为常见，主要原料有面粉一千克、酵母粉十克，如果要使用老肥发面，则需将碱水揉好以中和发面中的酸味，其他原料有猪肉馅、韭菜、酱油、白糖、香油、花生油。制作时将择干净的杨树花泡水里一小时，洗去杂质和浮尘，用热水焯一下，捞出放清水里浸泡一天一夜，去其苦味。肉馅里放盐、鲜酱油、香油、花椒水搅拌，加入葱姜末去腥，搅拌均匀。将杨树花剁碎，加入切好的韭菜，搅入肉馅中，为增加口感，热好的花生油要稍加多点。面团醒好后包制，包好后稍微醒醒，再上屉蒸熟即可。如果改用玉米面，那就是蒸团子，将一份玉米面的三分之二用开水烫一下，和匀，再掺入另外的三分之一的干面，和匀。把面团揪成一个一个的小面团，擀成饼，像包豆包一样包起来。凉水上锅蒸，烧开后不能停火，开十分钟再停火，停火十分钟后即可出锅。

现代文学作品中，有多篇赞颂杨树的优美散文，如《白杨礼赞》等，脍炙人口，还有歌曲《小白杨》，更是以白杨树作喻，歌颂为祖国奉献青春的人民解放军战士，但是，那“坚强不屈与挺拔的树中伟丈夫”是银白杨，入药可以，当食材却不行。

喜庆年糕年年高

母亲的年糕，是一道滋味绵长的年夜饭，是一桌和睦喜庆的团圆饭，洋溢着岁岁平安兴旺的吉祥祝福……我母亲已八十高龄，每年春节吃年糕的习惯却一直保持着，虽然消化能力差了，但是也要蘸绵白糖吃上一块。吃过之后喜上眉梢，其乐融融。

年糕不单是北京春节的传统食品，每年一到初一，我国讲究吃年糕的地区有很多。人们说吃上它，万事如意年年高，所以，又称“年糕”为“年年高”。据明代《帝京景物略》一书记载，当时的北京人，每于“正月元旦”，就要“啖黍糕，曰年年糕”。在春节伊始之际，吃年糕而取“年年高”之意，表达出人们在新的一年里希望获福和吉祥之意。据清末《清稗类钞·饮食类》云：“年糕捣糯米而成，本为馈岁之品。至光、宣时，则以为普通之点心，常年有之矣。有以菜、肉煮为汤者；有以火腿、笋、菜炒之者，味皆咸。其甜者，则为猪油夹沙而加以桂花、玫瑰花，可蒸食。钱塘程讷斋有诗咏之曰：人心多好高，谐声制食品。义取年胜年，借以祈岁稔……欲更上层楼，翘首待挈引。”那时，年糕就已发展为市面上一种常年供应的小食，并有南北风味之别。北方年糕有蒸、炸两种，均为甜味；南方年糕以水磨年糕最为有名，制法除蒸、炸之外，还有片炒和汤煮诸法，味道甜、咸都有。从颜色上看，年糕有黄、白两色，象征金银，所以有诗赞年糕：“年糕寓意稍云深，白色如银黄色金。年岁盼高时时利，虔诚默祝望财临。”

现今，年糕更是种类繁多，如北方城镇的白糕饦，塞北农家的黄米糕，江南水乡的水磨年糕，西南兄弟民族的糯粑粑……北京小吃中的年糕，由黄米或江米面加各种辅料蒸制而成。年糕的品种有白年糕、枣年糕、豆年糕、年糕饦等。精细的年糕有白果、什锦、水晶、如意等，烹制方法多为蒸，也有用油炸蘸白糖吃的，均有香甜黏糯的特点。

枣年糕就是由蒸制的方法制得，那些经营年糕的聪明买卖人，每逢节前必蒸大量的枣年糕，分为黄、白两种，以供过节时卖。出售时用刀切着卖，撒上白糖，黏糯香甜，枣香四溢。旧时有诗云：“燕京推车卖切糕，白黄枣豆有低高。凉宜夏日冬宜热，一块一咕一奏刀。”这种年糕的具体做法是：先将大枣洗净，挑去虫枣，用凉水泡透，再入开水锅中煮熟备用。用黄米面加水，将面和匀。蒸锅上火，铺上湿屉布，把和好的黄米面倒入，蒸半小时至熟。将蒸熟的黄米面分成三块，分别用湿布揉成片形，一层面上放一层大枣，共分三层，两层枣，最上面一层面上再点缀几行大枣即成。

炸年糕饦是由炸制方法制得，具体制法是：先将黄米面和成面团，使其发酵。待面刚发起时，上笼屉蒸一小时，熟后取出稍凉一会儿。将熟黄米面团放在案板上揉匀，搓成圆条，再揪成一百个面剂。两手各取一个面剂摁成圆饼，再把两个圆饼摞在一起，稍微用力摁一下，使其粘实，即为年糕饦。全部做完后，在表面刷上花生油，以防皴裂。锅内注入花生油，油温至八成时分批下入年糕饦，待炸至呈金黄色时，捞入盘内，撒上白糖即可。

清真回民小吃店里年糕的品种较为丰富，一般小吃店虽也有供应，但品种要少得多。逢年过节，品种增多。特别是在庙会上，年糕的品种更是丰富多彩，很多较有名气的字号也前去助兴，且食者甚众。在众多的喜食者中，喜食黏糯香甜者有之，人们大多想在节日里吃到一块年糕，以表达自己新的一年里在各个方面更上一层楼的美好愿望。

田园生态酥鱼美

我虽不是生活在海边，但自幼时就喜欢吃鱼，特别是那浓浓的鱼的腥香味道，更让我痴迷。小的时候家住青年湖附近，曾经在青年湖清湖底时捕得些许寸长的小鱼拿回家，母亲用调料将鱼腌好，然后搅入面糊中在饼铛上煎黄，当时觉得浓浓的香酥面鱼很是美味。后来，闲暇时父亲就骑着一辆二八自行车带我来到北城郊外，见到宽阔的芦苇塘就开始放线垂钓。那时，尚是“文革”时期，父亲成了一名逍遥的“斜风细雨不须归”的垂钓翁，经常是收获后回家焖上一锅酥鱼。那时，还没有压力锅，几乎家家使用的都是煤球炉。往往是头天晚上将鱼炖上，然后把火封上之后坐上炖鱼的锅，经过一宿的煒炖，第二天那经炖制的鱼早已骨酥肉烂，滋味尽透，鲜美芳香。

参加工作后，曾经在一个时期内，我也购置了一副鱼竿，经常到乡野田间下钩垂钓，那时，我的钓鱼水平达到了一定层次，经常是别人钓不到几条，而我的鱼护里已经相当丰盛。后来，有了孩子后，鱼竿开始尘封了。但是，一旦迷恋起焖酥鲫鱼的美味，我就去市场买上几斤，回家后耐心收拾，悉心烹制，但吃起来似乎缺少了往时的韵味。

焖酥鱼是一道色香味俱全的汉族传统佳肴，既是餐馆经营的一道美味，也是寻常家庭喜欢烹制的小菜，无论是配饭、就着烙饼或玉米面贴饼子，还是佐酒，均可。几年前，我曾到河北永年广府探访杨禄禅的故居，当晚在邯郸的一家饭庄吃过一回可口的冷菜焖酥鲫鱼，真是骨酥肉烂、滋味鲜美，甚至当时还打包了一盒，第二天带回北京继续品味。

制作焖酥鲫鱼的主要原料有小鲫鱼、姜蒜葱适量、生抽、香醋、料酒、白酒、砂糖、盐、花椒等。把鲫鱼宰杀洗净，一定要将鲫鱼的黑腹膜清洗掉，不然会有腥味；把鱼放入大碗里，加入调好的料酒、姜蒜葱、生抽、香醋后盖上盖子，放入冰箱里腌制20分钟左右，香醋是关键的调料，大量的醋更易使鱼骨酥烂；把腌制好的鱼控干水分；炒勺里放油，把油烧到冒烟后再把鱼放入，炸到金黄捞出；压力锅底部先放上一层葱段，之后将鱼放于葱段上，这样做的目的是使葱香充分入味，同时鱼也不宜煳底；倒入香醋、白酒、盐、砂糖、花椒少许，将拍好的姜、蒜铺于鱼身上，再放上些葱段，倒入适量的水；大火烧至限压阀处出气后，调小火烧上三十分钟左右；成熟后的鲫鱼已经酥烂，盛入盘中要小心翼翼，最好不要刚焖好就往外面夹，稍稍凉一会儿再夹就能保持鱼的完整性。这样，成品焖酥鲫鱼枣红透亮，鱼骨酥透，有入口即化之感，鱼肉耐嚼且令人回味。

这是速成法的焖酥鲫鱼，传统的做法就是不用压力锅，而是在锅内小火慢炖直至鲫鱼酥烂为止。从专业角度讲，焖酥鲫鱼如果先进行炸制再去炖，则称之为硬酥鲫鱼。其实不经过炸制也可以直接慢火焖炖，专业术语称之为软酥鲫鱼。

2015年秋，为了纪念父亲过世二十周年，我驾车回到阔别多年的河北深州老家。举办完纪念活动，侄子带我来到衡水著名的景区衡水湖，宽阔的湖面真是风光无限，我们乘坐游艇尽情欣赏，见到渔民正在湖里捕捞，我来了兴趣。侄子深知我的爱好，遂将人家刚捕捞的红鳍噘嘴鲢子买下，放入我的车载冰箱内。回到北京，我连夜收拾，照着焖酥鲫鱼的方法焖上一锅。这一锅家乡野味酥鱼吃得我是心花怒放、食欲大开。

烹制鸡蛋风味多

对于现代都市人来讲，鸡蛋可以说是再寻常不过的一种食材了，别的不说，单就从北京的早餐说就随处可见，诸如煎饼、鸡蛋灌饼、烧饼夹鸡蛋、茶叶蛋等等，我曾在街头吃过一阵子早餐，对包子馄饨不感兴趣，不是因为油腻，而是对肉馅心里没底，所以就喜欢吃上一碗豆腐脑，再配上一个烧饼夹鸡蛋，或其他鸡蛋类早点，吃起来心里踏实舒坦。

可别小看这鸡蛋寻常，要是再退回几十年，它可是产后和大病初愈之人的理想补品。远的不说，在计划经济时代，就连副食店里卖鸡蛋的也是以高度负责的态度对待这项工作。那时老百姓每家每户都有副食本，买肉、买鸡蛋等重要副食都有定量，买鸡蛋时就跟买贵重物品一样，副食店里专门预备一个检验鸡蛋质量的灯箱，箱上有多个比鸡蛋小的圆孔，将鸡蛋放在每个圆孔上，然后打开箱内的灯，这样鸡蛋内部质量就会清晰地展现在顾客眼前，坏鸡蛋绝对不会蒙混过关。今天，那箱子恐怕早已成为文物，而谁要是再以这种方式售鸡蛋，恐怕就会遭到人们的嗤笑了，谁还会在乎那值不了几个钱的坏鸡蛋，时间对于人们来讲更为重要。

现而今，人们大多高度重视健康营养膳食，有的人出于对膳食平衡的考虑，怕吃多了鸡蛋胆固醇会过高，其实大可不必担心，只有当人们的胆固醇代谢出现故障时，胆固醇才会沉淀在血管壁上，造成心血管的麻烦，人体每天合成的胆固醇比蛋黄里的那一点高得多。还有的人认为柴鸡蛋的营养会比养鸡场的高，因此不惜跑到某些郊区的果园里捡拾野生柴鸡蛋，谁知他们刚走，一些脑瓜灵活的果农们又会在果园里放上一批，满足那些城里来的柴鸡蛋粉丝。其实不论是柴鸡蛋还是鸡场蛋，营养各有千秋，半斤八两。

早年到庐山旅游时，我喜欢上了那里的一道风味菜，就是石鱼蒸蛋，形如蛋羹，却鲜美异常。这主要是石鱼的缘故，石鱼生长在庐山的峡谷溪流中，体小，长而略扁，其肉细嫩鲜美，味道香醇，因而闻名遐迩。当时从庐山买回了一些石鱼，我回到家中用蛋蒸制，很受女儿的欢迎。后来，石鱼吃完了，女儿再想吃石鱼蒸蛋，我却没了办法，在北京咨询了几家卖江西特产的，都说没有石鱼，因为QS不达标。我只好放弃。不知什么时候我家附近开了一家江西特产店，我在那里买到了有QS标志的石鱼。回家后迫不及待地做了一盘石鱼蒸蛋，哪知令人大失所望，由于石鱼经过高温杀菌，食品安全已经达标，然而大量的鲜味却丢失了，所以石鱼蒸蛋就失去了特有的鲜美味道。不过我自有办法，将石鱼用清水洗过之后，放油锅里爆炒一下，待鱼腥味出来后，再放入加了盐和香葱末的鸡蛋炒熟，就鲜香浓郁了。

鸡蛋的吃法有很多，其中有两种吃法至今我仍旧喜爱。一种是不加盐的炒法，将鸡蛋液中加入适量的虾皮上油锅炒制，吃时海鲜味浓；还有一种是水炒香椿鸡蛋，其做法是：将锅中放入少许水，加入盐、鸡精，水开后倒入蛋液不停匀地炒动，待鸡蛋凝固成块后加入少许香椿苗，一盘色香味美的水炒香椿鸡蛋就好了，清淡无油，质地软嫩，特别适合老年人。

炒木樨肉也离不开鸡蛋。我曾经在汉堡市中餐馆吃过丰泽园饭庄蔡大厨烹制的木樨肉，不但肉的滋味咀嚼起来回香绵长，而且鸡蛋炒得也恰到火候。那是1994年，不来梅中国皇宫烤鸭店急需甜面酱，但在不来梅中国商店里出售的甜面酱价格贵且是小袋包装。这时汉堡北京烤鸭店的老朋友林老板答应卖我们几桶他从国内进口储存的甜面酱。我们驱车前往汉堡，林老板把我们引到他家，让我们先帮助他打扫花园，除草浇水，扫除杂物。求之于人，为人出力也是自然之事。那天中午，我们在林先生的店里吃了午餐。为我们炒制木樨肉的就是林先生从丰泽园请来的蔡大厨。或许是远离家乡之后又尝故乡味的原因，问其炒木樨肉的窍门，蔡大厨坦言，虽然木樨肉是北京寻常百姓最为熟知的菜肴，但要炒好并不简单，最能突出这道菜特点的配料有木耳、发制好的黄花菜段、黄瓜片等应季蔬菜。炒制时，肉丝一定要断生后加入葱姜丝，将肉炒干炒透后再加酱油、料酒、盐继续煸炒，只有这样，炒出的肉丝才耐人寻味；炒鸡蛋也很关键，油温一定要掌控好，过低则松散而有腥味，过高则色重易煳。出锅时淋入几滴香醋和少许香油，这道菜就大功告成了。

院里长满鬼子姜

我从幼年时就很喜欢鬼子姜，不仅仅在于它清爽好吃、脆嫩利口，还有那豪爽耀眼的金黄色花朵和溢满院落的芬芳，更重要的还是它那顽强旺盛的生命力令人赞叹。这种植物不需要过多的养分，只须一块深厚的土地，遇到水的滋润便能生根发芽，迅速成长并向四周蔓延。第二年不需要再播种，就又是一片生机勃勃、郁郁葱葱。

我小的时候，家住安定门外青年湖东侧的一个坡上大杂院内，屋前有一块空地。最初，父亲在那里开辟了一个小菜园，种了些豆角、倭瓜之类，也种了几小块鬼子姜。当盛夏来临，鬼子姜生长得非常旺盛，且年年都可夏赏金花，冬吃泡菜，这惹人爱的蔬菜为我家的生活增添了不少色彩。鬼子姜花的外形和向日葵很相似，金黄的花朵也随着太阳转，唯一不同就是花盘较小，但黄澄澄、金灿灿的小花盘顶在翠绿挺拔的枝干上，在阳光的照射下，朵朵花蕊发出耀眼的光芒。浓郁的花香引来蜜蜂、蝴蝶翩翩起舞，弥漫在屋前的淡淡花香沁人心脾，令人心怡。

从五月开花，一直到秋末叶子干枯前，鬼子姜的花色艳丽便一直存在于年少的我眼前。现而今，都市的人们大多搬进了楼舍，邻里间也很少来往，炎炎夏日里在城中社区再难见到鬼子姜那大片金黄的花朵了。

鬼子姜，学名菊芋，又名洋姜，是京城百姓喜爱的一种蔬菜。鬼子姜吃法有许多，可炒，可煎，可煮，可凉拌，但是人们大多是选择它的最佳吃法，那就是用来腌咸菜。

制作泡菜鬼子姜，最为简单：将挖出的根茎块洗净，个头大的切一刀成两块，小个的整腌，放入腌菜缸，最好加入一些胡萝卜、水萝卜等配料，这样泡出的鬼子姜就增添了其他蔬菜的甜香味道。放适量花椒、大料、大盐块等调味料，注入凉开水，用压菜石压紧。过两三天倒缸，上下翻匀，再腌渍三两天即可食之。

鬼子姜炒肉丝也是一道嫩滑鲜美的菜肴，烹制时，将鬼子姜块茎洗净，刮去皮后切丝。把猪肉切丝，并将黄酒、酱油、少许盐和淀粉混合放入肉丝中拌匀待用。炒勺烧热后放油，放入肉丝、姜丝炒至肉丝散开变色即铲起盛盘待用。勺放葱姜油烧热，下鬼子姜丝煸炒，加入适量盐、糖和料酒继续煸炒，待鬼子姜丝熟透后倒入肉丝，淋上少许花椒油，旺火炒匀即成。

鬼子姜也可凉拌，所用配料有青红尖椒、大葱、大蒜、香菜、干红辣椒、精盐、海鲜酱油、蚝油、陈醋、白糖、鸡精。把鬼子姜洗净切薄片，尽量切得薄一些。鬼子姜片放入盆中，加入精盐、蚝油、适量海鲜酱油、白糖、陈醋、鸡精，放入青红尖椒丁拌匀。加入葱丝、大蒜丝拌匀之后，盛入盘中。锅内烧油，至七成热，将干红辣椒投入，油浇在鬼子姜上即可。这样拌制的鬼子姜凉菜不仅味道丰富，而且吃起来清脆利口。

2015年秋，为了纪念父亲过世二十周年，我驾车回到深州老家。家乡已不再是从前，近些年更是发生了天翻地覆的变化，晚辈们有的在衡水市或者深州市里买了新房。我的侄子也在村里盖起了别墅一样的二层小楼。举办完纪念活动，侄子带我来到衡水湖游玩。晚上回到他那小院，给我烹制了一桌炖野兔、炖湖鱼、炸知了猴和烤羊肉串等野味。院子里的墙边有一排鬼子姜，花正盛开，我忍不住让侄子挖出几个凉拌了一盘。那个秋夜，我在微醺中似乎感觉到了润心的鬼子姜花的清香缕缕飘来，那种味道唤起了我对幼时的回忆……

往事如烟，1987年，我家搬迁住进了楼房，从此也就远离了种植、收获和品食鬼子姜的乐趣。1995年秋，父亲也远离了我们。旧时故事远去多年，留给我的唯有永远的怀念。鬼子姜的香甜一直萦绕在我的心头，那是舌尖上的美味，也是家乡的回忆，还有在我成长过程中那些来自亲人温馨关怀的美好记忆。

象牙萝卜趣事多

我四奶奶的大女婿也就是我姑父李先生是营养专家，许多知名饭庄因其是明代著名中医的后裔，将他聘为营养顾问。我每年中秋都要到他那里一聚，看望姑姑和姑父是一方面，更主要的是他就住在城南四环以外，楼前一大片工地荒废多年，他却开辟了一片菜园种植了各种蔬菜，每回到他家时正是收获季节，于是我们便下园不辞辛苦地采摘，满载而归。有一年，老先生居然种了象牙白萝卜，长得歪瓜裂枣，一点都没有看相。但老先生言之，之所以种这东西，就是因为它的养生效果。他笑道，现在的萝卜吃了连气都不通了，吃了他这以鸽子粪作为肥料的原生态萝卜，保证排气痛快。我毫不犹豫地拔了几棵，回去后制作了久违的萝卜条，那清脆鲜美的感觉让我大快朵颐，那种重回自然的味道不仅带来舌尖的快感，更令人记忆犹新的是这小小的美食唤起了我对青葱岁月的回忆。当然，姑父没有虚言，排气也果真痛快！

白萝卜俗称象牙白，是最普通的蔬菜原料。过去，在六必居等酱菜园中，以白萝卜为原料腌制的酱菜品种花样繁多，而用于烹调的例子并不多。现而今，随着人们对营养健康的饮食追求，白萝卜已备受大家喜爱，特别是冬季。

据说，在我国种植白萝卜至少已有千年历史。相传在唐太和年间（827—835）如皋定慧寺僧侣就已开始种植，将萝卜作为供品，并馈赠施主，时称莱菔，其种子叫莱菔子，供药用。后逐渐流传民间，广为种植。清代编修的《如皋县志》载：“萝卜，一名莱菔，有红白二种，四时皆可栽，唯末伏秋初为善，破甲即可供食，生沙壤者甘而脆，生瘠土者坚而辣。”白萝卜含有丰富的维生素A、维生素C等各种维生素，特别是叶子中维生素C的含量是根茎的四倍以上。维生素C能防止皮肤的老化，阻止黑色色斑的形成，保持皮肤的白嫩。此外维生素A和叶子中维生素C都有抗氧化的作用。现代研究认为，白萝卜含芥子油、淀粉酶和粗纤维，具有促进消化、增强食欲、加快胃肠蠕动和止咳化痰的作用。中医理论也认为该品味辛甘，性凉，入肺胃经，为食疗佳品，可以治疗或辅助治疗多种疾病，《本草纲目》称之为“蔬中最有利者”。所以，白萝卜在临床实践中有一定的药用价值，可以有效抑制癌症，也可以预防皮肤老化及动脉硬化等。不过需要知道的是，萝卜性偏寒凉而利肠，脾虚泄泻者慎食或少食；胃溃疡、十二指肠溃疡、慢性胃炎、单纯性甲状腺肿、先兆流产、子宫脱垂等患者忌吃。

我虽喜爱白萝卜，但在目前市场上见到的白萝卜个头大、水分足，大多是催长而成，一经加热烹调，水分退尽，口感和滋味都会受到影响。还记得我刚参加工作时，同事毕大姐向我介绍了一款她家擅做的最为简单的白萝卜制作法。上世纪70年代，毕大姐是那时京城市区的服务行业到远郊区县招工而进入饮食行业的一员。那时的白萝卜个头不大，水分小，韧性足，大多是田间地头自由生长，而且萝卜辣味十足。将萝卜洗净切成长条，在阴凉处风干去部分水分，之后加盐、焙干的小茴香压成的粉，闷放几日再食用，别提味有多美了。咸脆中带着韧性，透着一种自然香料的味道，使人仿佛身在乡间，回归自然。现而今这样的萝卜不好找了，我也已多年没有尝到那难以忘怀的萝卜条了。

现在的萝卜虽然水分大，甜味足，无萝卜辣味，但在吃川味火锅时加上些许萝卜片，涮吃起来还是很降麻辣之火的。后来，我又发明了一款干锅白萝卜，结果很受家里那两位馋人的喜爱，可谓吃得风卷残云，汗水淋漓，好不痛快。干锅白萝卜的具体做法是：选用适当粗细的白萝卜切成片，片切得厚一点儿，因为白萝卜水分大，成熟脱去部分水后就会变薄。将萝卜片炸制脱水，颜色变深后捞出。炒勺上火，注入菜籽油，油热后加入五花肉片炒制，肉卷起后加上红油豆瓣，出香后加入蒜片、姜片、少许干锅调料、生抽、料酒，然后加入萝卜片。待萝卜片入味后，盛入放有洋葱片的干锅中，上面撒上红绿鲜辣椒段即可。这道菜的关键是需将红油豆瓣炒透，否则会有一股生腥味，影响滋味。使用菜籽油不但会增加菜肴的香味，而且也会为菜肴增色。当然，我还喜爱用这食材以高压锅焖制的“鲍汁萝卜块”，此款美食经过高压入味，吃起来状若膏腴、软糯滋润、鲜香味美，堪称凡料成菜美食中的上品。当然，白萝卜还有许多常见的坊间烹制法，也为大众喜闻乐见。

自采蘑菇打卤面

打卤面是老北京传统的市井名吃，历来深受人们的喜爱，即使在当今也常见于家庭餐桌之上。无论是手工制面，还是烹制卤料，打卤面均有很多讲究和技艺关键，优质的打卤面肯定是拌料红润透亮，面条筋道，口味鲜香润口，营养丰富。如果问北京长大的孩子在儿时记忆最为深刻的家常美食是什么，那一定就是香喷喷的老北京打卤面和炸酱面，其场面就是坐在大杂院子的门前攥着几瓣蒜一边侃大山一边吹牛皮吃面的北京长辈老爷们儿。

打卤面虽是北京坊间家常饮食，但制作起来并不简单，特别是用料则更为考究。选用精制的五花肉，洗净放入清水中，加入大葱、姜片、花椒、大料和料酒煮至用筷子能够扎透。捞出凉凉，切成薄片放入煮肉的水中。选用涨发好的口蘑、松蘑、干黄花和木耳，洗净后分别用冷水泡发至松软。泡发香菇、松蘑的水静置澄清备用，倒入煮肉的水中，取出蘑菇洗去尘沙，去蒂改刀切薄片，将木耳、黄花菜泡发之后洗净，将处理后的这些食材全部倒入煮肉的汤水里。食材均以干货为宜，不宜用鲜口蘑、鲜木耳等原料，其原因就是干货经过脱水后会有独特天然的鲜香味道，而且泡菇类的水也是制作打卤面的上好鲜汤。

口蘑是制作打卤面的主要原料，它是产自塞外的一种珍贵食材，因塞外的口蘑产量稀少，香味独特浓郁，且无法人工培植，故价格昂贵。旧时，由于塞外地区的土特产都通过张家口输入内地，故产自张家口及塞外的这种鲜蘑俗称“口蘑”，口蘑大多生长在“风吹草低见牛羊”的草地上的牛羊骨头或牛羊粪旁边，肥厚的草原土地滋养了它的成长，因此肉厚、质嫩、味鲜且口感好。由于口蘑产自草原沙地，清洗时不能含糊。具体方法是：用凉水冲洗掉表面浮土，之后放入热水泡发，泡发时盖上盖子，保持其香味不散失。待口蘑泡软后，原汤保留。将口蘑取出放入一个大碗里，像打鸡蛋一样搅拌，之后将水倒出，反复操作，直至碗底不再有泥沙为止，这个步骤大约需要多次，因为口蘑皱褶里的沙砾十分细小，而口蘑泡发后又很娇嫩，用手揉搓除沙会破坏口蘑的质地。

制作拌面卤时，将五花肉片、松蘑、黄花菜、木耳、口蘑一起放入锅中煮肉的汤里，和发蘑菇的水炖煮二十多分钟，使其香味进一步浸出融入汤中，加入盐、鸡精、酱油，调味后用生粉勾芡。不宜使用玉米粉，否则汤汁易浑，色泽暗淡而不透亮。待汤液变稠后再加入打散的鸡蛋，不宜立刻搅动，看着成熟的鸡蛋逐渐往上翻出后再慢慢搅动。将卤汁盛入器皿中。刷净炒锅上火，倒入花生油，加入适量花椒，炸香后捞出花椒，将花椒油浇在做好的卤上即可。

丰泽园饭庄的王大师曾经向我介绍过打卤面的另类做法，他说过去制作打卤面还会加入一些鹿角菜，它是一种海藻，形如鹿角，也叫龙须菜，但久煮则化，做打卤面时将要下火时放入，有一小把即可。丰泽园饭庄的老师傅们大多来自山东半岛沿海地区，对海产品的海味情有独钟，在打卤面中加入适量具有浓郁海鲜味道的原料也在情理之中。现而今打卤面作为宴会上的一道面食，在里面加入鲍鱼、海参、大虾，并称之为海鲜打卤面也很常见。当然，素食主义者往往是将传统打卤面中的五花肉去除，那就是纯素的打卤面。清真馆子将荤料换成鲜嫩的牛羊肉，就是广大穆斯林喜欢的清真打卤面。

我吃过各类原料做成的打卤面，但记忆最为深刻的还是中学时代母亲做的那顿打卤面。初中时的一个暑假，几个同院的同学相约骑车去十三陵水库游玩。那天将近中午时分，我们骑车到了十三陵水库的北岸，南部脚下是宽阔的水库，天气晴好，波光粼粼，北岸山上是茂密的树林。欣赏美景时，远远看见有一个当地的老乡正提着篮子在不断地弯腰，好像在捡拾什么。我们好奇地走了过去，原来这个老乡正在采蘑菇，一团团、一簇簇金黄的蘑菇生长在浓密松树下的草丛中。那时，我们并不知道这是什么蘑菇，只知道有的蘑菇可食，有的蘑菇有毒。经询问，老乡告诉我们，这是松蘑，在雨水充足的夏季生长最为旺盛。我们毫不犹豫地加入了采蘑菇的队伍，草丛中的蘑菇太多了，碧绿中不断涌现出大片大片的金黄，很快我们每人都采了满满一大塑料袋。

满载而归后，我将采来的蘑菇散开晾在大杂院自家的屋顶上。松蘑经脱水后重新泡发，母亲就用我采来的蘑菇做了一顿打卤面，或许就是因为品食自己劳动的成果，食材又是来自原生态的大自然，那顿面吃得有滋有味，令人回味，难以忘怀。

怀恋猪耳朵扁豆

说起猪耳朵扁豆，对我来讲还具有一种特殊的情感经历。上世纪60年代，我们一家从元大都城垣遗址南的化工学院西北侧搬到安定门城楼外的青年湖公园东侧。那时，安定门城楼依然耸立在护城河边。我们的新家坐落在青年湖东侧一个高坡上的大杂院内，屋前有一块空地，父亲在那里开辟了一个菜园，除了种些瓜类蔬菜，还有鬼子姜、向日葵之类，更多的是种了猪耳朵扁豆。

记得，当藤蔓爬满篱笆，扁豆开花了，花一开就是一串，鲜艳烂漫宛如只只蝴蝶静静地落在藤叶间。我总爱凑近小小的扁豆花，闻那花朵溢出的淡淡清香。特别是阳光明媚时，扁豆花的香气蒸腾起来，淡淡的清香里带有一股淡淡的甜味。有时，我忍不住，悄悄地掐下一朵淡紫色的小花，拿着闻来闻去。这个时候，母亲就笑着对我说："那朵花本应该成为一个豆角的！"

淡绿色的豆子一天天长大，小院竹篱笆上，猪耳朵扁豆结得又密又大，凹凸不平，豆角边酷似耳郭，越长越像猪耳朵。每天做饭前，母亲提个小篮或小盆，去屋前的小菜园摘些扁豆，回来择净做菜。大多是煸炒，炒锅散发出青鲜的味道。那个时节，浓而清新的香味常常萦绕在我的舌尖。有时，收获多了，一时吃不完，父亲就把它用盐腌上，用来丰富寒冬时节的餐桌。腌制时，将扁豆洗净，控去表面水分，放入瓦缸器皿中，用大盐腌制，在上面压一块大鹅卵石，以防扁豆浮起。如此腌半个月左右，将腌扁豆捞出，横切成细丝，加香油、米醋拌食，既有鲜美的青豆汁味，又咸香可口。若就着玉米面和棒糁粥吃，咸中带甜，口感爽脆，别具风味。

猪耳朵扁豆是豆角的一种，因其形酷似猪耳，故北方大部分地区就以这样的俗名称呼它。它也算是蔬菜，但具有特殊的个性，生命力顽强，只要小小的一块土地，享受到阳光和水分，就能生根发芽，顺着篱笆、藤架或墙壁向高处攀爬，然后开花结果，蓬勃旺盛于寻常百姓家。

有人考证，猪耳朵扁豆大约在秦汉时期由印度传入我国。据古籍记载："身毒有荚豆，扁薄类豚耳。"身毒，指印度，即天竺。《海内经》云，身毒之国，是轩辕氏居之。郭氏云，天竺国也。豚，指小猪。《方言》曰："其子或谓之豚。"由此可以推断，这种所谓"荚豆"很可能是猪耳朵扁豆。南朝医学家陶弘景《名医别录》载："藊豆味甘，微温。主和中，下气。叶主治霍乱吐下不止。"从这段文字分析，扁豆早期传入我国，并非仅是蔬菜功能，而是被当成药材用来治病。

猪耳朵扁豆常与猪肉丝同炒，制作并不复杂。猪肉丝中放少许盐和水淀粉，抓拌均匀，扁豆切成丝。炒勺中放适量底油，油热后，倒入腌好的猪肉丝翻炒至变色，加入料酒去腥。加入葱花和姜末，与猪肉丝一起炒香。放扁豆丝，一起翻炒均匀。加入适量清水，盖上锅盖中小火焖几分钟。打开锅盖后，加入鲜酱油、盐调味。最后放入蒜末，翻炒均匀。猪耳朵扁豆也可以素炒，素炒时加入辣椒丝，不但提味，而且为菜肴增色。

现而今，我们早已住进了高楼，再也没有条件亲手种猪耳朵扁豆了。有时见到菜市场出售，我就忍不住买上一些，回家下厨炒上一盘，一边品尝一边回味。这猪耳朵扁豆，蕴含着我幼时记忆里独有的甜美滋味，根深蒂固地萦绕于我的脑海，吸引着我。

辑七

庙会寻忆

白如凝脂杏仁茶

刚参加工作时，我在王府井全聚德烤鸭店从事冷荤厨师工作，那时，许多老字号的冷荤制作手艺还是跟在全聚德干了多半辈子厨师的程老师傅学的。程师傅与我是河北深州同乡，我们两村均在省213公路两侧，相距也就十来里地。他有一项剔鸡绝活，不足一分钟就能将一只鸡出骨，鸡脯肉、鸡腿肉分档用料整齐完整。我自然不会放过学习的机会，后来在日内瓦的中国饭店给守旧的朱老板展示过这一技法，对其头脑“风暴”一下，以达到让他了解崭新的中华烹饪技艺之目的。

程师傅家住安定门外西河沿，我俩经常是天天下班后骑车同行。程师傅曾经跟我讲，要想领略杏仁茶的风采，就必须品尝用甜杏仁现磨制的，用甜杏仁现磨制的杏仁粉制作的杏仁茶香气更足且韵味悠长。由于杏仁茶口味甜，因此，过去人们大多愿意饮用杏仁茶时与烧饼同吃，别有一番风味。

杏仁茶是一道传统的北京小吃品种，也是一道历史悠久的食品。

杏仁茶，又名杏酪，早在南北朝时贾思勰《齐民要术》中，就曾记录了当时北方人民煮杏酪的方法：“打取杏仁，以汤脱去黄皮，熟研。以水和之，绢滤取汁；汁唯淳浓便美，水多则味薄……唯须缓火。以匕徐徐搅之，勿令住……粥色白如凝脂。”自元朝以来的文献记载中，也有许多杏仁茶的记载。清代《光绪顺天府志》中记载：“杏仁粉，按以杏子仁甜者磨为粉，然不尽纯，或杂以薯粉，土人和糖调水为杏仁茶。”

早年间，老北京买到的杏仁茶是选用上好的甜杏仁制得，把杏仁洗净浸泡剥去外皮，与浸泡的大米、糯米一同上小拐磨，磨成乳白色原浆，滤去残渣，大锅熬开。售时，趁温热盛在碗中，撒上白糖即可饮用。

杏仁茶的特色是“鲜”，经营者出售前磨出鲜浆，早晨出售，因此，前人有诗赞曰：“清晨市肆闹喧哗，润肺生津味亦赊。一碗琼浆真适口，香甜莫比杏仁茶。”并在书中详细说明：“杏仁茶，以面粉及杏仁粉同熬之即成。”

杏仁茶的具体做法是：先将大米、糯米一起淘洗干净，用凉水浸泡两小时。杏仁用温水泡十五分钟取出，搓掉黄皮洗净，与大米、糯米一起加凉水磨成稀糊。

锅内倒入凉水，在旺火上烧沸，将稀糊倒入锅中搅匀，水开后，约煮五分钟即成杏仁茶，随即舀入铝桶中用微火保温。

将糖桂花用温水调匀，吃时将杏仁茶盛入碗内，放上白糖和糖桂花汁。成品杏仁茶颜色洁白，杏香浓郁，细腻甜润。

杏仁茶不仅味道可口，而且具有一定的药理作用，常饮有润肺、止咳、平喘的功效。

目前市场上出售的杏仁茶，有的不是采用鲜杏仁现磨现煮，而是以杏仁粉用开水现冲现吃。具体做法是：选取小碗盛入杏仁粉，用温水调开，然后用沸水冲到黏稠，最后在表面撒上白糖、金糕丁、桂花。这种杏仁茶采用的杏仁霜或杏仁粉，质量也不完全相同，特别是有的粉霜中杏仁的含量很低，甚至个别的还有不正常的味道，这样的粉霜冲得的杏仁茶，无论是味道还是营养，肯定逊色得多。

旧时，出售杏仁茶的也有很多沿街叫卖的。清晨，街头、巷口经常传出："哎！杏仁儿茶啊！"不仅是那些以杏仁茶为早点的人早早起来前去购买，许多人还会把这吆喝声当作叫早的闹钟。现而今，这种景象不再出现，出售杏仁茶的大多出现在小吃城、小吃街及庙会一类的小吃聚集区，而且大多与茶汤、油茶一类一起销售。

爆肚吃来门道多

爆肚是北京小吃中久负盛名的一款美食，历来为京城的食客所喜爱。关于爆肚，早在清朝乾隆年间就曾有文字记载。《燕都小食品杂咏》这样写道：“入汤顷刻便微温，佐料齐全酒一樽。齿钝未能都嚼烂，囫囵下咽裹生吞。”并说：“以小方块之生羊肚入汤锅中，顷刻取出，谓之汤爆肚，以酱油葱醋麻酱汁等蘸而食之，肚既未经煮熟，自成极脆之品，食之者，无法嚼烂，只整吞而已。”从这段记载中可以看出，爆肚的制法、口味及口感特征都讲述得非常清楚，使人一目了然。

爆肚是把鲜牛肚或鲜羊肚洗净整理后，切成条块状，用沸水爆熟，吃时蘸芝麻酱、辣椒油、酱腐乳等与葱末、香菜末拌制的调味料，吃起来口感质地脆嫩、口味鲜香。别看牛羊肚是寻常之物，吃起来讲究可大，从选料到动筷子进嘴，每一道程序都有讲儿。地道的爆肚13道，即牛肚4道（因牛的一些部位质厚、韧度大，不易水爆）：百叶、肚仁、百叶尖、厚头；羊肚9道：肚仁、散丹、肚领、蘑菇头、肚芯、食信、肚板、蘑菇、葫芦。吃的时候，讲究先上嚼不烂囫囵吞的。制作过程中，在选料、刀工、火候和配料上都有许多的绝活，如选料重在一个“鲜”字，选用的都是吃鲜草长大的草地羊，由阿訇念“台思迷”下刀，当夜扒皮剔肉倒肚子，次日进店冲洗。洗时绝对不用任何火碱、醋或洗涤用品。

早年，经营爆肚的几乎都是回民，秋末冬初之时，恰是爆肚的销售旺季，较有名气的有天桥的“爆肚石”、门框胡同的“爆肚杨”，此外还有“爆肚满”“爆肚冯”等等。现今，不仅在庙会上经营爆肚的摊儿家众多，且专营爆肚的餐馆也为数不少，食客们也不分季节，都把它当成佐酒的上品。

爆肚的具体做法是：先用大盆盛满凉水，用手拿着肚在水中洗去脏物杂质。特别是第一次洗的时间要短，动作要快，不要在水中久泡，以免吸收脏水，爆出的肚有臭味。逐个洗完后再换水洗第二次，这次可将肚全泡在水中，尽量多泡一会儿，能把臭味泡出来。最后，用水清洗干净。将羊肚分割成肚板（紧接食管第一部分，是瘤胃，部位最大，上有毛巾一样的小肉瘤）、肚领（两块相连的肚板之处有一条较厚的肉峰，最嫩）、肚散丹（重瓣胃，犹如一页一页折叠的布片，俗称散丹，也叫百叶）、肚蘑菇（刍胃，里面有胃液，吃时味鲜，为了不让它流掉，翻洗后，还要恢复原状）、肚葫芦（形如连环方形的蜂窝胃）和食管等六个部位。接下来是切条，先撕净附在肚面上的油，再撕去有草牙一面的皮（牛肚领须撕去内外皮，剩下的即为肚仁）；肚散丹、肚蘑菇、肚葫芦、肚板四部分，都要撕去接近腹腔一面的一层薄膜；食管用刀拍扁豁开，撕去薄膜。然后，将以上原料（食管在外）顺着肉纹切成一寸多宽的条，再横切成二三分宽的小条。将香菜末、葱花、芝麻酱、酱油、醋、辣椒油、卤虾油和酱腐乳等，一起放入碗中调匀。用旺火将锅中的水烧沸，按肚的不同部位下锅（每次半斤左右），用漏勺翻搅。爆的时间是：肚散丹5秒，牛散丹14秒，肚板7秒，肚葫芦、肚领、肚蘑菇约8秒，食管约12秒。刚下锅的肚条是软绵绵的，等到稍微变挺有劲，或肚仁由乳白色变成白色时即熟，迅速用漏勺捞入盘中，蘸着调料吃。

我曾经就爆肚的技术关键请教过多位烹饪大师，择其精华与大家分享。首先以百叶为例，选料就很关键，必须鲜嫩，如何鉴别？那就是要选小的，这样的嫩；上面的毛芽要直立向上，这样的鲜；清洗时使用凉水反复冲洗，既不会毁坏肉质，也能保持本味；加热是最为关键的一环，下锅后也就五六秒钟，只要百叶一打挺就赶紧出锅。如果掌握好这些关键，自己在家制作爆肚也就靠谱了。

爆肚脆嫩鲜香，又不油腻，据说还可治胃病，因此钟情爆肚者很多，据说当年梅兰芳、马连良、李万春等梨园界人士无不喜食这一美味。当然，由于当今喜食爆肚的食客众多，加上爆肚采用的肚子应全是鲜货，一是货源难以解决，二是不易保管，因此分部位供应爆肚的餐馆或食摊，很难寻觅。但在京城要想吃上正宗口味的爆肚却并不是很难，有几家的味道就很受食客欢迎，且买卖兴隆。但经过特殊加工的雪白的百叶却另当别论，那是经过特殊漂白制成的，不能作为爆肚的原料，有些餐馆用来拌冷菜或烹热菜。

豆渣糕里有浪漫

豆渣糕儿是北京旧时庙会出现的一道传统小吃，同时也是秋冬季节传统的食品。它是以黄糯米为主要原料，经加工后蒸制而成。两层糯米面夹一层红色豆沙馅，色彩很是好看。

别看豆渣糕儿使用的原料极为普通，在过去可是百姓极为喜爱的食品。《燕都小食品杂咏》中有诗道："豆渣糕儿价值廉，盘中个个比鹣鹣。温凉随意凭君择，洒得白糖分外甜。"从诗中可以看出，当时老百姓对豆渣糕儿的酷爱之情。为什么将豆渣糕儿比作鹣鹣呢？这是因为旧时经营豆渣糕儿的大都是挑担叫卖，叫卖时，用一双筷子夹起两枚豆渣糕儿。而鹣鹣又是比翼鸟，成对出行，据《尔雅·释地》载："南方有比翼鸟焉，不比不飞，其名谓之鹣鹣。"所以，用鹣鹣来比喻豆渣糕儿的一双，别看豆渣糕儿之名显得土里土气，其形式的表现却很有浪漫情调。

制作豆渣糕儿所采用的原料有黄糯米、白芸豆等，具体制法是：先把白芸豆洗净，放入锅中，加入凉水，用旺火煮一个多小时。待芸豆煮涨时，捞出再蒸半小时。然后，放在案板上用刀剁成碎瓣，即为豆渣。

把黄糯米淘洗干净，用凉水浸泡两个小时，连米带水一起磨成稀糊状，装入布袋里，吊起沥净水，再倒在屉布上，用旺火蒸半小时。

将熟黄米面趁热连同屉布一起放在案板上，淋洒上少许凉开水，反复按揉，直到面团柔软光润，撤去布。接着，将面团分成相等的两块，分别制成一尺长、五寸宽、七分厚的长方形面块。案板上先铺上一部分豆渣，放上一块面块。上面平铺上豆馅，再将另一面块覆盖在豆馅上，最上面撒匀一部分豆渣，这就是豆渣糕儿。

把红糖用开水溶化，凉凉过滤，加入糖桂花搅匀。吃的时候，将豆渣糕儿切成各种形状的小块，上笼蒸热，浇上红糖汁或撒上白糖就可以了。

当年，仿膳饭庄的王师傅曾经跟我说，制作豆渣糕儿并不是很难，只要加工精细，认真操作，每个环节都不要粗糙。特别是蒸制糯米时，由于黏性所致，一定要蒸透蒸熟，否则必会影响口感。

从外形看，豆渣糕儿一共分为五层，色彩分明，质地软糯细润，香甜爽口，是北京较为典型的一道传统小吃。在诸多北京小吃中，制作小吃所使用的主料丰富多彩，主要有麦、米、豆、黍、薯、肉、蛋、奶、果、蔬等，其中豆类又有黄豆、芸豆、豌豆、绿豆、豇豆、红小豆等。豆类食品营养就更丰富了，含有丰富的蛋白质、脂肪、无机盐、钙、磷、铁和复合维生素B，是老年人、高血脂病人及糖尿病人的理想食品。所以说，人们在品味北京小吃的同时，无形中也增加了营养功效。

随着对餐饮美食标准要求的提高，人们越来越重视膳食的营养，许多营养丰富且美味可口的北京小吃也会越来越受人们的青睐，一些被人们渐渐淡忘、在市场上久久见不到踪迹的特色小吃，准会因重新唤起人们的记忆而受到重视。

海鲜烧烤美鱿鱼

烤鱿鱼是改革开放以后兴起的一道颇受大家喜爱的小吃，不论是在庙会上，还是在小吃夜市，或在商场的美食城，就连许多传统餐饮店前也增设了小摊，不绝如缕的吆喝声起来，很是热闹，再加上鱿鱼在铛上煎烤，“嗞嗞”作响，油烟升腾，更是吸引着众多过往行人的目光。人们大多喜食这一快捷的小吃品种，而且在食客中少男少女居多，因此场面也就更鲜活热闹。

自20世纪90年代以来，餐饮业兴起了涮锅和烧烤热，诸如蒙古烧烤、巴西烤肉及韩国烧烤等，大概人们吃惯了盘中盛装的菜肴，而想在进食过程中亲自参与制作，领略一下事厨的乐趣。的确，人们在吃烧烤时，边烤边吃，火候的大小全随自己，而且这样的制作方法又使人自然想到郊外野炊的原生态环境，因此，人们食用起来也就显得兴趣颇浓。

考证起来，在众多的烹调技法当中，烧烤法是人类最早采用的熟食方法。自从火发明以来，人类烹饪掀开了新的篇章。人类最早的熟食法就是在猎取了野物之后，将其用木棍串起来放在火上烧烤，这也称为直接烧烤。后来，先民们又发现了将谷物等食品原料放在石板上，在下面用火烤制的间接烧烤法，据古史记载：“神农时，民方食谷，释米加烧石上而食之。”人们又将这种方法称为炙烤法。随着时间的推移，烧炙食品不断出现，如周代的“炮豚”（泥烤法）；春秋时期的“炙鱼”；到了汉代，烧烤品更加丰富，特别值得一提的是北魏贾思勰的《齐民要术》列举了百种菜肴名称和做法，其中炙法就有二十种左右，占五分之一，如“炙豚法”“棒炙”“腩炙”“肝炙”等。今日烧烤食品也有两种，一种是直接烧烤，其经营的大多是一些餐馆，方法较为典型的是挂炉烤鸭，是烧烤中的精品。当然，用铁箅子的传统直接烧烤的韩国烧烤也很有名气；还有一种是间接烧烤，庙会上经营的烤鱿鱼就是其中之一。不管是哪类烧烤法，通过人们的痴迷，可以看出习惯了都市生活的人群，对于古朴原始烹饪的钟情与酷爱。

烤鱿鱼的制作方法并不复杂，所采用的主要原料有鲜鱿鱼和洋葱片。市场上的鱿鱼有两种，一种是鲜鱿鱼，其大小上有区别；还有一种是涨发鱿鱼，是将干鱿鱼用碱发的方法涨发而得。这种鱿鱼只能打上各种花刀后再进行炒制。而烤鱿鱼则必须使用鲜鱿鱼。先将鱿鱼去皮、去杂质等，备用，把洋葱头洗净后切成三角块。

将铁铛烧热，铛热后倒上些食用色拉油，然后加入鱿鱼，为突出烹制效果，操作是手持小铲，边烤边铲，直至将鱿鱼铲碎，化整为零。其间可以适量加上些色拉油。然后加洋葱、自制的烧烤汁（盐、糖、味精、辣椒酱、番茄沙司等），边烤边翻，直至鱿鱼成熟入味即可。当然，也有的食客愿意在烧烤鱿鱼中加入些许孜然粉，认为那样吃起来更有滋味。

烤鱿鱼的确是一道特色颇浓的庙会小吃，特别是人们更喜爱看操作者在制作时那娴熟的技艺表演。其实许多日韩餐馆就是如此，烧烤厨师在宾客面前烤制，其技艺之精湛的确令观者大饱眼福，进食美味的同时又增加了一种领略精彩技艺的享受。

2015年“十一”黄金周，我们自驾到青岛旅游，那天游览完栈桥来到中山路已是中午，感觉肚子饿了。中山路及延伸街道的两边饭店均是人满为患，有的还排队等待。远远见到了百盛商业大厦，我们走进大厦来到七楼，没想到这里琳琅满目，全是各地的美食，可进餐的客人并不多，美食品种丰富，海鲜风味更在其中。我们在这里美美地吃了一顿，其中就有女儿钟情的烤鱿鱼等海鲜，且烤制火候一点也不差，又脆又嫩、有滋有味。也就是这一天，在青岛发生了尽人皆知的天价虾事件。我认为，如果旅游者在黄金周到人满为患的旅游区刻意去点那些临时制作的所谓特色大餐，那么这样的事件就仍不可避免。

囫囵吞枣蜜麻花

上世纪90年代末，我从事烹饪教育工作，办公地点在前门六必居南侧一座小楼的二层。这小楼曾是始创于1808年（清嘉庆十三年）的致美斋饭庄，原是一家江南姑苏风味菜馆。上世纪40年代末，饭庄因故歇业。全聚德集团成立餐饮技术学校后，全市统招应届初中毕业生，随着教育规模的扩大，在前门煤市街的办公地点已不适应教学要求，于是搬到位于龙潭湖附近的夕照寺街北京教育学院崇文分院内。当时尚没有自己的实习餐厅，而是在学院食堂入伙。恰在那个时期，1987年曾在卢森堡获得过国际烹饪大师荣誉的陈守斌先生也来到这里办公。同在一个办公室，午餐时，爱吃肉的陈大师有时夹着碗里的菜自嘲地冲我们说："没肉啊！"那时的伙食，别说陈大师了，对于我这个从业就干餐饮的人来说，那真是太不适应了。

记得有一次，4点半下班骑车往家走，突然觉得肚子饥饿难忍，眼冒金星，于是边骑边在路边寻找，整个二环路边连个卖香蕉的也看不见。于是一改平时的回家路线，到东四十条桥立交桥左转一路沿平安大道骑行，心想总会找到出售食品的商家。没想到一直骑到了位于宽街的白魁老号，下车之后，买了两个蜜麻花，囫囵吞枣就跟猪八戒吃人参果一样下肚了，顿时来了精神，这才左右环顾，幸亏没有熟人，否则人家准笑着冲我说："哥们儿，至于吗？！你还是干餐饮的呢！"

蜜麻花，又叫糖耳朵，是北京小吃中较为有名的面食品种。从这道小吃的外形看，颇似人的耳朵，故有诗云："耳朵竟堪作食耶？常偕伴侣蜜麻花。劳声借问谁家好，遥指前边某二巴。"由于作者创作诗时过多地考虑了押韵，因此，这首小诗没能充分讲明蜜麻花的风味特征，在诗后作者进一步注说蜜麻花是清真食品，其主要原料有砂糖、糖稀和面粉等。

蜜麻花色泽枣红、油亮饱满，质地松软绵润、甜蜜可口，由于这种鲜明的口味特征，所以，颇受许多钟情甜食的人及少年儿童喜爱。除了庙会上有此品种，部分小吃店也有出售的。在京城中，较为著名的蜜麻花还属南来顺饭庄制作的，由于常年经营，他们积累了一套丰富的技术经验，那里的蜜麻花不仅炸得透，而且裹糖均匀，形、质、味都很诱人，因此1997年被评为"北京名小吃"和"中华名小吃"。

蜜麻花的具体制法是：先将老酵弄碎放入盆中，用水调稀，加面粉和成较硬的面团。盖上盆盖，放置三四个小时，冬季需要的时间更长，使面团发酵，并发得老一些。面发好后，用凉水将碱面化开，连同小苏打及花生油一起揉进面团里，直到揉至面团光润不粘为止。把面粉放入另一面盆内，加入饴糖揉成糖面。把其余的饴糖倒入锅内，加入白糖、糖桂花搅匀，在旺火上烧沸后移至一边待用。将面粉铺在案板上，取一半发面放在上面，擀成约六分厚的长方形大片，再把糖面擀成同样的片，覆盖在发面上。然后，将另一半发面也擀成同样的片，覆盖在糖面上。随即用刀沿着面的一侧，切下约二寸宽的一条，横放在案板上捋直。用手掌将长条的前半部摁成约二分厚，后半部摁成约三分厚，并将后半部翻起压在前半部上，成为约一寸宽、五分厚的长条。用刀切去长条两端不整齐的部分，再每隔四分切入一刀。第一刀只切入长条宽度的五分之四，第二刀切断，按此法切完后，将切好的段打开，把较薄的一端从中间的切口内穿过翻到一边，再把较厚的一端往上略抻一下翻叠在切口的边缘上，即成蜜麻花坯子。

我曾多次看多位面点技师给学生讲授蜜麻花制作的实操课，其中炸制环节的油温控制非常关键。在锅内倒入花生油，在微火上烧至五成热，把蜜麻花坯子放入油里炸。炸制呈金黄色捞出。当年工作于王府井全聚德店的郑老技师曾告诉我，这油温很关键，五成热也就是140℃，须恒温炸制，每批的时间大约7分钟。控净油后，趁热放入温热的饴糖中泡一分钟，使其浸透饴糖，捞在盘里凉凉即成。

早年间，与蜜麻花相似的还有一种叫蜜箅子，这种小吃所采用的原料与蜜麻花完全一样，只是在形状上有差异。由于这种食品外面裹着厚厚的饴糖，饴糖受热极易融化脱落，因此，出售蜜麻花这类小吃大多是在春、秋、冬三季。如果是在炎热的夏季，发生落糖现象，不仅不美观，而且也不好吃，必然会影响到原有的风味。

价廉味美酸辣粉

曾经一个时期的北京城里，人们见到最多的四川风味小吃莫过于酸辣粉了，只要是曾出现过的小吃街，诸如隆福寺小吃街、王府井小吃街、东安门小吃夜市，还有东安市场等小吃城，出售酸辣粉的摊儿最多，庙会上更是如此。酸辣粉也是京城成都风味的小吃店中的看家小吃，据说，当年北京天府豆花庄引进了这款小吃，相当火爆，曾经最多一天卖出上千碗，成为店里的当家品种。

酸辣粉是成都的特色小吃，人们如果到过成都，就会发现成都市内或乡镇上，举目就可望见酸辣粉的招牌。如果买上一碗尝尝，根本不用细心体味，酸辣粉一入口，就会感受到显著的风味。酸、辣、麻、烫中，时时伴有豌豆尖的绿叶清香，光韧细长的粉丝滑爽而富有弹性，吃起来泼辣清新，使人提神开胃。

酸辣粉的制作方法并不复杂，如果原料选择合理，剩下的就是调味的功夫了。酸辣粉所采用的粉是甘薯水粉，先将甘薯水粉煮熟捞出，然后用清水漂起。把豌豆苗择洗干净。

把酱油、醋、红辣椒油、花椒粉、味精、化猪油等调料分别放入碗内。

食用时，把粉丝从清水中捞入漏勺中，在烧沸的鲜汤中烫30秒钟，再加入豌豆苗在沸水里焯一下，一同倒入已定味的碗里，撒上油酥黄豆、葱花就成了。

酸辣粉的成品如果不够软糯，那就是因为选粉不对，酸辣粉必须使用甘薯水粉（红苕水粉），不能用干粉泡制。干粉无论如何泡发，煮制后都不如水粉软糯。豌豆尖应选用脆嫩的，焯时，只须在沸水里走一道，否则口感就不好了。当然，京城的酸辣粉很少有豌豆尖，大多是菠菜或黄豆芽作为青菜。

酸辣粉不过是丰富多彩的成都小吃中的其中之一，在今天的北京，成都小吃以其风味独特、品种丰富、味美价廉等特色深为北京百姓喜爱，所以，成都风味小吃店不仅数量多，而且买卖也很红火。

随着人们对餐饮美食审美要求的不断提高，不仅仅是山珍海味能够激起人们的食欲，那些独具特色的风味小吃也越来越受到人们的普遍喜爱，其一是价格低廉，其二是口味丰富多彩，酸辣粉就是典型的一例。喜爱吃这一口的不分男女，无论老幼，有的将其当作主食，一碗下肚后全当是一顿饭；有的把它当作佐酒的美味。的确，炎热的夏季，一边吃着酸辣粉，一边饮着冰凉的啤酒，倒也别有一番情趣。当然也有许多人嗜食成瘾，只要一闻到酸辣粉所飘出的特有味道，便忍不住止住脚步，非得吃上一碗，才算心满意足，这大概也是在一个时期内京城经营酸辣粉的店家有很多的主要原因。

老城门下灌肠味

我幼年时家住地坛西门对面，紧邻青年湖公园。记得曾有一次发高烧，父亲骑上自行车带我到安定门城里去看病。过了护城河，迎面就是安定门城楼，当时，刚刚启动城楼拆除工程。或许是新中国成立初期父亲就到北京工作，对旧京古建情有独钟，想带我到城楼上去，在这古迹即将消失前最后看上一眼。我当时正在发烧，身体很难受，就没精打采地摇头拒绝了。那天看完病打了针，父亲把我带到隆福寺的一家小店，点了两盘灌肠，或许药效作用，更主要的是这可口的美味对味觉的冲击，那又脆又香的灌肠片，蘸着蒜汁，清新爽口，美味绕舌，人也来了精神。回家时路过安定门，我也来了兴趣，要去登安定门城楼，可惜当时西边天际已是一片晚霞，天已擦黑。父亲没有答应。如果那天回家早，在古老的安定门城楼消失前登楼一观，俯瞰护城河外地坛的绿瓦红墙，举目遥看夕阳西下，嘴里又满含着灌肠的清香余韵，那该是多么令人难忘且具有历史意义的一个记忆啊！

灌肠是一种纯北京土生的小吃，在市井中最常见也是最普通的食品，却颇具名气，喜食的人也非常多。在春节各大庙会，供应此品种的摊位也是最多的之一。

灌肠在早年间有许多文字记载，诸如明崇祯年间的《酌中志》、清乾隆年间的《都门竹枝词》中都有出现，“爆肚油肝香灌肠”中的灌肠就是这种食品。《北平旅行指南》也载：“粉灌猪肠要炸焦，铲铛筷碟一肩挑。特殊风味儿童买，穿过斜阳巷几条。”以淀粉为主料制作的灌肠，经过煎制后，外焦里嫩，淋上盐蒜水，品食时用竹签扎着吃，既可以下酒，又可果腹，别有一番情趣。

1927年，在北京后门桥出现了一家名为合义斋的饭馆，制作的灌肠用的是名副其实的猪肠，灌上淀粉和红曲加上适当的香料做成的，再用面粉、桂花、蔻仁等配成糊状物，裹在灌肠外面，切成片状用油煎。灌肠煎出来外焦里嫩、两面棕红，蘸着盐水或蒜汁吃，既可充饥，也是佐酒佳品。

这种灌肠的具体做法是：先将猪肥肠用精盐与醋揉洗，揉出黏液后，再用凉水反复冲洗干净。将砂仁、豆蔻、莳萝子、丁香等小料一起研成细末。蒜去皮洗净，加精盐后砸成蒜泥，再兑入凉水搅匀，即成盐水蒜汁。将面粉、葱末、姜末与精盐一起放在盆内，逐次加凉水，用木棍搅拌。搅匀后，加入花椒粉、糖桂花、小料粉、红曲水，搅成粉红色的面糊。把猪肥肠粗的一头用绳扎紧，另一头插入漏斗，灌入面糊。当灌到七成满时，将两头用绳扎在一起，即成灌肠。

锅里放满凉水，在锅底扣几个小盘，用旺火烧沸，放入灌肠，改用微火煮。煮至用手按灌肠有弹性时，捞出放在凉水中浸泡。泡凉后，放进冰箱，其目的是便于加工成片。将铁铛略倾斜着放在炉火上，倒入熟猪油，油即流向低处，把凉灌肠切成小片，分批放在铛的高处，先翻转着煎使肠回软，再用铁铲将灌肠堆在一起，摁成约一分厚的一个大片，并将铛低处的热油用铲反复淋洒在灌肠上。约煎十多分钟，将两面都煎焦，而且灌肠上冒出很多小油泡，这时便将大片分割成三寸见方的小片，分别盛入盘中，浇上盐水蒜汁即成。

早年间，还有另一种灌肠，是用绿豆粉、红曲和面粉等做成的形如猪肠之物。切成片放在大铁铛内用油煎，煎得焦红，也可以蘸着蒜盐水吃，滋味自然远逊于合义斋的灌肠，但由于味道同样香美，又很便宜，吃一盘不过两三个铜板，所以吃的人很多。现今庙会上经营的就是这种风格的灌肠，这种老幼皆宜的京味小吃深受人们的喜爱。特别是在盛夏时节，街边的啤酒桌边也往往配有经营灌肠的小摊儿。

后门桥经过重新修复，基本恢复了旧有的风貌，凭桥可以眺望什刹海的秀美风光，夏日也可赏荷，但以经营正宗灌肠而著名的合义斋却消失了。人们再想吃到合义斋那猪肠灌肠，已不可能。位于隆福寺的那家拥有五十多年历史且寄托了北京人太多情感的灌肠小店也于2016年初悄然离开，淡出人们视野。不过，团粉灌肠还是比比皆是，除了庙会上有，夜市、小吃城也有，甚至还有专营灌肠的小店，那些嗜食灌肠者自会找到一饱口福的去处。

老肥更是蜂糕香

考证起来，蜂糕最初乃御膳食品，乾隆年间由宫中退休的御厨传播到民间。查阅康熙、乾隆、嘉庆三帝在热河哨鹿期间的御膳底档，晚餐大多是以各种面制作的蜂糕和馒首作为主食。蜂糕传入民间后，由于制作方便加之别具风味，逐渐成为塞外特有的一道风味小吃。最终，蜂糕也成为早年间庙会上一道大众化的食品，由于味道甜美，价格也使人们极易接受，所以购食者甚众。

蜂糕是用面粉或米面加糖、果料等蒸制而成的糕食小吃。因为这类糕食掰开后，中间有许多蜂窝状小孔，所以人们冠之以名“蜂糕”。今日庙会上，则很难见到蜂糕踪影，或许是人们餐桌上的食品渐渐丰富起来，而早已忘记了蜂糕这道食品，或许是由于制作者觉得蜂糕不是盈利的目标。但不论现在市场如何，蜂糕作为食物史上一道经典美食的地位是不会改变的。

由于使用的原料不同，因此蜂糕的口味也不同，其中有红白蜂糕、果料糖蜂糕、米面蜂糕等。

红白蜂糕是用面粉发起成稠面糊，然后加入碱均匀揉好，上面放上小枣、桂花、果料、松仁、葡萄干等物，之后将和好的面上笼蒸，果料放在上面，刷一层油，蒸面时用筷子在上面捅几个出气孔，蒸熟即成。做红蜂糕是用标准粉加红糖，做白蜂糕则是用富强粉加白糖。红、白蜂糕的特点就是味道香甜，松软利口。

果料糖蜂糕是以肥老、碱大、糕中似蜂窝儿得名。这种糕高约六厘米，果料在糕之上，色彩美观，口味暄软甜香。具体做法是：将面粉对好碱，加清水调成稀糊状，加入白糖、发酵粉搅匀。将葡萄干洗净，控去水，把青梅用刀切成小块。金糕切成筷子粗细的条。蒸锅上火，注入水烧开，屉布铺好，四角提起，把糊状发面倒入，抹平，将金糕条、瓜条、葡萄干及青红丝均匀摆在发面糊上。稍饧后，盖上盖，蒸约四十分钟，下屉切成小块即可。

米面蜂糕是用粳米制得，此糕呈乳白色，缀以红绿相间的各色果料，美观悦目。具体做法是：将粳米洗净，用凉水浸泡四小时，控净水，碾成面，过细罗，将老酵撕碎，放入盆中，倒入温水调稀，然后加米面搅拌均匀，盖上盆盖使其发酵。约半天时间，面即可发起。

把其余的米面放入笼屉中，用旺火蒸十分钟，趁热倒在盛发面的盆里，加入白糖、糖桂花和碱水，用木棍搅成糊状。检查碱量是否合适，可用木棍在面糊内搅动几下后，竖着往上一提，如果附在木棍上的面糊比较均匀地往下流，说明碱量用得合适，如果面糊一下子流完了，说明碱小，反之，碱就大了。

将面糊分盛在小碗内，上笼用旺火蒸一小时三十分钟取出，把青梅丝、金糕丁、瓜子仁等撒在糕面上，用小铲贴着碗边把蜂糕起出即成。

全聚德面点技师王大厨跟我说，过去制作蜂糕均是用老肥，这是一门传统技艺，使用老肥必然要使用碱水中和，正因为如此，根据需要碱大碱小全靠操作者自己掌握。现而今使用酵母，掌握好配比就可以了，却缺少了老肥发面使碱的韵味。

栗子糕中甜美多

旧时的北京，在农历九月九重阳节，人们有吃花糕的习俗且以登高、吃花糕为快事。据说这种习俗始于汉代。发展至清代，又有了新的发展，《帝京岁时纪胜》记载了京师花糕盛行的情况："京师重阳节花糕极胜。有油糖果炉作者，有发面累果蒸成者，有江米黄米捣成者，皆剪五色彩旗以为标帜。市人争买，供家堂，馈亲友。"现今，每年九九重阳，虽有登高节活动的开展，但在这一天吃花糕却鲜为人知。

栗子糕是花糕的一种，它是北京秋冬季节人们制作和食用的食品，也是旧时庙会上的一道可口小吃。

栗子糕因在蒸熟的江米上排满整栗子而得名。当然，其做法则是将栗子制成泥再进行制作。

栗子糕所采用的主要原料除栗子外，还有澄沙馅、白糖、金糕、青梅及瓜子仁。其具体制法是：先把栗子洗净，用刀在皮上剁一个小口，放在凉水锅里，凉水要漫过栗子，然后放在旺火上煮二十分钟，捞出后去皮，再上笼蒸一小时左右，当栗子软烂后，取出捣碎过罗，揉匀后即成栗子泥。

把红小豆一斤洗净煮烂，过罗去皮，只取用豆沙。把锅放在微火上，倒入香油一两烧热，下入豆沙和白糖一斤五两搅炒，炒到适当干度时，再加入芝麻油一两拌匀，取出。用滤过的糖桂花汁五钱，拌匀即成澄沙馅。

将金糕切成四寸长、三寸宽的大片，余下的切成小菱形片。青梅切成细丝。瓜子仁用水洗净。白糖加凉水六两，在火上熬成黏亮的糖汁。

案板上铺一块湿布，取四两栗子泥分成相等的三份。先将其中的一份摊在湿布上，用小刀抹成四寸长、三寸宽的长方形片。上面放一大片金糕，再取一份栗子泥抹成同样大小的片，覆盖在金糕片上。然后取四分之一的澄沙馅摊在第二层栗子泥上抹平，上面再覆盖一层栗子泥片。最后用青梅、瓜子仁及切成零星的金糕片在糕面上装饰成各种图案，即成栗子糕。吃时，将栗子糕切成一寸见方的小块，摆在盘内，浇上糖汁即成。

栗子糕共分五层，上中下为黄，中间夹有红、褐两色，色彩美观艳丽，质地松软细腻，香甜适口。

全聚德面点技师王大厨告诉我制作栗子泥的窍门：由于栗子泛干，吃水量大，不宜仅仅加水打泥，而是要加入一些糖，直到软硬适度，既增加了亮度，也增加了润度，同时也加重了栗子糕的香甜口味。

早年间，栗子糕是庙会上颇受欢迎的一款小吃，其松软和香甜的风格更是深受老年人及儿童的喜爱。即使在当代，栗子糕仍是人们非常喜爱的一道小吃，曾经以其优良的品质获得“中华名小吃”的称号。

龙嘴大壶茶汤烧

每逢人们逛庙会之时，经营者所用的烹饪器具留给人们印象最深的莫过于那用于冲茶汤的金光闪闪的大茶壶了。大茶汤壶金光锃亮，冒着缕缕热气，壶身铸有游龙，壶嘴儿为一龙头造型，古朴而典雅。大铜壶的肚膛内点着煤炭，茶汤就是用大铜壶中烧得滚开的热水直接冲入放有原料的小碗内而制得。

盛水的大铜壶非常重，冲茶汤的摊主不仅要有劲儿，而且也需具备娴熟的冲茶汤技巧。《故都食物百咏》曾这样记载："大铜壶里炽煤柴，白水清汤滚滚开。一碗冲来能果腹，香甜最好饱婴孩。"从诗中可以看出，茶汤乃是最适合儿童吃的食品。诗的后面附注称："茶汤有摆摊者，有挑担者，其唯一之标识，则大铜壶是也。此物尚甜，咸食者殊不见，小儿多喜食之。"

那时，烧汤用的大铜壶显露于市集或庙会，具有很强的观赏性。长嘴大铜壶既是炊事用具，又是精致的工艺品。首都博物馆珍藏了一件长嘴大铜壶，是以紫铜作胎，镶着黄铜雕刻的各种花纹，造型美观，做工考究，堪称一宝。这件铜壶上口一圈，是云、罗、伞、盖、花、罐、鱼、肠八宝花纹。八宝之间，用梅花与牡丹花纹连接着。八宝上下各有一条细细的回纹图案。壶嘴儿是龙头形，活灵活现。龙的双角后斜，两须前竖，龙头是出水口，口型微张。壶嘴儿与壶体的连接处，下部是盘肠，两侧各有一条金鱼游于水草之中。壶把是龙的尾部，远远望去好像一条金龙扶摇直上。在炉口上装着两扇雕成蝴蝶形的炉门，蝴蝶翅膀是活的，由它调整风力，在炉口的上边和左右两边都雕着梅花、勾云纹。精美的大铜壶不仅是烹饪器具中的宝物，更是中华传统手工打造工艺的艺术精品。

旧时，出售茶汤的还有一类是挑担的小贩，担子一头是放原料、碗盏和杂物的柜子，另一头是一方小火炉，上面放置一只高约三尺的黄铜高嘴壶。大铜壶擦得金光闪闪、清洁美观。

制作茶汤所用的主要原料有糜子米、红糖、白糖和糖桂花。首先是将糜子米中的杂质挑去，洗涤干净，再用凉水浸泡两小时。控干净水后，磨成面过细箩，即成糜子面。取出小碗一个，倒入一两多开水和二三钱凉水搅和一下，加入糜子面调成面糊。最后用三两左右大铜壶中的开水将面糊冲熟。具体冲法是：左手端着碗紧对着茶汤壶嘴，右手握着壶把将壶倾斜，使壶内的开水顺着壶嘴冲入碗中，此时应迅速将碗与壶嘴由近而远地拉大距离，从而加大水的冲力，才能使面糊冲得均匀，随后由远至近，面糊即成杏黄色的茶汤，最后在茶汤上撒上红糖、白糖和糖桂花。

据面点大师们向我介绍，茶汤技艺技术含量很高，全凭经验口传心授，即使是调制茶汤的水温，四季并不一致，甚至阴天与晴天也有细微的差异。只有严谨到这样，才能保证茶汤甜香适口，爽滑细腻。

早年间，品食茶汤前观看摊主操作也是一景，摊主问过买主厚薄的要求后，就摆好架势开始表演冲茶汤。一手执碗，一手扶壶柄，两脚撇开呈半蹲式。沸水冲出后，摊主随时变换碗的距离，以掌握开水的量来控制它的厚薄程度。冲的过程中开水出壶，必须一次完成，才能冲熟茶汤，如果注水缓慢，茶汤必生，就不能吃了；如果过猛，热水就会浇在自己手上，所以必须保障冲水力度合适，水又不外溢，摊主没有这一身的技巧是无法经营这门生意的。

成熟的茶汤颜色杏黄，质地细腻，味道甜润而香醇。检验茶汤是否成熟的标准就是将其倒置，如果点滴不洒，就是一碗符合标准的茶汤，所以过去有“扣碗茶汤”的称谓。记得恋爱时节，曾与女友携手赏过什刹海荷花的婀娜多姿后，来到当时的地安门百货商场门前，见茶汤销售处人头攒动，便挤过去买上两碗。摊主用龙嘴大茶壶冲过调好一碗后递过来，我并没有伸手去接，而是说道：“换一碗！”周围的人均用异样的目光注视着我，以为来了一个找碴儿砸摊儿的。摊主问：“为什么？”我说：“你把碗倒过来试试。”见我如此说，摊主连忙知趣地将那碗茶汤扣入泔水桶中，小心谨慎地重新冲了一碗。事后，女友诧异地问我怎么知道茶汤不合格。我告诉她，倒碗不洒是茶汤的标准，那碗茶汤冷眼一看就稀糊糊的。商家对待产品的标准就应该严格把关，始终如一，即使是顾客再多也不能放松质量要求，否则茶汤就变成茶粥了，那还用龙嘴大铜壶何用，一口大锅就足矣！

冰盏甘美酸梅汤

大学毕业的女儿夏季某日突发奇想，大概是刚参加工作心情焦躁，想达到除燥热安心神的效果，遂研制了一款秘制酸梅汤。女儿到中药铺按比例买得乌梅、山楂、甘草、陈皮等药料，用煲锅文火熬制，过滤后加入冰糖，冰镇后一喝，觉得缺少点什么，便征求我的意见。我尝后言缺少桂花之香韵。女儿顿悟，她也有办法，为增其香，又加了些许桂花酸梅晶，凉凉后放入冰箱，冰镇后再喝，味道果然不同凡响，女儿自命名曰“魏记秘制酸梅汤”，并扬言还要申请专利。

提起酸梅汤，现在的年轻人肯定会认为只不过是一种用酸梅精冲得或用浓缩的酸梅汁兑水而成的饮料。的确，市场上各种品牌的酸梅精、浓缩酸梅汁种类繁多，较为有名的是信远斋出产的。

其实，在旧时的老北京庙会上，酸梅汤可是夏季庙会活动中最受欢迎的品种之一。那时，冰凉降温的消暑食品很稀少，而冰凉镇齿的酸梅汤既可解渴又能降温，是炎热夏日的消暑佳味。夏日一到，出售酸梅汤的小贩便开始活跃起来，小贩手持两枚冰盏，敲出响声，走街串巷。人们一听到那清脆悦耳的声音，就知道卖酸梅汤的来了，便禁不住走出屋门买上一碗，以消解苦夏。《燕都小食品杂咏》写道："梅汤冰镇味酸甜，凉沁心脾六月寒。挥汗炙天难得此，一闻铜盏热中宽。"《都门竹枝词》也有"铜碗声声街里唤，一瓯冰水和梅汤"的诗句。

清代北京制售酸梅汤的名店，以前门九龙斋及西单牌楼邱（一作秋）家为京都第一，"止渴梅汤冰镇久，驰名无过九龙斋"是清代文人方子箴对九龙斋酸梅汤的赞语。近人崇彝对九龙斋、西单邱家和信远斋三家的酸梅汤更有如下评述："北京夏季凉饮，以酸梅汤为佳品。系以乌梅和冰糖水熬成，外用冰围之，久而自凉，不伤人，且祛暑也。向以琉璃厂信远斋，肆主萧氏，为论古斋主人。及前门大街九龙斋早年在前门瓮城东门之内，三迁也。最负盛名。其实不如西单之秋家梅汤，秋姓，行五，为刑部之隶。以其卖处设于牌楼南甬道中间，后因修马路，迫令迁移。其浮摊历年甚久，盖始于咸丰初年。余品信远味太浓，九龙味太清，惟秋家梅汤适得其中耳。早无此摊，或云西单某果店仍其业。"

酸梅汤是北京传统的冷饮，可谓历史悠久，在制法上也很考究，因此吃起来才能滋味醇厚。特别是那叫卖的方式非常奇特，不是用吆喝声，而是采用敲冰盏的方式招徕购买者。

这冰盏儿也叫冰碗儿，是旧时北京夏天叫卖冷饮用的一种独特的工具。这小物件是两个直径约二寸的黄铜碗，底浅，边厚，上下两只碗相叠，用一只手促使其相击，随即发出清脆响亮的铿锵声。这种悦耳的富有节奏的声音能够传到很远。而有些经营杂货的小贩，虽不卖酸梅汤，仅卖玻璃粉、酸枣汤、雪花酪之类，但也敲冰盏儿。大杂货挑儿在蜜饯、干果等收市后换上酸梅汤，就必须敲冰盏儿。甚至果子局门前卖酸梅汤的，也敲冰盏儿。

酸梅汤制法考究，一律用开水泡制，原料是干果店的干梅子，也叫酸梅，而中药则称乌梅。所加的原料还有冰糖、桂花卤、玫瑰卤，以增加其香。不可使用生水泡制，也不可使用糖精，售者多标明“熟酸梅汤”。当然，一般的小贩制作起来就不一定那么严格了，不仅卫生无法保障，而且味道也会受影响。酸梅汤制得后，灌入白底青花的细瓷大甏中，周围放上冰块冰镇。

据邓云乡先生讲，清末《爱国报》记载了一段关于酸梅汤的描述：银漆的冰桶，成对的大海碗、冰盘、小瓷壶、白铜大月牙，字号牌也是铜嵌，案子周围是蓝布，上罩遮阳大布伞，青铜的冰盏儿敲得也是与众不同。如此考究，可见当时卖酸梅汤的气派。

酸梅汤的汤色有两种，浓的色如琥珀，香味醇厚；淡的颜色淡黄，清醇爽口。据说，清末西单牌楼附近有一家叫“秋家梅汤”的小摊，色在浓淡之间，味也更加纯正，可惜这家小摊早已随历史逝去。

酸梅汤不仅可口，而且具有一定的药效，据《本草纲目》说，乌梅有“下气，除热烦满，安心，止肢体痛……水渍汁饮，治伤寒烦热，止渴调中，去痰治疟瘴”的功效。

在当今的市场上，以传统方法制得的酸梅汤很难寻觅了，我曾在某次宴席上偶尔见到，饮起来感觉美味醇口，远胜过一般的食品工业产品饮料。其实，传统的酸梅汤经过加工，完全可以成为具有中国特色的饮料。我相信，纯天然的罐装酸梅汤饮料的市场占有率绝不会低于各式各样的洋饮料。

现今超市中酸梅精、酸梅汁的品种很多，用这种原料制得的酸梅汤当然无法与传统的相比。庙会上各种冷食、冷饮五花八门，品种繁多，简直令人眼花缭乱，任人随意挑选，所以传统的酸梅汤也就不再像过去那样吸引人们的目光了。

盆糕就当正餐吃

盆儿糕是一道津京地区的传统风味小吃，在旧时庙会上常见，之所以称其为盆儿糕，是因为它是用一种特制的底部带眼儿的加工工具瓦盆蒸制而成的。

旧时，出售盆儿糕的大多是在隆冬时节，摊贩生一个煤炉，推着小车上市。制作时，在瓦盆内先铺一层枣，然后均匀地撒上一层湿米面，再铺一层芸豆，再撒一层湿面，最上面撒一些桂花。把盆架在锅内，用旺火蒸，熟后，将盆反倒出来，从中间切一刀，摞起来，盖上湿布，浇上凉水，用手摁一下，现卖现切。

据张次溪先生的《天桥丛谈》说：天桥的盆儿糕用豌豆制作，原因是豌豆较易得味，唯因价值较贵关系，颇有以黄豆替代豌豆者。无论豌豆、黄豆，均富有滋养料，所以此项零食，最易受人欢迎。至于用盆儿糕替代午、晚两餐一类人家，多系从街头浮摊购买回家，切成碎块，用香油炸得，外加白糖，因价较廉，比之自煮米饭面食便宜省事，是为盆儿糕易于畅销之绝大主因也。

盆儿糕的具体制法是：把淘洗干净的糯米用凉水浸泡六小

时，控净水，放置半小时后碾成面，过细罗。芸豆洗净，用开水煮至八成熟，与糯米面一起拌匀。小枣洗净，用凉水浸泡一小时后上笼蒸熟。

取一半小枣放入糕盆里铺平，糕盆有铝制或瓦制的，高约一尺，直径不等，盆底遍布直径五分的气孔。将糕盆放入开水锅上，盆底要与水面相距二寸，盆与锅的结合处用布塞严，以防漏气。取一半糯米面平铺在小枣上，盖上盆盖，用旺火蒸三十分钟即熟。接着将余下的小枣和糯米面按上述方法分别平铺在已蒸熟的盆儿糕上面，再蒸三十分钟。当手摁糕面有弹性时，在上面洒些凉水，盖上湿布再蒸三十分钟即熟。如果手摁糕面觉得无弹性，可用筷子在糕面上斜着扎些小孔，使其冒气后再蒸。如发现一处或两处漏气，也要扎些小孔，以使蒸汽流通均匀，便于蒸熟。

最后，把蒸熟的盆儿糕翻扣在案板上，用湿布盖严，四周掖好，用手按压成三、四寸厚的大块，再切成小块，撒上白糖，趁热食用。

全聚德面点郑老技师告诉我，蒸盆儿糕纯是经验活儿，两个三十分钟不能少，为的是让蒸糕充分蒸透，且枣香味渗透得更加均匀，即使这样仍不能保障黏性大且不易透气的蒸糕蒸透。有经验的面点技师在两次蒸完后，不用手按而仅是用眼一看就知道蒸得透不透，不过最好还是用筷子在糕面上斜着扎些小孔，这样会蒸得更透，保证制得的盆儿糕层次分明，黏软耐嚼，口味香甜，枣香浓郁。

盆儿糕虽是京城传统的庙会食品，即使在当代，每逢春节，好食者仍众多。这不仅仅是由于盆儿糕的口味惹人喜爱，同时，盆儿糕也属于年糕的一种，人们在年节时吃上年糕，又有年年吉祥、年年高之寓意。所以，过年吃年糕，不仅能满足人们的口欲，也同时满足了人们的心理需求。正因为如此，每逢年节，不仅在庙会上能够买到盆儿糕，一些超市、副食商场里也能买到。其中有许多产品在质量上精益求精，成为广受欢迎的品牌。当然，除盆儿糕之外，还有许多丰富多彩的精品年糕，同样受到人们的喜爱。

捧碗面茶转着喝

面茶不仅是早年庙会上一道颇受人们欢迎的美味小吃，在今天的皇城根儿，每逢节日，在人群拥挤的庙会上同样能购买到味美的面茶，经营面茶的摊贩往往同时经营杏仁茶、油茶及茶汤，价格不贵，也非常可口，难怪受到逛庙人的普遍欢迎。不仅如此，即使不是在节日里，上世纪90年代，在北京的市场上依然能够买到色、香俱佳的面茶，如当时的东安市场就是一例，至于一些食客众多的小吃城、小吃街就更不必说了。

面茶是北京一道历史悠久的小吃，早在清乾隆年间的《都门竹枝词》中就有“才吃茶汤又面茶”的诗句。面茶最早大多为回民所卖，随着时间的推移，逐渐发展成北京久负盛名的清真小吃。

面茶的颜色鲜黄，质地细腻稠浓，香味扑鼻，味美可口。喝面茶非常讲究吃法，一般不用筷子和勺，而是要将面茶用一手擎起，沿着碗边转着喝，这种食法体现出浓郁的老北京风格。采用这种食法，是因为面茶的上面撒上了麻酱和芝麻盐，转着喝就是在每口面茶中都能品到麻酱和芝麻盐的香味。

面茶大多是在午后出售，正如前人诗中所写：“午梦初醒热面茶，干姜麻酱总须加。元宵怕在锅中煮，调侃诙言意也差。”

制作面茶所采用的主要原料有糜子面、芝麻酱、芝麻等，具体制作方法是：先将芝麻去净杂质，用微火焙成黄色，精盐、花椒用微火焙干。然后将芝麻放在案板上擀压，当芝麻有一半压碎时，再把花椒压成细末，连同精盐一起拌入芝麻中，制成芝麻椒盐。

将芝麻油加热至八成热，倒入芝麻酱中调匀。

丰泽园的王大师向我讲，制作面茶最关键的是熬糊，这里面有温度和顺序控制的技巧。锅内倒入凉水，放进少许精盐，在旺火上烧到八成沸时，迅速将用凉水调匀的糜子面倒入锅内不断地推搅，防止煳底。开后，立即改用微火，约熬十分钟，待糜子面熬成稠糊时，舀入铝桶内，再置微火上保温。这一环节至关重要，既要保证面糊熬香熬透，又要防止由于动作的不当而发生焦煳，影响到口味。

吃时，将面粥盛入碗内，上面淋满芝麻酱，再撒上一些芝麻椒盐和姜粉即成。

上世纪末，每日清晨时，我骑车走在上班的路上，沿街经常看到为数不多的几家清真小吃店前，食客颇多，而且吃早点的大多是老年北京人，当然，其中爱喝豆汁者不乏其人，但也看到许多老者则是手捧小碗，津津有味地吃着，甭问，就单看那吃食的姿势及专注的神态，准是在吃面茶，面茶以其特有的魅力仍旧吸引着那些忠实的粉丝。

色恶味美数扒糕

扒糕是北京传统小吃中的特色名品，已有150多年的历史，曾经有诗赞道：“荞麦搓团式样奇，冷餐热食各相宜。北平特产人称美，醋蒜还加萝卜丝。”过去，庙会上出售扒糕的较多，而大多时候扒糕是在夏季出现，出售扒糕的摊贩还往往同时卖凉粉。用荞麦制得的扒糕，浇上用麻酱、酱油、好醋搅拌的汁，加上咸胡萝卜擦的丝，浇芥末或辣椒或蒜末，吃起来柔韧爽口、酸辣香美，深受人们的喜爱。

扒糕的色彩并不美观，也就是说颜值很差，连《燕都小食品杂咏》的作者都不喜爱扒糕的外观，记载称：“热天之扒糕，用荞麦面蒸成饼式，浸凉水中，食者以刀割成小条，拌醋、蒜、酱油等食之。色灰黑，见之欲呕，色恶不食，与扒糕吾云亦然。”虽然色泽不美观，吃时被醋、蒜、芥末熏得流泪，但正是这种鲜明的个性使得很多老北京人钟情得如醉如痴。

扒糕的具体制法是：先将凉水倒入锅内，用旺火烧至将开时，舀出部分热水备用。然后将荞麦面全部倒在将开的水中，搅成面团。把舀出的热水再倒回盛面团的锅内，用木棍将面团划成若干小块，把水烧开，煮熟后，用木棍搅匀。盛入数个方盘中，盖上湿布，用手摁平，待凉凉凝固成坨后取出。

酱油和醋加入凉开水稀释。芝麻酱内放入精盐，再陆续加进凉开水调匀。把去皮的蒜加精盐砸成蒜泥。芥末面放入碗中，用开水浇烫。需要注意的是，芥末浇烫后，需凉一段时间，才能发透，吃时才味浓。把发透的芥末调成芥末糊。咸胡萝卜去皮后，擦成细丝。

把凉凉的扒糕坨切成很薄的小片，分盛在小碗中，适量放入酱油、醋、芝麻酱、蒜泥、咸胡萝卜丝、辣椒油和芥末糊等调料，拌匀就可以吃了。

据全聚德老技师向我介绍，别看制作扒糕用料简单，仅是荞麦和水熬制，但是工艺性却很强，火力要猛，水要滚开，荞麦面一边撒入水中，一边不停地搅拌，等到搅稠以后，迅速离火，否则就有煳味了。待冷却一会儿后，按成碗装厚饼，冷却后切片，就可以拌着作料吃了。

其实，从营养学的角度讲，扒糕具有较高的营养价值。关于荞麦的药理作用，《本草纲目》中记载："实肠胃，益气力，续精神，能炼五脏滓秽。作饭食，压丹石毒，甚良。"据现代科学验证，荞麦中含有磷、钙、铁及氨基酸、脂肪酸、亚油酸多种维生素，是心脏病、高血压病、糖尿病患者的首选食品。

既然扒糕有着如此多的营养功效，那就更应该成为大众人见人爱的美食了。如果觉得传统的扒糕在味型上存在着单一的局限，那不妨在保留传统扒糕口味的同时再多开发几种口味，比如番茄口味、蒜蓉口味、沙拉口味、泰酱口味、麻辣口味等等。不同的口味肯定会满足有不同口味需求的食客。同时，传统的扒糕在口味上也更显丰富多彩。试想一下，在传统北京风味的宴席上，上一碟精致的扒糕，旁边配上多种口味的味碟，食客根据自己的口味随意选取，准会为宴会增色许多，更可给宾客们留下新颖的视觉和味觉记忆。

素料荤吃炸丸子

旧时，炸丸子经常在胡同坊间出现。平日里，卖炸丸子的小贩推着独轮车叫卖。独轮车上有一火炉，炉上架着铜锅，铜锅上面架一块长条木板，木板上放着调料。每至太阳西斜到深夜，街头巷尾便会不断传出“炸丸子，开锅”的吆喝声。这种大众化的食品，最受那些穷苦百姓的喜爱，特别是那些干力气活的，听到喊声便纷纷前往，花不了几个钱，就能买上一碗炸丸子。他们往往身上带着自家的干粮，一边吃着干粮，一边吃着炸丸子，美美地吃饱喝足，也算是一顿可口的晚饭。

炸丸子，实际上这里所讲的是素丸子，是北京旧时庙会上经常出现的一味朴素小吃，采用的主要原料有绿豆面、胡萝卜丝等。制作炸丸子的大多是小本经营，因为原料成本都较低，因此售价自然也很低，所以深受百姓的喜爱。

制作炸丸子的主要原料有杂豆面、粉丝、五香粉、芝麻酱、精盐、葱姜末、花椒、大料、香菜、辣椒油等，具体制作方法是：将粉丝放在开水锅里略煮一下捞出，再用刀剁成碎末，放入器皿内，加入杂豆面、葱姜末、五香粉、精盐及凉水和成面团。

锅内倒入花生油，在旺火上烧到八成熟，将面团挤成一个个直径约五分的小丸子下入锅里炸，待丸子表面炸焦、呈棕黄色时捞出。

芝麻酱内放入精盐，陆续加进凉开水调匀。花椒、大料一起装纱布袋内扎紧口。香菜择洗干净，切成碎末。

把锅放在旺火上，倒入凉水。取一部分炸丸子，需注意的是丸子要分批煮，煮时间长了就会破碎。将花椒袋和精盐放入锅内。开锅后用微火煮，约煮十分钟就可以了。

吃时，将丸子连汤盛在碗内，浇上芝麻酱、辣椒油，再撒上香菜末即成。

烹饪老技师曾对我讲，过去这朴素的炸丸子之所以受到人们的喜爱，是因为那时人们的肚子很缺少油水。炸丸子均用素料，且成本低廉，却入味耐炖，加上炖肉的香料，素料荤吃，既好吃又解馋，别有一番风味。

旧时的经营者，有的将炸豆腐与炸丸子一同煮，顾客要时，既盛丸子又盛豆腐，再兑上汤，而且煮豆腐的汤，顾客还可以随便添加。

成熟的炸丸子汤色清淡，又香又烫，丸子松软可口，气味芳香浓郁，正因为如此，炸丸子才深受人们的喜爱。

当代京城，炸丸子这道朴素小吃在庙会上早已不见踪影，这不免让人觉得有许多遗憾。市场上虽然也有出售素炸丸子的，但大多都是干炸而成，并不再用汤去煮。许多人买来当作佐酒的小菜，而且那些制作及经营者，大多不了解过去炸丸子的配方了，所以他们制作的炸丸子带有各地的印记，与旧时的炸丸子的差别自然很大。北京个别古园林景区周边也有成袋出售旧时风格的素炸丸子，但识味者又甚少。随着饮食要求的不断提高，人们的目光越来越多地转向那些高档的生猛海鲜，或养生或充满意境的大菜，像炸丸子这种价格低廉的平民食品，渐渐地在人们的视野里被冷落乃至消失了。

吾华精品乃油茶

早年间，西四牌楼东面有一家龙泉居饭庄，就在这家饭馆靠马路的窗口下，有一专售牛骨髓油茶的大摊。吃油茶在当时的北京人中还不普遍，远没有爱吃茶汤和面茶的人多。这家大摊设备很考究，油茶也分为几个档次，普通的油茶一碗要四五个铜板，最贵的油茶要二十个铜板。这家的油茶细腻而不干燥，加入了很多果仁，如松子、桃仁，牛油味也浓。

油茶是北京庙会小吃中具有一定滋补作用的食品，它是将面粉放到锅内炒到颜色发黄，但不能炒煳，再加入桂花和牛骨髓油，拌搓均匀，然后放入碗内，加上白糖，用开水冲开的一种美食。千万不能有疙瘩出现，那说明制作者手艺太欠火候。《故都食物百咏》中称："一瓯冲得味殊赊，牛骨髓油炒面茶。不比散拉吐瑾好，却来说品产吾华。"并且注说：油茶面即牛骨髓油炒面也，味颇不恶。虽不如散拉吐瑾之名贵，却为国产平民化之滋补品也。作者在文中提到的散拉吐瑾大概就是西餐中的色拉类食品，由于西餐在当时稀少，物以稀为贵，所以说名贵，却将油茶说成是"产吾华"的"平民化之滋补品也"。

油茶，原料为油炒面，炒面以牛骨髓油炒麦粉为上品，炒面时的火候很重要，要用文火不停地翻炒，不能有疙瘩，炒至黄褐色为度。炒好后，还要用擀面杖压一遍，这就保障了冲油茶的质量，不会出现干面疙瘩。

冲油茶的果料齐全，也是一大特色，除红、白糖外，有瓜子仁、核桃仁、芝麻仁、青红丝、桂花，后来又加入了葡萄干。冲油茶的系列动作如配料、冲、搅拌，确实可作为烹饪技术表演的一项动感艺术来欣赏。特别是那大茶壶，构成中国传统饮食文化的极大特色。

油茶也是北京春、秋、冬季的应时小吃，黏稠甜香，深受老人和儿童的喜爱。油茶的简单做法是：将核桃仁用温水泡一下，去掉内皮，控净水，再入油锅用微火炸熟至呈金黄色，捞出用刀切成粒状。芝麻上锅炒香，炒黄。锅上火，用微火烧热，放牛骨髓油、面粉同炒，用铲子不停地翻动，炒至面粉发黄、无疙瘩、熟透为止。吃时将油炒面放入小碗里，加上核桃仁粒、熟芝麻、白糖、桂花，先用少量温水和开，再用开水冲透，掌握好稀稠，边冲边和，和匀即可。

现今，有些出售油茶的摊子，有的用香油代替牛骨髓油，味道相差甚远暂且不说，且营养也远远不及牛骨髓油。牛骨髓中含有丰富的营养物质，是一般的植物油脂所无法取代的，正因为如此，许多营养补品都以骨髓冠名，并且使用了一定的骨髓原料，由于牛骨髓具有“壮骨”的营养功效，所以颇受一些中老年人的喜爱。这样的营养补品价格虽然很贵，但购买者众多。其实，传统的牛骨髓油茶也同样具有营养功能，不仅味道香甜可口，而且价格也很低廉。

香炒焖子回味多

炒焖子是一道庙会及小吃城中常见的风味小吃，制作方法比较简单，大多是将焖子放在铛中，加入酱油、盐等调味品煎炒而成。

“焖子”其实是以绿豆粉为主要原料加工制成的粉坨，传统的制作方法是：把湿绿豆粉放入盆内，加入明矾末、适量的凉水调和调匀。把锅放在火上，加入适量凉水烧沸，将调匀的绿豆浆糊倒入锅内，要不断地用勺搅动，以免煳底，待开锅后糊化，盛入盆内，冷却后取出，泡入清水中即成焖子，制作时再进行改刀处理。

烟台焖子是一款独具特色的风味小吃。2015年国庆黄金周，我带女儿自驾到烟台，品尝了那里的名吃炒焖子，果然美味，赢得“九〇后”吃货女儿的叫好。据当地人讲，烟台焖子有一个传说。相传一百多年前，有门氏两兄弟来烟台晒粉条。有一次刚将粉坯做好，遇上了连阴天，粉条晒不成，粉坯就要酸坏，情急之下，门氏兄弟将乡亲们请来，用油煎粉坯，加蒜拌着吃，没想到乡亲们异口同声地说好吃。于是好心者便帮门氏兄弟支锅立灶煎粉坯卖，结果凡是品尝过的人都说好吃，问此食品叫什么名，却谁也说不出。其中一智者认为此品是门氏兄弟所创，又用油煎焖，就脱口而出“焖子”，从此焖子流传开来。今天的烟台，焖子是著名小吃，出售焖子的商家有很多，质量也不一。我们找了一家品质比较高的餐馆，要的是海鲜焖子，其中的麻酱炒料别具一格，令人口中香韵悠长。

焖子的吃法较多，除了烟台炒焖子外，也可加入调味品拌食，也可煎食。煎焖子是天津小吃中很有名气的一道小吃，且有每年阴历二月初二吃煎焖子的食俗。在平日里，经营煎焖子的也很普遍，经营者将焖子改刀，切成菱形块，用微火在铛上将焖子用油煎得滋滋作响，吃食配上小料，简直是色味俱佳，使人食欲大增。

煎焖子的主要调料有酱油、醋、芝麻酱、蒜、味精、盐等。将蒜去皮，放入罐内，加入盐，用捣子捣成泥，盛入碗内。将芝麻酱、适量的水、醋、酱油、味精放入碗内，搅拌均匀，备用。将焖子置于案上，用刀改成菱形块。

把铛放在火上烧热，加入适量的花生油，将焖子下入铛内用中火煎，既要油不断，以免焦煳，油又不要多，以使焖子皮脆。煎熟后盛入盘内，浇上已调好的料，即可食用。这款小吃吃起来焦脆软嫩，清香味美。

以淀粉为主要原料烹制的小吃可以说是数不胜数，特别是在炎热的夏季，凉拌的居多，在挥汗如雨的日子里，吃上一碗确实是一件赏心悦目的事。其中炒制的也不乏如炒焖子这样色香味美且时令性很强的。但在京城的庙会上，部分经营炒焖子的生意却并不是很好。当然有制作者工艺水平的原因，也有逛庙会的人对卫生的高度重视的原因。在庙会上，人们经常能看到，个别经营者穿着油黑的工装，敞胸露怀，特别是那铛里的焖子，不仅颜色暗淡，而且没有光泽，使人一看就失去了食欲。也有的是预先炒好的，再经过反复加热，这样的炒焖子自然不会引起人们的注意和兴趣。

虽然庙会饮食具有制作快捷且便于操作的特点，但也不能为求简练和速度而忽视食品的色香味形，当然，在制作精良且卫生条件好的炒焖子摊前，仍会吸引大批食客，否则，炒焖子真的会在北京的庙会市场上被边缘化甚至消失。

羊霜肠汤有秘密

旧时，出售羊霜肠的小贩推着双轮车，车上炉火铁锅内盘着羊肠子，也有一些羊肚，锅中的水热腾腾地开着，羊肠子、羊肚煮得很到火候。小贩不断地吆喝："羊肚开锅！"一旦有主顾，小贩就会趁热将羊肠切成小段，然后装碗。作料是香菜末、芝麻酱汁、辣椒油等。特别是在寒冷的冬季，只要小贩一出现，锅中热气腾腾，香味四处飘溢，人们闻到羊肠的香味便禁不住前往购买，吃上一碗，暖暖和和，心满意足，特别是老北京人就喜爱吃这一口。

羊霜肠是老北京一道独具特色的小吃，由于使用的原料及制法较为奇特，加上现今的市场上早已不见羊霜肠的踪迹，因此今日的年轻人，了解羊霜肠的人并不多。

制作羊霜肠所采用的主要原料是羊血和羊肠，从其原料及制作方法上看，羊霜肠与唐代一种被称作"热洛河"的食品极为相似。据《唐书》记载，一次，安禄山和哥舒翰一同朝见皇帝唐玄宗，由于哥舒翰喜食一道名字叫"热洛河"的食品，唐玄宗特命射生官射鲜鹿，取鹿血之后煮其肠。这道食品，大概就是将鹿血灌于鹿肠中使其凝固，然后用葱、姜、花椒剁细末，下油锅煎熟食用。所以，羊霜肠可以说是由唐宫廷菜品“热洛河”演化而来。

羊霜肠的制作方法较为独特，是将刚宰杀的羊的血过滤后，加入少量的淀粉，灌入洗净的羊肠内。另外，还有一种是灌羊血的同时，将生羊脑也灌进肠子中，叫“带脑儿的”。然后，放在锅内加葱、姜、花椒、大料煮。出售时，将其切成小片，浇上汤，配上芝麻酱、香菜等调料，外白内红，味道鲜美。还有一种吃法颇类似灌肠，是把羊霜肠切成片，放在铛上煎爆。

旧时，买羊肠要到羊肉床子，也就是牛羊肉铺，因为羊肉床子大多自己宰羊，正好用羊血灌羊肠。那时的羊肉床子门外杠子上的黄铜钩上挂着许多灌好血的生羊肠子，任顾客自由选择，有的还在上面放上几根香菜，目的是避苍蝇。由于羊霜肠的肠子为白色，外面又挂了一层薄薄的网油，很像是挂了一层霜，所以人们便以霜肠称呼它。

羊霜肠之所以好吃迷人，是有原因的。据丰泽园的王大师给我讲，羊霜肠之所以香美，主要是煮制时并非单纯羊霜肠一物，锅内有羊肚、羊肉等原料，香料的香气融入肉中，炖肉的美味渗入霜肠内，出锅后再配上丰富的调味，怎能不引人食欲?

在上世纪50年代初期，北京的市场上还有羊霜肠出售，但随着城市的变迁和时代的发展，羊霜肠逐渐淡出人们的视野，这不能不说是今天餐饮市场的一大遗憾。

怡心八宝莲子粥

旧时，八宝莲子粥的经营者是挑着担子沿街叫卖，后来积攒了一定的资本后开始搭棚设座，同时也管外送。在茶棚吃茶，可以叫来八宝莲子粥，当然价格也很贵。据老人们回忆，当时的八宝莲子粥一小碗要二十枚钱，大碗要三十枚钱。可那时的三十枚钱能买十五个烧饼，一般的平民百姓确实难以接受，所以八宝莲子粥并不像豆汁和灌肠那样更能被广大平民所接受。

八宝莲子粥是北京一年四季均受人喜爱的小吃，早年间，最为有名的是北京什刹海荷花市场出售的。那时，每逢盛夏，什刹海沿岸粥摊云集，八宝莲子粥是出售的主要品种之一。这道小吃所采用的原料也大多是新采来的新鲜莲子，人们前来观景、赏花之时，品尝八宝莲子粥自然也成了活动之一。

八宝莲子粥的制法并不复杂，主要原料有新鲜莲子、糯米等，粥用糯米，烧得浓淡适宜。粥内的莲子粒粒都浮在粥面上，再点缀上各种果料蜜饯，食时加白糖，香滑甜糯，美观可口。特别是暑天出售的，大多温凉适口，吃时不会出大汗，所以人们更爱食用。

八宝莲子粥的具体做法是：把糯米淘洗干净后放入锅内，加入凉水，在旺火上烧沸后改用微火熬。熬时要用勺经常搅动，以防糯米粘锅煳底。待熬成黏稠的糯米粥后，分成小碗盛装，凉凉。

干莲子放在粗砂锅中，加入碱面少许，用开水烧沸后，立即用竹筷搅刷一分钟，把水倒出。接着再放少许碱面，仍按上述方法搅刷，直到把莲子皮全部刷掉，用清水漂净。然后把去皮的莲子逐个切去两端，用竹签捅去莲子心，放入凉水盆中，上笼屉蒸三十分钟即熟。

青梅切成细丝，桃仁用开水泡后，剥去黄皮，切成小块。瓜条切成小片，小枣用温水浸泡一小时，洗净后上笼屉蒸三十分钟。瓜子仁用清水洗后晒干。海棠脯切成圆薄片。白葡萄干用温水泡涨洗净。金糕切成黄豆大的丁儿。

把莲子和青梅等果料按照一定的图案花纹分别摆在小碗的糯米粥上，浇上过罗的糖桂花汁，放入冰箱内冷却。把白糖加水用微火熬成汤汁，也放入冰箱内冷却。吃时，将糖汁浇在八宝莲子粥上就可以了。

全聚德老技师曾对我讲，制作八宝莲子粥的关键是糯米熬制，大火烧开后要用小火，但是，随着粥液的黏稠，用勺搅动的次数就要增加，防止粥液煳底影响口味。其他原料提前加工准备，只要加工精心、刀工细致就可以了。

八宝莲子粥不仅黏糯可口，而且具有一定的营养功效，元朝饮膳太医忽思慧的《饮膳正要·卷第二》中记载，空腹食莲子粥能达到“治心志不宁，补中强志，聪明耳目”的功效。

在当时与八宝莲子粥同样出名的还有荷叶粥，其制法更为简单：用上好大米入锅熬熟，桶底铺洗净荷叶一张，然后把粥倒入，上面再盖荷叶一张，半小时后打开食用，盛碗内加糖。荷叶粥颜色淡绿，清爽利口，有祛暑清热的功效。在旧时的市场上各类粥食还是很丰富的，诸如大麦米粥、小豆粥，这些粥原料相对单一，成本也不高，因此价格非常亲民，容易被百姓接受。

吃炒疙瘩有嚼头

炒疙瘩是北京具有特殊风味的面食小吃，多年来深受人们的欢迎。的确，一盘炒好的面疙瘩颜色深黄，再配上翠绿的青菜，黄绿相间，淡雅美观，使人一见就食欲倍增。

炒疙瘩的创始人是和平门外原“广福馆”的穆氏母女。广福馆本是一家供应低廉面食品种的面食铺。一次，几位常来吃饭的老常客向母女俩建议，他们常吃那样的面条都腻了，希望她们能把面食换一种吃法。母女俩按照顾客提出的几点建议，开始悉心研制。她们将面揪成疙瘩，煮熟了之后捞出来拌虾酱吃，味儿虽然鲜美，但总觉尚有不足。于是又将疙瘩炒着吃，这一下味道不同凡响了，炒疙瘩初见雏形。此后母女俩精心制作，特别是在配料上不断改进，终于使炒疙瘩日臻完美且在京城红火起来。

广福馆地处臧家桥南端，是堂子街、韩家谭、五道庙、杨梅竹斜街五条路的路口，如同一座寨子，于是，一些文人雅士戏称广福馆为“穆家寨”。由于穆家寨邻近琉璃厂，到琉璃厂的大多是文人，不少文人墨客及社会名流逛完琉璃厂后纷纷前往光顾。曾经有一位名书法家品尝过炒疙瘩之后，欣然命笔，泼墨赋诗一首:“廿载蜉游客燕京，每餐难忘穆桂英。寄语他家女招待，可曾亲手去调羹。”1952年，由于广福馆的女店主过世，炒疙瘩的手艺无人继承，因此广福馆停业了。

穆家寨的炒疙瘩生意兴隆，京都很多餐馆纷纷效仿炒疙瘩做法，较有名气的是原前门外李纱帽胡同的“恩元居”，创办人是河北河间县的马东海兄弟俩。他们1929年到京学习炒疙瘩的方法，并有创新和提高，1930年起开始出售炒疙瘩，并逐步加以改进，使这一小吃不断完善，很快就闻名京都。

恩元居炒疙瘩的具体做法是：先将面粉和成比饺子面略硬的面团，切成比黄豆略大的圆疙瘩。锅内放清水烧沸，一边倒入疙瘩，一边用铁铲贴着锅底顺一个方向搅，以免疙瘩沉底煳锅。倒完后，每隔一两分钟要搅一次，并随时把粘在一起的疙瘩轻轻搅散。开锅后再煮五六分钟，当疙瘩全部浮到水面上，随即捞入凉水盆里过一下，使之炒时清爽利落。将无筋的牛肉切成末，根据不同季节选用不同的蔬菜，如蒜黄、菠菜、黄瓜丁、芽豆、青豆等，把青菜洗净切好。炒勺倒入香油，在旺火上烧至六成热，下入肉，炒半分钟后，加入酱油、精盐再炒一会儿，随即放入煮熟的疙瘩翻炒，约半分钟后，加入鲜菜再炒一分钟，等到酱油水分全浸到疙瘩里，倒入适量的醋，盛入盘中即可。

全聚德面点技师王大厨对炒疙瘩颇有自己的心得，他强调，疙瘩煮后，一定要用清水洗净身上的黏液，否则炒出的疙瘩黏糊糊的，色彩也不上眼。传统炒疙瘩就那么些配料，现而今配料食材丰富多彩，完全可以根据个人的口味进行组合。主料也是一样，荞麦面、细玉米面均可制成疙瘩进行炒制，不但增加了品种，口味也丰富多样。

炒疙瘩这一特色美食在京城庙会上、小吃夜市及部分餐馆都有供应，但从风味上说很难与旧时的“穆家寨”相媲美，究其原因，还是工艺上区别甚大。过去制作炒疙瘩的店家，当客人进店后，问清客人的需求，再手工现制。而现今的疙瘩大多是机器制作，机器制作与手工艺加工的区别本身就很大，再加上现在的疙瘩煮后是先在凉水里泡着，客人点后，从凉水中捞出来再炒，疙瘩自然就失去筋道的口感了。

炸臭豆腐佐酒撮

油炸臭豆腐是在京城庙会上最常见的一道颇受人们欢迎的小食品，别看臭豆腐外表黑乎乎，闻起来臭烘烘，但在经过炸制之后，再蘸上调味品，吃起来确实美味可口，难怪会有众多食客钟情这款小吃。

一提起臭豆腐，常居北京的人自然会想到久负盛名的京都老字号王致和的臭腐乳。北京人过去大多喜爱用王致和的臭腐乳作为下饭小菜，而且许多人嗜食成癖，将其夹于刚出锅的热腾腾的玉米面贴饼子中，那飘出的味道，准会使不明真相的人掩鼻而退。但那些嗜食者却不管不顾，仍会吃得津津有味，眉飞色舞。其实，油炸臭豆腐也是江苏的一道颇有名气的小吃，在庙会上，有的注出了地名，如“南京油炸臭豆腐”等。庙会的油炸臭豆腐所使用的原料并不是王致和的臭腐乳，而是经过特殊加工的臭豆腐干，这种臭豆腐干的臭味就要小得多了，而且适合烹制成油炸小食品。

油炸臭豆腐干作为秦淮著名的传统小吃，早在清朝后期就盛行于夫子庙。20世纪30年代经营的食摊众多，大街小巷到处都有，不仅吸引了众多的食客，许多外宾也非常钟爱。原来不登大雅之堂的臭豆腐干，也成为夫子庙各饭店的名品，后来成为秦淮八绝小吃中的一道佳品。这臭臭的油炸臭豆腐干，可以说是遍布南京，以夫子庙晚晴楼、秦淮人家最为有名。如果一边品食油炸臭豆腐干，一边食用秦淮八绝中的皮蛋粥，那就是更美妙的一种享受了。

油炸臭豆腐的具体制法是：先选取市售的小豆腐干，将其洗净晾干。选用上好的香椿芽，放入干净的锅内，加入适量的水烧开，凉凉后加适量的盐、丁香、桂皮、砂仁、豆蔻、大料、小茴香、陈皮、草果，泡成卤汤。卤汤若长期存放，就是陈年老汤。将卤汤存于小口瓷坛中，用刀将晾干的小豆腐干一劈两片，放入卤汤中，瓷坛口盖严，蒙上一层塑料布，用麻绳扎紧坛口。一般情况下，春、秋两季卤4—5小时，夏季卤3小时，冬季卤6—7小时。总之，必须将豆腐干卤透，否则没有臭味，炸出来不好吃。豆腐干卤好后，取出，放入清水中漂洗干净，晾干，放入竹筛中，盖上纱布。

将油锅上火，倒入足量的菜籽油，烧热后，下入一些葱段略炸，去其油味后捞出弃去。油温烧至六成时，投入串好的豆腐干，炸至起泡，并且浮起，颜色发青变黄时捞出，控去油。吃时应蘸用青蒜末、辣椒酱、酱油、味精、香油、香醋等调和成的汁。

早年间，油炸臭豆腐是上海最流行的零食，每天过午，肩挑的担子就上市了，一直卖到深夜一两点钟。无论严寒酷暑，从不间断，随卖随炸，飘出的臭味就是最好的广告。据说，一个外国律师初到上海时，闻到这种臭味，认为不符合卫生，并污染环境，于是告到当时英国租界管理市政的机构工部局。后来洋人主管身体力行地品尝了一下，不禁喜上眉梢，啧啧回味，并认为芳香可口，不仅不加禁止，而且道出“盐卤能消毒，油炸能杀菌，闻起来臭，吃起来香”的结论。

其实，油炸臭豆腐不仅在南京有名，湖南火宫殿的臭豆腐更是久负盛名。上世纪50年代，毛泽东主席到火宫殿视察，进晚餐时特地吃了这一风味小吃。70年代末期，日本、美国、法国等国的记者考察参观后，写下了很多文字，使火宫殿更加闻名海外。

京城庙会上出售的油炸臭豆腐制作起来更为简单，主要原料臭豆腐干都是由商家提供，而调味品也不复杂，大多是以辣椒糊为主，让人品尝起来，辣得虽然酣畅，却觉得鲜辣之外再也感觉不出别的味道，即使是这样，油炸臭豆腐的小摊的生意同样兴隆。不仅是在庙会，在炎热的夏季里，油炸臭豆腐也是人们夏夜里喝冰镇凉啤酒的佐酒小菜。但是，随着油炸臭豆腐热的出现，矛盾也随之而来，特别是在夏季，由于经营的摊家很多，所散出的味道实在令人难以接受，摊贩聚集的地方，人们的反应更是强烈。如王府井小吃云集的地方就出现过这样的情况，虽说油炸臭豆腐闻着臭，吃起来香，但天天闻着浓郁的臭味却吃不到美味，谁都会有意见，这种特色小吃在制作时还是远离居民区为好。当然，在京都的庙会上就不会出现这种情况了，那种吃起来香且爽口、臭而不腻的显著风格，深深地吸引着逛庙会的人，那淡淡的臭味也成了热热闹闹庙会上独具特色的风情。

德国老城锅贴情

锅贴是一种用饼铛煎制的风味独具的小吃，在今天的京城中，可以说是家喻户晓，因为人们要想吃到美味可口的锅贴，并非要到庙会或小吃云集的地方去，有许多餐饮小店铺就是以经营锅贴而出名的。当然，这样的小店同样生意红火，食客众多。

早年间，京城中出售锅贴的店铺很多，较为出名的还要属护国寺庙会经营的锅贴，那里的锅贴不仅皮薄、馅大，而且成品的颜色焦黄诱人，吃起来咸鲜适口、味道香美，最大的特色就是锅贴两角不封口，呈月牙形，馅似露非露，风格显著。

锅贴馅料的主要原料有牛肉和白菜，具体制法是：把牛肉洗净，绞成肉末，加入黄酱、酱油、精盐、花椒水搅匀。把葱末放在肉上，倒上香油，与肉一起搅拌均匀。把白菜洗净，剁成碎末，挤去水分，投入搅好的肉中，搅成馅。

用温水把面粉和成面团之后，盖上盆盖，面一定要饧一会儿。

制作时要在案板上撒上一些面粉，把饧好的面团分成几块，在案板上面按揉光润，搓成圆条，揪成大约三钱重的面剂，逐个擀成直径一寸五分的圆皮。每个圆皮的中心处放上约三钱馅，然后把皮的边缘相对合起捏严，注意捏时边要小，肚要大，即为半月形的锅贴坯子。

选择比较厚的饼铛放在旺火上烧热，洒上一些花生油，逐个码上锅贴坯子，码时不可把锅贴放得太密，以免不透气熟得慢，或成熟后锅贴连在一起。待烧热后，立即洒上一些凉水，盖上铛盖焖五分钟。然后再淋一次水，仍旧焖五分钟。当锅贴已熟，底层微黄焦硬时，用铁铲铲起，底朝上摆在盘中就可以了。

当然，现今的锅贴馅料也不仅仅是牛肉和白菜了，品种更加丰富多彩，诸如猪肉西葫芦、韭菜鸡蛋等等，口味众多，满足了不同食客的口味需求。

锅贴既是一种传统的庙会小吃，也是北京平民百姓的最为普通的食品，这大概也是锅贴比较受人们喜爱的一个原因。成熟的锅贴颜色黄亮油润，底面焦脆，咬时流油，馅鲜香，一年四季都可作为餐桌上的美味。我常在一些锅贴店中，见到许多食客用锅贴佐酒，同样吃得心满意足。不饮酒者，一边吃着焦香的锅贴，一边喝着店中特制的疙瘩汤，也是吃得津津有味。这种大众化的食品受人喜爱不仅仅是价廉的原因，更主要的是锅贴本身所具有的风味个性的魅力。

由于锅贴制作起来并不复杂，因此也是一般家庭中常见的主食，许多老北京人在家中制作起来也是得心应手，口味多样。我当年在德国中餐馆工作时，店里有一现成的烙荷叶饼的大饼铛，加上当地买到的牛肉又很鲜嫩，因此，有时锅贴也是我们的自制伙食。不仅我们喜欢吃，我在当地结识的朋友法鲁克更喜欢吃。

我与法鲁克的初识是1994年在德国老城不来梅我们中国皇

宫烤鸭店的店堂里，他身材魁梧，目光深邃，一头浓密而卷曲的头发里已掺入了不少白发。他是德籍阿富汗人，生日比我早一天，就在我们餐馆附近的那家专营意大利比萨饼和土耳其烤肉的小餐馆工作，既是厨师又是服务员。那年夏季，法鲁克打工的那家小餐馆的生意很兴隆，因为他们经营的快餐全是满足夏日里那些坐在露天啤酒桌边乘凉喝冰镇啤酒的顾客的。那段时间，每逢下班后，我便来到那家餐馆边喝啤酒边看足球世界杯电视直播。而法鲁克却一边照应着顾客，一边大汗淋漓地到柜台后面制作顾客所需的各种食品。我们谈论的话题也大多是足球赛事。有时他会给我多端上一盘他新制作的凉拌菜让我品尝。

一个清风吹拂的晚上，法鲁克来到我们店，我们在店外的啤酒桌前一边饮着苏格兰威士忌，一边开怀畅谈起来。那一日夜空很晴，星光闪烁，夏风轻浮，树叶婆娑，海尔曼广场很是静谧，唯有广场边上那家著名饭店的霓虹灯闪烁着绚丽缤纷的光彩。那晚，我们聊了很多，交谈中得知法鲁克有两个孩子，一个男孩，一个女孩，妻子失业在家，照顾尚处在学龄前的两个孩子。当谈起我时，他突然问我中国是不是很贫穷和落后的问题。见他如此发问，我给他上了一盘我的晚餐锅贴，他高兴极了，就着威士忌吃了将近一盘，嘴里不住啧啧赞叹中国的美食。见他这样的神态，我便给他介绍起中国来，从长城到故宫，从人文景观讲到烤鸭及北京小吃。他饶有兴致地听着，深深地被我讲的这些风光名胜和美味佳肴吸引住了。当听我讲完后，他说有时间非要向我学中餐烹调不可，并对我说将来一定要到中国去旅游。那段时间，我给法鲁克讲了一些川鲁菜肴的做法，而他把他们店经营的拌沙拉和比萨饼的做法也告诉了我。随着夏季过去，法鲁克工作的那家餐馆的啤酒桌前也失去了夏日的喧闹，顾客开始稀少，深秋后顾客更是寥寥无几。

后来，法鲁克到汉堡开出租车去了，临走和我告别时，还告诉我一定要去中国旅游，品尝更多的美味。小小的锅贴唤起了一个外国人对陌生中国的兴趣，这或许就是美味小吃满足人们口欲之后的另一个魅力。我曾写了一篇与法鲁克这段交往经历的叙事散文，发表在《四川烹饪》杂志《厨师的故事》栏目中。

东瀛厨师侃寿司

寿司曾经伴随着韩日烧烤美食进京，也是在京城庙会上出现的一道洋食品，虽然经营的摊位很少，但也颇受许多年轻人的喜爱。

寿司是日韩一道日常性食品，取名“寿司”，乃是汉语音译。其实，寿司起源于中国，古时候，人们主要是将米饭填入鱼腹中，鱼身上涂抹盐，腌几个月乃至一年之久，使米饭自然发酵后食用。由于发明了醋，日本寿司改变了传统的腌制口味，各种调味技术也相应提高，寿司也更加美味可口。现今的寿司其实指的就是以醋拌米饭为主要材料，包或卷各种各样可食配料的普通饭团或什锦饭团。

制作寿司的米是粳米，因粳米煮出的饭黏性较大，弹性好，吃起来有嚼劲。寿司醋是盐、糖、醋的混合物，通常的比例是1∶5∶10。将三味调料放入洁净容器内，以小火加热并且用筷子搅拌，使盐、糖溶解，但不要煮沸，否则会降低酸味。寿司饭的煮法是：将米洗净后倒入电饭锅中，按1∶1的比例加水煮熟，再续焖20分钟即可。倒入木制容器内，按醋与饭1∶5的比例加入寿司醋，搅拌均匀后盖上湿毛巾，待凉至和体温相近时即可食用。

寿司的种类有很多："手握寿司"，是双手用巧劲将20克的寿司饭捏、压、挤，使之成为适合一次入口的各式小饭团，上面再搭配各种配料；"军舰寿司"是将20克左右的寿司饭捏握成椭圆体的饭团，把海苔裁成宽4厘米、长18厘米的片，围绕饭团一圈，接口用饭粒粘住，上面搭配小颗粒或切碎的配料即成；"卷寿司"是将寿司饭均匀地铺在海苔上，两端各留出1厘米左右不铺饭，中间放上配料，利用竹帘包卷而成的寿司；"茶巾寿司"是数种配料切碎，与寿司饭拌均匀，再用豆腐皮、春卷皮、蛋皮等其他材料包扎成巾状即可；"绞寿司"是将配料铺在保鲜膜上，上面加20克寿司饭，然后将保鲜膜的四个角集中拉起、旋转绞紧，使保鲜膜内的配料呈半圆形，再打开弃去保鲜膜即成；"稻荷寿司"又叫油豆腐皮寿司，先烫去油豆腐皮的油脂，捞出放在砧板上，用擀面杖擀几下，再放入锅中，加水、糖和少许盐煮入味，捞起晾透，然后将豆腐皮撕开口，使之成为口袋状，把20克寿司饭塞入，将口遮盖即可；"棒寿司"是将寿司饭搭配一种或多种配料捏塑或卷成棒状，切8块装盘即可；"散寿司"是用碗、盘或其他容器盛装适量的寿司饭，再将多种配料依序铺在饭上即可；"手卷寿司"是用半张海苔，将寿司饭与配料放入，用手卷成漏斗状即可食用。寿司的种类繁多，除上述外，还有箱寿司、柿寿司、棕寿司、创意寿司、变形寿司、花式寿司、蛋糕寿司等等。

吃寿司的顺序是先选择口味清淡、能体现本味的手握寿司，然后再选择可填饱肚子的卷寿司及手卷寿司或小菜，这样才能体会到厨师的手艺。吃寿司的作料除了酱油和绿芥末之外，最重要的就是醋姜，吃寿司时佐一片醋姜，起着清理口中味觉的作用，使口中的寿司更加清新美味，更能品尝出寿司的好味道。

以前，人们品尝寿司需前往为数不多的几家日韩式餐馆，现今由于寿司受到许多人的喜爱，开始进入庙会、小吃城，甚至各大超市。其实这并不奇怪。我曾在德国不来梅工作，一遇上节日即将来临，海尔曼广场就开始有各类美食纷纷出摊，其中就有日本寿司，那是一家在当地颇具名气的日本“宴”餐馆出的摊儿。日本美女浓妆艳抹身着和服招待着客人，制作寿司的都是餐馆的日本厨师。我当时在中餐馆工作，两家餐馆相距很近，且关系也很好。我曾就寿司制作问过日本厨师，他们很热情地给我介绍其中关键：其一就是米煮好后，要一边用扇子迅速降温，一边加入寿司醋、盐、糖和日本米酒；其二就是使米饭成团时，切记不要用力挤压饭团，否则口感就差了；其三就是寿司卷什么皆可，随自己爱好，只要自己爱吃就行。

北京庙会上的寿司摊儿的经营者大多是一些地地道道的中国人，虽然寿司的口味和工艺尚待进一步完善，但也无形中为京城的庙会小吃市场平添了一道异域风景。

辑八

行旅捉鐩

彩条缤纷丝娃娃

每一道知名的地方美食都有它自己演绎的故事，品味着故事吃着美食更是别有一番滋味。丝娃娃就是贵阳很常见的一款美食。相传有一农妇，拾回奄奄一息的女婴抚养，因家贫如洗，生计窘迫，众乡民将家中所余蔬菜送给女孩，农妇将之切丝，裹以面皮，灌以调料，以此喂养女孩成人，后来女孩出落得貌美如花。乡民探究缘由，女孩笑称：“皆因常食丝娃娃。”由此，“丝娃娃”美食广为流传，更是受到爱美少女们的喜爱。

从丝娃娃这个命名上也可以看出，是如裹娃娃一般将丝状食物包裹其中的一道食品，名字起得很形象。到了贵阳才知道，丝娃娃不仅出名，而且在贵阳八大名小吃里还排在了首位，单从这一点上就充分反映出丝娃娃在贵阳人心目中的地位。

丝娃娃原名春卷，由于外形很像用被子包着婴儿，就被称为丝娃娃了。据说，早在上世纪70年代出售的丝娃娃原料较少，吃法和现在也有所不同，价格是一分钱一个，面皮中包的有胡萝卜丝、绿豆芽。作料有酱油、醋、辣椒面、酥黄豆、葱花等，那时，只要你把钱交给卖主，他们就会用面皮把胡萝卜丝、绿豆芽包起来，卷的时候一头大一头小，小的一头要折过来，交到你的手中用手捏着，免得漏作料汤，你可在大的一头再放上几颗酥黄豆，然后浇上作料，一下子就放到口中，一口一个很是爽口。而现在经营就不一样了，在黔灵山公园外的街边，就有许多家经营丝娃娃的餐馆。店内摆上一张长桌，桌上摆满各种原料，如胡萝卜丝、莴笋丝、鱼腥草等等，全都放在小碗内，五颜六色很是好看。买主花上一份的钱，店主就给你一打面皮，随你喜爱添加原料卷食，直到将面皮吃完。看似很合适，其实店主很会经营，薄薄的面皮卷不了多少原料，因为现在的丝娃娃原料品种特别多，想每一样都放上一点，就再也包不成丝娃娃的样子了。

丝娃娃虽然好吃，可是制作较为麻烦，入菜的原料品种选择性特别大，只要是可生吃的蔬菜或者经简单一烫就能吃的蔬菜都可以入菜，买来自己喜欢吃的蔬菜，洗干净切成丝或一烫就行，调料也要求不高，难点就是面皮制作，需要一定的技术。

可作为丝娃娃的原料有花生、黄豆、萝卜、胡萝卜、芹菜、海带、鱼腥草、绿豆芽、盐菜、大头菜、酸萝卜、莴笋、黄瓜、韭菜、细粉丝；调料有香葱、姜、盐、煳辣椒面、花椒油、麻油、酱油、醋、味精等。须注意的是，花生要用油炸脆，黄豆泡四个小时，滤干水分用油炸酥，香葱切成葱花，姜剁成姜末，盐菜、大头菜、黑大头菜、酸萝卜切成碎丁，韭菜、蕨菜、细粉丝切成段和绿豆芽分别用开水烫一下，海带、萝卜、胡萝卜、芹菜、莴笋、黄瓜切成丝，鱼腥草切成段。北方人大多对鱼腥草比较敏感，惧怕其腥味，但是贵阳人却非常喜欢这道原料，以至于痴迷。

调味汁是将香葱花、姜末、盐、煳辣椒面、花椒油、麻油、酱油、醋、味精适量调匀而成。食用时，用一小碟子放上面皮，加上各种加工好的菜，卷起来加上脆花生、酥黄豆，浇上蘸水即可食用。煳辣椒面要在其他调料都配好后再撒到蘸水中，使其浮到上面，这样吃时煳辣椒面的特殊辣香才能体现出来，如果先放，煳辣椒面被其他调料浸泡透了，特殊辣香也就消失了。也可以加一点木姜子油，会有另一番风味。蘸水中的酱油或醋必须要用冷开水兑过，水与酱油或醋的比例一般是1.5：1，否则味道就偏重了，要么太酸，要么太咸，也就失去了香辣酸鲜的感觉。

平遥烟火豆腐脑

从女儿入学开始，早点，大多是在家里吃，因为曾经经历了食品鱼目混珠的时代，我对外面的早点确实是不太热心。女儿上中学时，每天早晨送她上学前，由我主厨烹制早点，自己做的吃着也放心。女儿放假后，我就失去了制作早点的兴趣，便也到外面的早点铺去吃。我的早点说起来简单，实质上是有个性的挑剔。包子、馄饨不吃，怕肉的质量有问题；油饼、油条不敢吃，怕油的质量，也怕含铅；卤煮、杂碎不想吃，怕胆固醇高。于是只好吃一些看得见、摸得着、低脂的早餐，像什么鸡蛋灌饼、烧饼夹鸡蛋、素馅包子等主食，再配上一碗老豆腐或豆腐脑就可以了。看着是单调了一点，但吃着心里还比较踏实。豆腐脑经常是我早餐中的主角，我只是把它当成填饱肚子的一味，也并没觉得怎么可口。而我在2006年的暑假到山西去旅游，在平遥的第一个早晨吃的那顿早点中的豆腐脑，由于调味另类，口味独特，平日里也比较罕见，所以给我们留下了深刻的印象。

那天，睡惯了懒觉的女儿起得很早，她吸取了之前到云南旅游的教训。初到丽江古城的那个早晨，母女俩还在床上睡着懒觉，我却起得很早，在寂静的黎明街巷中拍摄了许多风光民俗照片。每次女儿看到我的这些照片，都在后悔早晨贪觉没有与我同行。这次，她一再叮嘱，要早起去拍平遥黎明的景色。

黎明时分，平遥的街上行人寥寥。女儿拿着摄像机，我拿着数码相机，此时正是拍片的好时机，我们沿着明清街一路拍照。一个蹬三轮的瘦弱的中年男子一直追随着我们招揽生意。一方面为了赶时间拍古城清晨，一方面也为他软磨硬泡的执着打动，于是雇他拉着我们转悠古城街道。他非常高兴和热情，一路介绍着将我们拉到南大门外。城门外很安静，我们拍了许多照片。之后，又到了东门外，景色依旧很美，一群可爱的小孩儿正在那里练武术，为古老的平遥城又增添了一道赏心悦目的风景。接下来，瘦弱男子又把我们拉到城隍庙街和政府街，在那里拍完片后已经7点多钟了。忙活了一早晨，这时我才觉得肚子饿了，于是我一边坐着车一边询问平遥有哪些好吃的早点。瘦弱男子把我们带到了西门内附近的一个早点摊，他告诉我们，平遥人就喜欢在这里吃早点。

早点摊设在离西门不远的街边，真不是什么正规的早点铺，设备简陋，一看就是属于临时性的摊位。但是那里吃早点的人真是很多，几乎都是当地人，像我这样的游客倒是没有看见。我看了看经营品种，是富有地方特色的葱油饼和豆腐脑。实际上是两家在这里抱团儿经营，一家专卖葱油饼，而另一家卖豆腐脑。经验告诉我，凡是当地人吃饭多的地方，肯定是物美价廉的特色美味。我先买了葱油饼，还配送一小碟咸菜。烙出的葱油饼是一大张，我仅买了半张。找好座位后我又买了两碗豆腐脑，和女儿吃了起来。葱油饼尚未入口，就已闻到了葱香，吃一口，味道咸鲜、柔软适度且葱香浓郁。而豆腐脑也与北京经营的有很大区别，虽都是打卤，但投料有很大的不同，平遥的豆腐脑的卤有粉条、海带、豆芽等，吃起来有些偏咸，却鲜香适口，桌上有韭菜花和辣椒油，如果浇上少许，味道就更丰富且可口了。旁边有一当地老者，看来是常来这里吃早点，老先生连卤都不放，直接浇上韭菜花，津津有味地吃了起来。

葱油烙饼和豆腐脑都是山西的名小吃，葱油烙饼还是太原传统的十大名吃之一，也叫千层油旋饼，制作的主要原料有白面、葱花、植物油和精盐，清代顾仲的《养小录》就有赞美千层油旋饼的记载。在山西传统的庙会、集市上，葱油烙饼比比皆是。成品色泽金黄、层薄如纸、酥软利口，深受百姓的欢迎。而豆腐脑也是太原民间主要的早点小吃之一，使用的原料有泡发的黄豆瓣、碎粉条、海带丝、五香料、酱油、精盐、湿淀粉等，食用时，可根据食客的要求，以老豆腐为主，加配豆腐脑、姜汤。如单食老豆腐，则浇上辣椒油、韭菜花、香油即可。据说在太原市内，经营豆腐脑的遍及大街小巷，食者最多，堪称太原第一小吃。

那天，在我们吃早点时，瘦弱男子一直等在旁边，我让他一块儿过来吃点儿，他却躲到一边去了，等我们吃完早点，他又拉着我们去了火车站，因为那里有开往乔家大院的长途车。路上，我问他是否自己也在这里天天吃早点，他回答说，很少来这家早点摊，因为这里的早点价格贵。到车站后，结账时我多给了他一份吃早点的钱，让他去那里吃早点，他连声感谢。

葱油烙饼和豆腐脑，对于平遥人来讲，只是司空见惯的早点，也非常普遍，但对于游客来讲，有些特色明显的小吃就会令人感觉口舌一新，长久难忘。

贵阳惊叹牛肉粉

牛肉粉是贵州各地都有、人人皆知的风味美食，在贵阳较为出名的有花溪牛肉粉、花溪王记牛肉粉、飞碗牛肉粉、彭记牛肉粉、熊记牛肉粉等等。人到贵阳，如果不尝一尝当地的牛肉粉，那是很遗憾的。2010年，我到贵阳那天正是初冬时节，天刚露出鱼肚白，火车就到了站。这里虽是南方，冬季不像北方那么寒冷，但也使人感觉到湿冷，让初来乍到的北方人很不适应。

到酒店安顿好后，我拒绝了酒店免费提供的早餐。走到街上，环顾四周寻觅人多的早餐小店。没走多远就发现有一家牛肉粉店，几乎座无虚席，而且翻座率很高，许多人站在店外等候座位，且都是当地人，看穿着打扮有的还是白领，我凭直觉判断这是一家味道不错的牛肉粉店。

找好了座，要了一碗清汤牛肉粉，一会儿工夫一碗热腾腾的牛肉粉就端了上来。单说那盛装牛肉粉的盛器就让人大跌眼镜，这哪里是碗，分明是饭馆配菜用的不锈钢小盆。盆中漂着油花的清汤上摆着片片粉褐色的牛肉片，上面撒了翠绿的香菜。那飘出的气味清香，很是诱人食欲。吃一口粉，感觉非常润滑，没有一般粉的那种突愣和挺实。喝上一口汤，香美诱人、鲜味浓郁。桌上摆着花椒盐、辣椒油、大蒜等提味的原料，不远处有干炸辣椒和酸萝卜片。我放上少许花椒盐，再一品尝，发现味道更为鲜香，又夹了点儿干炸辣椒和酸萝卜片，特别是那腌制的酸萝卜片，吃起来清爽利口，开胃解腻，别有一番风味。我没有加辣椒油，怕破坏了这牛肉的清鲜，又很想吃上几瓣大蒜，却又怕吃后口中有味，白天活动时会影响别人，因此终于忍住了。这时令我惊讶的一幕出现了，几个穿着入时的文静姑娘，一看就是工薪白领上班前在这里吃早点，居然坦然地一瓣又一瓣地嚼起了大蒜。看到这一景，我禁不住诱惑，也拿起了大蒜，毫无顾忌地吃了起来。

配着大蒜和酸萝卜片，一碗吃了下去，我连汤也喝得干干净净，身上暖了许多，头上也热气腾腾渗出了汗水，真是痛快淋漓，余香缭绕在舌尖，还颇有点意犹未尽的感觉。

别看一碗小小的清汤牛肉粉，吃起来可口，制作起来并不简单。到贵州全聚德工作过的烹饪大厨讲，制作清汤牛肉粉，工艺非常细腻，单是牛肉炖制就很考究。需选用上好黄牛肉加花椒、八角、山柰、草果、砂仁、香叶、茴香、桂皮、干辣椒（整个）包好还有姜块一起放进锅中小火炖，直至炖酥烂为止；米粉须用清水漂去酸味。食用时把米粉放入开水锅中烫透，捞入汤碗里，在米粉上铺上牛肉片，盖上炖熟的牛肉丁或牛筋丁，放上适量的酸菜，加上少许牛油，最后浇上滚烫的原汤，撒上芫荽节，也就是香菜段，一碗喷香的牛肉粉才宣告完成。

据说为了保持清汤牛肉粉的汤味鲜美醇厚，经营者每天在凌晨2点就开始熬制原汤，他们使用牛骨头、牛油和牛肉，至少需要四个小时才算熬制成功，并且在煮粉的时候持续熬，这样的汤怎能不熬出浓郁醇厚的味道？牛肉粉的配头也不能少，那就是莲花白和萝卜做成的酸菜，这也是一碗热气腾腾的牛肉粉不可或缺的开胃小菜。

南方各地大多有米粉这一美食，但由于地域不同，风味特色也各具风采。清汤牛肉粉最大的特点就是肉烂香嫩、粉滑绵韧、汤清味浓。我亲自品尝之后，方才理解了为什么当地人对牛肉粉百食不厌乃至上瘾的那种生活情趣。

河南烩面兄弟多

2011年，我带领员工到河南云台山、少林寺休闲旅游。返回京城前，自然要到位于郑州的全聚德店看一看，这是中国全聚德（集团）股份有限公司开在外地的一家直营店。自家集团的企业，在那里消费也是肥水流入自家田，更重要的是兄弟单位相互聚一聚，交流一下经验，互相学习，取长补短。席间，河南同人在对我们到此消费并相聚兴奋之余，特意上了一道河南烩面，只不过其中融入了鸭文化元素，说是鸭汤烩面更为确切，但说明了诞生于京城的老字号即使到了烩面满街的郑州，也要与当地结合，创出具有自身独特文化的当地美食。

烩面是河南著名的特色美食，可谓历史悠久。这是一款汤、菜、面食聚和在一起的传统风味小吃，以味道鲜美、经济实惠而享誉中原。这款美食与北京的炸酱面、山西的刀削面、湖北的热干面、四川的担担面，同称为中国五大面食而享誉全国。

20世纪80年代，影片《少林寺》使得隐于嵩山多年的古寺浓妆出现在世界面前，其中描述了李世民登基前与河南的一段渊源，而传说中河南烩面就诞生在那时。相传那是一个隆冬雪天，李世民患寒病落难于一农院，院主人是心地善良的河南母子，将家养的角似鹿非鹿、头似马非马、身似羊非羊、蹄似牛非牛的四不像（亦称麋鹿）屠宰炖汤，想做面条为李世民解饿。但追敌逼近，情形紧急，老妇人草草将面团拉扯后直接下入汤锅，煮熟后端给李世民。李世民吃得满身冒汗，暖流涌身，不觉精神大振，寒疾痊愈，于是策马谢别。

李世民即位后，整日山珍海味地吃腻了，偶然想起了那位老妇人做的面，想到他们的救命之恩，便派人寻访母子。几经辗转，终于找到了那母子。李世民命御厨向老人拜师学艺。从此，唐宫御膳谱上就增添了一款这救命之面——麒麟面。后来，因为四不像渐渐稀少，觅猎困难，只得以山羊代替，麒麟面也改称山羊烩面。后经御厨、御医鉴定，其口感滋味和医用价值都不逊于麒麟面，于是羊肉烩面成为宫廷名膳而长盛不衰。

美食的传说总是与帝王联系在一起，但是这个美丽的传说确实也为这一地方风味增色很多。从烹调角度讲，河南烩面是一道制作考究、口味香美的美食。河南烩面的汤是选用上等嫩羊肉、羊骨，加入装有生姜、大葱、花椒、八角、山柰、桂皮、小茴、草果、良姜、丁香的料包及精盐、料酒共煮五个小时以上，先用大火猛滚再用小火煲，其中下七八味中药，骨头油都熬出来了，煲出来的汤白白亮亮，犹如牛乳，所以又有人叫白汤。

将面粉与精盐和匀，再加入清水揉成稍硬的面团后，盖上湿纱布饧约10分钟。将面团反复揉搓，再给面团盖上湿纱布饧约10分钟。揭开纱布，再揉搓至面团表面光滑，接着将面团搓成直径约6厘米的长条，然后下成每个重约125克（湿重）的剂子。

将每个面剂搓成长15厘米、直径约3厘米的圆条，盖上湿纱布饧约5分钟后，再用擀面杖擀成15厘米长、8厘米宽、1.5厘米厚的长方形面片，并在面片上均匀地抹少许色拉油，即成烩面面坯。将其整齐地摆入托盘内，用保鲜膜盖严，约20分钟后即可进行抻拉。夏季可在面团中加入少许食用碱，这样既可防止面团变酸，又可增加面团的筋力。

烩面的配料主要有熟羊肉、豆腐皮、水发粉丝、水发黄花、水发木耳、香菜、精盐、鸡精、鲜味王、香油、羊油、糖蒜、油炸辣椒等。

将熟羊肉切成丁，豆腐皮洗净切成丝，水发粉丝切长节，水发黄花撕成细丝，水发木耳撕成小块，香菜洗净切节，糖蒜、油炸辣椒分别装入小碟内。将羊肉丁、豆皮丝、粉丝、黄花、木耳准备好，再分别往碗中放少许精盐、鸡精、鲜味王及羊油。

取一块烩面面坯（面片），两只手掌向上托住面片的两头，再用两手的拇指按住面片两头的边缘，然后两只手掌左右抻拉（手臂基本不用力），将面片拉成长约1米的片，接着两只手掌上下晃动，手臂均匀用力，将面片继续抻拉成约3米长、8厘米宽、0.1厘米厚的面片，最后用左手夹住面片的两头，用右手的拇指、食指、中指配合，将面片横着撕成约3厘米宽的面条，即可下锅煮制。

小锅上火，注入羊肉汤，烧开后即下入拉好的面条，并用手勺将面条轻轻拨散，使之受热均匀，待锅中汤汁再开后，下入一份配料（羊肉丁、豆皮丝、粉丝、黄花、木耳），煮至面条、配料均熟后，起锅装入放有调料的碗中，再舀入锅中汤汁，淋少许香油，撒上香菜即可。吃面时根据个人爱好选用糖蒜或油炸辣椒，又会为浓香的烩面锦上添花。当然，羊肉烩面只是河南烩面的其中一个品种，按配料不同还可分为牛肉烩面、三鲜烩面、五鲜烩面等等，都属河南烩面的名品。

饥肠辘辘食禾虫

在中国著名的四大菜系中，粤菜是以选料广博而著称，天地间的生物在广东人的眼里似乎都可以成为餐桌上的美味，哪怕这种原料在北方人眼里一看就起鸡皮疙瘩，广东人也照吃不误。当然，在众多的原料中有些食材虽让人看着感觉不太美观，但吃起来味道香美且营养丰富，这类原料经过烹饪成为美食的也有很多，北方餐桌上罕见的禾虫就是一例。

2006年秋，我到广东顺德参加美食节的第一餐第一道菜就吃到了禾虫。那天早晨，我们一行人还在火车上颠簸，这些人里的大部分人员是前来接受中国烹饪协会颁发中国烹饪大师证书的。早餐时，我仅仅吃了两个小烧饼夹了几片肉，而其他人有的也仅仅冲了一盒方便面。谁也没有想到，都和美食打了半辈子交道的厨师中的佼佼者，这点儿食物却让他们坚持到了晚餐时间。

火车到广州车站已经是下午1点钟了，我们又连忙找通往顺德的长途车站。找到车站坐上车，到顺德后又打车前往下榻的饭店，待我们办好入住手续进入客房时已将近下午5点了。此时再去吃饭算是晚餐的钟点了。这时大家饿得头昏眼花，但还是草草洗漱一番，换了身装束，就出发去吃晚餐。我们先到了顺德的东海一家，正遇上这里举办婚宴，满座无空桌。于是我们又来到一家朋友开的大酒楼。酒楼内买卖兴隆，热热闹闹，但装修装饰却很简朴。落座后，大家饿得连说话的底气都没了，焦急地等待着菜肴的上桌。桌面上虽然有酒，我们这堆人里善饮的人也有不少，但谁也未敢动杯，因为此时都是空腹。

第一道菜就是炖禾虫，瓦钵中盛满了蒸鸡蛋一样的物质，凝固的鸡蛋中混合着许多原料，其中一种东西清晰可见，如同蜈蚣一样夹杂在鸡蛋中。大家都饿极了，纷纷动箸品尝，我夹了一筷子，入口后觉得鸡蛋有些显老，却不失清香，虫子略带韧性，吃起来却很鲜香，而且越嚼越香。看来大家已经饿得够呛了，一盘菜如风卷残云一般很快就见了底，或许是这盘菜的引诱，大家纷纷端起了酒杯，开始一杯接一杯地豪饮起来。这外貌不招人待见却味道鲜美的小虫子就是禾虫。

禾虫，学名疣吻沙蚕，产于珠江三角洲地区，它生活在咸淡水交界处稻田的表土层里，以腐烂的禾根为食，个头细小，其貌不扬。它的形体虽像蜈蚣，但脚比蜈蚣的脚要多。它的身体可随时交替变换各种鲜艳的颜色，但煮熟后就呈淡黄色了。清人檀萃所著《楚庭稗珠录》描写它：“其状可恶，似百节虫、蚂蟥、蚯蚓。”另据《顺德县志》载：“禾虫，制之作酱或腌咸晒为干，味皆美。”许多广东人喜爱吃禾虫，不仅是因为它味美，更主要也是由于禾虫营养丰富，以它为原料制作出的菜肴早已成为酒楼食肆的高档菜肴。

珠江斗门县是中外驰名的禾虫盛产区，每年在红荔飘香、稻花荡漾的时节，捕禾虫的万家小船就会浩浩荡荡地越过湖海，均匀分布在万亩草滩上，这便开始了万家灯火捕禾虫的活动。当东方放明之时，价值不菲的禾虫就会流入船舱，人们喜气洋洋、满载而归。据说那种场面热闹非凡，可惜我没有这个眼福观赏。

炖禾虫是一道较为著名的菜肴，其做法比较复杂：先将禾虫洗净捞出，放入瓦钵中，加入花生油放一会儿。将叉烧切成粒，榄角洗净切成粒，炸油条切成小块，柠檬切成细丝。把鸡蛋、叉烧、油条、陈皮末、蒜肉、精盐、味精、糖、胡椒粉、麻油放入装有禾虫的瓦钵中拌匀，上笼屉中蒸大约一小时，然后再放入小烤炉中烤干水分。淋上一定的油，撒上胡椒粉和柠檬丝，即可食用。

禾虫是一道美味菜肴早已被人们所公认，原料的价格也较为昂贵，但遗憾的是北方餐饮市场上罕见这一原料，所以长久以来北方人对这种原料非常陌生。曾经有诗人写过赞扬禾虫的诗："一截一截又一截，生于田陇长于禾。秋风鲈脍寻常美，暑月鲥鱼亦逊他。庖制味甘真上品，调来火候贵中和。王侯佳馔何曾识，让与农家鼓腹歌。"诗中夸赞禾虫甘美胜过鲈鱼、鲥鱼，虽有些过誉，但从中不难看出禾虫在人们心目中的美味程度。

或许就是这种美味的诱惑，禾虫又是我们在饿得饥肠辘辘的状况下尝到的第一道菜，就更加觉得香美。那天在餐桌上，小小的禾虫不仅引起了大家的食欲，而且人们的酒兴也上来了，虽然大家都是空腹，但那天的酒却没少喝。后面的菜又上了许多，但我却印象模糊得很，无论是菜名、菜形还是菜味，都没有太多的印象，只有禾虫清晰地记在脑中，那唇齿留香的感觉久久不忘。

丽江凉拌青蛙皮

早年间初次听到青蛙皮这道菜的名字，还真的以为是将青蛙剥了皮后制作的菜肴，心里不禁愤愤然，如此对待益虫青蛙，可见餐饮经营者的残酷，这样的菜肴绝对不能吃！后来听人介绍才终于明白，青蛙皮其实是云南原始森林乔木中的苔藓类植物，因长相酷似青蛙皮，故云南人称它为青蛙皮。出于好奇的心理，我总想找机会品尝一下。

第一次品尝青蛙皮是上世纪90年代在北京建国门外的一家叫茶马古道的餐厅，听到这个名字，自然就会使人联想到过去活动在云南一代的马帮和那口味独特的普洱茶。走进那家餐厅，眼前的景象全然不在想象范围，餐厅的装潢并未使人感觉到滇风意境，而是宽敞明亮，洋溢着简约现代派的风格。菜单拿过来后，翻开一看，里面的菜品倒是云南特色浓郁。我点了一些菜，青蛙皮自然就在其中。菜端上来后，仔细端详，果然其貌不扬，一盘片状物堆成堆儿，片上白斑与绿地相间，真有点酷似青蛙皮。夹一块一尝，口味上略有苦头，口感有嚼头，像木耳但比木耳要脆硬。或许是那盘凉拌青蛙皮太辣了，连我这个善吃辣的人都觉得菜辣得太过了，所以，除了辣之外，其他味道也尝不出来了。

其实青蛙皮还有别的名字，诸如树蝴蝶、老虎皮等，这种东西生长在夏季，主要产于滇西三江并流区的原始森林。青蛙皮不仅是菜肴的制作原料，还有一定的药效作用，有强身、益肠胃、直通、理气化痰、抗癌、防癌等功效。2005年暑假，我们一家到云南旅游，在玉龙雪山脚下的云杉坪，终于见到了生长着的青蛙皮。在茂密的原始森林里，树干上到处长满了青蛙皮，正在生长着的青蛙皮非常翠绿。随着白斑的增多，青蛙皮成熟了，这时，片片的青蛙皮就会从树上脱落下来，掉在地上的绿草丛中，显得很是醒目。由于生态保护措施得力，人在木板上行走，有些青蛙皮散落在人行道外的绿地上，许多游客并不知那是何物，谁也没有对它们投入过多的目光。

在美丽的古城丽江，我又一次尝到了青蛙皮。那天我们先在丽江万古楼上看日落黄昏后的远山美景，待到夜幕降临，我们来到了丽江小桥流水边的一家餐厅，选择了临水的一张餐桌。见菜单上有青蛙皮，于是点了这道菜，另外又点了一些纳西风味的菜肴。菜端上来后，夹一块细细品尝，开始只觉得略有些发苦，但是越嚼越香。由于辣味适中，我在咀嚼中品出了青蛙皮的香美。女儿刚开始看到这道菜时，又听说是这样一个名字，就未敢动箸，看我吃的那个香劲儿，于是也吃了起来，而且越吃越爱吃，很快一盘青蛙皮被我们吃了个干净。伴着这道爽口而山野味儿十足的菜肴，我喝了不少酒，微醺中更觉丽江夜色是那样令人心醉神怡，让人流连忘返。

因我给云南全聚德的厨师做过培训，一次，通电话时突然想起了青蛙皮，连忙咨询当地做法。青蛙皮在烹制之前，应该先清洗，再在开水中焯一下，捞出洗干净后就可制作菜肴了。制作时可炒可拌，拌制时可做成酸辣口味的，吃起来又酸又辣、清爽利口；炒制时可以和香嫩的火腿一同烹制，火腿的鲜味伴着青蛙皮特有的香味，别有一番风味。

生长在云南地区类似青蛙皮这样的原材料还有很多，青蛙皮仅是其中之一。现而今在许多大都市的云南风味餐厅里也可见到这道菜的影子，据说原料都是从云南空运过来的，正因为如此，生活在喧嚣都市的人才能够尝到这生长在原始森林里的稀罕物，领略到这山野味十足的美味的独特香美。

真亮眼乾县三宝

去陕西旅游，在游览名胜古迹的过程中，品尝富有地方特色的风味小吃是必不可少的一项活动。陕西风味小吃以面食著称，我作为一北方人，对面食历来情有独钟，到陕西自然不会错过品尝正宗陕西小吃的机会。

2001年5月，我到西安参加第十一届全国美食节活动，几日里品尝了一些著名的餐饮饭庄，或许是管中窥豹的原因，除了著名的泡馍和饺子宴，其他食品并没有给我留下太多的印象。特别是在西安一家相当有名的饭庄里，当我们向服务员了解这家特色菜时，服务员居然介绍说是龙虾、鲍鱼和基围虾等海鲜，简直让我哭笑不得。最可乐的是，当我们点了一盘海参菜肴后，询问服务员原料是什么海参时，服务员显得丈二和尚摸不着头脑，那神态好像是在说，海参就是海参，还分什么参。服务员犹豫了一会儿后，告诉我们是刺参。谁知菜上来后，居然是成本低廉的黄玉参。这次经历，虽然是个别服务人员的业务能力欠缺，但在知名的餐馆出现这种现象实属不该。然而，当我们前往乾县参观时，在当地一家饭店的一顿午饭却给我留下了很深的印象。

乾县的这家饭店装修得很俭朴，而服务员也是一个质朴且脸蛋上还带着高原红的女孩儿。当时，我们的目的就是填饱肚子，并没期望在这里能尝到什么美食；就让她给我们介绍一下这里的特色菜品。女孩儿向我们介绍了乾县三宝——锅盔、挂面、豆腐脑，这几样小吃，我很熟悉，却不知怎么成了乾县的三宝。最后，除了乾县三宝外，我们还点了一些其他的乾县小吃。菜品和小吃一盘接一盘地端了上来，我们一行虽都是烹饪方面的专业人士，却被这乾县的小吃迷住了，津津有味地吃了起来。而被誉为乾县三宝的锅盔、挂面、豆腐脑，在做工、味道等方面都特色突出，与众不同。特别是豆腐脑，更是个性十足，各地豆腐脑可谓品种繁多，调味丰富，而乾县的豆腐脑不仅色香味美，而且豆腐显得富有筋性，即使搅拌，豆腐脑也会碎而不糊。吃罢饭，放下箸勺，大家纷纷赞叹道，此顿小吃，胜过山珍海味。想不到陕西的一个规模不大的乾县就有如此众多的美味小吃，可见陕西小吃文化的厚度。

乾县位于陕西关中中部，这里以安葬武则天的乾陵而著名。乾县的小吃在当地也很出名，只不过是未走出县门而已。脍炙人口的乾县三宝就是一例。首先是锅盔。相传，在修筑唐高宗李治与武则天的合葬墓时，由于工程大，有上万的民工。为了解决吃饭问题，民工们自己盘锅铸灶，而没有锅的就用头盔烙制食物。一次，一个士卒吃了民工用头盔烙制的馍后，到处进行广告宣传，一时间人们争相模仿。随着时间的推移，这种形似圆盔的馍开始风靡工地，于是面食也就有了名字“锅盔”。乾州锅盔的特点就是边薄中厚，馍瓤干酥，形似菊花，层次分明。掰一块下来，锅盔一层一层的，很像千层饼。拿一块放嘴里咀嚼，越嚼越香，越嚼越有味。据说，乾县的妇女几乎都会烙锅盔，锅盔的面团很硬，她们会用专用的粗面棍，一头放进案板边墙上固定的窟窿中，把面团放在面棍下面的案板上，人就在面棍的另一头使劲往下压，就这样将面团反复压过来压过去，最后把面团压成饼状。烙制时，还要掌握好火候，才能保障烙出的锅盔色香味形俱佳。

第二宝是乾县的挂面。用挂面做的汤浇面味道可口，乾县人称为“一口香”。乾县人对汤浇面有三点要求，即“汪、煎、稀”，汪是指汤里的油和臊子要多；煎是指汤要热；稀是指汤浇面里的挂面要少。我们进餐时，席间上的是小碗的汤浇面，大家吃在嘴里感觉面筋道而汤可口，吃罢有意犹未尽之感。

第三宝就是乾县的豆腐脑。据说当年八国联军入京，慈禧与光绪逃到西北，也不忘慕名到乾县去吃豆腐脑。当地官吏招待时用尽奢侈食材却忽略了这豆腐脑，招得这馋嘴的老太太脸子一耷拉。于是，地方官员连忙从坊间找来一个叫“毛老大”的豆腐脑大师。慈禧一连吃了三碗，抹嘴后居然下诏将这豆腐脑大师调到了京城御膳房。其实全国各地有豆腐脑的地区可不少，区别往往在调味上。而乾县的豆腐脑一个显著的特点就是豆腐“筋”，吃起来让人感觉味香色美口感好。优质的水源，加上特有的工艺和调味，成就了豆腐脑成为乾县的一宝。乾县豆腐脑的特色是凝而不散，翻而不碎，用浅勺轻轻舀到碗中一片，如双折，则折而不断。加上食盐、姜、蒜泥、酱油、五香醋、油泼辣子，红白相映，味浓辣香。据说早年间乾县销售豆腐脑的摊子可不少，不论是清晨，还是夕阳西下，街头巷尾卖豆腐脑的悠扬的叫卖声不绝如缕，蹲在摊周围吃豆腐脑的人三五成群，人们一边吃着锅盔、馒头就着豆腐脑，一边闲聊海侃，也是乾县一景。

奇怪的是，各地名食小吃在京城都有落户，可我唯独没有见到乾县三宝的影子。或许是这三种小吃太普通了，而恰恰是这普通的小吃很接地气地给了我们每一个人口舌一新的感觉。也许是乾县的小吃离不开那片故土，如果离开，或许就会失去它那特有的韵味。就如同北京农家菜一样，在汽车如蚁密集的都市里，即使再精致的农家菜，也让人吃不出那应有的感觉。而一到郊外，或是农家小院，或是山坡棚下，伴着野草麦香的气息，返璞归真的意境自然会使人喜上眉头，流连忘返。乾县的小吃给我留下了清晰的印象，我想，由于有了武则天，乾县有了名气，乾县小吃也被我们有幸品尝到，在三秦大地上还有多少名不见经传的地方，那里一定还会有更多的未被我们发现的美食佳品，这些美食小吃中必定渗透着更多让人回味的风俗和文化。

面细味浓肠旺面

首次到贵阳还是在2010年。在去贵阳之前，我看了许多关于贵阳小吃的介绍，其中最让我喜欢的就是肠旺面。图片上那碗红油面条，上面覆盖着由猪肥肠、猪血旺、五花肉、猪槽头肉等臊子组成的配料，绿色香葱粒儿点缀其间，单看色相早已把人的食欲诱起，于是我想，到贵阳一定要吃上一碗热乎乎的当地纯正的肠旺面。

到贵阳后，由于行程安排得很紧，加上想多领略一下贵阳饮食的这道风景，我们在食品街里总想找一家能多吃上几样特色小吃的地方品味一番，遗憾的是只找到一家卖肠旺面的，而这家又不卖别的菜品，于是只好放弃。

第二天，游览了黄果树瀑布，晚上欣赏完甲秀楼夜景，由于离头天去的那条食品街不远，于是我们步行依旧回到那条食品街，这次终于和摊主协商好，在旁边的一家摊上就餐点菜，那家摊主将制作好的肠旺面送过来。

落座后，我们一边吃着特色烧烤，一边等待着肠旺面，还能够欣赏到肠旺面摊主的制面场景，展示面条加工厨艺。肠旺面摊主不断地表演着擀面技术，好大一根擀面棍，被他使得富有节奏且很具观赏性。擀面棍的一头固定在柱子上，他一会儿双臂挥舞，一会儿骑在胯下，浑身的力气全都使上，可见面硬的程度。见我拍照，摊主的表演欲更强烈了，动作的花样也多了起来……

不一会儿面上来了，果然，红油透亮，从色泽上看就很诱人食欲。我尝了一口，真是血嫩、臊脆、汤鲜，油红而不辣，肠肥而不腻。只是感觉面太细了，享受不到我希望体味到的口感，感觉与这厚重的投料不太相符，但这似乎是肠旺面的规矩。于是，吃过一碗后，我试探性地又向摊主要了一碗粗条的，但摊主告知至少需要半个小时。其间，摊主在那里擀面，一直表演着，我想，他擀的面条粗细全是一个规格，给我的回答可能是推辞，于是只好放弃。

回京后，我请教曾经在贵州全聚德工作过的厨师，大师告知，在贵州众多的特色美食当中，肠旺面是最具有代表性的一种，制作起来也比较复杂。首先是面团制作，一般是按500克面粉加4枚鸡蛋的比例加少许食用纯碱面和适量的清水，反复揉搓制成。然后将面团放在特制的案板上，来回挤压制成1.5毫米左右厚的面皮，再用淀粉做扑粉撒在面皮上，将面皮折叠起来切成细丝状。肠臊、旺臊、脆臊的制作更为复杂，脆臊是用五花肉和猪槽头肉肥瘦分开，切成1—1.5厘米见方的肉丁，用油炸脆，炸好出锅后马上喷上少许酱油并拌匀制成的；肠臊是将猪大肠洗净，不能留一点肠油，用开水煮熟滤出凉透以后切成肠片制成；旺臊是采用新鲜猪血，用刀削成3毫米厚、2.5—3厘米见方的血旺片。肠旺面的汤是用猪骨头加入姜块、黄豆芽熬制或用当地土母鸡加入姜块、黄豆芽熬成。而炸制红油时，选用花溪干辣椒打成辣椒面，混合油（菜油和肠油）烧至七成热浇在装有干辣椒面的容器里，滤渣后制成。

肠旺面煮面也很有讲究，面并不是一大锅一起煮，而是吃一碗煮一碗，这样煮出来的面才会干净清爽。煮好的面先放到冷水里快速过一下，这样面遇凉收缩会更加筋道，富有口感，然后马上把面放入锅中再快速烫一下，就可以出锅了。把面条煮熟后，用筷子夹一小撮绿豆芽放入锅里烫一下，然后和面条一起捞在碗里。用漏勺捞少许漂在清水中的猪血片，连漏勺一起放入锅中，把血旺烫变色后浇在面条上。加上鸡汤后在面条碗里加上肠臊、脆臊、红油、味精，撒上葱花，就成了一碗汤鲜味美的肠旺面。

之所以面细而不粗，烹饪大师说就是为了让面条充分接受香美汤汁的浸润，扩大与汤汁的接触面积，使面条更有滋味。北方人吃面讲究个筋道，这可能与南方不同，就如同拉面一样，具有多种粗细规格。我想，或许是饮食习惯的原因，如果再配上几种规格不同的面条供选择，可能就会更加满足我这个来自北方的食客了，进而加深我对这款地道贵阳小吃的喜爱。

闽中美食谈肉燕

2009年末，我到福建旅游，福建的一道著名小吃给我留下了极为深刻的印象，那就是“肉燕”。那天到达福州已经很晚，但还是迫不及待地想在晚上尝一尝当地著名的小吃，肉燕就是很有吸引力的一款。同行的一个小伙子为了尽快品尝到特色小吃，专门打车前往导游推荐的食品街，而我仅在周边转了转，结果很失望，餐饮店铺大多关门。第二天早晨，小伙子一脸失望地跟我们说，他打车到食品街也吃了闭门羹。我问他最想吃什么，他毫不犹豫地说：“肉燕。”

肉燕是福建著名的传统食品，也是福州风俗中的喜庆名菜。福州人逢年过节，婚丧喜庆，亲友聚别，必吃“太平燕”，即取其“太平”“平安”吉利之意，故“无燕不成宴，无燕不成年”。肉燕亦由此成为馈赠佳品，为福州人包括海外乡亲所钟情。肉燕之形态类似北方的馄饨，因其形若燕窝，所以被称作“肉燕”。两天之后，在厦门的那个夜晚，我在一家特色小吃店尝到了这一传统食品。小吃店坐落在火车站附近，店面不大，但品种很全，几乎囊括了福建的各色小吃，价格也很便宜。我买了几款小吃品尝，其中就有肉燕。清汤中漂着香葱花，晶莹剔透的肉燕吃起来口感柔嫩，细而不腻，味鲜适口，汤汁鲜美。虽形如北方的馄饨，却要筋道得多。喝过一碗之后，胃里暖烘烘的很是舒服。

肉燕最大的特色就是包肉馅的皮的主要原料不是面粉，而是由瘦肉打造而成，所以吃起来筋道不粘牙，且有韧脆的感觉。制作燕皮需剔出新鲜精瘦肉，用木槌捣成肉泥，掺入番薯粉和成硬坯，用圆木棍反复压碾成薄片，其薄如纸，然后折叠裁切晾干，切成片状，就是“燕皮”。馅料由肉泥加入精盐、味精、干淀粉、虾米、荸荠、葱白等搅拌而成。煮熟的肉燕需浇烧沸的猪骨汤，放入精盐、味精，再撒上胡椒粉、芹菜末、芝麻油。

肉燕也称扁食，这一小吃在台湾也十分常见。关于肉燕的由来，还有一个传说。据说，从前有一位告老还乡的御史大人，吃多了山珍海味，似乎没有什么美食能够引起他的食欲。他家的厨师就用猪腿的瘦肉打成肉泥，掺上番薯粉，擀成薄片，包上肉馅，做成扁食，煮熟后浇上鲜汤，端给了御史大人。御史大人吃后大喜，问是何物。那厨师灵机一动，见碗中之物形如飞燕，故信口说叫“扁肉燕”。

制作肉燕时很具有观赏性，厨师先把精肉置于案板上，用力敲打，打时有节奏，噼噼啪啪，有时两人对打，配合默契，煞是好听。

到福建的最后一站是龙岩，那个小伙子还是没有尝到肉燕，但那天中午却兴奋地告诉我，他早晨逛自由市场时，终于看到肉燕皮，并买了两包。我好奇地问他为什么如此痴迷肉燕，他告诉我，他的老母亲是福建福州人，听说他要到福建旅游，特意叮嘱他要带回一些肉燕皮来，因为那是她老人家怀念的家乡味道。

在那次旅游期间，无论是在厦门、泉州，还是在龙岩的大型超市里，我曾刻意打听过，都没有见到肉燕皮的影子，有的销售人员甚至都没听说过，一脸诧异，还需我跟这些人解释肉燕是什么东西。没想到的是这东西在自由市场上倒能见到，看来肉燕在当地是很大众化、很亲民的一道食品。功夫不负有心人，小伙子的执着总算有了结果，也了却了他母亲的一个心愿，这应该算是他在旅游中的一件值得津津乐道的趣事。

晋中微醺栲栳栳

山西面食丰富多彩，品种繁多，我历来对它们情有独钟。不仅是我，连著名作家老舍先生都喜爱吃晋阳饭庄的刀削面和猫耳朵，他的关于刀削面、猫耳朵、拨鱼儿的诗曾使晋阳饭庄的生意锦上添花。在北京，我居住在北城，虽然位于南城的晋阳饭庄离家较远，但有时心血来潮也会前往品尝。品来品去，总觉得饭菜可口，但面食的品种还是少了一些，经常吃也就造成一定的审美疲劳了。2006年的暑假，我带女儿到山西旅游，去感受著名的佛教文化和晋商文化。由于自助游特殊而紧张的行程，在饥肠辘辘的情况下，我们尝到了可口的山西面食小吃，其中印象较深的就有莜面栲栳栳。

那天早晨，我和女儿还在五台山。我们先上了佛母洞，由于游客较多，我们大约排了四个小时的队，才终于钻进了佛母洞。那天下着小雨，待我们下山到长途车站时，开往太原的车还有十分钟就发车，吃中午饭已不可能。长途车到太原已经将近晚上7点了，待我买好到平遥的列车票离发车仅剩十五分钟了，于是我和女儿连忙奔向站台，在候车室买了一袋素包子。车厢内人并不是很多，于是，忙碌了一天，我们才在车上吃了几个素包子。

车到平遥已经9点半了，我们连忙找客栈。车站上拉活开“摩的”的小伙子将我们带到了日升昌票号对面的聚贤居客栈，待我们安顿好已经10点钟了。这时感觉肚子里很饿，于是我和女儿走到街上。古老的街面上灯光渐渐稀少，饭店也纷纷打烊。我心想，忙乱一天还不知能不能找到一家安静的饭馆，让我们平静地吃顿饭，以犒劳一天没吃像样儿东西的肚子。

我们沿着古老的明清街慢慢寻找，走过古门楼不远，一阵悠扬的葫芦丝音乐飘然入耳。循声觅去，但见一家餐饮小店内烛光闪动，一些客人情调浓浓地在那里就餐。我和女儿走了进去，一下子就被这里的环境吸引了。小店内餐桌上闪着烛光，墙壁上悬挂着晋地风貌及小店名肴的照片。店老板是一对姐妹，服务非常热情。在她们的介绍下，我点了莜面栲栳栳、豆面抿圪斗等山西面食。菜上来了，莜面栲栳栳在笼屉中，如同一个大大的马蜂窝，并配了两碗味碟。我和女儿正处于饥饿状态，于是迫不及待地品尝起来，这一个一个的窝就是由莜面做的栲栳栳，吃时蘸味碟中的汁。这两碗汁，一碗是酸辣的，由基本的调料调兑而成，主要有盐、醋、葱花、辣椒等；另一碗是西红柿的，吃起来清鲜适口，令人回味。或许是当时饿了，或许是平时在京城里并没有吃过这样纯正可口的山西面食，我连声称赞。

老板见状和我聊了起来，这家小店在当地已经开了很久了，最初是老板的姐姐在这里经营，现在她已经在平遥城里开了一家大的客栈，这家小店就交给了她们姐妹俩。老板告诉我，凡是到这里用过餐的人都称赞她这里的菜品口味好，就拿这莜面栲栳栳讲，当地餐馆大多配酸辣汁，而她们又推出了西红柿汁的调味汁，而且是加入特殊的调料熬制而成，使人们在领略酸辣莜麦的同时，又能品出西红柿的清爽鲜美。老板并未言过其实，我作为一个研究烹饪的人，品尝时也确实感觉出了味道的新颖独特，使人有口舌一新的感觉。

莜面栲栳栳是山西一道比较有特色的面食，但要做出标准的莜面栲栳栳却也不容易，须过三道关：一是和面关，必须是开水，还要一次投水到位，面软了、硬了都不行；二是推压关，手掐一小块面放在石板上压紧向前推，推出一条约二寸宽的薄薄的面带，手顺便一揭一绕，一个圆筒就形成了，立在笼屉中就是一个栲栳栳，制不好，在笼中也立不稳；三是蒸笼关，火小了蒸不熟，火大了，栲栳栳就会躺成一片，粘在一起。三道关过后，如果再配上可口的味碟，这莜面栲栳栳才称得上是色香味形俱佳。

其实人们对于栲栳栳也不应该陌生，早年间著名歌唱家郭兰英就唱过《交城的山来交城的水》，歌词中就有“只有莜面栲栳栳还有那山药蛋”一句，只不过大家没有在意罢了。或许是刚到平遥那晚，莜面栲栳栳让我吃美了，我的酒又没少喝，微醺中走在古老的平遥城内的小街上，感觉气爽心怡，颇有穿越时空、超凡脱俗的感觉。

回京后，由于怀恋平遥那顿山西莜面栲栳栳的口味，女儿数次让我带她去经营山西风味的饭馆品食栲栳栳，去是去了，吃也吃了，但怎么也找不到那时的美味感觉了。面是那个面，形还是那个形，但汁却不再是那个汁，时间久了，女儿想吃莜面栲栳栳的愿望也就淡然了。

浓腥上瘾折耳根

当折耳根刚刚进入北方菜市场的一段时间，每逢我到菜市场购买时，总会有人围过来，向我询问这是什么菜、怎么做之类的问题。我耐心解答，这在南方司空见惯的食品原料，北方人却知者寥寥，更甭提制作了。每回我向他们解释完之后，总会提醒他们，虽制作容易学，但不一定每个人都接受得了折耳根的浓腥味。作家汪曾祺先生在《五味》一文中就道出了他在尝过折耳根之后的苦水："这是什么东西？苦，倒不要紧，它有一股强烈的生鱼腥味，实在招架不了！"就从我的家里来讲，除我之外，没人接受得了这个味道，独我痴迷，就连我整理加工和食用这道菜时，腥味浓重飘逸四散时，她们总是掩鼻躲得远远的，更别提有勇气品尝一下了。

折耳根也叫蕺菜、鱼腥草、摘儿根等，是多年生草本植物，因其茎叶搓碎后有鱼腥味，故名鱼腥草。鱼腥草广泛分布在我国南方各省区，西北、华北部分地区及西藏也有分布，常生长在背阴山坡、村边田埂、河畔溪边及湿地草丛中。鱼腥草植株矮小，茎下部伏地或作地下根状茎生于浅层土壤中，白色，节上生根。

鱼腥草生命力极强，直接用其根茎插于潮湿泥地，即可成活，并生根发芽，广为繁衍。

每逢春天来临，万物复苏，林间溪水潺潺，百鸟啁啾，繁花似锦，在三月的泥土里，鱼腥草便似雨后春笋纷纷钻出地面，圆圆的紫红的叶片，细嫩而白胖的茎，匍匐着星星点点地长在杂草丛中，看上去状若满月小猪圆圆的猪鼻，正调皮地拱土而出，所以，有的地方喜欢把“折耳根”亲昵地称作“猪鼻孔”。而广东一带称鱼腥草为“凉草”，主要取它消炎、清火的药用价值。据《本草纲目》记载，鱼腥草确实具有散热毒痈肿之功效。

我不知道自己什么时候开始吃折耳根的，更不知道自己为什么会喜欢上吃折耳根，并能接受得了那浓郁的鱼腥味道。就是到贵州旅游，当南方人看到我这个北方人吃起折耳根那如醉如痴的样子，甚为惊讶，因为敢吃折耳根的北方人本就极少，更别提像我这样痴迷得胜过南方人的了。

折耳根凉拌最为可口，制作起来并不复杂，首先将折耳根清洗干净，选其肥嫩根部掐成长约一寸的段，用食盐腌一下。将干辣椒烤至焦脆，舂成碎末（贵州人称这种辣椒为“煳辣椒”），撒在折耳根段上。放上酱油、辣椒油、糖、花椒粉、鸡精、醋、蒜泥、炒香的芝麻、盐等调料，拌匀即可食用。凉拌折耳根脆嫩爽口，富有特有的芳香。细细咀嚼，越嚼越香，吃起来会使人食欲大增。

折耳根原产于南方，多年来，老幼皆喜食用。就连著名画家张大千先生，常年居住海外，还难以忘怀折耳根这乡土风味。一次为朋友做婚宴主持，他不无深情地说：“我的家乡有一味野菜叫折耳根，叶茎脆嫩，虽有泥腥味，味道却很美，我很喜欢它，可惜我们这里没有，今天无法用这味菜招待你们。有机会，可以回到自己的故乡吃吃折耳根。”可见老人对折耳根的痴迷和依恋情怀。

折耳根的叶片也是制作凉菜的食材，宋代苏颂说：“生湿地，山谷阴处亦能蔓生，叶如荞麦而肥，茎紫赤色，江左人好生食，关中谓之菹菜，叶有腥气，故俗称鱼腥草。”鱼腥草的叶子鲜嫩时为青绿色，貌似家里栽种的绿萝。制作时，将鱼腥草择去老叶和根部的泥土，然后将叶片用清水洗净，再加入少许盐泡泡，洗干净控干水分。凉拌时加入盐、鸡精、辣椒油、醋和蒜泥，搅拌均匀，就是一道佐酒的爽口好菜。

洞庭吃鳖叹古今

我很少吃水鱼（甲鱼），原因是总觉得吃多了水鱼会上火。早年间，水鱼在京城的价格比较昂贵，还有野生和养殖之分，野生的比养殖的身价高出许多。后来，由于部分养殖水鱼者在饲喂水鱼的食料中添加了非法的药物，水鱼的价格一落千丈，而我就更少吃水鱼了。

在水鱼价格昂贵之时，上世纪末我曾在方庄的洞庭水鱼城宴请过上海餐饮界的同人，对那次食水鱼记忆颇深。上海的朋友们酷爱食水鱼，别看男同胞每一位都瘦小单薄，但挑起水鱼来却很专业，虽然是一桌，当时单价280元一斤的野生水鱼，他们一下子就挑了三四只，而且每只都在2—3斤左右。酒足饭饱之后，大家喝得兴奋，操着令我难懂的吴侬软语激情交谈。虽然我不经常吃水鱼，但是以各种烹制方法制作的不同风味的水鱼也吃了不少，而印象比较深的还是曾在洞庭湖畔吃的那顿水鱼。

2006年初秋的一个上午，我们来到君山。游人并不是很多，天气又一直阴沉着，初秋的风带着阵阵凉意。我们一路参观，待最后参观柳毅井时，下起了细雨，空气更显清冷了。由于临近洞庭湖，午餐我们选择了洞庭湖畔的一家鱼宴餐馆。

那家餐馆占地面积不大，两层楼。设备极其简陋，卫生条件也不太好。菜品是以鱼为主，大门外就摆着醒目的广告牌，上面写着“经营洞庭野生水鱼”的字样。或许是由于下雨天阴凉，或许是那几天我们吃的各类宴席始终缺少热汤热水，于是大家点的大多是锅仔系列菜肴，诸如锅仔小鳜鱼、锅仔鱼鳔、锅仔水鱼、锅仔鲇鱼等。服务员将一只活甲鱼拿了上来，个头还真不小，大约有三四斤重。看其背壳颜色，略显黧黑，一副野生看相。大伙儿争相观看，任这只大家伙在地上着实爬了一会儿。本来我们想点当地名酒，可是这家饭店没有，有趣的是这里倒有河北衡水名酒老白干。我的祖籍在衡水地区，回家乡时喝过不少老白干，心理上比较习惯那种口味。衡水老白干是中国名酒，老电影《平原游击队》中地下工作者接头后的吆喝，使得这酒历来脍炙人口、家喻户晓。我们点了老白干，在洞庭湖畔，一边品吃洞庭水鱼，一边喝着北方冀中平原的名酒，别有一番情趣。

热气腾腾的锅仔菜陆续上来了，有的盛装菜肴的器皿是不锈钢小盆，风格粗犷，但全部是锅仔形式，小火烧煮，香气四溢。这些菜吃起来，口味虽然单一了点儿，却清香适口，味道鲜美。像什么小鳜鱼、鱼鳔、嘎鱼、鲇鱼都非常可口、鲜嫩。由于那一段时间行程奔波频繁，肚子少有热汤进食，我又喝了几碗各色鱼汤，汤汁也是非常清鲜，鱼肉显得特别鲜嫩。最有特点的就是水鱼汤，汤汁醇厚，鱼肉黏糯，由于调味独特，吃起来丝毫也感觉不出任何土腥之味，吃到嘴里的甲鱼肉鲜美而肥嫩。这一锅热气腾腾的水鱼，让大伙吃得干干净净，最后连汤也没剩下。吃了水鱼，又喝了衡水老白干，大伙儿热汗淋漓，聊起来也激情澎湃。

水鱼正式的名字叫中华鳖，有的地方叫团鱼、元鱼，黄河流域叫它王八，而广东人和湖南人称它为水鱼。水鱼作为席上珍品，宜炖宜蒸、宜烧宜焖。在所有的做法中，我还是比较欣赏用水鱼做汤的。俗话说“鸡吃骨头，鱼吃刺，王八喝汤”，还是有道理的。水鱼其貌不扬，个头小，肉也不多，但具有营养滋补作用，所以制成汤特别有利于人体消化吸收，其养生作用也会更明显。如名肴清蒸甲鱼汤，就是放些火腿、冬笋、香菇配料，调味时配点儿葱、姜、料酒、盐等，吃起来味道也很鲜美。

那日酒喝得比较尽兴，凭窗远眺，细雨中虽不能欣赏到晴空万里下浩瀚的洞庭湖，但能在湖畔尝到如此美味可口的水鱼宴，却也是一种收获。

饭后，借着兴奋劲儿，我们来到了雄踞于岳阳市西门城关的岳阳楼。岳阳楼为我国江南三大名楼之一，是我国建筑中的瑰宝，自古就有“洞庭天下水，岳阳天下楼”之誉。传说中，这里曾是三国时期吴国大将鲁肃检阅大军的地方。然而，岳阳楼的出名还是缘于北宋著名文学家范仲淹的《岳阳楼记》，文章文情并茂、感人肺腑，其中许多警句已成为后人待人处世的格言，最为著名的就是“先天下之忧而忧，后天下之乐而乐”。

我参观岳阳楼时，小雨一直不停地下着。但由于有了中午的美餐，丝毫也没有在意那潇潇细雨。登上岳阳楼，虽然见不到一碧无垠、白帆点点、气象万千的景象，然而此时烟雨朦胧，远眺湖面，却也是一片怡人的景致。感叹范仲淹先生当年虽在去国怀乡之地，虽有忧谗畏讥之虑，虽有报国宏愿，虽有先天下之忧、后天下之乐的境界，即使报国无门，也不必整日唉声叹气。人生就是如此，只要有好的心境，就有好的身体，有了好的身体，就有了努力实现崇高理想和宏愿的资本。空气清新，细雨悠悠，荡涤尘埃，这难道不是另一种境界吗？我要感谢洞庭水鱼和衡水老白干，正是这美味和佳酿，使吾登斯楼也，向生活中那些整日长吁短叹、感慨命运不济者发出如此感言。

泉州醇厚面线糊

到过福建泉州的人，都会知道泉州有一道家喻户晓的著名小吃，那就是面线糊。闽南有一句话“没吃过面线糊的，肯定不是闽南人”，这足以道出面线糊在闽南人心中的地位。一碗面线糊，寻常者入口，恋乡者入心，早已成为泉州的文化符号。

每天早晚，只要到泉州街上一转，掏几块钱就能马上吃到。福建的其他城市，如厦门、漳州等地，也可以吃到面线糊，但似乎没有泉州这么有名。2009年，我到泉州的那个晚上，便迫不及待地与太太打车来到食品街，在一家著名的地方特色小吃店尝到了面线糊。

这间小吃店门脸并不奢华，灯光也不耀眼，店里桌椅全是快餐式简洁风格，但里面的客人却有很多，凭我的经验感觉这是一家口味不错的小吃店。果然，进入店里，一排排金色的荣誉牌张挂在墙上，那是地方饮食行业协会颁发的著名小吃证牌。

到橱窗前，透过玻璃窗往里一看服务员的年龄和工作的架势，令人自然就想起上世纪六七十年代国营企业的那种服务风貌。看到面线糊，先是一愣，因其配料可供选择的太多，一时不知道加哪种了，最后还是决定以海鲜味为主。服务员熟练地给我们盛了一碗，麻利地将一些配料加了进去。

摆在桌上，看到碗中漂着许多状如粉丝的东西，配料夹在中间，从外观上看，确实没觉得有什么出众的地方，但尝过一口感觉就不一样了。面线糊味道极为鲜美，清甜爽滑，虽是糊糊，却有入口不腻的感觉，那种浓郁的鲜味给人的味觉以强劲的冲击力，使人久久不能忘记。之所以鲜，那是因为面线糊是以虾、蚝、蛏、淡菜等味美质鲜的海产品熬汤，与面线煮成糊。但制作时工艺也很重要，煮时还要掌握好火候，才能达到糊而不烂、糊中溢鲜的效果。

面线糊的问世还有一个传说。据说当年乾隆下江南时，来到了一个叫罗甲村的小村庄。那时正值粮食短缺，村民全都穷得揭不开锅。为此村民急得团团转，实在想不出要弄什么吃的来招待皇帝。乾隆在一秀才家门口下了轿，村里人都替秀才捏了把汗。秀才的媳妇急中生智，在墙角找到一些往年丰收时啃剩的猪骨头和鱼刺，洗后下锅熬出一碗汤，又去柜子里扫出一把面线碎和一把木薯粉，和着就做出了一碗面线糊。乾隆吃后，感觉味道非常鲜美，马上问这“龙须珍珠粥”是用什么做的。这秀才的媳妇真是伶俐嘴巧，立即大胆回答，这是祖传秘方，用上等面线和特等精制地瓜粉加工而成。皇上大大赏赐了这个巧媳妇，从此，这面线糊也就传开了。

面线糊的主料有精制面线，辅料有虾糠、猪骨汤、熟鱼肉等。制作时，将虾糠包扎于纱布中放入清水锅中，用中火煮半小时，捞起虾糠后，汤汁过滤。把熟鱼肉撕成丝。锅置旺火上，倒入猪骨汤和用虾糠煮过的汤汁，烧沸。将精制面线稍捻碎放入沸汤锅中，加入精盐、味精调准味。淀粉调水徐徐舀入锅中，并不停推勺至面线浮起，锅中汤汁呈糊状就可以了。用餐前可根据各人的口味，加入鸡蛋、卤大肠、豆腐、猪腰等，之后在碗中撒上胡椒粉、葱末和几滴白酒、卤汁，味道更美。

据说，泉州经营面线糊的饮食店、饮食摊大大小小算起来有近千家，而其中很大一部分，都是在近几十年间冒出来的。随着人们生活节奏的加快，很多家庭早上来不及做饭，而味美方便的面线糊就成了很多人的早餐和点心。

面线糊以前的配料，常见的有卤蛋、大肠、猪腰、豆腐、鸡肫等十来种，后来又增加到三四十种。为了满足顾客口味，大部分饮食店虽然打着“面线糊”的招牌，但也兼营猪血汤等小吃和其他快餐。我们就餐的这家小吃店就有猪血汤，我们也尝了一碗，那清鲜的味道同样在嘴中久久缭绕，令人回味！

佛山妙炒水牛奶

2006年金秋十月，我来到顺德参加顺德岭南美食节，在参加各类美食活动的同时自然要品尝一下顺德的美味佳肴。而在众多的风味菜肴中，大良炒鲜奶是较为著名的一道。大凡从事餐饮工作的人恐怕对这道菜肴都不陌生，不仅如此，随着人们对营养膳食的推崇，一些受大良炒鲜奶启发而创新的佳肴也应运而生，如炒豆浆之类，也在京城的一些著名餐馆出现了。一个中午，我们来到顺峰山庄，在这里尝到了由厨师精工细作的大良炒鲜奶。

菜端上来后，但见菜肴呈堆状，虽是炒奶，却不泻不焦，色呈乳白而鲜明油亮，并且奶中的各种食料隐约可见。一股清香的奶味飘逸而出，着实诱人食欲，连我这个平日里对牛奶并不怎么感兴趣且喝多了就闹肚子的人也禁不住想先尝为快。一勺入口，顿觉鲜香，甜润之中自然少不了牛奶的清香，质感鲜嫩而滑爽，而在这鲜嫩之中，又能感觉到各种食物配料的脆和韧。普通的牛奶，能被炒出菜肴，本已令人暗叹，而且这样精致，大良炒鲜奶能够成为地方菜中的精品且在国内小有名气也就不让人奇怪了。

其实炒牛奶并不是改革开放以后人们开始对营养膳食大加重

视后才发明的。据当地人介绍，炒牛奶的历史已有七十余年了，其发明者是大良的一位普通厨师。厨师工作的那家酒家在当地非常有名，由于菜式品种丰富，商贾名流云集，买卖很是兴隆。某一天，厨师在家中，看到妻子每日单调地热水牛奶后突然来了灵感，思维细胞开始活跃起来。他想：水牛奶除了加热喝，难道就不能用其他方法进行烹制了？于是乎，厨师就根据自己的知识和经验在家中研制创新起来。经过反复实践，最终还是家中下蛋的母鸡启发了厨师，他使用炒鸡蛋的方法，终于将水牛奶炒得不泻不焦，吃起来香滑软嫩，奶香味浓。家人吃后，连呼味美。于是厨师就将这道菜命名为大良炒鲜奶，在他工作的酒楼推了出来，从那时起，慕名前去品尝的客人就更多了。

大良炒鲜奶的发明与那里盛产这道菜的特殊原料水牛奶密不可分。自古以来，顺德就是珠江三角洲地区的富庶之地。古时的大良稻田遍野、水草茂盛，在良好的生态环境下，家家户户都养有水牛，这种水牛虽然产的奶很少，但奶的质量却很高，水分少，油脂大，奶香味很足。由于那里气候炎热，又没有冰箱冷库之类保存源源不断的鲜水牛奶，于是村民们集思广益，互相交流，逐渐研究出许多奶制品，如双皮奶、炸牛奶等，炒鲜奶仅是其中一款。

当年，我多次请北京饭店的粤菜刘大师讲授烹饪实操课，曾就大良炒鲜奶的制作关键请教过他。正宗的大良炒鲜奶离不开当地产的水牛奶原料，由于水牛奶脂肪含量高，炒出的菜肴才能够色正味香。大良炒鲜奶的其他原料有鸡蛋清、鸡肝、蟹肉、腌虾仁、炸榄仁、熟瘦火腿、味精、精盐、干淀粉、熟猪油等。制作方法是：先将火腿切成小粒，鸡肝切成片。把鸡肝用开水焯一下，再把焯得的鸡肝和虾仁过下热油。大良炒鲜奶的另一个关键是炒制时的火候要控制好，如果过了火，奶变老了，也就不好吃了。用中火将炒锅烧热，下入牛奶烧至微沸，将已用牛奶调匀的干淀粉、鸡蛋清、鸡肝、虾仁、蟹肉、火腿一起倒入拌匀。将炒锅刷净后重新上火，放入猪油，投入拌好料的牛奶，边炒边翻动，其间还要加适量的油，待炒成糊状，再放入榄仁，淋上明油，炒匀后就可装盘食用了。

顺德是新兴的工业城市，由于商贸流通业的蓬勃发展，虽有良田千顷，但水田中水牛的影子却渐渐减少了，水牛奶的产量也变少了。另一方面，由于制作工序复杂，家庭中已很少有人制作这道菜了。但让人高兴的是：大良炒鲜奶成为名肴进入了许多大城市，被全国的饕餮客所享用，而这道菜在原料的使用与搭配上也非常符合现代营养膳食的科学理念。顺德的特色美食还有许多，而大良炒鲜奶只不过是其中之一罢了，但它那诞生的创意与独特的口感确实给我留下了很深的印象。品尝了众多的顺德美食之后，那次岭南美食节之行让我对被誉为“中国厨师之乡”的顺德有了更深一层的了解和认识。

顺德柚皮成美味

深秋时节，柚子大量上市，人们在品食清爽甘甜的柚果肉时，都将厚厚的柚皮当作垃圾扔掉了，其实这是很可惜的。因为柚皮是可以食用的，它不但营养丰富，而且具有暖胃、化痰、润化喉咙等食疗作用。我曾在2006年到广东顺德参加岭南美食节的空隙，到一家著名的餐馆品吃了一道由柚子皮做辅料烹制的菜肴，印象颇深。

那天的宴席菜单上，不乏顺德的一些名肴，如大良炒鲜奶等，但给我印象最深的还是那道由白鳝和柚皮为主要原料而烹制的大菜。这道菜中的白鳝被切成了段，平放在深褐色的圆托上，在盘中摆了一圈。单从肉眼看，很难看出这圆托是什么原料。在尝完鲜嫩的白鳝后，我又尝了一口圆托，一股肉香味外加鱼的鲜香在舌间缭绕，滋味如肉般香美，却细软非常，全无肉菜纤维塞牙的感觉。在座的食客甚至有几个还是即将领衔中国烹饪协会颁发中国烹饪大师称号的人物，尝完之后，彼此互视，却一脸懵懂，谁也说不出这具有独特美味的原料是何物。经服务员解释，才知道这可口的圆托就是由柚皮经过反复加工而制得的。在加工的过程中，去除掉柚皮自身所特有的苦味，再与肉类原料混合加工，柚皮中渗入了肉的荤香。蒸制时，上面放上腌好味的白鳝段，在加热的过程中，鱼的鲜味进一步渗到柚皮中，这样，成熟后的柚皮具有一股特殊的香味就不奇怪了。

在颁发证书大会的间隙，我见到曾在深圳相识的也是前来领衔的粤菜中国烹饪大师，向他请教柚皮制菜之法。柚皮制菜其实不难，首先是选料。目前市场上销售的柚子品种繁多，如果选用未成熟的广西沙田柚皮，那就更好了，这种柚皮厚实、香气也更浓。加工时，用水果刀在柚子皮上划成荷花瓣形，然后把皮向四面剥，从中取出柚子瓤。取柚子瓤的时候要小心，最好别将柚子皮弄碎了，以保持完整。先削去柚子皮青黄的表皮，这层表皮硬且涩，不能吃，留下白色的内层。接着用开水将柚子皮烫一下，烫到筷子能捅穿即可捞起。再用清水浸泡一个晚上，等第二天捞起挤干水分，再用清水浸泡，如是几个来回，待把柚子皮中的青涩味去掉后，就将其切成块状，以备炒菜之用。

有人喜欢用猪油搓柚皮，让柚皮吸足猪油，使之变得腻滑，然后用猪油把柚皮炸到松化，再烹制成菜肴。现而今人们讲究健康膳食，惧怕高脂食物，这种方法基本弃而不用。只是将柚皮浸透、切成块、挤干水分后，再用高汤慢火煨上几个小时，使柚皮充分地吸收高汤的美味就可以了。如果烹制简单的菜肴，那就收火收汁，若用蒜头炒过肉末等料头煮成芡汁，淋在柚皮上，那么就是一道美味的蒜香肉末柚皮菜肴。

也许会有人认为单纯吃柚皮单调了一些，那么还可以将柚皮与红烧肉一起焖，两者一综合，荤素搭配、不淡不腻，口感适中。当然用柚皮做的菜还有许多，比如柚皮鸭子煲、柚皮腊肉煲、柚皮烧排骨、虾子柚皮等，这些都是美味可口的佳肴。特别是虾子柚皮这款菜肴，为去除柚皮那苦涩味，前后要将柚皮至少煮过3遍，并且每次煮过捞出时都得把水分沥干。之后，以鲮鱼肉、猪腩肉、虾米、牛肉、珧柱等煮成的上汤焖8小时。最后，将焖好的柚皮扣上虾子及蚝油煮成的酱汁。必须经过这样复杂的制作过程，风味独特的虾子柚皮才可上桌。一道菜竟需耗时2—3天，方能成就美味。柚皮原本无味，却因那酱汁的浓郁再辅以虾子的鲜味，以及柚子皮原有的几丝清香，令人吃起来风味独特，别具一格。

美味菜肴就是这样，有时，哪怕是司空见惯的寻常物，一旦发现，只要精心加工和烹制，都可成为美味佳肴。有的佳肴，不取决于原料的名贵，而突出体现的是厨艺含量，就如同《红楼梦》菜肴中的茄鲞一样，用的是普通的蔬菜茄子，但复杂的工艺令人瞠目，正因为如此，这类菜肴才被人视为珍馐美味。茄鲞虽有凤姐忽悠的成分，却能体现出贵族的奢华，而柚皮菜肴既体现节俭的风尚，又符合当代健康绿色饮食的理念。据说常吃柚皮还可降气止咳，清火通便，降脂降糖，所以柚皮被人们称作中老年人或糖尿病患者的理想食品之一。

鲜吃清蒸江团鱼

从小我就喜爱吃鱼。记得还是在我学龄前时，那时物质生活比较匮乏，肚子整天素得很，很少见得到一些荤腥。居家附近有一青年湖，在清湖的时候，拿着铁纱窗做成的网，往往能捞回一些小鱼仔。拿回家后，母亲经过加工调味，然后与棒子面混在一起，烙上一些小饼，当时我觉得这原生态的粗糙食品就是世间上等的美味。

参加工作以后，我学会了钓鱼，闲得无聊时就手持鱼竿在湖边柳荫下当上了钓鱼翁，当然，钓回的鱼大多是一指多长的小鲫瓜子，于是乎回家后自己收拾，精心烹制成焖酥鲫鱼，却也觉得味美非凡，别有一番风味。

我喜吃鱼，却讨厌择刺，因此，在吃鱼时总是躲开刺多的鱼，不管这种鱼是多么美味。我青睐那些无鳞刺少的品种，像什么白鳝、鲇鱼、中华鲟、多宝鱼等，而江团鱼是我最喜爱食用的一种。

上世纪末，我曾在北京建国门外的一家餐馆吃过江团鱼，当时感觉口感细润，滋味香美，但由于是水煮鱼做法，只觉麻辣过重，舌头木木的，再也感觉不出过多的味道。而最使我过齿不忘的还是我在乐山的一家餐馆吃的清蒸江团鱼，在口感细润的同时，又品出了鲜美。

2008年，我在成都参加一次考察学习活动。活动结束后，我们来到了乐山，在游览完乐山的风景名胜后，我们被安排到了当地较为著名的一家餐馆就餐。这家餐馆有二层小楼，但过道却很狭窄。无意间路过厨房，我探头向里望了一眼，但见里面热火朝天，蒸汽弥漫，可是厨房的卫生确实不敢恭维，略显脏乱，而厨师们穿的工装也黑乎乎的。我们被安排到了二楼的一个单间。菜上得很丰富，但给我留下印象最深的就是清蒸江团鱼。夹一块一尝，在感觉皮糯细嫩的同时，只觉得鱼肉是那般细润鲜美。于是乎大家纷纷动箸抢食，不大一会儿，一盘肥美的江团就落入大家腹中。在美食的诱惑下，大家的五粮液似乎都过了量，一个个喝得面红耳赤。

清蒸江团鱼是川菜中传统的名贵大菜，一向被人们看作肴中上品。江团鱼，俗称“肥沱”，学名长吻鮠，以岷江乐山段出产的最为肥美。江团鱼肉厚刺少、肉嫩无鳞，在烹调中虽然可烧可炒，但是只有清蒸最能体现其清鲜细嫩、丰腴味美的特点。由于江团有较浓的土腥味，所以理想的烹制方法是在清蒸前先用开水烫一下，鱼入锅后色呈灰白时捞出，在清水中刮去鱼体表面的涎液。江团鱼在清蒸前用料酒、姜、葱、精盐稍腌一下。清蒸时在鱼体上最好覆上网油，既可滋润鱼皮，又能达到美观鱼体的作用。有些年轻的厨师，为图省事，不使网油，而改成撒上一些葱姜油，这种捷径丝毫起不到滋润鱼体的作用，因为在蒸时油全部流落盘底了。清蒸江团鱼的火候应火足，才能气旺，一般情况下大火蒸半个小时就可以了。但千万不可蒸过火，否则，肉将失去鲜嫩的口感。

在当地尝过清蒸江团鱼后，我更感觉到在烹调中根据原料的性质选择合理的烹调方法尤为重要，有些鲜活原料本应品其鲜美，食其本味，因此要避免那些厚重的口味。江团鱼就是典型的一例，如果麻辣过重，虽能尝出细嫩，但鲜美却被掩盖。香辣蟹疯火京城之时，我曾受到多次盛情邀请，但都被我婉拒而改其他场所，鲜活的蟹吃的就是一个鲜，但其实真正吸引这些人的不是那鲜美的螃蟹，而是那刺激口舌的厚重香辣味。

乡情毛氏红烧肉

毛氏红烧肉是一款随着怀旧潮的涌起，伴着红歌而逐渐被大江南北热捧的风味菜肴。曾经在一段时间里，全国各地如雨后春笋般诞生了众多以“毛家”命名的餐馆，且生意红火。人们对于红烧肉的喜爱，往往已脱离了馔食本身的色香味，而突出体现的是对伟大领袖的一种怀念。当时，北京也曾开过几家，但我却没有抽出时间前去品尝。2006年，我在毛主席的家乡韶山尝到了正宗的毛氏红烧肉。

汽车把我带到了湘潭县境内，特别是将要到达韶山之时，在公路两边开始陆续出现以毛姓冠名的餐馆。而位于韶山地区的所有餐馆，几乎清一色地都是以毛姓为名的餐馆，给人一种似乎不带“毛”字就不属于正宗的感觉。我还是真心希望出现几家如“红太阳”“东方红”这种名字的餐馆，那样给人的历史感更强烈，而且显得更有气势。见到这样的场面，我想，红烧肉在所有的餐馆中肯定都是必备招牌之菜。

我先参观了毛主席的故居，游客很多，但都秩序井然地排着队。从“文革”时期开始，我就在照片上经常看到毛主席韶山故居的图景，当我身临其境观览，见主席的故居比照片上的宏伟得多。特别是故居前那两口清澈的水塘，更给人以爽心悦目之感。故居占地面积很大，从中可以看出当年主席家也是相当富裕的，特别是厨房，宽敞、明亮，占地面积远远超过城市单元楼内的厨房。想当年，这间厨房烹出的红烧肉，使幼年时的毛主席从此爱不释口，并终身对这道菜产生了迷恋。

午餐，我们选择了著名的韶山宾馆，据说这是韶山地区最好的餐馆，当然会点几款毛主席当年爱吃的菜，毛氏红烧肉自然是不可缺少。菜陆续上来，千呼万唤的红烧肉也上桌了。不过一看到菜品的外形，我就略感遗憾，并不是因为做得不好，而是太精致了，精致得失去了那种天然纯朴的风格。盘中围了一圈碧绿的油菜心，在菜心中央整齐地排放着几排方方正正的红烧肉块，块头大小均匀，颜色美观漂亮。据宾馆人员介绍，这款菜是获了全国大奖的。大家开始品尝，确实味道醇厚、肥而不腻。然而不知为什么，我却没有了来时的兴奋，萌发出的却是几分失落。这不是我所喜爱的毛氏红烧肉，我喜爱的是那种天然去雕饰、清水出芙蓉的自然本色红烧肉，我想毛家那间宽敞的厨房所烹出的红烧肉也绝不是这个模样。

红烧肉其实是一款普通的大众化菜肴，制作起来也并不复杂，只不过地域不同，鉴于人们的饮食习惯，都注入了一些地方特色。毛氏红烧肉选用的是半肥半瘦的猪肉，切成均匀的块状，用糖色加适量的调料、盐和香料烧制而成。由于毛氏红烧肉属于湘菜，在烧制过程中加入了少许辣椒，所以味道甜中带咸、咸中有辣、甜而不腻。

毛主席对于红烧肉的喜爱，我认为一方面是因为在他幼年时，这道菜就是家庭改善生活时荤菜中的精品，从那时起他就对红烧肉有了根深蒂固的迷恋；另一方面，在长期革命的艰苦生活中，在戎马倥偬的战争岁月中，红烧肉更是饮食中的精品。试想一想，无论是在红米饭南瓜汤的井冈山时代，还是在自己动手、丰衣足食的开荒种地南泥湾时期，红烧肉都是一道难见于餐桌的美食。也有文章说，毛主席对于红烧肉的喜爱是因为他在1914年进入湖南第一师范以后，学校每周六改善伙食吃红烧肉，八人一桌，足有四斤肉，从那时起，毛主席开始喜爱上红烧肉。我认为这仅仅是其中的一个原因而已，而非主要原因。

据给毛主席当过专职厨师的师傅回忆，毛主席喜爱肉类和小鱼，尤其偏爱肥猪肉。他有时会将整只辣椒嚼着吃，而且红烧肉里也放许多辣椒。餐桌上离不开辣椒酱和大蒜。毛主席也爱吃猪耳朵、狗肉、羊肉，不食海鲜；主食通常是大米掺黄豆、红豆，面粉掺荞麦粉，高粱粉或玉米粉及粗杂粮。蔬菜多食苋菜、空心菜、小白菜、苦瓜、莲藕，此外还有马齿苋等野菜。从中可以看出，毛主席的饮食生活非常简单，且朴实无华，正如他曾说过："我就是一个土包子。我是农民的儿子，农民的生活习性。"

毛家菜就是那么纯朴，随着改革开放经济的搞活，许多商家将湘菜的大部分菜肴与几道毛主席当年爱吃的菜汇在一起，冠名为"毛家菜"，宴席上开始出现的"毛家菜"具有了大菜的气势，并向着高档和豪华发展。我认为真正让毛主席喜爱的菜还是那种洋溢着天然纯朴乡土气息的湖南乡土菜肴，而我所喜爱的"毛家菜"也是那种摆脱掉豪华、去除浓妆修饰、自然纯朴的韶山乡间菜肴。

湘西炉火三下锅

每到一地，在观览当地自然风光和人文景观的同时，我总是不会放过富有地方特色的美食。2010年末，我和太太初到张家界，也是很自然地要问一下当地人，张家界有什么特色饮食，他们会毫不犹豫地脱口而出：“三下锅。”听到这个名词，确实很懵懂，难道是三种当地特色原料同时下锅吗？居住在索溪峪的那一晚，我终于领略了这一特色饮食。

那一晚，饭后遛弯儿，我们在一家超市买了不少土特产后，就开始询问当地人，附近有什么特色饮食。其实腹中并不饥饿，但总想在晚上找一个地方喝点小酒，再尝一尝当地有名的风味，这对我来讲已经形成了习惯。一询问，才知附近的汽车站内就有“三下锅”。

灯光并不耀眼，某个路段还黑乎乎的，让人怎么也不会想到这里有热闹的餐饮经营。走进汽车站，方才发现那一家挨一家的餐饮小店，此时虽已接近9点多钟，但这里依旧热闹。一间间普通店面，不规则地挂了若干招牌，上面一律书“某某三下锅”字样。门口大多摆着数个大小不一的煤灶，架着铁锅；餐桌是矮圆桌，中部挖孔，孔中安炉，上置铁锅，但见这里热气蒸腾，锅内鼎沸，香味飘逸。各家店铺客人三五不等，各倚扶手小木椅围桌聚食，或吃肉或饮酒，一个个吃得满头大汗、红光满面，堪称一道风景。

我们来到一家座无虚席的店前，稍一犹豫，店主就迎了上来，在得知我们吃过饭仅想凑凑热闹品尝一下三下锅的愿望，于是答应给我们按一人的量制作一锅。她帮我们在一个角落但能够环顾四周的地方找好了座。不一会儿的工夫，店主端上了一大篮子翠绿的菠菜等蔬菜、一小碟酸辣萝卜、一小碟酱豆腐，看着这几样小菜，就已很诱人食欲。

又过一会儿，一铁锅热腾腾的三下锅端了上来，我们迫不及待地吃了起来。锅里面的原料很多，其中湘西腊肉味道浓郁，满锅原料经过煮炖后辣辣的、鲜鲜的，特别可口。特别是那燃着热煤的炉子，在湿凉的夜里让人觉得心里暖乎乎的。

三下锅在张家界颇负盛名。相传明代嘉靖年间，倭寇犯东南海疆，烧杀掳掠，无恶不作。官军防御无力，一遇倭贼，即大败逃窜。在国难当头之时，尚书张经奏请火速征调湖广湘西土司平倭，嘉靖准奏，即派钦差胡宗宪赴湘西调兵。湘西各路土司，以大局为重，捐弃前嫌，茅岗土司王覃尧之、覃承坤父子双双请战。其时逢腊月二十九，正赶上过阴历年，但军令如山，不能拖延出征时间。覃尧之就下令："切砣子肉，蒸甑子饭，喝大碗酒，腊肉、豆腐、萝卜一锅煮，提前一天过大年！"

第二天正是大年三十，三千土兵告别父老乡亲，慷慨悲壮地奔赴前线。经过三年多血战，终将倭寇赶出中国，湘西土司因战功卓著受到皇上嘉奖。

此后，土家人将土司出征前“腊肉、豆腐、萝卜一锅煮”当作一种待客习俗传承下来，并发展成一道独具特色的土家名菜，古称“合菜”，今叫“三下锅”。

现在的“三下锅”，食材更丰富，佐料更出奇，选材也更广，猪蹄、猪下水、牛肚、牛杂、羊肉、羊蹄、狗肉、鸡、鸭、鱼、野味等，可任选三样一锅炖，也有四样下锅或五样下锅的。另备各类时鲜蔬菜或酸腌菜之类，随时下锅添用。当地制作“三下锅”很是考究，一般以麻、辣、烫为主调口味，但据说各路厨师各有各的绝招，味道也各有千秋，局外人是很难做出正宗“三下锅”的口味的。

食间，菜肴在热锅红油中吱啦作响，热气蒸腾，品一口香辣味厚，我们尽情领略了地道的湘西特色饮食。那晚吃得酒足饭饱，心满意足。第二天傍晚，由于坐等前往贵阳的火车的时间还很宽裕，于是，我们在张家界火车站附近一家餐馆依旧点了一锅三下锅，吃得仍然很尽兴，不自觉间一瓶低度酒入了肚。当晚，在火车卧铺上睡得很香。第二天，见周围的乘客均用怨怒的目光注视着我，很是诧异。悄悄询问太太后才恍然大悟，原来吃美了喝美了的我晚上一个时间段的呼噜声吵得周围乘客难以安宁入睡，难怪如此。

回北京后，我在家里也做起了三下锅。三下锅做起来并不复杂，就如同一般的干锅菜，只是做起来选料要精，口味要浓。所选用的原料经刀工处理后要上火经过油炒，只有这样才香。炒汁时，必须加郫县辣酱，煸出红油，加大蒜、葱段、姜片、清肉汤、生抽、蒸鱼豉汁、酱油、鸡精、蚝油，把炒锅的原料加入，大火煮一会儿，转入干锅，撒上青红辣椒、香菜段，上桌，既增色又增味。吃时可以配白腐乳和酸萝卜。

在北方，如果三下锅是在瑞雪飘纷的冬天吃起来，那就更有韵味了，不但驱寒，还可增添红火温暖的热闹气氛。

遗憾开封桶子鸡

2013年，我到中原地区旅游，在开封进的第一家饭馆就点了河南名菜开封桶子鸡。那天，游览完清明上河园，我们到宋都御街找了一家灌汤包子铺，点了灌汤包和开封桶子鸡等。桶子鸡是开封特色名菜，以其色泽鲜黄、咸香嫩脆、肥而不腻、越嚼越香几大特点而出名。可惜那天我们吃到的灌汤包不见汤，而桶子鸡却咸得让我这个口重的人都叫水，我要了瓶啤酒，压了压口中的咸味。更使我难忘的是，餐后还没轮上我们擦嘴喘口气，三个工作人员就迅速过来收拾桌子，那架势就像是催我们赶紧走，我们知趣地站起来走出店门。

桶子鸡作为开封的一道名食，相传创始于北宋年间，而其技艺据说也是从皇宫御膳房传出的。靖康之变后，宋钦宗和宋徽宗及后妃、皇子、公主等三千多人被俘虏，运至大金国土，大批难民渡江南逃，流落金陵。一位金陵城郊的马姓青年救了一位曾经给徽、钦二宗掌灶的御厨，老人为了感恩，特将桶子鸡秘方传于青年，并说这是他当年在东京皇宫事厨时精心研制的一道菜，深得徽、钦二宗喜爱，称为“天下第一名菜”，皇帝言此菜只配天子独享，严命他不准将秘方传于民间，否则就是欺君之罪。但老人最大的心愿就是把这道美味传入民间，走进寻常百姓家。马姓青年凭此秘方，让桶子鸡在金陵走红，生意也越来越火，并且照顾老人安享晚年。直至清咸丰年间，马姓青年的后裔全家搬迁至开封，并带回一桶陈年老汤，开了家“马豫兴桶子鸡店”，马家的桶子鸡很快在河南兴盛起来。

这个传说为这道开封名食增色不少，但我倒觉得徽、钦二宗未必自私得会为一道美食跟老百姓较那份劲。但这个传说内在的含义是说老百姓能够吃到这道菜是一件极不容易的事，作为早期的营销宣传可以理解，也不必考证其真伪。客观地说，我感觉桶子鸡的风味特点有浓厚的江南金陵特色，其口味其火候与金陵盐水鸭有异曲同工之妙。只不过中原盛产鸡，创始人结合南京鸭制品的加工方法，以母鸡为原料，不开膛，不破肚，做出了新的品种“桶子鸡”。

桶子鸡以制作精细、选料严格、味道独特而久负盛誉，它制作工艺考究，选料严格，一律选用生长期一年以上、三年以内、毛重在1250克以上的活母鸡，要求鸡身肌肉丰满，脂肪厚足，胸肉裆油较厚为最佳。母鸡经初步加工后洗净，剁去爪，去掉翅膀下半截的大骨节，从右膀下开个5厘米长的月牙口，手指向里推断三根肋骨，食指在五脏周围搅一圈后取出；再从脖子后开口，取出嗉囊，冲洗干净。两只大腿从根部折断，用绳缚住。将八角、白芷、草果、砂仁、豆蔻、肉桂、丁香、良姜用薄布包住，成为料包。接下来先用部分花椒和盐放在鸡肚内，摇晃使盐、花椒走匀浸透。洗净的荷叶叠成15厘米长、5厘米宽的块，从刀口处塞入，把鸡尾部撑起。用秫秸秆一头顶着荷叶，一头顶着鸡脊背处，把鸡撑圆。最后将白卤汤锅放火上，烧开撇沫，先将桶子鸡下入涮一下，紧住皮后再下入锅内，放入料包、料酒、葱、姜。汤沸后移至小火上焖半小时左右，捞出即成。由于鸡是三年以内且肉腴丰满，所以时间不能过长，否则就会失去其咸香嫩脆的特点。

可能有些人吃过桶子鸡，会感觉咬不烂、啃不动，不像吃德州扒鸡的感觉。当然除了质量原因外，吃法上也要矫正。由于桶子鸡本身的特点就有一个“脆”字，在装盘刀工处理上就不能用刀剁成几块，上桌后让食客啃来啃去，讲究的方法是要先剃骨，再切片，吃的时候夹起无骨的肉片，细细嚼来，就会感觉越嚼越香，回味无穷。从这一点来看，桶子鸡是一个让人去细心品味享受的食品，其最好的部位是鸡大腿，由于肌肉中含筋量高，所以烹调时入味，品尝时味道香，口感好，如果将鸡大腿切成细片佐酒，那简直是凉菜中的上品。

古怪星虫土笋冻

2010年，我去福建旅游之前，就在自己的活动计划中列入了品食福建特色小吃里的土笋冻。那款特产很是美味可口，关键是用于制作土笋冻的食材“土笋”这种原料在北方见不到，于是内心充满向往。

到达泉州后，我和太太特意打车前往泉州的美食街，寻找这一美食。走到美食街的中部，终于在一家店里发现了这一道菜。但是这家店里的其他菜品我却不感兴趣，于是打算打包买回去。一询价，似金牌状如象棋子大的一枚“土笋冻”当时售价仅三元一个，于是买了数枚。店家浇上汁后，在附近我们终于找到一家比较吸引人的特色小吃店，点了几样地方特色突出的可口小吃，于是乎一边享受着小吃，一边品尝起“土笋冻”来。口感确实很清爽，伴有汁液的蒜香，鲜香可口，而那土笋的口感却很脆嫩，吃起来确实令人口舌一新，远胜于肉皮冻和一些曾尝过的水晶类的食品，难怪给这道菜这样命名，虽是动物性原料，无论是形状还是口感却都像脆嫩笋。

清顺治年间，福建左布政使周亮工在《闽小记》中对土笋冻有这样的记载："予在闽常食土笋冻，味甚鲜异。"土笋学名叫作"星虫"，俗称海丁、海蚂蟥、土笋、土钉、土蚯等。主要分布在浙江、福建沿海滩涂，广东、广西、海南和台湾等省区也有分布。隶属星虫动物门，革囊星虫纲，革囊星虫目，革囊星虫科。土笋是一种环节软体动物，它含有丰富的胶质，身长两三寸，肥圆细长，状如蚯蚓，其外形粗陋，颜色黑褐，粗者如食指，细者似稻茎，约有拇指长短，还拖着一条长有一二寸、细如火柴梗还伸缩自如的"尾巴"。

据传说，土笋冻的诞生还有着名人发明的故事。明朝嘉靖年间，倭寇入侵中国东南沿海，戚继光奉命率兵抗倭。队伍粮食紧缺，他便下令捉捕滩涂上的跳跳鱼、小虾、小蟹、螺贝一起下锅煮汤，而士兵们在滩涂上捉螃蟹的时候无意间捉到了一种状若蚯蚓的软虫，士兵将这种海物单独放进锅里煮汤。在戚继光最后用餐时，发现只剩下凝结成块的软虫冻，他也只好拔剑取下一块品尝，却没想到这美味比鱼、蟹更鲜美，口感更是别具一格，从此土笋冻便流传开来。

土笋冻的制作方法是：先要把鲜"土笋"压出体内的内脏和杂质，洗净后加水入锅，以大火猛烧，至其汤呈胶状为止，然后盛于容器里，冻结即成。据说土笋冻如调以盐渍酸菜、蒜白、酥海苔或酸辣、酱油等作料，味道会更佳。

土笋之所以能够成冻，是因为此物中含有胶质，经过熬煮，胶质溶于水中，冷却后就成了冻品。一般吃的时候都要放些作料，比如酱油、醋、甜酱，或辅以芥末酱、沙茶辣、蒜泥、芫荽等，若细嚼慢咽，脆嫩相间，更会有一番滋味。

闽南有一首用闽南语唱的名叫《哇，土笋冻》的歌曲，很有意思。歌中唱道：“土笋冻呀土笋冻，最最好吃真正港（正宗），天脚（底）下，笼（全）都真稀罕，独独咱家乡出这项。”“酸醋芥末芫荽香，鸡鸭鱼肉阮（我）都无稀罕，特别爱咱家乡土笋冻，哇，哇，想做土笋冻。”从这首歌中可以看出福建人对这一美食的钟爱，这大概也是使土笋冻成为家喻户晓的美食小吃的一个原因。

当然，虽然最著名的吃法莫过于土笋冻，但除此之外，人们还发明了许多新的吃法。广西人大多用来煲粥、蒸蛋或做汤吃，且都是非常鲜美的菜肴。土笋也适合制成土笋干，裹粉下油炸也是一道很棒的下酒菜。

逐臭长沙真品香

说起臭豆腐，全国各地的品种可不少。如北京的王致和，徽州的大呆臭，浙江绍兴的臭千张，安徽淮南的臭香干，此外在南京、湖北、上海、昆明都能够见到富有当地特色的臭豆腐品种。

在五彩缤纷的臭豆腐群中，湖南长沙火宫殿臭豆腐是最有名气的之一，可谓独树一帜，它之所以著名，其中一个重要原因就是开国领袖毛主席曾经在这里“点赞”：“火宫殿的臭豆腐闻起来臭吃起来香！”伟人对家乡美食的赞誉，起到了很好的广告宣传作用，火宫殿臭豆腐由最初的“孤臭自赏”、默默无闻，逐渐发展为今天的红遍大江南北。不仅毛主席爱吃臭豆腐，许多老一辈无产阶级革命家都曾到火宫殿品尝过，如徐特立、叶剑英等，并都赞不绝口，可见火宫殿臭豆腐确实是一道人见人爱的美味。我曾在2006年秋季来到湖南长沙，前往火宫殿品食臭豆腐自然是少不了的一项活动。

沿坡子街西行不远往右拐进一条小巷，就见到一座高大的古香古色的牌楼。门楣上方描龙饰凤，上有倒立的鳌鱼、回首的狮子，中间有二龙绕抱饰边的“火宫殿”的题额。这里原是火神庙，是百姓喜逛庙会的地方。据《善化县志》记载，火宫殿始建于清道光六年（1826）。光绪年间，火宫殿的香火佛事进入鼎盛时期，这里卖小吃的摊贩与日俱增，火宫殿的小吃便出了名。解放后经过公私合营，小吃品种发展到六十多个。那天我们到火宫殿时，天色将黑，但火宫殿外热闹非凡，两个小伙子边舞蹈边有节奏地敲着两面大鼓，很具有观赏性。进入一层餐厅，就见到这里生意红火、宾客盈门。

我们进了单间，在菜单中，臭豆腐是众多小吃中必不可少的一道。菜和小吃陆续上来了，火宫殿的小吃果然名不虚传，菜品不但制作得精致可口，而且极具特色。臭豆腐上桌，并配了一碗味汁。油炸臭豆腐块个头较大，似火柴盒大小，颜色黑得如煤炭。大家争相品食。我蘸汁尝了一块，臭豆腐并没飘出多大的臭味，虽外焦微脆，肉软味鲜，但总觉得口味没有传说中的那样刺激，除颜色给我留下强烈的印象外，或许是太宴会化了的原因，并没有给我造成多大的味蕾冲击。

火宫殿臭豆腐原是一款民间小吃，据说它的发明是在清代同治年间，发明者是长沙府湘阴县一姜姓人家。姜家世代都是做豆腐的，而且也腌些豆腐干以满足不同口味的人的需求。偶然的一次机会，老姜发现一坛久腌未及时卖出的酱腌豆腐干，启坛后，一股臭味扑鼻而来，差点儿给他熏一跟头，好半天才缓过这口气。老姜懊悔不已，正要倒掉时，被老伴看见了。老伴过惯了勤俭节约的日子，哪里舍得浪费，于是夹出一片尝了尝，谁知虽闻着臭，吃起来却有一丝淡淡的鲜美，先蒸了几块，结果臭味太重，令人难以下咽。便改用茶油炸了两片，这一次可不同寻常，不仅臭味不重，吃起来还有一种特殊的清香。美食诞生了，老姜兴奋不已。此后姜家远走长沙，一口铁锅、一个挑担、一个炉子、一把蒲扇，在火宫殿也逐渐有了名气，并从此有了家规，此技艺属于姜家非物质文化遗产，传儿不传女。1938年，《观察日报》对火宫殿臭豆腐有过报道："火宫殿，吃喝玩乐门门有，油炸臭豆腐最著名。"

臭豆腐炸起来省事，但制作起来工艺比较复杂。先将豆腐坯浸于卤水中，这卤水的原料有鲜冬笋、浏阳豆豉、番茄、上等曲酒等，据说火宫殿现在使的卤水还是姜家的百年老卤水。豆干在卤水中腌成后，清水漂净，沥干水分，然后投入茶油中炸制，炸成后，吃时蘸由辣椒油、香油、酱油等调成的味汁。

臭豆腐虽然好吃，却不可多食，因豆制品在发酵过程中，会产生甲胺、腐胺、色胺等胺类物质和硫化氢，它们具有一股特殊的臭味和很强的挥发性，如果多食会对身体不利。如果胺类存放时间长了，还可能与亚硝酸盐作用，生成强致癌物亚硝胺。所以，即使再可口的美食吃起来也要适度，否则都会物极必反。再富有营养的食品，长期吃多了也会得营养过剩类的疾病，况且臭豆腐乎？

吃完火宫殿的臭豆腐，湖南一位烹饪大师问我感觉如何，我实言相告。他笑着说，他们当地人宴请大多选择在火宫殿，但要说单吃臭豆腐就不到火宫殿了，一是因为价格贵，二是因为口味上跟我的感觉一样。他们更愿意到附近的一家食摊去吃，那里的臭豆腐口味更加诱人，每天去吃的青年男女经常是排起了长队。这位大师一说，我恍然大悟，因为到长沙的头天晚上吃多了出去遛弯时，曾路过一家那样的摊子，人很多，但从旁边经过时，阵阵臭味扑鼻而来，由于出来是为寻找新鲜空气，闻到这味儿，我迅速掩鼻而过，结果错过了一次品尝民间小摊臭豆腐的机会。

或许美食就是这样，源于寻常百姓家的东西，在民间就有着深厚的“土壤”，一旦“贵族化”，虽然华丽转身显得档次提高了，却失去了原生自然纯朴的韵味。天然去雕饰，清水出芙蓉，即使同是一种美味，工艺也相同，大概唯一的区别也就是美食本应有的那种应物自然的意境吧！